압축해 본 펠 단면

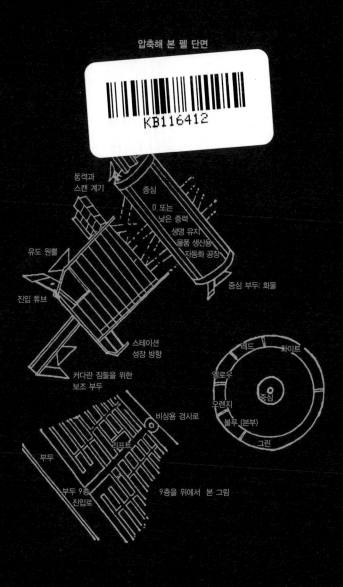

동력과
스캔 계기

중심

0 또는
낮은 중력
생명 유지
물품 생산용
자동화 공장

유도 원뿔

진입 튜브

중심 부두: 화물

스테이션
성장 방향

커다란 짐들을 위한
보조 부두

레드   화이트

옐로우

오렌지   중심

블루 (본부)

그린

비상용 경사로

리프트

부두

부두 9층
진입로

9층을 위에서 본 그림

다운빌로 스테이션

다운빌로 스테이션 2

유니언-동맹 소설

C. J. 체리 장편소설 | 최용준 옮김

DOWNBELOW STATION
by C. J. CHERRYH

이 책은 실로 꿰매어 제본하는 정통적인 사철 방식으로 만들어졌습니다.
사철 방식으로 제본된 책은 오랫동안 보관해도 손상되지 않습니다.

차례

등장인물

지구 컴퍼니 사람들

시그니(시그니 맬러리) 여성, 〈노르웨이〉 함장. 컴퍼니 함대에서 세 번째로 계급이 높은 함장.

마지언(콘래드 마지언) 남성, 컴퍼니 함대의 제독.

에어리스(시거스트 에어리스) 남성, 컴퍼니 안보위원회 제2서기관.

펠 스테이션 사람들

앤절로(앤절로 콘스탄틴) 남성, 펠 스테이션의 총 감독관. 얼리샤의 남편.

얼리샤(얼리샤 루커스 콘스탄틴) 여성, 앤절로의 아내, 존 루커스의 누나, 생명 유지 장치로 생명을 유지하고 있다.

데이먼(데이먼 콘스탄틴) 남성, 앤절로와 얼리샤의 아들, 스테이션 법무처장.

엘렌 여성, 상인들과의 연락원, 데이먼의 아내.

에밀리오(에밀리오 콘스탄틴) 남성, 앤절로와 얼리샤의 아들, 데이먼의 형.

존 루커스 남성, 루커스 컴퍼니의 대표. 콘스탄틴의 라이벌.

유니언 사람들

탤리(조슈아 탤리) 남성, 펠 스테이션에 구금 중인 죄수.

제사드 남성, 보안요원.

아조프(세브 아조프) 남성, 유니언 지휘관.

히사(펠의 원주민들, 〈다우너〉라고도 부른다)

새틴 여성, 푸른 이빨의 짝, 펠 스테이션의 작전에 참여.

푸른 이빨 남성, 새틴을 따라 펠 스테이션으로 감.

릴리 여성, 얼리샤의 간호사.

기타

크레시치(바실리 크레시치) 남성, 러셀 스테이션에서 온 난민.

제6장

1
정비 시스템 입구, 화이트 구역 9층 1042, 2100시

오랫동안 인간들이 오갔다. 총을 든 딱딱한-껍질을-두른-인간들이었다. 새틴은 몸을 떨고 화물 리프트 옆의 그늘속에 더 깊이 틀어박혔다. 루커스가 이곳을 지휘할 당시 많은 히사들이 도망쳤었고, 이들은 낯선 인간들이 오자 또 도망쳤다. 그들은 자신들이 쓸 수 있는 길로, 즉 히사는 마스크 없이 숨 쉴 수 있지만 인간들은 그럴 수 없는 좁은 길들, 깜깜한 터널들로 도망쳤다. 업어보브의 인간들은 이 길들을 알았지만, 아직은 저 낯선 자들에게 이 길들을 보여 준 적이 없었다. 그래서 히사는 안전했지만, 몇몇은 어둠 속 깊은 곳에서 울었다. 너무나 깊고 깊은 아래에서 울어 인간들은 그 소리를 듣지 못했다.

이곳엔 희망이 없었다. 새틴은 입을 오므렸고, 몸을 웅크린 채 뒤로 옆걸음질 쳐서 공기가 바뀌길 기다렸다가 안전한 어둠 속으로 재빨리 도로 들어갔다. 손들이 새틴을 만졌다. 남자 히사의 냄새가 났다. 새틴은 쉭쉭 소리를 내어 꾸짖은 뒤, 자신의 체취가 밴 자의 냄새를 따라갔다. 남자 히사는 팔로 새틴을 안았다. 새틴은 단단한 어깨에 자신의 머리를 힘없이 기대며 서로를 위로했다. 푸른 이빨은 아무 질문도 하지 않았다. 푸른 이빨은 더 나은 소식이 없다는 걸 알았다. 새틴이 밖에 나가서 보겠다고 우길 때 푸른 이빨은 이미 자기 뜻을 충분히 밝혔던 것이다.

문제가 생겼다, 아주 나쁜 문제가. 루커스-인간들은 말했고 명령을 내렸고, 낯선 자들은 협박을 했다. 장로는 여기에 없었다……. 업어보브 히사들은 자기 일을 보러 다른 곳에 가 있어 아무도 없었다. 중요한 것들을 보호하러 갔다고 새틴은 생각했다. 중요한 인간들이 명령한 임무들, 그리고 어쩌면 히사와 관계된 임무들이었다.

하지만 그들은 명령을 어겼다. 감독관들에게로 가지 않았고, 장로들 역시 루커스-인간들을 싫어했기에 명령받은 곳으로 가지 않았다.

「돌아가?」 마침내 누군가 물었다.

도망쳤다가 다시 모습을 드러내면 곤경에 빠질 것이었다. 인간들은 화를 낼 것이고, 그들에겐 총이 있었다. 「아니.」 새틴이 말했다. 반대하는 웅성거림이 들리자 푸른 이빨이 고개를 돌려 더욱 퉁명하게 이의를 제기했다. 「생각해 봐.」 푸른 이빨이 말했다. 「돌아가면, 인간들이 있을 수도 있어. 그럼 심각한 곤경에 빠지는 거야.」

「배고파.」 누군가 항의했다.

그러나 아무도 대답하지 않았다.

그들이 한 일 때문에 인간들은 우정을 다시 거둘지도 몰랐다. 그들은 이제 그 점을 확실히 깨달았다. 그리고 그 우정이 없었다면, 어쩌면 그들은 언제나 다운빌로에 있었을 것이다. 새틴은 다운빌로의 들판들을 떠올렸고, 저 위에 앉아도 되겠다는 생각까지 했던, 단단해 보이지만 실은 부드러운 구름들, 비와 푸른 하늘과 회색과 초록색과 푸른색의 잎들, 꽃들과 부드러운 이끼를 떠올렸다……. 그중에서도, 집 냄새가 나는 공기를 떠올렸다. 새틴의 봄 열기가 옅어질 동안, 어쩌면 푸른 이빨은 그 꿈을 꾸었는지도 모른다. 새틴은 젊었기에, 성인으로서 처음 맞는 철이었지만 피가 뜨거워지지 않았다. 푸른 이빨은 이제 더 맑아진 머리로 사물을 보았다. 푸른 이빨은 때때로 세상을 한탄했다. 그리고 새틴도 때때로 한탄했다. 그러나 그곳에 언제나, 그리고 영원히 있다는 것은…….

하늘이-그녀를-본다, 그게 그녀의 이름이었다. 그리고 그녀는 진실을 보았다. 푸른색은 거짓이었고, 담요처럼 넓게 펼쳐진 덮개였다. 진실은 검은색의 광활한 공간이었고, 위대한 태양의 얼굴은 어둠 속에서 빛났다. 진실은 언제나 그들 위에 걸려 있을 것이다. 인간들이 호의를 베풀어 주지 않았다면, 그들은 희망 없이 다운빌로로 돌아갔을 것이고, 자신들이 하늘에서 차단되어 있다는 것을 영원히 그리고 절대 몰랐을 것이다. 이제 고향은 없었다. 태양을 올려다본 이상, 이젠 없었다.

「루커스-인간들은 언젠가 가버려.」 푸른 이빨이 새틴의 귀에 대고 중얼거렸다.

새틴은 푸른 이빨에게 고개를 묻으며 허기와 목마름을 잊으려 애쓸 뿐 아무 대꾸도 하지 않았다.

「총.」 근처에 있는 누군가가 말했다. 「그들은 우릴 쏠 거고, 우린 영원히 사라질 거야.」

「여기에만 있는다면 그렇지 않아.」 푸른 이빨이 말했다. 「그러니 내가 말한 대로 해.」

「그들은 우리의 인간이 아냐.」 큰놈이 깊은 저음의 목소리로 말했다. 「우리의 인간들을 해쳐, 이들은.」

「이건 인간들의 싸움이야.」 푸른 이빨이 맞받아쳤다. 「히사에겐 아무 의미가 없어.」

불현듯 새틴의 머리에 어떤 생각이 스쳤다. 새틴은 고개를 들었다. 「콘스탄틴 인간들. 콘스탄틴 싸움이야, 이건. 우린 콘스탄틴 인간들을 찾아서 뭘 할지 물어볼 거야. 콘스탄틴 인간들을 찾아, 장로들도 찾고, 태양의 장소 근처에서.」

「태양-그녀의-친구에게 물어봐.」 다른 이가 외쳤다. 「〈태양-그녀의-친구〉는 분명히 알 거야.」

「태양-그녀의-친구는 〈어디〉 있어?」

침묵이 흘렀다. 아무도 몰랐다. 장로들은 그 비밀을 자기들끼리만 간직했다.

「〈내〉가 찾겠어.」 큰놈이었다. 큰놈은 꿈틀거리며 가까이 다가온 뒤, 어둠 속에서 새틴의 어깨에 손을 뻗었다. 「난 많은 곳에 가. 가자, 가자.」

새틴은 숨을 들이쉬고, 푸른 이빨의 뺨에 자신 없이 입술을 댔다.

「가자.」푸른 이빨은 갑자기 동의하며 새틴의 손을 잡고 끌었다. 큰놈은 서둘러 앞장섰다. 어둠 속에서 발소리가 또닥또닥 울렸다. 새틴과 푸른 이빨은 큰놈을 따라갔고, 다른 이들도 쫓아왔다. 이들은 깜깜한 복도들을 지나고 사다리를 오르고 좁은 곳들을 걸었다. 가끔은 조명이 있었지만, 대부분은 어두웠다. 파이프들 사이를 통과하거나 추운 곳, 혹은 맨발이 데일 만큼 뜨거운 곳을 가고, 가공할 힘을 지니고 천둥 같은 소리를 내는 기계들을 지나가다 보니 뒤처지는 자들도 나왔다.

푸른 이빨은 가끔 남들에게 떠밀려 새틴의 손을 놓고 앞장서야 했다. 가끔은 큰놈이 푸른 이빨을 옆으로 밀치고 다시 먼저 가기도 했다. 사실 새틴은 지금 가는 곳이 어딘지, 혹은 어느 길로 가야 태양-그녀의-친구를 만날 수 있는지 푸른 이빨이 과연 알긴 하는지 의심이 들었다. 그들은 이미 태양의 장소에 가봤고, 새틴은 그때 희미하게 느끼길 자신이 지면에 있으며 그곳은…… 위쪽이 맞다고 남몰래 생각했다. 새틴은 왼쪽으로 가야 한다고 생각했다……. 그러나 가끔 터널이 왼쪽으로 구부러지지 않을 때가 있었고, 꼬불꼬불 굽이쳤다. 남자 히사 둘은 한 줄로 서서 척척 나아갔고, 이윽고 다들 헉헉거리며 비틀거리는 지경에 이르렀다. 점점 더 많은 이가 뒤처졌다. 마침내 새틴 뒤에서 걷던 이가 새틴의 손을 잡고 몸짓으로 사정했다……. 그러나 푸른 이빨과 큰놈은 계속 나아갔고, 새틴과 점점 멀어졌다. 새틴은 마지막 남은 일행을 버리고 계속 나아가며 푸른 이빨과 큰놈을 따라잡으려 애썼다.

「더는 안 돼.」 새틴은 금속 가로대에서 둘을 따라잡고는 애걸했다. 「더는 안 돼, 돌아가자. 길을 잃었어.」

큰놈은 들은 척도 하지 않았다. 큰놈은 헐떡이면서 천천히 사다리를 올랐다. 새틴이 푸른 이빨을 잡아당기자, 푸른 이빨은 놓으라고 씩씩대며 큰놈을 따라갔다. 광기였다. 그들은 광기에 젖어 있었다. 「넌 내게 〈아무것도〉 안 보여 줘!」 새틴은 울부짖었다. 새틴은 절망하며 방방 뛰고 황급히 헐떡이며 뒤쫓아가 둘을 설득하려 했지만, 큰놈과 푸른 이빨은 이미 이성적으로 설득할 단계를 지나 있었다. 이들은 패널들과 문들을 지났다. 문을 지나면 아마도 탁 트인 공터가 나올 듯했다. 그 모든 걸 그들은 거절했다…… 그러나 마침내 선택해야 할 곳에 도착했다. 문 위에 푸른색 빛이 타오르는 곳이었다. 사다리들이 사방으로 뻗어 있었다. 사다리는 위와 아래뿐 아니라 다른 세 방향으로도 이어졌다.

「여기.」 큰놈은 살짝 주저하다 빛나는 문의 버튼들을 만져 보며 말했다. 「여기에 길이 있어.」

「아니.」 새틴은 신음했다. 「아냐.」 푸른 이빨도 반대했다. 아마도 제정신으로 돌아온 듯했다. 그러나 큰놈은 첫 번째 버튼을 눌렀고, 문이 열리자 공기실로 들어갔다. 「돌아와.」 푸른 이빨이 외치며 새틴과 함께 황급히 큰놈을 막으려 했다. 큰놈은 경쟁심에 미쳐 있었다. 〈새틴〉 때문이었다. 다른 이유는 전혀 없었다. 새틴과 푸른 이빨은 큰놈을 쫓아갔고, 등 뒤에서 문이 닫혔다. 새틴과 푸른 이빨이 큰놈을 따라잡았을 때, 두 번째 문이 큰놈의 손 가까이에서 열렸다. 그리고 빛이 보였다. 눈이 멀 정도로 환한 빛이었다.

갑자기 총이 발사되더니, 큰놈은 타는 냄새를 풍기며 문간에 쓰러졌다. 큰놈은 큰 소리로 울며 새된 비명을 질렀다. 푸른 이빨은 재빨리 몸을 돌려 아까 들어온 문의 버튼을 눌렀다. 문이 열리고 바람이 주위에 휘몰아치자 힘센 팔로 새틴을 안고 나갔다. 갑자기 경보음이 들리고 인간들의 목소리가 큰 소리로 울리다가 문이 닫히자 조용해졌다. 새틴과 푸른 이빨은 사다리를 내려가 무작정 달리고 또 달려 깜깜한 통로들을 지나 어둠 속으로 깊이 더 깊이 들어갔다. 둘은 호흡기를 아래로 당겨 썼지만, 공기에서 이상한 냄새가 났다. 마침내 새틴과 푸른 이빨은 땀을 흘리고 덜덜 떨며 달리던 것을 멈췄다. 푸른 이빨은 어둠 속에서 몸을 흔들며 고통으로 신음했다. 새틴은 푸른 이빨의 몸을 살피며 다친 곳을 찾았다. 푸른 이빨은 손으로 팔죽지를 꽉 잡고 있었다. 새틴은 불에 데여 뜨겁고 쓰린 부분을 혀로 핥아 주고 최선을 다해 상처를 달랜 뒤, 푸른 이빨을 안고 진정시키려 애썼다. 푸른 이빨은 분노로 몸을 떨고 있었다. 둘은 길을 잃었다. 깜깜한 통로에서 둘 다 길을 잃었고, 큰놈은 끔찍하게 죽었고, 푸른 이빨은 앉아서 고통과 분노로 씩씩거렸다. 단단해진 근육이 덜덜 떨렸다. 그러나 곧 푸른 이빨은 몸을 떨고 새틴의 뺨에 입술을 댄 다음, 다시 몸을 떨었다. 새틴은 팔로 푸른 이빨을 안았다.

「아, 집에 가자.」푸른 이빨이 속삭였다.「아아, 집에 가자. 탐-우차-피탄, 그리고 더는 인간들을 보지 말자. 기계도, 들판도, 인간-일도 더는 싫어. 쭉, 쭉 히사만 보자. 집에 가자.」

새틴은 아무 말도 하지 않았다. 이 재난은 새틴 탓이었다. 〈새틴〉이 이번 일을 제안했던 것이다. 큰놈은 새틴을 원했고, 푸른 이빨은 마치 높은 언덕에서 이 도전을 받았다는 듯 응했다. 새틴의 재난, 새틴 탓이었다. 이제 푸른 이빨은 새틴의 꿈을 떠나겠다고, 더는 새틴을 따르고 싶지 않다고 말했다. 새틴의 눈에 눈물이 고였다. 그는 자신이 너무 멀리 왔다는 회의감과 외로움에 휩싸였다. 이제 그들은 더 심각한 곤경에 빠져 있었다. 인간들의 장소까지 다시 걸어 올라가서 문을 열고 도와 달라고 빌어야 함을 알게 되었기 때문이다. 그리고 그들은 이미 그 결과를 보았다. 그들은 서로를 안고 그 자리에서 꼼짝도 하지 않았다.

2

맬러리는 지쳐 보였다. 맬러리는 움푹 꺼진 눈을 하고 지휘 본부의 통로들을, 그곳의 수없이 많은 순환로들을 걸어갔고, 그녀의 군인들이 보초를 섰다. 데이먼은 카운터에 몸을 기댄 채 맬러리를 지켜보았다. 자신도 배고프고 지쳤지만, 막 도약을 겪고 이 지루한 경찰 업무에 투입된 함대 인원이 느낄 바에 비하면 아무것도 아니라고 데이먼은 생각했다. 절대로 일손을 놓고 쉴 수 없는 군인들은 초췌해 보였고, 소심하게 불만을 중얼거리곤 했다……. 하지만 이 군인들에겐 다른 교대조가 없었다.

「밤새 여기 계실 건가요?」 데이먼이 맬러리에게 물었다.

맬러리는 데이먼에게 차가운 시선을 보낸 뒤 아무 말 없이 계속 걸어갔다.

데이먼은 몇 시간 전부터 맬러리를 지켜보았다. 맬러리는 이곳에서 불길한 존재였다. 맬러리는 자기만의 방법으로 아무 소리도 없이 움직였고, 자신의 존재를 표내며 다니지도 않았다. 전혀. 하지만 이건 어쩌면 누구든 자신에게 앞길을 비켜 줄 거란 무의식적 가정이 있기 때문이었다. 사람들은 실제로 길을 비켜 주었다. 자리를 떠나야 하는 기술자들도 맬러리가 다른 곳을 순찰할 때 그렇게 했다. 맬러리는 절대 위협을 가하지 않았다. 말도 거의 하지 않았고, 그나마도 거의 군인들에게만 했다. 무슨 내용인지는 오직 맬러리와 상대만이 알았다. 심지어 때때로 일과 시간이 끝나기 전에 즐거워 보이기까지 했다. 그럼에도 거기서 위협이 느껴진다는 건 의심의 여지가 없었다. 스테이션 주민 대부분은 맬러리와 맬러리의 군인들을 둘러싼 이런 장치들을 한 번도 이렇게 가까이에서 본 적이 없었다. 직접 총을 만져 본 적도 없고, 자신들이 본 것을 묘사하는 것조차 힘들어했다. 데이먼은 이곳만 해도 서로 다른 세 종류의 총이 있음을 알아차렸다. 경량 권총, 총열이 긴 권총, 헤비 라이플. 모두 검은 플라스틱이었고,

불길한 좌우대칭을 이루었다. 이런 무기의 열을 흩뜨리는 방탄복…… 이 때문에 군인들은 다른 장비들처럼 똑같이 치명적인 기계로 변했고, 더는 인간이 아니라는 인상을 주었다. 이런 사람들 속에서 긴장을 푼다는 건 불가능했다.

기술자 한 명이 방 저쪽에서 일어나 뒤를 돌아보았다. 마치 하나라도 움직인 총이 있는지 확인하려는 것 같았다……. 기술자는 지뢰밭 걷듯 조심스레 통로를 걸어갔다. 그리고 데이먼에게 인쇄된 메시지를 주고 곧장 돌아갔다. 데이먼은 맬러리의 관심 어린 눈길을 의식하며 메시지를 읽지 않은 채 그대로 손에 쥐었다. 맬러리는 서성거리던 발길을 멈춘 상태였다. 데이먼은 관심을 피할 길을 찾지 못해 종이를 펴고 읽었다.

PSSC1A/PACPA 콘스탄틴 데이먼/AU1-1-1-1-1/ 1030/10/4/52/21361MD/0936A/시작/함대 명령으로 탤리 서류 몰수됨 그리고 탤리 체포됨/보안실은 그곳에 구금 혹은 군사 개입 중 선택해야 함/탤리 이곳에 감금됨/탤리는 콘스탄틴 가족에게 메시지 보내 달라 요구/이에 응했음/지시를 요청함/방침 명확히 해줄 것을 요청함/ SAUNDERSREDONESECCOM/ENDITENDITENDIT.

데이먼은 심장이 미친 듯이 뛰었다. 더 나쁜 상황은 아니란 안도감과 이 상황 자체에 대한 스트레스에 사로잡혀 고개를 들었다. 맬러리는 데이먼을 똑바로 보며 호기심과 적극적인 관심이 어린 표정을 짓고 있었다. 맬러리는 데이먼에게로 걸어왔다. 데이먼은 대놓고 거짓말을 해볼까 생각했다. 맬러리가 메시지를 보겠다고 해서 문제가 되지만 않으면 괜찮을 듯했다. 이윽고 데이먼은 자신이 아는 맬러리를 생각하고는 마음을 바꿨다.

「제 친구 한 명이 곤란한 상황에 있습니다.」 데이먼이 말했다. 「전 그만 가서 그 친구를 살펴 줘야겠습니다.」

「우리와 얽힌 일입니까?」

데이먼은 거짓말을 할까 다시 한번 생각했다. 「비슷합니다.」

맬러리가 손을 내밀었으나 데이먼은 메시지를 건네지 않았다.

「어쩌면 제가 도움이 될지도 모르죠.」 맬러리는 차가운 눈으로 데이먼을 바라보며 손바닥을 위로 한 채 계속 손을 내밀고 있었다. 「이게 스테이션에 난처한 일이 될까 봐 그럽니까? 아니면 더한 가정을 해야 합니까?」 데이먼이 메시지를 주려 하지 않자 맬러리가 물었다.

선택의 여지가 아예 없는 것은 아니지만, 데이먼은 종이를 건넸다. 맬러리는 메시지를 훑어보고는 잠시 당황한 듯하더니, 점차 얼굴 표정이 달라졌다.

「탤리.」 맬러리가 말했다. 「조시 탤리요?」

데이먼은 고개를 끄덕였고, 맬러리는 입을 오므렸다.

「콘스탄틴 가문의 친구라고요? 시대가 바뀌었군요.」

「탤리는 조정을 받았습니다.」

맬러리가 눈을 깜박였다.

「탤리가 먼저 요구했습니다.」데이먼이 말했다.「러셀에서 그런 일을 겪고 어쩌겠어요?」

맬러리는 계속 데이먼을 바라보았다. 데이먼은 달리 시선둘 곳이 있으면 좋겠다고, 달리 갈 곳이 있으면 좋겠다고 생각했다. 조정 때문에 비밀이 누설됐다. 그로 인해 데이먼은전혀 원치 않았지만, 펠과 맬러리가 강제로 친밀하게 엮여버렸다…… 맬러리도 이 상황을 원치 않는 게 너무나 분명했다. 맬러리는 그 기록들이 스테이션에 있는 걸 분명 바라지않았다.

「탤리는 잘 지냅니까?」맬러리가 물었다.

데이먼은 질문조차 묘하게 추하다고 느껴 그냥 바라보기만 했다.

「우정.」맬러리가 말했다.「우정, 서로 정반대 사람들끼리요? 아님, 친절을 베풀어 준 겁니까? 조시는 조정을 부탁하고, 당신은 들어줬죠. 러셀이 시작한 일을 끝낸 거죠…… 적의가 느껴지는데, 제가 틀렸습니까?」

「여긴 러셀이 아닙니다.」

맬러리는 미소를 지었지만, 눈은 웃지 않았다.「이 얼마나밝은 세상인가요, 콘스탄틴 씨. 아직도 이런 터무니없는 인류애가 존재하니 말입니다. 그리고 Q가…… 같은 스테이션에 있고요. 서로 팔을 뻗으면 닿을 거리에 존재하면서 당신사무소의 관리를 받는 그런 곳요. 혹은 어쩌면 Q부터가, 잘못 준 동정심의 결과겠지요. 전 당신이 미봉책으로 대응하다

18

이런 지옥을 만든 게 분명하단 의심이 드는군요. 당신이 감수성을 발휘한 탓입니다. 이 유니언인이 당신의 터무니없는 인류애를 발휘하는 대상인가요? 도덕에 대한 당신의 사과인가요…… 아니면 전쟁에 대한 당신의 성명서인가요, 콘스탄틴 씨?」

「전 조시가 구금에서 풀려나길 원합니다. 서류도 돌려주시기 바랍니다. 조시는 더 이상 정치적 목적을 갖고 있지 않습니다.」

누구도 맬러리에게 이런 식으로 말하지 않았다. 절대로, 누구도. 한참 뒤에야 맬러리는 데이먼과의 눈싸움을 접고, 천천히 고개를 끄덕였다. 「당신이 책임질 겁니까?」

「제가 자발적으로 책임지기로 했습니다.」

「그렇다면야……. 아뇨, 아뇨, 콘스탄틴 씨, 당신이 가지 않습니다. 당신이 직접 갈 필요 없습니다. 제가 함대 채널로 조시를 풀어 주고, 집으로 보내겠습니다……. 모든 게 당신이 말한 대로라고 당신이 보증하는 한에서요.」

「원하시면 기록을 보실 수 있습니다.」

「새로운 소식이 없을 게 뻔합니다.」 맬러리는 한 손을 살짝 흔들어 데이먼 뒤의 누군가에게 신호를 보냈다. 데이먼은 그제야 등 뒤에 총이 있었음을 퍼뜩 깨닫고 등골이 오싹해졌다. 맬러리는 콤 콘솔로 걸어가 기술자에게 몸을 숙이고 정보를 입력해 함대 채널을 열었다. 「나는 맬러리다. 스테이션에 구금된 조슈아 탤리라는 자를 풀어 주고 서류도 돌려줘. 관계 당국과 함대와 스테이션에 내 말을 전해, 오버.」

알겠다는 대답이 돌아왔다. 감정이 섞이지 않고 무관심한 말투였다.

「제가…….」데이먼이 맬러리에게 말했다.「제가 조시에게 연락해도 될까요? 조시는 좀 확실하게 지시를 받아야…….」

「함장님.」근처의 기술자 한 명이 몸을 돌려 맬러리를 보며 말했다.「함장님…….」

데이먼은 괴로운 마음으로 기술자를 보았다. 기술자가 고민스러운 표정을 짓고 있었다.

「다우너 한 명이 그린 구역 4층에서 총에 맞았습니다, 함장님.」

데이먼은 가슴이 콱 막혔다. 순간적으로 머리가 멍해졌다.

「그 다우너는 〈죽었습니다〉, 함장님.」

데이먼은 고개를 흔든 뒤 먹먹한 가슴으로 몸을 돌려 맬러리를 쏘아보았다. 「다우너들은 그 무엇도 해치지 않습니다. 다우너는 도망치기 위해서가 아니면 공포에 질렸을 때도 인간에게 손 한 번 들어 올리지 않아요. 〈절대로요.〉」

맬러리는 어깨를 으쓱했다. 「이미 늦었습니다, 콘스탄틴 씨. 그냥 가서 당신 일이나 하십시오. 누가 슬그머니 들어왔고 총에 맞았습니다. 발포 금지 명령은 없었습니다. 이건 우리 일이지, 당신 일이 아닙니다. 우리 사람들이 알아서 잘 처리할 겁니다.」

「다우너들도 〈사람〉입니다, 함장님.」

「우린 사람도 쏴봤습니다.」맬러리가 냉정하게 말했다. 「이보세요, 당신 일이나 하시죠. 이 일은 계엄령하에서 벌어졌고, 제가 해결합니다.」

　데이먼은 가만히 서 있었다. 본부의 모든 사람이 데이먼을 보고 있었고, 계기반들에서 방치된 불들이 깜박거렸다. 「일해요.」데이먼이 사람들에게 날카롭게 명령하자, 사람들은 곧바로 등을 돌렸다. 「거기로 스테이션 의사를 보내요.」

　「제 인내심을 시험하시는군요.」맬러리가 말했다.

　「그 다우너들은 제 시민입니다.」

　「당신네 시민 자격은 아주 광범위하군요, 콘스탄틴 씨.」

　「분명하게 말씀드리죠. 다우너들은 폭력을 보면 혼비백산합니다. 이 스테이션에서 대혼란을 원하신다면, 함장님, 다우너들을 공포에 질리게 하세요.」

　맬러리는 그 점에 대해 생각했고, 마침내 고개를 끄덕였다. 적의는 없었다. 「당신이 이 상황을 수습할 수 있다면, 콘스탄틴 씨, 맡아서 하십시오. 그리고 원하는 곳으로 가십시오.」

　그게 다였다. 〈가십시오.〉데이먼은 걷기 시작했다. 그러다 문득 맬러리에 대한 두려움을 느끼며 뒤를 돌아보았다. 맬러리는 공론 따위는 코웃음 칠 수 있는 사람이었다. 데이먼은 졌다. 분노에 지고 말았다……. 그리고 맬러리는 〈가십시오〉라고 말했다. 마치 자신의 자존심 따윈 아무것도 아니라는 듯이.

　데이먼은 자신이 뭔가 지독하게 위험한 짓을 했다는 느낌에 심란해하며 계속 걸어갔다.

　「데이먼 콘스탄틴 씨가 지나가게 해드려.」맬러리의 목소리가 복도들에 쩌렁쩌렁 울렸고, 군인들은 데이먼을 멈춰 세우려다 말고 길을 비켜 주었다.

3

데이먼은 그린 구역 4층에서 리프트를 나와 달렸다. 신분증과 카드를 손에 쥐고 있다가, 자기 일에 열심인 군인이 앞길을 막으면 두 가지 모두 번개처럼 보여 주며 계속 통과해 달렸다. 군인들이 앞쪽에 모여 시야를 가로막고 있었다. 데이먼은 그쪽으로 달려갔다. 그러나 군인들이 거칠게 잡아채자 카드를 보여 주고 군인들을 밀며 지나갔다.

「데이먼.」 엘렌의 목소리가 들렸다. 데이먼은 곧바로 엘렌을 보고 몸을 돌려, 방탄복을 입은 군인들 사이에서 안도하며 엘렌을 껴안았다.

「임시 일꾼 중 한 명이야.」 엘렌이 말했다. 「큰놈이란 남자 다우너야. 죽었어.」

「여기서 나가.」 데이먼은 군인들의 분별력을 믿지 않았기에 엘렌에게 애원했다. 데이먼은 엘렌 너머를 보았다. 입구 문가 바닥에 피가 흥건했다. 그들은 죽은 다우너를 치우려고 시체 주머니에 넣어 들것에 실어 놓았다. 그러나 데이먼과 팔짱을 낀 엘렌은 떠날 마음이 조금도 없어 보였다.

「문에 몸이 끼였어.」 엘렌이 말했다. 「하지만 총에 먼저 맞아 죽었을걸. 〈인도〉의 바나스 대위가 쐈어.」 엘렌은 웅얼거렸다. 젊은 장교가 엘렌과 데이먼 쪽으로 빠르게 걸어오고 있었던 것이다.「그자가 이 부대의 책임자였어.」

「무슨 일이죠?」데이먼이 대위에게 물었다.「여기서 무슨 일이 있었죠?」

「콘스탄틴 씨? 유감스러운 실수였습니다. 그 다우너가 갑자기 나타났습니다.」

「여긴 〈펠〉입니다, 대위. 시민들로 가득하다고요. 이번 일에 대해 스테이션에 정식 보고서를 제출하세요.」

「콘스탄틴 씨, 스테이션의 안전을 위해 당신네 보안 절차를 재검토해 보시길 강력히 권유드립니다. 당신네 일꾼들이 에어로크를 날렸습니다. 〈그 때문에〉 비상 밀폐 벽이 내려오면서 그 다우너가 반으로 잘린 거고요. 누군가가 순서를 무시하고 그 안쪽 문을 열었습니다. 이 터널들은 어디까지 뻗어 있죠? 어디로든 갈 수 있나요?」

「다우너들은 도망쳤어.」엘렌이 재빨리 말했다.「내려갔어, 여기서 멀리. 아마도 임시 일꾼들이어서 이 터널들에 대해 잘 모를 거야. 여기에 위협적인 총들이 있는데 다시 이리로 나오려 하진 않을 거야. 죽을 때까지 저 안에 숨어 있을걸.」

「다우너들에게 나오라고 명령하십시오.」바나스가 말했다.

「다우너들에 대해 잘 모르시는군요.」데이먼이 말했다.

「모두 터널 밖으로 나오게 하십시오. 터널을 밀폐하십시오.」

「펠의 정비 시스템이 저 터널들 안에 있습니다, 대위. 그리고 우리의 다우너 일꾼들은 저 네트워크 안에서 〈삽니다〉. 자기네 대기 시스템이 되어 있고요. 저 터널들은 절대로 폐쇄할 수 없습니다. 제가 들어가겠습니다.」데이먼이 엘렌에게 말했다. 「다우너들이 대답할지도 몰라.」

엘렌은 입술을 깨물었다. 「난 여기 있을게.」엘렌이 말했다. 「당신이 나올 때까지 기다릴 거야.」

반대 의견들이 나왔다. 데이먼이라도 그랬을 것이다. 저 터널들은 인간이 있을 곳이 아니었다. 데이먼은 바나스를 슬쩍 보았다. 「시간이 꽤 걸릴 겁니다. 다우너들은 펠에서 협상 가능한 주제가 아닙니다. 다우너들은 겁에 질렸고, 어디든 들어가 그대로 그 안에서 죽어 정말로 심각한 문제를 일으킬 수도 있어요. 〈만약〉 제가 곤란한 상황에 빠지면, 스테이션 당국에 연락해요. 절대로 군인들은 들여보내선 안 됩니다. 우리는 다우너들을 다룰 수 있어요. 만약 또다시 총이 다우너들 근처에서 발사되면, 우린 정비 시스템을 잃을 수도 있습니다. 우리의 생명 유지 장치와 다우너의 생명 유지 장치는 연결되어 있고, 정밀한 균형을 이루는 시스템입니다.」

바나스는 아무 말도 하지 않았다. 아무 반응도 보이지 않았다. 논리적 설득이 바나스에게 혹은 나머지 사람들에게 과연 먹혔는지는 정말로 알 수 없었다. 데이먼은 엘렌의 손을 꽉 쥐었다가 놓고 방탄복 입은 군인들을 어깨로 밀며 나아갔다. 시꺼먼 피 웅덩이를 밟지 않으려 애쓰며 카드로 에어로크를 열었다.

문을 열고 들어가자 등 뒤에서 다시 닫히며 자동으로 순환 과정이 시작되었다. 데이먼은 이런 공기실마다 입구 오른쪽에 언제나 걸려 있는 인간용 호흡기에 손을 뻗어 잡고, 상황이 심각해지기 전에 얼른 호흡기를 썼다. 데이먼이 숨을 빨아들였다가 쉭쉭거리며 내뱉는 소리가 금속 방 안에 크게 울렸다. 데이먼은 무의식중에 다우너가 여기 있음을 떠올리고는 안쪽 문을 열었다. 저 멀리 깊은 곳에서 메아리가 돌아왔다. 데이먼은 지금 있는 곳에 침침한 푸른빛이 있음에도 발걸음을 멈추고 문 옆의 칸막이를 연 다음, 등불을 꺼냈다. 강력한 불빛이 어둠을 가르고 거미줄처럼 얽힌 강철 구조물 안을 비췄다.

「다우너!」 데이먼이 외치자 메아리가 아래로, 아래로 울리며 퍼져 나갔다. 문을 지난 뒤 등 뒤에서 문이 봉쇄되자 데이먼은 추위를 느끼며 사다리들이 사방으로 뻗어 나가는 플랫폼에 섰다. 「다우너들! 데이먼 콘스탄틴입니다! 제 말 들려요? 제 말 들리면 소리를 질러요.」

메아리는 깊이 더 깊이 퍼지며 아주 천천히 잦아들었다.

「다우너?」

어둠 속에서 신음 소리가 들렸다. 메아리치는 울부짖음에 데이먼은 목덜미 털이 바짝 곤두섰다. 분노?

데이먼은 한 손으로 등불을 잡고 다른 손으로 가느다란 난간을 잡으며 더 들어가다가 발걸음을 멈추고 귀를 기울였다. 「다우너?」

어둠 속 깊은 곳에서 뭔가 움직였다. 부드러운 발소리가 저 멀리 아래 금속에서 아주 부드럽게 울렸다. 「콘스탄틴?」 이국적인 목소리가 혀짤배기소리로 말했다. 「콘스탄틴-인간?」

「데이먼 콘스탄틴입니다.」 데이먼이 다시 외쳤다. 「제발

이리로 오세요. 총은 없습니다. 안전해요.」

데이먼은 저 멀리 어둠 속에서 발걸음에 따라 발판에 가벼운 진동이 오는 것을 느끼며 그대로 가만히 있었다. 숨 쉬는 소리가 들렸고, 저 멀리 아래에서 불빛이 보였다. 빛은 환각인가 싶게 어렴풋했다. 털 같은 것이 보이고, 희미하게 빛나는 눈들이 보였다. 천천히 올라오고 있었다. 데이먼은 아주 조용히 있었다. 그는 혼자여서, 이 깜깜한 곳에선 취약하기 그지없었다. 다우너들은 위험하지 않았다⋯⋯. 하지만 이전까지는 총으로 공격당해 본 적이 없었다.

다우너들이 왔다. 데이먼의 손에 든 불빛을 받아 다우너들이 훨씬 더 뚜렷하게 보였다. 그들은 흙투성이가 된 채 마지막 발판을 힘겹게 올라왔다. 다우너들은 숨을 헐떡였다. 한 명은 다쳤고, 다른 한 명은 공포로 눈을 크게 뜨고 있었다.

「콘스탄틴-인간.」 아까의 다우너가 떨리는 혀짤배기소리로 말했다. 「도와줘, 도와줘, 도와줘.」

다우너들은 애절하게 손을 내밀었다. 데이먼은 자신이 서 있는 격자 모양 발판에 등불을 내려놓고 아이를 맞듯 다우너들을 받아들였다. 데이먼은 남자 다우너를 아주 조심스럽게 만졌다. 이 불쌍한 친구는 팔이 온통 피투성이였고, 이를 드러내며 성마르게 으르렁거렸다.

「괜찮아요.」 데이먼은 다우너들을 안심시켰다. 「당신들은 안전해요, 이제는 안전해요. 제가 밖으로 나가게 해줄게요.」

「겁난다, 콘스탄틴-인간.」 여자 다우너가 짝의 어깨를 쓰다듬고는 겁에 질리고 휘둥그레진 눈으로 짝과 데이먼을 번

갈아 보았다. 「모든 자취가 없어져 길 못 찾았다.」

「무슨 말인지 모르겠어요.」

「더, 더, 더 있다 우리, 죽게 배고프다, 죽게 무섭다. 제발 우릴 도와주라.」

「동료들을 불러요.」

여자 다우너가 남자 다우너를 만졌다. 걱정이 생생하게 드러나는 몸짓이었다. 남자 다우너는 여자 다우너에게 뭐라고 재잘거리며 여자 다우너를 밀었고, 여자 다우너는 손을 뻗어 데이먼을 만졌다.

「기다릴게요.」 데이먼은 여자 다우너를 안심시켰다. 「여기서 기다릴게요. 모두 안전해요.」

「사랑해.」 여자 다우너는 단숨에 말하고는 금속 가로대를 쿵쿵 울리며 다시 황급히 내려갔다. 여자 다우너의 모습이 금세 어둠 속으로 사라졌다. 시간이 조금 더 흐른 뒤 새된 소리와 떨리는 소리가 나며 안쪽 깊숙이 퍼지더니 메아리가 거듭 났다. 다른 곳들에서도 목소리들이 깨어났다. 남자 다우너와 여자 다우너, 낮고 높은 목소리들이 울리며, 모든 깊숙한 곳들과 어둠들이 왁자지껄해질 때까지 계속되었다. 데이먼 옆에서도 새된 소리가 갑자기 뿜어져 나왔다. 옆의 남자 다우너가 고함치며 뭔가에 반대하고 있었다.

곧 침묵이 이어지고 그들이 왔다. 저 깊은 아래의 금속에 울리는 발소리, 가끔 날카롭게 울리는 외침들, 그리고 머리털이 곤두서게 만드는 신음 소리가 들렸다. 여자 다우너는 뛰어서 돌아와 짝의 어깨를 쓰다듬고 데이먼의 손을 만졌다.

「나 새틴, 나 부른다. 그를 괜찮게 해달라, 콘스탄틴-인간.」

「여러분은 한 번에 몇 명씩만 에어로크를 통과해야 합니다, 알겠죠. 에어로크를 조심해요.」

「나 에어로크를 안다.」여자 다우너가 말했다. 「나 조심한다. 간다, 간다, 나 동료들을 데려온다.」

여자 다우너는 벌써 다시 서둘러 내려가고 있었다. 데이먼은 남자 다우너를 팔로 안고 에어로크 안으로 데려가서 마스크를 올려 씌워 주었다. 이 친구는 충격으로 멍하고 고통으로 으르렁거렸지만 물거나 때리려는 기미는 전혀 없었다. 다음 문이 열리고 눈부신 빛과 무장한 인간들이 보였다. 다우너는 데이먼에게 안긴 채 깜짝 놀라 으르렁거리고 침을 뱉었지만, 도닥여 주는 데이먼의 포옹에 마음을 가라앉혔다. 엘렌이 거기 있다가 군인들을 뚫고 나와, 도와주려고 두 손을 내밀었다.

「군인들을 뒤로 물러나게 해요.」데이먼이 딱딱거리며 말했다. 빛 때문에 앞이 잘 안 보이고, 바나스를 알아볼 수가 없었다. 「길을 비켜요. 총도 그만 휘두르고요.」데이먼은 다우너를 벽 옆의 바닥에 앉혔고, 엘렌은 의사를 부르라고 명령했다. 「이 군인들을 여기서 나가라고 해요!」데이먼이 다시 말했다. 「우리가 알아서 하게 돼요!」

명령이 전해졌다. 〈인도〉 군인들이 물러나기 시작해 데이먼은 크게 안도했다. 다우너는 가만히 앉아 있었고, 데이먼의 설득으로 옆에 장비를 들고 무릎 꿇은 의사가 자신의 다친 팔을 검사하도록 허락했다. 데이먼은 숨이 막힐 것 같아

마스크를 내리고, 옆에서 몸을 숙이고 있는 엘렌의 손을 꼭 쥐었다. 공기에서 땀 냄새와 겁에 질린 다우너 냄새, 코를 찌르는 사향 냄새 따위의 악취가 났다.

「이름이 푸른 이빨이로군요.」의료 요원이 인식표를 확인하며 말했다. 그는 재빨리 몇 가지 적고 부드럽게 상처를 치료하기 시작했다.「화상을 입었고 출혈이 있습니다. 충격을 빼면 경미한 상처입니다.」

「물.」푸른 이빨은 간청하고는 의료 요원의 장비에 손을 뻗었다. 의료 요원은 얼른 장비를 치운 뒤 물을 찾으면 주겠다고 조용히 약속했다.

에어로크가 열리고, 다우너가 열 명도 넘게 나타났다. 데이먼은 다우너들의 얼굴에서 공포를 읽고는 일어났다.「전 콘스탄틴입니다.」데이먼이 곧바로 말했다. 다우너들에겐 콘스탄틴이란 이름이 큰 의미를 띠었기 때문이다. 데이먼은 양팔을 뻗은 채 다우너들을 맞았고, 땀범벅에 충격으로 멍해진 다우너들의 포옹을 견뎠다. 털이 숭숭한 힘센 팔들이 데이먼을 부드럽게 안았다. 엘렌 역시 같은 식으로 다우너들을 반겼다. 곧 또 다른 다우너들이 에어로크로 나와 복도를 온통 채웠다. 이제 다우너가 복도 끝에 선 군인들보다 더 많았다. 다우너들은 군인들 쪽을 걱정스러운 눈으로 보았지만, 계속 한 무리로 붙어 있었다. 또 한 번 다우너들이 몰려나오고, 푸른 이빨의 짝도 함께 나와 걱정스럽게 재잘거리다 푸른 이빨을 발견하고서야 조용해졌다. 바나스는 다우너들과 함께 다가왔다. 이 갈색 털이 난 한 무리의 다우너들 속에서도 으스대는 일 없이 조용히 걸어왔다.

「최대한 빨리 이들을 안전한 지역으로 옮기시랍니다.」바나스가 말했다.

「당신 콤으로 연락해서, 우리가 4층에서 9층까지 비상 경사로들을 통해 부두로 갈 수 있게 허가해 주십시오.」데이먼이 말했다. 「거기서 이들의 거주지로 갈 수 있습니다. 우리가 바래다주겠습니다. 모든 관계자에게, 그게 가장 빠르고 안전한 길입니다.」

데이먼은 바나스의 대답을 기다리지 않고, 다우너들에게 손짓했다. 「갑시다.」데이먼의 말에 다우너들은 조용해지더니 움직이기 시작했다. 팔에 하얀 붕대를 감은 푸른 이빨은 뒤처지지 않으려고 서둘러 일어났고, 다른 이들에게 뭐라고 재잘거렸다. 새틴 역시 말을 보탰고, 다우너들은 갑자기 활기를 띠기 시작했다. 데이먼은 엘렌과 손을 잡고 걷고, 다우너들은 주위에서 힘차게 함께 걸었다. 등 뒤에서 경쾌하고 빠르게 걷는 다우너 특유의 호흡기 소리가 들렸다. 몇 안 되는 보초들은 갑자기 수적으로 열세에 몰려 함께 가면서 아주 조용히 침묵을 지켰고, 다우너들은 복도 끝에 도착해 9층의 모든 문으로 갈 수 있는, 나선형의 널따란 경사로로 들어가며 점점 더 자유롭게 재잘거렸다. 경사로를 내려가는데 누가 데이먼의 왼팔을 슬그머니 잡아당겼다. 푸른 이빨이었다. 새틴도 함께 있었다. 데이먼과 엘렌과 푸른 이빨과 새틴은 함께 나란히 경사로를 내려갔다. 기묘한 길동무들이었다…….

다섯. 누가 엘렌의 오른쪽에서 손을 잡았다. 새틴이 뭐라고 외쳤다. 합창하는 대답이 돌아왔다. 새틴이 다시 말하자, 목소리가 높이, 멀리 울렸다. 다시 한번 재잘대는 합창이 쩌렁쩌렁 울렸고, 주위의 가로대에 소리가 메아리쳤다. 뒤에서 또 다른 외침이 들렸다. 목소리들이 대답했다. 그리고 또 한번. 데이먼은 엘렌과 잡은 손에 힘을 주었다. 이 행동에 갑자기 신경이 곤두서며 긴장되었던 것이다. 그러나 다우너들은 마치 행진가처럼 들리는 소리를 외치며 데이먼과 함께 걷는다는 데 만족하고 있었다.

다우너들은 그린 구역 9층으로 들어가 기다란 복도를 행진했다……. 크게 고함치며 부두들에 들어갔고, 메아리가 울렸다. 줄지어 서서 우주선 입구들을 지키던 군인들은 불길하게 꿈틀거렸지만, 그게 다였다. 「제게 딱 붙어 있어요.」데이먼은 다우너들에게 단호히 명령했다. 다우너들은 명령에 따르며 구불거리는 지평선을 올라가 자신들의 거주지가 있는 곳으로 들어간 뒤 헤어졌다. 「가요.」데이먼이 말했다. 「가서 부디 조심하며 지내요. 총 든 인간들을 놀라게 하지 말고요.」

데이먼은 다우너들이 뛰어갈 거라고, 처음에 데이먼 주위에서 그랬듯이 자유롭게 내달릴 거라고 생각했다. 그러나 다우너들은 한 명씩 다가와 데이먼과 엘렌을 부드럽게 안아 주고 싶어 해 헤어지는 데 시간이 좀 걸렸다.

마지막으로 새틴과 푸른 이빨이 와서 안고 가볍게 토닥였다. 「사랑해.」푸른 이빨이 말했다. 「사랑해.」새틴도 자기 차례가 되자 말했다.

죽은 자에 대해서는 어떤 말도, 어떤 질문도 없었다. 「큰놈은 갔어요.」데이먼은 푸른 이빨의 화상을 볼 때 이들이 그 일에 어떻게든 연관되어 있다고 확신했지만, 그럼에도 다우너들에게 말했다. 「죽었어요.」

새틴은 머리를 까닥여 엄숙하게 동의했다. 「당신은 큰놈을 집으로 보낸다, 콘스탄틴-인간.」

「제가 보내겠습니다.」데이먼은 약속했다. 인간들이 죽으면, 그렇게 이송하는 게 의미가 없었다. 인간은 이 땅에도, 어느 땅에도 강한 유대 관계가 없었고, 매장되고 싶다는 막연한 소망은 있었지만 불편을 참고 할 정도까진 아니었다. 이번 일도 불편하긴 했지만, 집과 먼 곳에서 살해당하는 것 또한 불편한 일이었다. 「제가 책임지고 하겠습니다.」

「사랑해.」새틴은 엄숙하게 말하고 나서 데이먼을 또 한 번 안아 준 뒤, 굉장히 부드럽게 엘렌의 배에 손을 얹었다. 새틴은 푸른 이빨과 함께 걸어갔다. 그리고 잠시 후 자신들의 터널로 이어지는 에어로크로 뛰어갔다.

이제 엘렌은 배에 자기 손을 얹은 채 서서 얼떨떨한 상태로 데이먼은 바라보았다. 「어떻게 알았지?」엘렌은 당황해 소리 내어 웃으며 물었다. 데이먼 역시 당혹했다.

「살짝 티가 나.」데이먼이 말했다.

「다우너가 그걸 눈치챘다고?」

「다우너는 살찌지 않거든.」데이먼이 말했다. 그러고는 엘렌 너머로 부두들을, 그리고 줄지어 선 군인들을 바라보았다. 「가자, 난 여기가 싫어.」

엘렌은 데이먼을 따라 바와 레스토랑 근처에서, 부두들의 위로 휘어지는 지평선에 줄지어 선 군인들과 더 잡다한 무리들을 보았다. 상인들이었다. 상인들은 한편으론 군인들을 보면서 한편으론 빼앗긴 부두에 시선을 고정하고 있었다.

「펠이 시작될 때부터 이곳은 상인들의 것이었어.」엘렌이 말했다.「술집과 단기 숙소도 그랬지. 시설들은 문을 닫고 있고, 마지언의 군인들은 그 상황을 별로라고 느낄 거야. 화물선의 선원들과 마지언의 부하들…… 같은 술집에, 같은 단기 숙소에 있게 되니까. 저 군인들 중 하나라도 단기 상륙 허가를 받아 나오면 스테이션 보안을 더 엄격하게 하는 게 좋을걸.」

「어서.」데이먼은 엘렌의 팔을 잡으며 말했다.「난 당신이 여기서 나갔으면 해. 여길 달려 나가서 복도로 들어가 다우너들과…….」

「당신은 어디 있었어?」엘렌이 갑자기 물었다.「터널 안에서 말이야.」

「난 터널을 잘 알아.」

「나도 부두를 잘 알아.」

「그래서 당신은 4층에서 뭘 하고 있었는데?」

「난 연락받았을 때 여기 있었어. 큐에게 통행증을 부탁해서 받았고, 큐의 대위가 부두 사무실들과 협력하게 만들었어. 난 내 일을 하고 있었다고, 누구 덕분에 말이지. 그리고 함대 콤에서 연락이 오자, 난 또 누가 총에 맞기 전에 저 위의 바나스부터 붙들었어.」

데이먼은 고마움을 느끼며 엘렌을 꼭 안았고, 엘렌과 함께 모퉁이를 돌아 블루 구역 9층으로 들어갔다. 이곳 역시 여기저기 군인들이 배치되어 있어 살풍경해 보였다. 그러나 복도들엔 아무도 없었다.

「조시.」 데이먼이 갑자기 팔을 떨어뜨리며 말했다.

「뭐?」

데이먼은 걷는 속도를 그대로 유지한 채 리프트로 향했다. 그러면서 주머니에서 자신의 서류들을 꺼냈다. 저쪽의 〈인도〉 군인들은 데이먼과 엘렌에게 그냥 가라고 손을 흔들었다. 「조시가 잡혔어. 맬러리는 조시가 여기 있다는 걸 알고, 조시가 있는 장소도 알아.」

「그래서 어떻게 할 건데?」

「맬러리는 조시를 풀어 준다고 동의했어. 이미 풀어 줬을지도 몰라. 난 콤프를 확인해서 조시가 지금 어디 있는지 알아봐야겠어. 아직도 구금되어 있는지, 아니면 자기 아파트로 돌아갔는지.」

「조시는 한동안 우리랑 함께 지내도 돼.」

데이먼은 아무 말 없이 엘렌의 말을 생각했다.

「안 그러면 우리 중 누구든 잠을 설치게 되지 않겠어?」 엘렌이 말했다.

「조시가 곁에 있어도 잘 못 잘걸. 우린 아파트에서 부대낄 테니까. 같은 침대에서 셋이 자는 거나 매한가지일걸.」

「붐비며 자는 거라면 전에도 해봤는걸. 그리고 우린 하룻밤 이상 잠을 설칠 수도 있어. 만약 그자들이 조시에게 손이라도 댄다면…….」

「엘렌, 스테이션 차원에서 항의하느냐는 또 다른 문제야. 여기엔 다른 것들이 걸려 있어, 조시와의 개인적인 일들……」

「비밀스러운?」

「폭로되면 안 될 일들. 맬러리가 내보이기 싫어할 일들, 내 말 알겠어? 맬러리는 위험한 사람이야. 난 많은 살인자와 얘기해 봤지만, 맬러리보다 더 냉혹한 자는 없었어.」

「함대 함장이야. 그런 사람은 타고나는 거야, 데이먼. 아무 상인이나 붙잡고 물어봐. 당신도 알겠지만, 저기 줄 서 있는 군인들 중엔 스테이션에 사는 상인 친척들도 있을 거야. 하지만 그 사람들은 자기 엄마가 와도 줄에서 이탈하지 않을 걸. 절대 아니지. 일단 함대가 가져가면…… 그건 돌아오지 않아. 함대에 대해 당신이 하는 말은 나도 다 아는 거야. 난 만약 우리가 뭘 하고 싶다면 그냥 해야 한다고 자신 있게 말할 수 있어. 그것도 당장.」

「조시를 우리 집으로 데려오면, 함대 파일에 그 행동이 기록되는 위험을 감수……」

「난 당신이 뭘 〈하고 싶어 하는지〉 내가 안다고 생각해.」

엘렌은 고집이 셌다. 데이먼은 여러 가지 생각을 한 뒤, 리프트 앞에서 발걸음을 멈추고 버튼에 손을 댔다. 「조시를 데려오는 게 좋을 것 같아.」 데이먼이 말했다.

「응.」 엘렌이 말했다. 「그럴 거라 생각했어.」

제7장

1
펠: 화이트 구역 4층, 2230시

존 루커스는 큐가 의회의 모두에게 준 통행증에도 불구하고 바짝 긴장한 채 텅 빈 복도들을 걸어갔다. 군인들은 주일 새벽부터 점진적으로 철수할 수도 있다고 약속했었다. 그래야만 한다고 존은 생각했다. 일부는 이미 교대해 쉬러 갔고, 일부 함대 승무원들은 방탄복 없이 자기 자리에서 보초를 서고 있었다. 사방이 조용했다. 존은 딱 한 번, 리프트 출구에서 검문당했다. 그는 집으로 걸어가 카드로 문을 열었다.

거실에는 아무도 없었다. 초대받지 않은 손님이 딴 데로 샌 게 아닌가 하는 무서운 생각이 곧바로 찾아들며, 존의 심장이 쿵 하고 내려앉았다. 그러나 곧 브랜 헤일이 부엌 옆 복도에 나타나 존을 보며 안도하는 표정을 지었다.

「괜찮아.」헤일의 말과 함께 제사드도 밖으로 나오고, 헤일의 부하 두 명도 따라서 나왔다.

「때맞춰 오셨군요.」제사드가 말했다. 「점점 더 지루해지고 있었습니다.」

「앞으로도 계속 그럴 겁니다.」존은 언짢아하며 말했다. 「오늘 밤은 모두 여기 있어야 합니다. 헤일, 대니얼스, 클레이…… 군인들이 코앞에 있는데 제 아파트에서 한 떼의 방문자가 쏟아져 나오게 할 순 없어요. 군인들은 내일 아침 전에 갈 겁니다.」

「함대는요?」헤일이 물었다.

「군인들은 복도에 있어요.」존은 부엌 바 쪽으로 가서 마지막으로 놔둘 땐 꽉 차 있던 병을 유심히 살폈다. 지금은 손가락 두 개 높이밖에 남아 있지 않았다. 존은 술을 한 잔 따라 한숨을 쉬며 마셨다. 피곤해서 눈이 따끔거렸다. 존은 가장 좋아하는 의자로 가서 무너지듯 앉았고, 제사드가 낮은 탁자 맞은편에 앉았다. 헤일과 부하들은 술병을 더 찾아 바를 뒤졌다. 「당신이 신중한 분이라서 기쁩니다.」존이 제사드에게 말했다. 「걱정했습니다.」

제사드는 고양이처럼 눈을 가늘게 뜨며 웃었다. 「걱정하셨을 줄 알았습니다. 잠시 그 해결책도 생각해 보셨을 거고요. 어쩌면 지금도 그런 식으로 생각하고 계실 듯하군요. 함께 논의해 볼까요?」

존은 얼굴을 찡그리며, 헤일과 부하들을 눈짓했다. 「전 당신보다 저 친구들을 더 믿습니다. 그게 사실이고요.」

「당신이 절 제거할 생각을 했을 가능성도 있지요.」제사드가 말했다. 「그리고 지금 이 순간, 당신이 〈만약〉이 아닌 〈어디)를 더 염려하는 게 아니라 해도 별로 놀랍지 않을 것 같군요. 당신은 그런 짓을 하고도 잘 빠져나올 수 있겠죠. 아마도 그럴 겁니다.」

제사드의 노골적인 말에 존은 마음이 불편해졌다. 「직접 그렇게 말씀하시니 말인데, 그쪽에도 반대 제안이 있을 것 같군요.」

제사드는 계속 미소 지으며 말했다. 「하나, 전 현재 전혀 위험 요소가 아닙니다. 상황을 다시 생각해 보시는 게 좋을 겁니다. 둘, 전 마지언의 도착에 낙담하지 않았습니다.」

「어째서죠?」

「그 우발적 사건은 이미 계산했던 일이기 때문이죠.」

존은 잔을 들어 입술에 대고 톡 쏘는 술을 한 모금 마셨다. 「어떻게 말입니까?」

「우주선이 도약해 심우주에 들어갈 때, 루커스 씨, 안전하게 가는 방법이 세 가지 있습니다. 처음부터 도약을 너무 심하게 하지 않는다……. 아주, 아주 잘 아는 지역에 있다면 말입니다. 혹은 어느 별의 중력을 이용해 멈춘다. 혹은 도약 실력이 뛰어나다면, 어느 영점에 있는 질량을 이용한다. 펠 근방에 잡동사니가 아주 많다는 걸 아시나요? 아주 큰 건 없지만, 충분히 큰 것들은 있습니다.」

「무슨 얘기를 하시는 겁니까?」

「유니언 함대입니다, 루커스 씨. 마지언이 수십 년 만에 처음으로 자기 우주선을 한데 모았는데 거기에 아무 이유도 없을 거라고 생각하시나요? 펠은 마지언에게 남은 전부입니다. 유니언 함대는 저 밖에 있고, 저를 먼저 보낼 때 유니언은 마지언이 어디로 향할지 이미 알고 있었습니다.」

　헤일과 부하들이 돌아와 소파와 등받이에 모여 앉아 있었다. 존은 마음속으로 상황을 그려 보았다. 펠이 전투 지역이 되다니, 이거야말로 최악의 시나리오였다.

「마지언을 몰아낼 방법이 전혀 없다고 밝혀지면 우리에게 무슨 일이 생기는 겁니까?」

「마지언을 쫓아낼 수 있습니다. 그리고 그렇게 되면, 마지언에겐 기지가 전혀 없게 됩니다. 끝장나는 거죠. 우린 〈평화〉를 누리게 되고요, 루커스 씨. 물론 그에 대한 포상도 모두 받습니다. 그 때문에 제가 여기 있는 겁니다.」

「계속 말씀하시죠.」

「공무원들은 제거되어야 합니다. 〈콘스탄틴〉 가문이 제거되고 당신이 그 자리에 들어가야 합니다. 친족 관계를 무시하고 그럴 배짱이 있으신가요, 루커스 씨? 여기에…… 가족이 연관되어 있다는 거 압니다. 당신, 콘스탄틴의 아내…….」

　존은 입을 꽉 다물고, 언제나처럼 얼리샤의 현 상황을 생각하지 않으려 애썼다. 대면하기 힘든 상황이었다. 늘 견딜 수가 없었다. 기계들에 연결되어 사는 건, 살아도 사는 게 아니었다. 정말로 사는 게 아니었다. 존은 얼굴의 땀을 훔쳤다. 「누나와 전 서로 대화하지 않습니다. 아주 오래전에 대화가 끊겼죠. 얼리샤는 몸을 마음대로 움직일 수가 없습니다. 데인이 얘기했을 텐데요.」

「잘 압니다. 전 당신 누나의 남편과 아들들에 대해 말하는 겁니다. 그럴 배짱이 있으신가요, 루커스 씨?」

「배짱이라……. 네, 만약 말이 되는 계획이라면요.」

「이 스테이션에 크레시치란 남자가 있습니다.」

존은 천천히 숨을 들이쉬며, 술잔을 손에 든 채 팔을 의자 팔걸이에 걸쳤다. 「바실리 크레시치. Q에서 선거로 뽑힌 의원이죠. 어떻게 그자를 알죠?」

「데인 저코비가 알려 줬습니다……. 그곳의 의원이라고요. 그리고 우리에게 파일이 있습니다. 이 크레시치란 자는…… 의회에서 회의가 있을 때 Q에서 나옵니다. 크레시치는 통행증만 가지고 나올 수 있습니까, 아니면 육안 검사를 거칩니까?」

「둘 다입니다. 보초들이 있습니다.」

「그 검사관들에게 뇌물을 먹일 수 있을까요?」

「어떤 일들에선, 가능합니다. 하지만 스테이션인들은 자신들이 사는 스테이션에 해가 되는 일은 뭐든 본능적으로 꺼립니다. Q에 약과 술을 들여보낼 순 있습니다. 하지만 한 사람…… 한 명의 보초가 느끼는 술 한 상자에 대한 양심과 자기 보존 본능은 다른 얘기입니다.」

「그럼 우리가 크레시치와 회담을 하려면 늘 짧게 해야겠군요, 안 그렇습니까?」

「〈여기〉선 안 됩니다.」

「그건 당신에게 달렸습니다. 어쩌면 신분증과 서류를 빌려주는 것도요. 당신의 수많은 충직한 피고용인들 사이에서 뭔가를 준비할 수 있으리라 믿습니다. Q 지구 근처의 아파트…….」

「어떤 종류의 회담을 말하는 겁니까? 그리고 크레시치에게서 뭘 바라는 겁니까? 그 남자는 줏대 없는 자입니다.」

「여기 있는 자들만큼 충직하고 믿을 만한 부하들이 모두 몇이나 됩니까?」 제사드가 물었다. 「위험을 감수할 자들, 살인도 할 수 있는 자들 말입니다. 우리에겐 그런 자들이 필요합니다.」

존은 브랜 헤일을 흘끗 보고는 숨이 턱 막히는 것을 느꼈다. 숨이 다시 돌아왔다. 「음, 크레시치는 그런 유의 자가 아닙니다.」

「크레시치에겐 유력한 연줄이 있습니다. 그런 연줄도 없이 어떻게 Q의 괴물들 꼭대기에 계속 군림할 수 있겠습니까?」

2
펠: 그린 구역 7층, 상인 숙박소, 2241시

콤이 웅웅대며 울렸다. 불이 켜지고, 통화 요청이 들어왔다. 조시는 서성대던 것을 멈추고 방 저쪽의 콤을 보았다. 그들은 조시를 놓아주었다. 〈집으로 가십시오.〉 그들의 말에 조시는 그대로 따랐다. 경찰과 마지언의 부하들이 지키는 복도들을 통과해 집으로 돌아왔다. 지금 이 순간, 그들은 조시가 어디에 있는지 알았다. 그리고 조시가 돌아오자마자 누군가 조시의 집으로 통화 요청을 넣었다.

상대는 집요했다. 빨간 불빛은 깜박거리며 계속 켜져 있었다. 대답하고 싶지 않았지만, 어쩌면 조시가 집으로 돌아왔는지 구치소에서 확인하려는 것일 수도 있었다. 조시는 대답하지 않고 있기가 두려워 방을 가로질러 가서 대답 버튼을 눌렀다.

「조시 탤리입니다.」 조시는 마이크에 대고 말했다.

「조시, 조시, 저 데이먼이에요. 목소리를 들으니 안심되네요. 괜찮아요?」

조시는 벽에 몸을 기대고 숨을 내쉬었다.

「조시?」

「전 괜찮아요. 데이먼, 어떻게 된 일인지는 아시죠?」

「알아요, 당신 메시지를 받았어요. 전 당신에 대해 개인적으로 책임을 지고 있어요. 오늘 밤 우리 집으로 갈 거니까, 필요한 짐을 싸요. 전 당신을 따라 거기로 가고 있어요.」

「데이먼, 안 돼요. 〈안 돼요.〉 이 일에서 빠지세요.」

「이미 얘기를 끝냈어요. 괜찮아요, 사양 말아요.」

「데이먼, 그러지 말아요. 그자들의 기록에 이런 일이 남게 하지 말아요……」

「우린 이미 당신의 법적 보증인이에요, 조시. 벌써 기록에 남아 있어요.」

「그러지 말아요.」

「엘렌과 저는 이미 가고 있어요.」

통화가 끊겼다. 조시는 얼굴의 땀을 닦았다. 배 속에서 비비 꼬이던 것이 이제 목구멍까지 올라왔다. 조시의 눈에는 더 이상 벽이 보이지 않았다. 지금 있는 곳의 그 무엇도 보이지 않았다. 오직 금속만 보였다. 그리고 시그니 맬러리, 젊은 얼굴과 세월을 보여 주는 은발머리, 그중에서도 가장 나이가 든 눈. 데이먼과 엘렌, 그리고 그들이 원하는 아이……. 그들은 모든 걸 위험에 내맡길 준비가 되었다. 조시를 위해서.

조시에겐 무기가 없었다. 자신과 맬러리만 있다면, 무기는 전혀 필요 없었다. 실제로 맬러리의 숙소에서도 그랬다. 그 당시 조시는 죽어 있었다. 내적으로 죽은 상태였다. 자신의 존재를 증오하며 존재했었다. 이제 그때와 똑같은 무기력 상태가 조시를 손짓해 불렀다……. 모든 상황이 알아서 돌아가게 내버려 두라고, 받아들이라고, 숨을 곳이 생기면 숨으라고. 언제나 이쪽이 쉬운 길이었다. 조시는 맬러리를 위협하지 않았고, 싸워 가며 지켜야 할 것도 없었다.

조시는 벽에서 몸을 떼고 주머니를 두드려 안에 서류가 있는지 확인했다. 그런 다음 복도로 들어가 숙박소의 무인 프런트 데스크를 지나 보초들이 서 있는 공터로 나왔다. 스테이션 보안대 한 명이 조시를 검문하기 시작했다. 조시는 군인 한 명이 서 있는 복도를 광기 어린 눈으로 바라보았다.

「저기요!」 조시는 텅 빈 복도의 고요함을 깨며 외쳤다. 경찰과 군인이 반응했다. 군인은 라이플을 겨눠 하마터면 방아쇠를 당길 뻔했다. 조시는 꿀꺽 침을 삼키고 양손을 잘 보이게 펼쳤다. 「당신과 얘기하고 싶어요.」

라이플이 까닥거렸다. 조시는 양손을 여전히 양쪽으로 넓게 벌린 채 무장한 군인과 시꺼먼 총구 쪽으로 걸어갔다.

「그 정도 거리에서 멈추십시오.」군인이 말했다. 「무슨 일이십니까?」

그 군인은 〈대서양〉의 기장을 달고 있었다. 「〈노르웨이〉의 맬러리와 관련된 일입니다.」조시가 말했다. 「우린 친한 친구입니다. 맬러리에게 조시 탤리가 얘기하고 싶어 한다고 전해 줘요, 당장요.」

그 군인은 못 믿겠다는 표정을 짓더니, 결국 얼굴을 찌푸렸다. 그러나 그는 팔을 접어 총을 잡고, 콤 버튼에 손을 뻗었다. 「〈노르웨이〉 당직 장교에게 전해 드리겠습니다.」군인이 말했다. 「어찌 되어도 〈노르웨이〉에 들어가게 될 겁니다. 맬러리가 당신을 안다면 당신 발로 들어갈 거고, 맬러리가 당신을 모른다면 총체적 조사를 받게 될 겁니다.」

「맬러리는 저를 만나겠다고 할 겁니다.」조시가 말했다.

군인은 콤 버튼을 누르고 물었다. 대답은 군인의 헬멧 콤에 개인적으로 전해졌지만, 군인은 눈을 꿈벅거렸다. 「그럼 확인해 보시죠.」군인이 〈노르웨이〉 쪽에 말했다. 잠시 후 군인은 다시 말했다. 「지휘 본부, 알겠습니다. 통신을 종료합니다.」군인은 콤 유닛을 다시 허리띠에 걸고, 라이플 총신을 휘두르며 복도를 가리켰다. 「저 복도를 쭉 걸어가다가 경사로를 올라가십시오. 거기 있는 군인이 책임지고 당신을 맬러리에게 데려갈 겁니다.」

조시는 바삐 걸어갔다. 데이먼과 엘렌이 오래지 않아 숙박소에 도착할 것이기 때문이었다.

조시는 몸수색을 당했다. 물론 당연한 일이었다. 오늘만 벌써 세 번째 수색이어서 이번엔 아무렇지도 않았다. 조시는 머릿속이 워낙 복잡하다 보니 몸이 고달픈 건 신경 쓸 여력이 없었다. 조시는 옷의 주름을 펴고 보초들과 함께 경사로를 올라갔다. 층마다 보초들 옆을 지났다. 그린 구역 2층에서 조시는 리프트를 타고 짧게 올라간 뒤 블루 구역 1층으로 들어가 가로질렀다. 여기선 서류를 요구조차 하지 않았고, 폴더에 서류 말고 다른 게 없는지 확인한 것 말고는 더 이상 보지도 않았다.

　조시와 보초들은 매트가 카펫처럼 깔린 복도를 다시 잠깐 걸었다. 공기에선 화학제품의 악취가 났다. 일꾼들은 방향 표시들을 없애느라 바빴다. 더 안쪽의 창이 있는 곳은 콤프 장비들로 가득했고, 기술자 몇 명이 돌아다녔는데, 특별 호위 중이었다. 〈노르웨이〉 군인들이었다. 그들이 문을 열고 조시 일행을 들여보냈다. 이제 조시는 기술자들이 바삐 일하는 스테이션 본부의 통로들 사이에 있었다.

　끝쪽 카운터에 앉아 있던 맬러리가 일어나 조시를 맞았다. 차갑게 웃는 얼굴은 수척했다. 「으흠?」 맬러리가 말했다.

　조시는 맬러리를 봐도 아무렇지 않을 줄 알았다. 그러나 실제로 보니 그렇지 않았다. 갑자기 속이 뒤틀렸다. 「돌아오고 싶습니다.」 조시가 말했다. 「〈노르웨이〉로요.」

　「그래?」

　「전 스테이션인이 아니에요. 여기 사람이 아니에요. 또 누가 절 받아 주겠어요?」

맬러리는 조시를 보았지만 아무 말도 하지 않았다. 조시의 왼쪽 무릎이 덜덜 떨리기 시작했다. 조시는 앉아 있었다면 좋았을 거라고 생각했다. 하지만 조시가 움직이면 군인들이 조시를 쏠 터였다. 조시는 분명 그들이 총을 쏠 거라고 마음속 깊이 확신했다. 틱 때문에 마음의 평정이 무너지려 했고, 입가가 자꾸 씰룩거렸다. 그때 맬러리가 잠시 몸을 돌렸다가 다시 돌아보았다. 맬러리는 싸늘하게 키득거렸다. 「콘스탄틴이 너에게 이러라고 했나?」

「아뇨.」

「넌 조정을 받았어. 그건 맞지?」

혀가 꼬이고 말이 더듬더듬 나오려 했다. 조시는 고개를 끄덕였다.

「그리고 콘스탄틴은 네가 착하게 굴도록 책임지겠다고 자원했지.」

일이 완전히 꼬이고 있었다. 「절 책임질 사람은 아무도 없습니다.」 조시는 더듬거리며 말했다. 「전 우주선을 원합니다. 제가 탈 수 있는 게 〈노르웨이〉뿐이라면, 〈노르웨이〉에 타겠습니다.」 조시는 맬러리를 똑바로 봐야 했다. 맬러리의 두 눈은 온갖 생각을 담고 깜박거렸다. 여기서는, 군인들 앞에서는 말로 나오지 않을 생각들이었다.

「저자의 몸을 수색했나?」 맬러리가 보초들에게 물었다.

「네, 함장님.」

맬러리는 오랫동안 생각하며 서 있었다. 미소를 짓지도, 큰 소리로 웃지도 않았다. 「어디서 묵고 있지?」

「오래된 숙박소에서 지냅니다.」

「콘스탄틴 가문에서 제공한 건가?」

「전 일을 합니다. 제가 벌어서 냅니다.」

「무슨 일을 하지?」

「작은 폐품 수집 일을 합니다.」

놀라움과 조롱이 얼굴을 스쳤다.

「그래서 전 그 일에서 벗어나고 싶습니다.」 조시가 말했다.「당신이 제게 그 정도 빚이 있다고 생각하는데요.」

뒤에서 누가 다가오다 멈추며 이야기를 방해했다. 맬러리는 큰 소리로 웃음을 터뜨렸다. 지루하고 피곤해하는 웃음소리였다. 맬러리는 손짓으로 누군가를 불렀다.「콘스탄틴, 들어오십시오. 와서 당신 친구를 데려가십시오.」

조시는 몸을 돌렸다. 데이먼과 엘렌이 뒤에 서서, 벌건 얼굴로 당황한 채 숨을 몰아쉬고 있었다. 조시를 따라온 것이었다.「만약 혼란에 빠진 거라면…….」 데이먼이 말했다.「조시는 병원에 가야 합니다.」 데이먼이 다가와 조시의 어깨에 한 손을 얹었다.「가요. 가요, 조시.」

「조시는 혼란에 빠져 있지 않아요.」 맬러리가 말했다.「날 죽이러 여기에 왔답니다. 당신 친구를 집으로 데려가십시오, 콘스탄틴 씨. 그리고 조시를 잘 감시하십시오. 안 그러면 내 식대로 처리하겠습니다.」

순간 긴장 어린 침묵이 흘렀다.

「제가 잘 조처하겠습니다.」 잠시 후 데이먼이 말했다. 조시의 어깨를 잡은 손에 힘이 들어갔다.「가요, 어서 가요.」

조시는 데이먼과 엘렌과 함께 걸어서 보초들을 지나 밖으로 나간 뒤, 사람들이 일하고 화학제품 냄새가 나는 기다란 복도를 걸어갔다. 본부의 문들이 등 뒤에서 닫혔다. 누구도 입을 열지 않았다. 데이먼은 어깨에서 손을 내려 조시의 팔꿈치를 잡고, 리프트를 타고 금세 5층으로 갔다. 이 복도에는 보초들이 더 많았고, 스테이션 경찰도 있었다. 이들은 검문받지 않고 주거용 복도들로 들어가 데이먼의 집 문 앞까지 왔다. 데이먼과 엘렌은 조시를 안으로 들어오게 한 뒤 문을 닫았다. 조시는 가만히 서서 기다렸다. 데이먼과 엘렌은 늘 하던 대로 불을 켜고 재킷을 벗었다.

「당신 옷은 다른 사람에게 부탁해서 가져올게요.」데이먼이 짤막하게 말했다.「자, 이젠 편하게 있어요.」

조시는 이런 환영을 받을 자격이 없었다. 조시는 가죽 의자에 앉았다. 기름얼룩이 진 작업복이 마음에 걸렸다. 엘렌은 조시에게 차가운 음료수를 가져다주었고, 조시는 무슨 맛인지도 느끼지 못하면서 그냥 마셨다.

데이먼은 조시 옆의 의자 팔걸이에 앉았다. 데이먼은 화를 내고 있었다. 조시는 가만히 발치만 바라보았다.

「덕분에 아주 쇼를 했어요.」데이먼이 말했다.「우릴 어떻게 따돌렸는지 모르겠지만, 결국 해냈군요.」

「제가 가겠다고 했어요.」

데이먼은 뭐라고 말하려다 그냥 꿀꺽 삼켰다. 엘렌이 다가와 맞은편 소파에 앉았다.

「도대체 무슨 생각이었어요?」데이먼이 차분하게 물었다.

「당신은 끼어들지 말아야 했어요. 전 당신을 이 일에 개입 시키고 싶지 않았어요.」

「그래서 우리에게서 달아났어요?」

조시는 어깨를 으쓱했다.

「조시, 맬러리를 죽일 생각이었어요?」

「결국엔. 어디선가, 언젠가는요.」

다들 할 말을 찾지 못했다. 데이먼은 마침내 고개를 흔들고는 시선을 돌렸다. 엘렌은 조시의 의자 뒤로 다가와 부드럽게 어깨를 만졌다.

「성공하지 못했어요.」 마침내 조시는 떠듬거리며 말했다. 「다 틀어졌어요. 맬러리가 당신이 꾸민 짓이라고 생각할까봐 그게 걱정돼요. 미안해요.」

엘렌이 손으로 조시의 머리를 쓸어 준 뒤 다시 어깨를 잡았다. 데이먼은 마치 처음 보는 사람처럼 조시를 가만히 바라보기만 했다. 「다시는 그런 짓 할 생각 말아요.」 데이먼이 말했다.

「당신들이 다치는 걸 원치 않았어요. 당신들이 절 떠맡게 하고 싶지 않았어요. 그게 그자들에게 어떻게 보일지 생각해 봐요. 당신들이 저랑 있다는 게요.」

「마지언이 갑자기 어느 한순간에 이 스테이션을 운영할 수 있게 된다는 게 말이 된다고 생각해요? 그리고 함대의 제독이란 사람이…… 개인적 원한 때문에 콘스탄틴 가문과 관계를 깰 거라고 생각해요? 마지언이 콘스탄틴 가문의 협조를 필요로 하는데도요?」

조시는 그 말을 곱씹어 보았다. 자신이 믿고 싶은 방향으로 말이 된다고 느껴졌고, 그래서 조시는 데이먼의 말을 의심했다.

「그런 일은 절대 없어요.」 데이먼이 말했다. 「그러니 그만 잊어버려요. 군인이 이 아파트로 밀고 들어오는 일도 없고요. 이 부분은 절 믿어도 좋아요. 그저 그자들이 원하는 일에 구실을 주지만 말아요. 이미 하마터면 그럴 뻔했다고요. 제 말 알겠죠? 당신이 할 수 있는 최악의 일은 그자들에게 핑계를 주는 거예요. 조시, 당신이 구금에서 풀려난 건 맬러리의 명령 덕분이었어요. 제가 부탁했고요. 맬러리는 아까 또 한 번 그렇게 해줬어요…… 호의를 베풀어서요. 세 번째도 그래 줄 거라곤 생각 말아요.」

조시는 동요하며 고개를 끄덕였다.

「오늘 뭐 좀 먹었어요?」

조시는 생각하려 했으나 혼란을 겪었다. 그러다 마침내 샌드위치 생각을 해냈다. 자신의 막연한 불안감이 적어도 부분적으론 음식을 못 먹어서라는 걸 깨달았다. 「저녁을 걸렀어요.」 조시가 말했다.

「당신에게 맞을 만한 걸로 제 옷을 좀 갖다 줄게요. 씻고 좀 쉬어요. 우리가 내일 아침에 당신 아파트로 가서 뭐든 필요한 걸 가져올게요.」

「전 여기에 얼마나 머물게 되죠?」 조시는 고개를 돌려 엘렌을 본 뒤 다시 데이먼을 보았다. 이곳은 작았다. 조시는 불편을 느끼고 있었다. 「당신네 집에 얹혀살 순 없어요.」

「안전해질 때까지 여기 있어요.」데이먼이 말했다. 「당신이 여기서 더 지내야 한다면, 우린 그렇게 할 거예요. 그동안 전 당신 서류들과 뭐든 필요한 것들을 재검토해서, 당신이 앞으로 며칠 동안 제 사무실에서 지낼 구실을 찾을 겁니다.」

「폐품 수집장으로 돌아가지 않나요?」

「이 일이 해결되면요. 그때까진 당신을 우리 눈에 보이는 곳에 둘 거예요. 그자들이 당신을 건드리려면 큰 소란을 일으켜야 할 거예요. 전 이 일에 제 아버지도 끼워 넣을 거예요. 그러니 어느 사무실의 누구도 기습적으로 잡혀가는 일은 없을 겁니다. 그저, 부탁이니, 조용히 지내 주기만 하면 돼요.」

「네.」조시는 동의했다. 데이먼은 고개를 까닥여 복도 쪽을 가리켰다. 조시는 일어나 데이먼과 함께 걸어갔고, 데이먼은 욕실 밖 로커들을 뒤져 옷을 한 아름 끄집어냈다. 욕실로 들어가 목욕을 하자, 조시는 유치장의 기억을 잊고 기분이 한결 나아졌다. 조시는 데이먼이 빌려준 부드러운 가운을 입고 나와 저녁 식사 냄새를 맡았다.

데이먼과 엘렌과 조시는 복닥거리며 저녁을 먹고 각자의 구역들에서 본 것들을 이야기했다. 조시는 마침내 걱정을 떨치고 얘기할 수 있었다. 아직도 악몽이 머릿속에 도사리고 있긴 해도, 더는 혼자가 아니었던 것이다.

조시는 부엌의 안쪽 가장자리를 골라 바닥에 소박한 잠자리를 마련했다. 침대는 엘렌이 억지로 떠안겨 준 놀랄 만큼 많은 담요와 침대 시트들을 이용해 만들었다. 「내일이면 간이침대를 구할 수 있을 거예요.」엘렌이 약속했다. 「그렇게

까진 안 되더라도, 해먹 정도는 가능해요.」 조시는 침대에 누워 데이먼과 엘렌이 거실에 자리 잡는 소리를 들었고, 마침내 데이먼이 한 말을 믿으며 안전함을 느꼈다……. 조시는 제아무리 마지언의 함대라도 쳐들어올 수 없는 안전지대에 있었다.

제8장

에밀리오는 의자에 등을 기대고 포리의 찌푸린 얼굴을 단호히 바라보며 기다렸다. 그동안 얼굴에 흉터가 있는 이 함장은 자신 앞에 놓인 출력된 종이에 몇 가지를 적고 다시 탁자 위로 밀어 에밀리오 앞에 놓았다. 에밀리오는 종이들을 집어 대충 넘기며 보급 요청을 확인하고 천천히 고개를 끄덕였다.

「시간이 조금 걸릴 수도 있습니다.」 에밀리오가 말했다.

「지금 이 순간, 저는 보고서를 전달하고 지시에 따라 행동할 뿐입니다.」 포리가 말했다. 「당신과 당신네 직원들은 협조하지 않고 있고요. 원하면 계속 그러시죠.」

그들은 포리의 우주선의 작은 개인 영역에 앉아 있었다. 바닥이 평평했고, 오랜 우주 비행을 위해 설계된 곳은 아니었다. 포리는 다운빌로 공기를 맛보고 다운빌로 돔들과 흙과 진흙들도 경험한 뒤, 매우 불쾌해하며 우주선으로 후퇴했으며, 주 돔을 방문하는 대신 에밀리오를 불러들였다. 이러는 게 에밀리오에게도 마음에 들 수 있었다. 군인들만 철수시켜 줬더라면. 그러나 포리는 그렇게 하지 않았다. 〈군인들〉은 마스크를 쓰고 무장을 한 채 아직도 밖에 있었다. Q와 주민들 역시 총부리 아래 들판에서 일했다.

「저 역시 지시를 받고 있습니다.」에밀리오가 말했다. 「그리고 그 지시대로 행동하고 있죠. 우리가 할 수 있는 최선은, 함장님, 양쪽 모두 이 상황을 잘 인지하고 있음을 아는 것입니다. 당신의 합리적인 요청은 이쪽에서도 존중할 겁니다. 우린 둘 다 명령을 받는 위치니까요.」

합리적인 사람이라면 노여움을 삭였을지도 모르지만, 포리는 아니었다. 그저 오만상을 하고 있었다. 어쩌면 자신을 다운빌로로 보낸 명령에 분개하는 것일 수도 있었다. 어쩌면 원래 표정이 그럴 수도 있었다. 더 그럴듯한 설명은 포리에게 잠이 부족하다는 거였다. 밖에 있는 군인들이 짧은 간격으로 교체되고 있다는 사실은 이들이 기운찬 상태로 여기 온 게 아님을 의미했고, 포리는 그런 티를 내지 않았지만 포리의 승무원들은 그런 증후를 보였다. 아마도 부일 근무였던 듯했다. 「천천히 하시죠.」포리가 되풀이해서 말했다. 시간이 얼마나 걸렸는지 기억해 둘 거란 게 분명했다. 이 하루 동안, 에밀리오는 자기 식으로 일을 처리할 기회가 있었다.

「당신이 떠날 때까진 해드리죠.」에밀리오는 이렇게 말한 뒤 아무런 정중한 대답도 듣지 못하고 일어나서 걸어 나갔다. 보초들은 에밀리오를 가게 두었다. 에밀리오는 짧은 복도를 지나 리프트를 타고 우주선의 커다란 선복으로 갔다. 여기서 리프트는 에어로크로 기능했고, 이제 다운빌로 대기로 들어갔다. 에밀리오는 마스크를 쓰고, 내려진 이동 트랩을 내려가 차가운 바람 속으로 들어갔다.

그들은 아직 다른 캠프들에까지 점령군을 보내진 않았다. 에밀리오는 저들이 그럴 마음은 굴뚝같지만 군사력이 제한되어 있고, 다른 캠프들 쪽엔 착륙장이 없어 그런 거라고 추측했다. 포리의 보급 요청에 대해선, 요구량을 맞춰 줄 수 있을 듯했다. 그렇게 주면 이쪽은 물자가 부족해지고 스테이션은 확실히 쪼들리겠지만, 훼방과 발가벗겨진 돔들 때문에 적어도 함대의 요구량이 참을 만한 수준까지 떨어진 듯하다고 에밀리오는 생각했다.

〈상황이 나아졌음.〉 아버지는 가장 최근의 메시지에서 그렇게 말했다. 〈소개 계획은 없음. 함대는 펠에 영구적으로 기지를 세우려 생각 중.〉

가장 좋은 소식은 아니지만 가장 나쁜 소식도 아니었다. 에밀리오는 전쟁을 언젠가는, 어떤 세대에선가는 치러야 할 빚으로 여기며 평생 살았다. 펠이 영원히 중립을 지킬 수는 없다고 믿었다. 컴퍼니 요원들이 펠에 있을 때, 에밀리오는 가망이 없는 걸 알면서도 어떤 외부의 힘이 이미 개입할 준비를 마쳤을 수도 있다고 내심 바랐었다. 그러나 그렇지 않았다. 그 대신 마지언이 들어왔다. 마지언은 지구가 자금을 대려 하지 않는 전쟁에서 지고 있었고, 자신에게 자금을 대겠다고 결정할 수도 있는 스테이션을 지킬 수 없었으며, 펠에 대해 아무것도 몰랐고, 다운빌로의 미묘한 균형 따윈 전혀 신경 쓰지 않았다.

〈다우너들은 어디 있습니까?〉 군인들이 물었었다. 〈낯선 사람들을 보고 겁에 질렸습니다.〉 에밀리오는 대답했었다. 다우너들의 흔적도 보이지 않았다. 에밀리오는 다우너들이 감쪽같이 사라져야 한다고 계획을 짰다. 에밀리오는 포리의 보급 요청서를 재킷 주머니에 찔러 넣고 언덕을 걸어 올라갔다. 돔들 사이 여기저기에 서 있는 군인들이 보였고, 라이플들이 눈에 띄었다. 저 멀리 들판에 있는 일꾼들도 보였다. 모두가 일정이나 나이나 건강 상태와 상관없이 밖으로 내몰려 일하고 있었다. 공장에도, 펌프들이 물을 뽑고 있는 곳에도 군인들이 나와 있었다. 생산 속도에 대해 일꾼들에게 묻고 있었다. 아직까진, 스테이션은 그저 다운빌로가 생산한 것을 흡수할 뿐이라는 기본적 줄거리가 흔들린 적이 없었다. 저 위에는 수많은 우주선이 있었고, 모든 상선이 스테이션의 궤도를 돌았다. 아무리 마지언이라 해도 상선들을 골라 내 그들에게서 물자를 취할 가능성은 없었다……. 상선이 저렇게 많은데, 그럴 리는 없었다.

하지만 그토록 오랫동안 책략으로 유니언을 물리쳐 온 마지언이 이제 와서 에밀리오 콘스탄틴에게 속을 리 없다는 생각이 계속 그를 괴롭혔다. 마지언이 에밀리오에게 속다니, 어림도 없는 소리였다.

에밀리오는 길을 내려가 범람 지대의 다리를 건넌 뒤 다

56

시 지휘소를 향해 올라갔다. 지휘소 문이 열려 있었다. 밀리코가 밖으로 나와 에밀리오를 기다리고 있었다. 밀리코의 검은 머리가 바람에 날렸다. 밀리코는 추위 때문에 두 팔을 몸에 꼭 붙이고 있었다. 밀리코는 에밀리오가 혼자 아무 증인도 없이 포리의 영역에 들어가는 것을 걱정했고, 함께 우주선에 가고 싶어 했다. 에밀리오는 밀리코를 잘 설득해 단념시켰다. 이제 밀리코는 에밀리오를 향해 언덕을 걸어 내려오기 시작했다. 에밀리오는 손을 흔들었다. 생각했던 대로 모두 괜찮다는 걸 알리기 위해서였다.

아직은 그들이 다운빌로를 지휘하고 있었다.

제9장

펠: 블루 구역 1층, 2352년 10월 5일, 0900시

군인 한 명이 모퉁이에서 보초를 서고 있었다. 존 루커스는 망설였지만, 이 자체가 확실하게 관심을 끌었다. 군인은 손을 권총 가까이로 가져갔다. 존은 신경을 곤두세우며 앞으로 나가 손에 든 카드를 내밀었다. 체격이 크고 피부가 검은 군인은 카드를 받아 얼굴을 찡그리며 들여다보았다. 「의회 허가증이야.」 존이 말했다. 「최고 의회 허가증이지.」

「네, 의원님.」 군인이 말했다. 존은 카드를 도로 받아 들고 군인이 아직도 자신을 지켜본다고 느끼며 교차 통로를 걷기 시작했다. 「의원님.」

존은 몸을 돌렸다.

「콘스탄틴 씨는 사무실에 계십니다, 의원님.」

「콘스탄틴 씨의 아내가 내 누나네.」

잠시 침묵이 흘렀다. 「네, 의원님.」 군인은 조심스레 대답하고 다시 동상 같은 자세로 돌아갔다. 존은 몸을 돌려 계속 걸었다.

앤절로 혼자 호화롭게 산다고, 존은 씁쓸하게 생각했다. 여긴 붐비지도 않았고 〈자신만의〉 생활 공간도 그대로였다. 4번 교차로의 끝부분 전체가 앤절로의 것이었다.

그리고 얼리샤의 것이었다.

존은 문 앞에서 발걸음을 멈추고 망설였다. 마음이 긴장되었다. 존은 전에도 여기까지 온 적이 있었다. 그때도 군인 한 명이 여기서 질문을 해댔고, 존의 별난 행동을 문제 삼았다. 이젠 돌아갈 수 없었다. 존은 콤을 누른 뒤 기다렸다.

「누구?」 높고 날카로운 목소리에 존은 깜짝 놀랐다. 「당신 누구?」

「루커스, 존 루커스입니다.」 존이 대답했다.

문이 열렸다. 마르고 머리가 회색인 다우너가 주름이 자글거리는 눈으로 존을 보고는 얼굴을 찡그렸다. 「나 릴리.」 다우너가 말했다.

존은 다우너를 스치고 안으로 들어간 뒤, 침침한 거실과 비싼 가구, 사치품과 널찍한 공간을 둘러보았다. 릴리라는 다우너가 걱정스럽게 주위를 맴돌았다. 그때 문이 닫혔다. 존은 빛이 보이는 곳으로 몸을 돌려 그 너머의 방을 보았다. 바닥이 하얀색이었고, 창문은 우주를 향해 열려 있다는 착각이 들었다.

「그녀를 보러 온다?」 릴리가 물었다.

「내가 왔다고 전해.」

「나 전한다.」 늙은 다우너는 고개를 숙여 인사한 뒤 구부정하고 불안한 걸음걸이로 걸어갔다. 지나칠 정도로 너무 조용해서 아무 소리도 들리지 않았다. 존은 껌껌한 거실에서 두 손을 어찌해야 할지 모른 채 기다렸다. 배 속이 점점 더 죄어 왔다.

방에서 목소리들이 들렸다. 「존.」 존은 그 속에서 자기 이름을 알아들었다. 얼리샤의 목소리였다. 적어도 이건 인간의 목소리였다. 존은 정말로 몸이 으슬거리는 것을 느끼며 몸서리쳤다. 이 방들까지 온 건 처음이었다. 정말 처음이었다. 원격 중계로는 얼리샤를 본 적이 있었다. 작고 시들고, 기계로 유지되는 껍데기만 보였다. 존은 이제 이곳에 왔다. 왜 왔는지는 자신도 몰랐다. 아니, 알았다. 진실을 알려고 왔다. 자신이 얼리샤를 처리하는 일을 직면할 수 있을지 알려고. 살 가치가 있는 삶인지 알려고. 이 오랜 세월 동안 그 사진들, 전송된 차가운 사진들은 어떻게든 대처할 수 있었다. 하지만 같은 방에 있으면서, 얼리샤의 얼굴을 들여다보고 얼리샤와 얘기해야 한다는 것은……

릴리가 두 손을 맞잡고 돌아와 고개 숙여 인사했다. 「당신 들어온다. 당신 지금 들어온다.」

존은 움직였다. 하얀 타일이 깔리고 소독되고 조용한 방까지 반쯤 가자 배 속이 꼬이기 시작했다.

갑자기 존은 뒤돌아서 현관문으로 향하기 시작했다. 「당신 들어온다?」 다우너의 당황한 목소리가 존의 뒤를 쫓아왔다. 「당신 들어온다?」

존은 스위치를 누르고 나갔다. 등 뒤에서 문이 닫혔다. 존은 바깥 복도의 좀 더 차갑고 좀 더 자유로운 공기를 들이마셨다.

존은 발걸음을 떼어 그것을, 그곳을, 콘스탄틴의 집을 떠났다.

「루커스 의원님.」 존이 모퉁이에 이르자 보초를 서던 군인이 말했다. 예의를 차렸지만, 눈은 호기심 어린 질문들을 던지고 있었다.

「잠들었더라고.」 존은 대답하고 나서 침을 삼킨 뒤 계속 걸었다. 한 걸음씩 뗄 때마다 저 아파트를, 저 하얀 방을 마음속에서 지우려 애썼다. 존은 아이를, 소녀를, 다른 누군가를 떠올렸다. 존은 계속 그렇게 했다.

제10장

펠: 블루 구역 1층, 의회 회의장,

2352년 10월 6일, 1400시

의회는 이미 통과시키기로 한 법안들을 통과시키고 일찍 해산할 참이었다. 〈인도〉의 큐가 입회자로 앉아 그들이 무슨 말을 하고 무엇을 하는지 지켜보았고, 돌처럼 무표정한 얼굴로 토론장에 음산한 분위기를 조성했다. 위기가 닥치고 사흘째인 오늘, 마지언은 여러 요구를 했고, 원하던 바를 손에 넣었다.

크레시치는 메모들을 그러모으고 가장 윗줄에서 회의장의 움푹 들어간 중심 부분으로 내려왔다. 크레시치는 탁자 주위의 의자들 옆에서 잠시 지체하며, 밖으로 나가는 사람들 속에서 걱정스럽게 앤절로 콘스탄틴 쪽을 바라보았다. 앤절로는 응우옌, 란트그라프, 다른 대의원 몇 명과 함께 의논 중이었다. 큐는 아직도 탁자 앞에 앉아 귀를 기울이고 있었고,

큐의 갈색 얼굴은 마치 가면 같았다. 크레시치는 큐가 두려웠다……. 큐 앞에서 자기 일을 입에 올리기가 두려웠다.

그럼에도 크레시치는 천천히 상석까지 나아갔고, 콘스탄틴 주위에 몰려선 사람들 속으로 들어갔다. 크레시치는 자신이 이 비공식 모임에서 환영받지 못함을 알았다. 크레시치는 Q의 대표였기에, 시간이 없어 해결할 수 없는 문제들이 남아 있음을 일깨워 주었던 것이다. 크레시치는 콘스탄틴이 다른 사람들과 토론을 마칠 때까지 기다리며, 자신이 특별히 볼일이 있음을 알리려고 콘스탄틴을 뚫어져라 응시했다.

마침내 콘스탄틴이 크레시치를 보고는 큐와 함께 나가려다 말고 잠시 멈췄다. 큐는 이미 일어났다. 「잠시만요.」 크레시치가 말했다. 「콘스탄틴 씨.」 크레시치는 폴더에서 미리 준비해 온 서류를 꺼내 콘스탄틴에게 내밀었다. 「편의 시설이 부족합니다, 콘스탄틴 씨. 제가 사는 곳에서는 콤프와 프린터를 쓸 수가 없습니다. 당신도 아시리라 믿습니다. 그곳의 상황은…….」 크레시치는 콘스탄틴의 찡그린 얼굴을 의식하며 침으로 입술을 축였다. 「제 사무실은 어젯밤에 하마터면 폭도의 습격을 받을 뻔했습니다. 제발 부탁합니다, 총감독관님. 제 선거구 주민들에게…… 다운빌로 물자가 계속 들어올 거라고 확신시켜 주실 수 있을까요?」

「그 부분은 계속 협상 중입니다, 크레시치 씨. 스테이션은 절차들을 정상화하기 위해 각고의 노력을 기울이고 있습니다. 하지만 또한 프로그램들을 재검토 중입니다. 정책들과 지시들을 재고 중이란 말이지요.」

「그게 유일한 희망입니다.」크레시치는 큐의 눈길을 피해 오로지 콘스탄틴에게만 시선을 고정했다. 「그게 없으면…… 우리에겐 아예 희망이란 게 없습니다. 우리 사람들은 다운빌로로 갈 겁니다. 함대로 갈 겁니다. 어디든 받아 주는 곳으로 갈 겁니다. 단, 지원서가 받아들여져야 한다는 문제가 있죠. 그 사람들은 벗어날 희망이 있음을 확인해야 합니다. 부탁합니다.」

「이건 뭐죠?」콘스탄틴이 서류를 들며 물었다.

「법안인데, 적절한 기계가 없어서 의회 검토용으로 복사할 수가 없었습니다. 부디 당신 직원들이 그걸…….」

「지원서에 관한 거로군요.」

「그렇습니다.」

「그 프로그램은 아직 토론 중입니다.」큐가 끼어들며 차갑게 말했다.

「노력해 보겠습니다.」콘스탄틴은 서류를 들고 있던 다른 서류들 사이에 끼워 넣으며 말했다. 「제가 이걸 의제로 올리지는 못합니다, 크레시치 씨. 이해하시겠지요? 현재 문제가 되고 있는 기본적 논쟁점부터, 다른 수준에서 해결해야 합니다. 일단 가지고 있겠습니다. 솔직히 부탁드리건대, 내일 당장 이걸 의회에서 제기하진 말아 주십시오. 물론 그렇게 〈하실 수〉는 있지만요. 공개 토론에 부치면 협상이 엎어질 수도 있습니다. 당신은 정부에서 일해 본 경험이 있으니 제 말을 이해하실 겁니다. 하지만 언젠가 회의에서 이 안을 제기할 수 있게 된다면…… 당연히 호의를 베풀어, 제 직원들에게 이런저런 법안들을 준비해 배포하도록 하겠습니다. 제 입장을 이해해 주셨으면 합니다, 크레시치 씨.」

「네.」크레시치는 실망하며 말했다.「감사합니다.」

크레시치는 몸을 돌렸다. 올 때는 희박하나마 희망을 품었었다. 스테이션에 도움, 보안, 보호를 간청할 기회도 얻기를 바랐었다. 크레시치는 큐 같은 종류의 보호는 원하지 않았다. 감히 부탁도 안 했다. 그들은 맬러리와 성과 크레쇼프의 이름으로 된 함대의 자비를 이미 본 적이 있었다. 군인들은 들어올 것이다. 그것을 시작으로 콜리디의 기구를 찢어발길 것이다. 크레시치의 보안대. 크레시치가 가진 보호책 전부를.

크레시치는 회의실을 나가 의회 회의장 로비로 들어갔다. 다운빌로 조상들의 깜짝 놀라고 놀리는 듯한 눈길을 지나 유리문을 나간 뒤 복도로 들어가서는 보초들에게 저지받지 않고 리프트로 걸어갔다. 이제 크레시치는 리프트를 타고 블루 구역 9층 부두 진입로로 내려가 집으로, Q로 돌아갈 것이다.

현재 스테이션 주요부의 복도들은 교통량이 대체로 전과 비슷했다. 사실은, 평소보다 좀 적었다. 그러나 스테이션 주민들은 자기 일로 돌아갔고, 조심스럽긴 해도 자유롭게 움직였다. 아무도 한 군데에서 꾸물거리지 않았다.

사람들 속에서 누가 크레시치를 난폭하게 떠밀었다. 그러고는 크레시치의 손을 잡더니 손 안에 카드를 밀어 넣었다. 크레시치는 한 남자에 대해 혼란스러운 인상을 받고 발걸음을 멈췄지만, 굳이 얼굴을 보지는 않았다. 크레시치는 공포에 질려, 주위를 둘러보고 싶은 충동을 억눌렀다. 그는 폴더 속의 서류를 정리하는 척한 다음 계속 걸어, 복도를 더 나아간 뒤 카드를 살펴보았다. 출입 카드였다. 그리고 곁에 작은 테이프가 붙어 있었다. 그린 구역 9층 0434. 주소였다. 크레시치는 계속 걸으며, 카드를 쥔 손을 옆으로 내렸다. 심장이 터져 나갈 듯이 쿵쾅거렸다.

카드를 무시하고 그냥 Q로 돌아갈 수도 있었다. 경찰에 넘기면서 우연히 주웠다고 하거나 사실대로, 즉 누가 남들 모르게 자기와 접촉하길 원했다고 말할 수도 있었다. 정치였다. 분명했다. 누군가 기꺼이 위험을 감수하면서 Q의 대표에게서 뭔가를 원했다. 함정이었다. 혹은 희망, 중요한 거래였다. 방해물을 치울 수 있을지도 모르는 누군가였다.

크레시치는 그린 구역 9층에 갈 수 있었다. 리프트의 버튼을 실수로 잘못 누르기만 하면 됐다. 크레시치는 리프트의 호출판 앞에 혼자 서서 그린이라 입력하고 그 앞에 섰다. 행여 누가 지나가다 그린이 번쩍이는 것을 보지 못하게 하려는 것이었다. 차가 도착했다. 문이 열렸다. 크레시치는 안으로 들어갔다. 문이 닫히려는 순간 여자 한 명이 쏜살같이 들어와 안쪽 호출판을 눌러 그린 2라고 찍었다. 문이 닫혔다. 차가 움직이자 크레시치는 여자를 슬쩍 보고는 재빨리 눈길을 돌렸다. 차는 한 구역을 횡단해 아래로 내려가기 시작했다. 여자는 그린 구역 2층에서 내렸다. 크레시치는 내리지 않았고, 차는 다른 승객들을 태웠다. 크레시치를 아는 사람은 없었다. 차는 6층에서 멈추고, 7층에서 멈추고, 승객을 더 태웠다. 8층에서 두 명이 내렸다. 9층에 도착하자 크레시치는 다른 네 명과 함께 내린 뒤, 부두 쪽으로 걸어갔다. 카드를 잡은 손가락들에 땀이 배었다. 크레시치는 복도를 오가는 사람들을 지켜보는 군인들을 가끔 지나쳤다. 평범한 사람이 복도를 걸어가서 카드로 문을 열고 들어가는데 군인들이 주목할 가능성은 거의 없었다. 이건 가장 자연스러운 행동에 속했다. 4번 교차로는 금방이었다. 거기엔 보초가 없었다. 크레시치는 필사적으로 생각하느라 발걸음을 늦췄으나 심장은 더욱 빠르게 뛰었다. 크레시치는 계속 걸어가서 지나칠까 생각했다.

그때 바로 뒤에서 누가 크레시치의 소매를 잡더니 무뚝뚝하게 앞으로 밀었다. 「어서.」 남자는 이렇게 말하며 크레시치와 함께 모퉁이를 돌았다. 크레시치는 칼이 무서워 아무런 저항도 하지 않았다. Q에서 살며 생겨난 본능이었다. 당연히, 카드를 준 자 역시 이곳에 내려왔다…… 혹은 공모자가 있었다. 크레시치는 꼭두각시 인형처럼 움직여, 교차로를 걸어 문으로 갔다. 남자는 크레시치를 놓아준 뒤 계속 걸어갔고, 크레시치는 카드를 썼다.

크레시치는 안으로 들어갔다. 작은 아파트였다. 정돈되지 않은 침대가 보이고, 옷가지가 사방에 널려 있었다. 남자 한 명이 부엌으로 쓰는 모퉁이에서 나왔다. 30대 중반으로 보이는 별 특징 없는 남자였다. 「누구시죠?」 남자가 크레시치에게 물었다.

그 질문에 크레시치는 평정을 잃었다. 크레시치는 카드를 주머니에 넣으려 했지만, 남자는 카드를 달라고 손을 내밀었다. 크레시치는 카드를 넘겨주었다.

「이름?」남자가 물었다.

「크레시치입니다.」크레시치는 다시 절박하게 말했다. 「전 시간이 없어요…… 당장이라도 사람들이 절 찾을 겁니다.」

「오래 붙잡지 않겠습니다. 당신은 러셀의 별에서 오셨지요, 크레시치 씨, 맞습니까?」

「절 아십니까?」

「아내는 젠 저스틴, 아들은 로미.」

크레시치는 옆에 어수선하게 어질러진 의자에 몸을 기댔다. 심장이 너무 뛰어 숨이 가빴다. 「무슨 말씀을 하시는 겁니까?」

「제 말이 맞습니까, 바실리 크레시치?」

크레시치는 고개를 끄덕였다.

「당신의 동료인 Q 시민들은 당신을 신뢰했어요……. 자기들의 이익을 대변해 달라고 했죠. 그 사람들은 물론 당신의 솔선수범하는 정신을 높이 사고 있고요…… 자신들의 이익에 관해서요.」

「하고 싶은 말씀을 하시죠.」

「당신의 선거구는 아주 나쁜 처지에 있습니다……. 서류들이 엉망진창이죠. 그리고 마지언의 군대가 통제권을 잡으며 군의 통제가 더욱 강화되면, 물론 강화되는 건 기정사실이고요, 어떤 조치들이 취해질지 전 궁금하답니다. 당신들은 모두 이런저런 식으로 유니언에 반대해 왔지요. 당연히 그중 일부는 진실로 반감 때문에 반대했고, 일부는 사리사욕 때문에 그랬지요. 편의 때문에 반대한 이들도 있고요. 당신은 어느 쪽이었습니까?」

「제 정보를 어디서 얻은 겁니까?」

「공식 출처입니다. 전 당신에 대해 아주 많이 압니다. 당신이 여기 콤프에 말한 적 없는 것들까지도요. 제가 조사를 좀 했답니다. 정확히 말하자면, 당신 아내와 아들을 본 적이 있습니다, 크레시치 씨. 관심 있으신가요?」

크레시치는 고개를 끄덕였다. 고개를 끄덕이는 것 말고는 아무것도 할 수가 없었다. 크레시치는 숨을 쉬려고 애쓰며 의자에 몸을 기댔다.

「둘 다 잘 있습니다. 제가 아는 어느 스테이션에요…… 거기서 그 둘을 봤습니다. 어쩌면 지금쯤은 다른 곳으로 옮겼을지도 모르지만요. 유니언은 펠에서 가공할 만한 숫자의 사람들을 대표하는 남자의 이름을 알고는 그 둘의 잠재 가치를 깨달았습니다. 컴퓨터 검색으로 그 둘을 찾아냈지만, 또다시 행방을 잃는 일은 없을 겁니다. 아내와 아들을 다시 보고 싶으신가요, 크레시치 씨?」

「저한테서 원하는 게 뭡니까?」

「시간을 조금 내주셨으면 합니다. 미래를 위한 약간의 준비죠. 당신은 당신 자신과 가족을 지킬 수 있고, 마지언 아래에선 최하층민인 당신의 선거구를 보호할 수 있습니다. 당신 가족을 찾아내는 데 마지언에게서 어떤 도움을 받을 수 있죠? 마지언이 당신을 가족에게 어떻게 데려다줄 수 있을까요? 헤어진 가족들은 한둘이 아니고, 그 사람들은 이제 성급한 결정을 후회하고 있을지도 모릅니다. 마지언 때문에 내려야만 했던 그 결정을요. 그 사람들은 이해할지도 모릅니다……. 비욘드인에게 정말로 중요한 이해관계는 비욘드인 그 자체란 걸요.」

「당신은 유니언이군요.」 크레시치는 이 점을 분명하게 확인하려 말했다.

「크레시치 씨, 전 비욘드인입니다. 당신은 아닌가요?」

크레시치는 의자 팔걸이에 앉았다. 무릎이 덜덜 떨렸던 것이다. 「원하는 게 뭡니까?」

「Q에는 명확한 권력 구조가 있습니다. 당신은 알 테지요. 당신은 분명…… 그 권력 구조와 연줄이 있을 겁니다.」

「있습니다.」

「그리고 세력도요?」

「세력도요.」

「당신들은 조만간 유니언의 통제하에 들어갈 거고, 그 사실을 깨닫게 될 겁니다…… 마지언이 자기 식의 조처를 취하지 않는다면요. 마지언이 여기 머물고 싶다고 결심하면 어떤 짓을 할지 깨달으셨나요? 마지언이 자기 우주선들 근처에 Q를 두려 할까요? 아뇨, 크레시치 씨, 당신들은 한편으론 싼 노동력이면서 또 다른 한편으론 골칫거리입니다. 상황에 따라 달라지지요. 계속 지금과 같은 식이면, 곧 당신은 마지언에게 부담스러운 존재가 될 겁니다. 제가 당신에게 접촉하려면 어떤 방법을 쓸 수 있죠, 크레시치 씨?」

「벌써 오늘 접촉했잖습니까.」

「당신 사무실은 어디 있습니까?」

「오렌지 구역 9층 1001입니다.」

「거기에 콤이 있나요?」

「스테이션. 오직 스테이션만이 제게 전화를 넣을 수 있습니다. 그리고 그 기계는 고장이 잘 납니다. 제가 전화를 하고 싶을 때는, 늘 콤 본부를 거쳐 허가를 받아야 합니다. 그런 식으로 되어 있습니다. 못 합니다. 제게 전화할 수 없습니다. 기계는 언제나 고장 나 있습니다.」

「Q는 폭동을 일으키는 경향이 있죠, 안 그렇습니까?」

크레시치는 고개를 끄덕였다.

「Q의 의원이…… 폭동을 촉발할 수 있을까요?」

크레시치는 또다시 고개를 끄덕였다. 땀이 얼굴과 옆구리에 흘러내렸다. 「절 펠에서 빼내 줄 수 있습니까?」

「당신이 절 위해 해줄 수 있는 일을 마치고 나면, 출발표는 떼어 놓은 당상입니다, 크레시치 씨. 당신의 세력을 모으세요. 누굴 모을지는 알려고 하지 않겠습니다. 하지만 당신은 절 알아보게 될 겁니다. 제가 보내는 메시지엔 바실리란 단어가 들어갈 겁니다. 그게 다입니다. 그냥 그 단어뿐입니다. 그리고 혹시 그런 연락을 받으면, 즉각 광범위한 소동이 일게 조처하세요. 그 대가로 가족과 재회를 기대하셔도 좋습니다.」

「당신은 누굽니까?」

「이제 가시죠. 지금까지 10분도 안 걸렸습니다. 거의 만회 가능합니다. 저라면 서두르겠습니다, 크레시치 씨.」

크레시치는 일어나 뒤를 돌아보고 나서 황급히 나갔다. 얼굴에 와닿는 복도 공기가 차가웠다. 크레시치를 검문하려고 잡는 사람도, 눈여겨보는 사람도 전혀 없었다. 크레시치는 중앙 복도를 걷는 다른 사람들과 보조를 맞춰 걸었고, 시간 때문에 뭐라고 하면 콘스탄틴과 얘기했다고, 회의실 로비에서 사람들과 얘기했다고 말하기로 결심했다. 그리고 몸이안 좋아 휴게실에서 잠시 쉬었다고 말하자고 생각했다. 크레시치가 기분이 엉망인 채로 떠났다는 건 콘스탄틴이 증명해줄 것이었다. 눈앞이 흐려지고 있어 크레시치는 손으로 얼굴의 땀을 훔치고 모퉁이를 돌아 그린 부두로 간 뒤 계속 걸어블루 구역으로 들어간 뒤 줄 선 사람들 쪽으로 갔다.

문을 똑똑 두드리는 소리가 났다. 헤일이 대답하자, 존은부엌 바 옆의 의자에서 긴장한 채 몸을 돌렸다가, 제사드가들어오는 것을 보고는 깊은 안도의 한숨을 내쉬었다. 문이닫혔다.

「아무 문제 없습니다.」 제사드가 말했다. 「저들이 표지판들을 가리고 있습니다. 스테이션 내에서의 작전을 준비하는거죠. 길 찾는 일을 좀 어렵게 하려고요.」

「크레시치, 그 망할 놈은요.」

「문제없었습니다.」 제사드는 외투를 벗어, 막 침실에서 나온 헤일의 부하 케이퍼에게 던졌다. 케이퍼는 곧장 재킷 주머니를 뒤져 자신의 서류를 꺼냈고, 충분히 이해할 만한 안도의 한숨을 내쉬었다. 「검문당한 적 없으시죠?」 케이퍼가 물었다.

「없어요.」 제사드가 말했다. 「그냥 곧장 걸어가서 당신 아파트로 들어간 뒤 당신 배우자에게 카드를 주어 내보내고…… 모든 게 아주 매끄러웠죠.」

「그러겠다던가요?」 존이 물었다.

「당연히 그러겠다고 했지요.」 제사드는 평소와 기분 상태가 달랐다. 흥분이 아직 남아 있었고, 평소에 멍하던 눈은 익살기를 띠며 생생했다. 제사드는 바 쪽으로 걸어가 술을 한 잔 따랐다.

「제 옷은요.」 케이퍼가 항의했다.

제사드는 큰 소리로 웃고 술을 마시다가 잔을 내려놓은 뒤 셔츠를 벗기 시작했다. 「그자는 이제 Q로 돌아갔어요. 그리고 우리가 Q를 통제합니다.」

2
유니언 모함 〈통일〉: 유니언 함대 속, 심우주

에어리스는 메인 룸의 탁자 앞에 앉아 보초들을 무시한 채 머리를 양손으로 받치고 평정을 회복하려 애썼다. 에어리스는 그대로 꼼짝 않고 여러 번 호흡한 뒤 일어나 벽의 급수대로 갔다. 다리가 후들거렸다. 에어리스는 손가락에 차가운 물을 적셔 얼굴을 씻은 뒤, 배 속을 진정시키려고 종이컵을 꺼내 물을 마셨다.

누군가 방에 들어왔다. 에어리스는 누군지 보자마자 얼굴을 찡그렸다. 데인 저코비였던 것이다. 저코비는 하나뿐인 탁자 앞에 앉았다. 에어리스는 탁자 앞으로 돌아가고 싶지 않았지만, 오래 서 있기엔 다리에 힘이 너무 없었다. 에어리스의 몸은 도약을 버거워했다. 저코비는 훨씬 잘 견뎠다. 에어리스는 저코비의 이런 면까지도 맘에 들지 않았다.

　「거의 다 왔습니다.」 저코비가 말했다. 「여기가 어딘지는 제가 압니다.」

　에어리스는 의자에 앉아 억지로 시선을 집중했다. 약 때문에 모든 게 멍한 상태였다. 「아주 자랑스러우시겠습니다.」

　「마지언이…… 거기 있을 겁니다.」

　「그 사람들은 절 믿지 않아요. 하지만 마지언이 절 믿는다 해도 말이 되지요……. 지금 이거 녹음되고 있나요?」

　「전 모릅니다. 녹음되면 뭐요? 현실은, 에어리스 씨, 당신은 펠을 계속 컴퍼니 것으로 붙들고 있을 수 없습니다. 당신은 펠을 보호할 수 없어요. 당신에게 기회가 있었지만, 이젠 사라졌어요. 그리고 펠은 마지언을 원하지 않습니다. 마지언보단 유니언이 지배하는 게 낫습니다.」

　「제 일행들에게도 그렇게 말해 보시죠.」

　「펠은 컴퍼니가 줄 수 있는 것 이상을 받을 자격이 있어요.」 저코비가 몸을 앞으로 숙이며 말했다. 「유니언이 마지언보다 더 잘 해줄 거란 것도 확실하고요. 전 〈우리〉의 이익을 위해서 이러는 겁니다, 에어리스 씨. 그리고 우린 해야 할 일을 하는 거고요.」

「당신들은 우리에게도 그럴 수 있었지요.」

「이미 그렇게 했습니다…… 수백 년 동안이나요.」

에어리스는 더 이상 논쟁에 휘말려 들지 않으려고 입술을 깨물었다. 도약을 위해 필요한 약들 때문에 생각을 제대로 할 수가 없었다. 에어리스는 이미 말을 했고, 더 이상 말하지 말자고 결심했다. 그들은 에어리스에게 원하는 게 있었고, 그렇지 않다면 에어리스를 감금 상태에서 빼내 우주선의 이 갑판까지 데려왔을 리 없었다. 에어리스는 다시 손으로 머리를 받치고 아직 시간이 있을 때 머리에서 멍한 기운을 떨치려 애썼다.

「우린 들어갈 준비가 됐습니다.」저코비가 끈덕지게 말했다. 「아시겠지요.」

저코비는 에어리스를 겁주려 애쓰고 있었다. 에어리스는 마지막 움직임 때 공포에 굴복했었다. 에어리스는 벌써 도약을 두 번이나 했고, 도약할 때마다 속이 완전히 뒤집히고 꼬였다. 에어리스는 또다시 도약한다는 생각조차 하기 싫었다.

「그자들은 당신과 얘기하려 할 겁니다.」저코비가 말했다. 「펠에 보낸 메시지에 대해서, 지구가 조약에 서명했다는 취지의 메시지에 대해서요. 지구는 펠 시민들이 자신의 정부를 선택할 권리를 지지한다는 메시지, 뭐 그런 거 말입니다.」

에어리스는 저코비를 물끄러미 보며 뭐가 옳고 뭐가 그른지 처음으로 의심을 품었다. 저코비는 펠 출신이었다. 어떤 게 지구에 이득이 되든, 그 이득들은 펠의 정부에서 아주 높은 자리까지 올라갈 수도 있는 사람을 적으로 돌려 얻어 낼 수 없었다. 물론 이자가 정부 고위직까지 가는 일이 없길 진심으로 바라긴 했지만 말이다.

「어쩌면 당신도 펠과 관련된 협정들에 관심이 생기실 겁니다.」 저코비가 말했다. 「지구가 무역에서 제외되길 바라지 않는다면……. 그리고 당신은 지구가 무역을 원한다고 힘주어 말씀하셨죠……. 무역은 펠을 〈통해야〉 합니다, 에어리스 씨. 우린 당신들에게 중요합니다.」

「그건 저도 잘 압니다. 당신이 펠의 권력자가 되면 그때 제게 말씀하시죠. 지금 펠의 당국자는 앤절로 콘스탄틴이고, 전 그 사람이 전과 다르게 말하는 걸 뭐 하나라도 봐야 합니다.」

「이제 거래를 제안하겠습니다.」 저코비가 말했다. 「그리고 합의를 기대하겠습니다. 제가 대표하는 단체는 당신의 이익을 위해 안전을 보증할 수 있습니다. 우리는 지금 당장이라도 시작할 수 있습니다. 에어리스 씨, 지구와 고향을 위해서요. 펠을 조용히 접수하고, 당신 일행이 당신을 따라올 때까지 펠에서 조용히 머무르며 기다리다가, 펠에서 쉽게 구할 수 있는 우주선을 타고 집으로 가는 겁니다. 그게 아니면 곤경이 닥치겠죠……. 길고 힘든 전투 때문에 오랫동안 힘든 상황이 이어지는 겁니다. 스테이션이 손상…… 어쩌면 파괴될 수도 있겠지요. 전 그런 걸 원하지 않습니다. 당신도 원하지 않을 거라 생각합니다. 당신은 인간적인 분입니다. 에어리스 씨. 그리고 이렇게 당신에게 간청합니다. 펠의 상황을 편하게 만들어 주십시오. 그냥 사실만 말씀해 주십시오. 조약이 있었다는 점을, 펠이 유니언을 선택해야 한다는 점을 그 사람들에게 분명히 해주십시오. 지구는 펠을 놓아주었다는 점을 확실히 알려 주십시오.」

「당신은 유니언을 위해 일하는군요, 철두철미하게.」

「전 제 스테이션이 살아남길 바랍니다, 에어리스 씨. 무수한 사람들이…… 죽을 수 있어요. 마지언이 펠을 은신처로 쓴다는 게 어떤 건지 아시나요? 마지언은 펠을 영원히 지킬 수 없지만, 파멸시킬 수는 있지요.」

에어리스는 앉아서 손만 물끄러미 보고 있었다. 현재 상태로는 정확한 논리적 사고가 불가능하다는 것을, 자신이 이들 사이에 머무르는 동안 들은 것들 대부분이 거짓말이란 걸 알았던 것이다.「어쩌면 우린 손잡아야 할지도 모르겠군요, 저코비 씨. 더 이상의 유혈 참사 없이 이 일을 끝낼 수 있다는 보장만 있다면요.」

저코비는 눈을 깜박였다. 아마 놀란 듯했다.

「필시 우린 둘 다 현실주의자일 겁니다, 저코비 씨……. 당신은 그런 것 같습니다.」에어리스가 말했다.「마지막 남은 선택에는 자결권이 참 멋진 용어죠, 안 그런가요? 당신 주장을 이해합니다. 펠엔 방어력이 없어요. 중립 스테이션…… 이 말은 이기는 쪽에 붙겠다는 뜻이죠.」

「약속합니다, 에어리스 씨.」

「저도요.」에어리스가 말했다.「질서…… 비욘드 내에서의 질서는 무역에 이롭고, 그게 컴퍼니에도 이익이지요. 이곳의 독립은 피할 수 없었습니다. 단지 지구가 이해할 준비가 되기 전에 독립했을 뿐이지요. 이데올로기의 맹목성만 아니었다면, 오래전에 인지했을 겁니다. 더 좋은 날들이 올 수 있습니다, 저코비 씨. 우리가 살아서 그런 날을 보길 바랍니다.」

에어리스가 이제껏 침착한 얼굴로 한 것 중 최고의 거짓말이었다. 에어리스는 의자에 등을 기댔다. 도약의 영향과 지독한 공포 때문에 욕지기가 솟았다.

「에어리스 씨.」

에어리스는 문간을 돌아보았다. 아조프였다. 검은색과 은색으로 눈부시게 차려입은 유니언 장교가 안으로 들어왔다.

「우린 감시받고 있군요.」 에어리스가 찌무룩하게 말했다.

「당신의 호감을 원하는 게 아니니까요, 에어리스 씨. 제가 원하는 건 당신의 제대로 된 판단일 뿐입니다.」

「방송할 거리를 녹화해 드리죠.」

아조프는 고개를 흔들었다. 「우린 미리 알리고 들어갑니다.」 아조프가 말했다. 「하지만 이번 경고는 좀 다를 겁니다. 마지언의 우주선들이 모두 도킹해 있을 가능성은 안타깝게도 없습니다. 우리가 당신을 데려온 건 첫 번째로 마지언 패거리를 위해서이고, 두 번째로는 펠 스테이션을 손에 넣을 때 예전 당국자의 목소리를 들려주면 유용할 거라고 여겼기 때문입니다.」

에어리스는 지친 채 고개를 끄덕여 동의했다. 「그렇게 해서 사람들을 살릴 수 있다면요, 아조프 씨.」

아조프는 그저 에어리스를 바라보기만 했다. 그러다 마침내 얼굴을 찡그리고 말했다. 「몸의 안정을 회복할 때까지 천천히 쉬십시오, 여러분. 그리고 여러분이 뭘 하면 펠에 도움이 될지 잘 생각해 보십시오.」

아조프가 방을 나가자, 에어리스는 저코비를 보았다. 저코비 역시 걱정이란 걸 할 수 있는 사람이란 걸 보았다. 「회의가 들어요?」 에어리스는 저코비에게 심술궂게 물었다.

「전 그 스테이션에 친척이 있습니다.」 저코비가 말했다.

제4부

제1장

1
펠: 2352년 10월 10일, 1100시

스테이션은 훨씬 차분한 분위기였다. 법무처로 질문이 들어오기 시작했다. 스테이션의 긴장이 풀어지고 있다는 좋은 신호였다. 들어오는 파일들은 군사 작전에 관한 질의, 소송을 걸겠다는 협박, 부두에 통금이 계속되면서 손해를 입었다고 느끼는 스테이션 내 상인들의 성난 항의 따위로 가득했다. 상선 〈유한의 끝〉에서 들어온 항의는 어느 실종된 젊은이에 관한 것이었는데, 우주선 사람들은 그 젊은이를 몹시 걱정했다. 전함 승무원 중 하나가 이 젊은이를 징병해 갔을 수도 있다고 생각해서였다. 이 젊은이는 아마도 다른 우주선 출신의 누군가에게 푹 빠진 채 어느 스테이션 단기 숙소에 있을 것이었다. 콤프는 조용히 카드 사용 검색 작업을 하고 있었다. 쉬운 일은 아니었다. 상인 통행증들은 스테이션인 카드들처럼 빈번하게 쓰이지 않았던 것이다.

데이먼은 기록 검색 결과가 나오길 기다리며 젊은이가 안전하게 있을 거란 희망을 품었고, 지레 겁먹지 않으려 했다. 이윽고 데이먼의 책상에 엄청나게 많은 검색 결과가 쏟아졌다. 그러나 결국 알게 된 사실은, 젊은 상인이 가족과 사이가 틀어졌거나 술을 너무 마셔 비디오를 볼 여력이 없었다는 것뿐이었다. 이 정도면 모든 게 보안 문제에 더 가까웠지만, 보안대는 지나치게 바빴고, 보안대의 남녀들은 퀭한 눈으로 보초를 서며 성마르게 화를 내곤 했다. 법무처는 적어도 콤프 버튼들을 누를 수 있었고, 일부 사무 업무를 처리할 수 있었다. Q에서는 또다시 살인 사건이 있었다. 침울한 일이었지만, 그들로선 사실을 인지하는 것 외엔 정말 할 수 있는 일이 아무것도 없었다. 그리고 다우너 와인 한 상자를 Q로 밀수한 혐의로 고발되어 정직당한 보초 한 명에 대한 보고가 있었다. 장교는 이 문제를 기다릴 수 없는 사안이라고 판단했다. 저 밖의 상인들이 전역에서 소규모 밀수를 자행하고 있을 가능성이 꽤 커 보였던 것이다. 이 보초는 본보기로 처리되었다.

오후에, 미뤄졌던 심리 세 건이 있었다. 심리들은 다시 미뤄질 가능성이 있었다. 의회는 회의가 있었고 사법위원회도 거기에 참석하기로 되어 있었기 때문이다. 데이먼은 심리 연기에 대한 피고인의 동의를 구하는 메시지를 보냈다. 대신 그날 오후는 사무실의 하위 공무원들이 다루지 못하는 질의를 더 처리하는 데 쓰기로 했다.

이렇게 결정을 내린 뒤, 데이먼은 의자를 빙 돌려 조시를 돌아보았다. 조시는 성실하게 보조 유닛으로 책을 읽고 있었고, 지루한 티를 내지 않으려 애쓰는 중이었다.「있잖아요.」데이먼이 말했다. 조시는 데이먼을 보았다.「점심 먹을래요? 오늘은 천천히 점심 먹고 체육관에서 운동할 수 있어요.」

「체육관에 갈 수 있어요?」

「열려 있어요.」

조시는 기계를 껐다.

데이먼은 모든 것을 제쳐 두고 일어나 걸어가서 재킷을 집었다. 그리고 카드와 서류가 확실하게 있음을 확인했다. 마지언의 군인들이 아직도 평소처럼 여기저기 지나치다 싶게 보초를 섰던 것이다.

조시 역시 재킷을 걸쳤다……. 둘은 체격이 거의 같아 데이먼은 조시에게 재킷을 빌려주었다. 주는 게 아니라 빌려주는 거면 받겠다며 조시는 자신의 작은 옷장을 채웠고, 덕분에 과도한 관심을 끄는 일 없이 사무실들을 오갈 수 있게 되었다. 데이먼은 문 버튼을 누르고, 두 시간 동안 연락하지 말라고 바깥 사무실에 지시했다.

「1시에 돌아올게요.」비서는 알겠다고 한 뒤, 들어오는 전화를 받았다. 데이먼은 조시에게 바깥 복도로 나가라고 손짓했다.

「체육관에서 30분을 쓰죠.」데이먼이 말했다.「그런 뒤 중앙 광장에서 샌드위치를 먹어요. 배고파요.」

「좋아요.」조시가 말했다. 조시는 신경질적으로 주위를 둘러보았다. 데이먼 역시 주위를 둘러보았다. 데이먼은 마음이 불편했다. 복도에는 아직까지도 지나다니는 사람이 거의 없었다. 사람들은 현재 상황을 신뢰하지 않았다. 군인들이 서 있는 것이 멀리서도 보였던 것이다.

「이번 주 말이면 군인들은 모두 물러날 거예요.」데이먼이 조시에게 말했다. 「우리의 보안대가 화이트 구역을 완전히 넘겨받을 거예요. 그린 구역은 어쩌면 이틀 안에 될 거고요. 인내심을 가져요. 우리가 노력하고 있으니까요.」

「그자들은 여전히 자신들이 원하는 대로 할 거예요.」조시는 우울하게 말했다.

「허, 그러니까, 맬러리가 속였다는 건가요?」

조시의 얼굴에 그림자가 드리워졌다. 「모르겠어요, 생각해 봐도 여전히 모르겠어요.」

「절 믿으세요.」둘은 리프트에 도착했다. 리프트 앞엔 둘뿐이었다. 군인 한 명이 다른 복도의 모퉁이에 서 있었지만, 특별히 주목할 만한 일은 아니었다. 데이먼은 행선지로 중심핵을 입력했다. 「오늘 아침에 좋은 소식이 좀 있었어요. 형이 전화했는데, 다운빌로 쪽은 모든 일이 매끄럽게 잘 되어 간다더군요.」

「다행이네요.」조시가 속삭이며 말했다.

군인이 갑자기 그들 쪽으로 다가왔다. 데이먼은 군인을 보았다. 복도 저편에 있던 이들까지 움직이기 시작했고, 모두가 거의 달리다시피 하며 다가왔다. 「탑승을 취소하십시오.」첫 번째 군인이 데이먼과 조시에게 오며 날카롭게 말했다. 그녀는 호출판으로 손을 뻗쳤다. 「우린 호출을 받았습니다.」

「제 우선권을 써서 리프트를 불러 드리겠습니다.」데이먼이 말했다. 군인들을 먼저 보내 버리고 싶어서였다. 군인들이 움직인다는 건 말썽이 일어났다는 뜻이었다. 데이먼은 다른 층들에서도 군인들이 스테이션인들을 밀쳐 낼 거란 생각이 들었다.

「어서 하십시오.」

데이먼은 주머니에서 카드를 꺼내 슬롯에 넣고 자신의 우선권으로 리프트를 호출했다. 불빛이 빨간색으로 바뀌었다. 차가 도착하자 나머지 군인들이 도착해 방탄복 입은 몸으로 데이먼과 조시를 밀치며 차 안으로 빽빽이 들어갔다. 차는 빠르게 떠났고, 군인들이 안에서 어떤 행선지를 입력했든, 거기까지 직행이었다. 이제 복도엔 군인이 전혀 없었다. 데이먼은 조시를 보았다. 조시의 얼굴이 창백하게 굳어 있었다.

「우린 다음 차를 타죠.」데이먼이 어깨를 으쓱하며 말했다. 데이먼은 심란해서 조용히 블루9를 입력했다.

「엘렌은요?」조시가 물었다.

「내려가 보고 싶어요.」데이먼이 말했다. 「당신은 저와 함께 가요. 뭔가 문제가 생겼다면, 결국 부둣가에서 끝날 가능성이 커요. 전 거기로 내려가고 싶어요.」

차가 연착했다. 데이먼은 몇 분이나 기다리다가 마침내 다시 한번 자신의 카드를 써서 두 번째로 우선권을 사용했다. 빨간 불이 켜지며 우선권 호출임을 알렸다. 이윽고 불이 깜박거리며 사용 가능한 차가 없다고 알렸다. 데이먼은 주먹으로 벽을 꽝 치고 다시 한번 조시를 보았다. 걸어가기엔 먼

거리였다. 차가 풀리길 기다리는 게 나았다……. 결국은 이게 더 빠른 길이었다.

데이먼은 가장 가까운 콤 유닛으로 걸어가 자신의 우선권 정보를 입력했다. 그러는 동안 조시는 리프트 문 옆에 서서 기다렸다. 「차가 오면, 멈춰 세워요.」 데이먼은 조시에게 말하며 통화 버튼을 눌렀다. 「콤 본부, 저는 데이먼 콘스탄틴이고, 이건 비상 호출입니다. 지금 군인들이 달려가는 걸 봤습니다. 무슨 일이죠?」

오랫동안 아무 소리도 나지 않았다. 「콘스탄틴 씨.」 대답이 돌아왔다. 「이건 공공 콤 유닛입니다.」

「지금 이 순간은 아닙니다, 본부. 무슨 일입니까?」

「일반 경보입니다. 이 회선은 응급 상황일 때만 이용하십시오.」

「무슨 일이 벌어지고 있는 겁니까?」

콤이 먼저 통신을 끊었다. 규칙적으로 사이렌이 울렸다. 머리 위에서 빨간 불들이 규칙적으로 깜박이기 시작했다. 사람들이 사무실에서 나와 이게 훈련이나 실수이길 바라는 눈빛으로 서로를 보았다. 복도 저쪽에서 데이먼의 비서도 밖에 나와 있었다.

「안으로 다시 들어가십시오.」 데이먼이 외쳤다. 「들어가서 문을 닫으세요.」 사람들은 다시 사무실로 들어가기 시작했다. 조시 어깨 옆의 빨간 불이 아직도 깜박거리며 탈 수 있는 차가 없다고 알렸다. 시스템의 모든 차가 저 아래 부두에 밀집해 있는 게 분명했다.

「가죠.」데이먼은 복도 끝을 가리켰다. 조시는 당황한 표정을 지었고, 데이먼은 조시의 팔을 잡고 성큼성큼 걷기 시작했다.「가요.」

저 앞 복도에 사람들이 더 있었다. 데이먼은 그들에게 복도를 비우라고 소리쳐 명령했다. 나무라는 게 아니었다……. 사랑하는 사람들이 스테이션 여기저기에 흩어져 있는 게 콘스탄틴 가족뿐 아니었던 것이다. 아이들은 학교와 탁아소에 있고, 또 병원에 있는 사람도 있었다. 명령을 거부하고 데이먼 앞에서 달리는 사람들도 있었다. 스테이션 보안요원이 멈추라고 또다시 소리쳐 명령했다. 그러나 무시당하자 보안요원은 권총에 손을 댔다.

「가게 둬요.」데이먼이 딱 잘라 말했다.「놔두세요.」

「법무처장님.」공포로 찡그리고 있던 경찰의 얼굴에서 긴장이 풀렸다.「법무처장님, 콤에서 아무 말도 들리지 않습니다.」

「총은 총집에 넣어 두세요. 그런 반응은 군인들에게서 배운 겁니까? 당신 자리를 지키세요. 사람들을 진정시켜요. 당신이 할 수 있는 수준에서 사람들을 도와요. 긴급 발진이 진행되고 있습니다. 어쩌면 훈련일 수도 있으니 긴장을 풀어요.」

「알겠습니다.」

데이먼과 조시는 조용한 복도에 있는 비상 경사로를 향해 계속 걸어갔다……. 뛰지 않았다. 콘스탄틴 가문의 사람이 뛰어서 공포를 전파할 순 없었다. 데이먼은 마음속의 공포를 억누르려고 애쓰며 걸었다. 「시간이 없어요.」 조시가 숨죽여 말했다. 「경보가 여기까지 올 때쯤이면, 우주선들이 우릴 덮칠 거예요. 만약 마지언이 부두에서 발이 묶였다면…….」

「시민군과 모함 두 척이 스테이션에서 나갔어요.」 데이먼의 말에 조시는 갑자기 누군지 상기했다. 데이먼은 숨을 잠시 죽였다가 필사적인 눈으로 조시를 보았다. 조시도 데이먼만큼이나 걱정스러운 얼굴이었다. 「어서 가요.」 데이먼이 말했다.

데이먼과 조시는 비상 경사로에 도착했다. 문을 열자 커다란 외침이 들렸다. 다른 층에서 사람들이 달려 내려오고 있었다. 「천천히 가요!」 데이먼은 옆을 지나치는 사람들에게 외쳤다. 사람들은 속도를 줄이더니 경사로를 몇 번 더 돌았다. 그러나 몇 명은 여러 명이 되었고, 갑자기 더 많은 사람이 내려왔다. 소음이 더욱 심해지고 더 많은 사람이 달렸다……. 모든 곳에서 수송 시스템이 정지했고, 모든 층에서 사람들이 나선형 경사로로 쏟아져 들어왔다. 「서두르지 말아요.」 데이먼은 외치며 사람들의 어깨를 잡고 속도를 늦추려 했지만, 돌진하는 속도는 점점 더 빨라졌고, 남녀노소 할 것 없이 마구 밀려들어 이젠 나가는 것조차 불가능했다. 문은 내려가려는 사람들도 가득 찼다.

「부두들!」 외치는 소리가 들렸다. 머리 위에서 빛나는 빨간 경고등과 함께, 군인들이 온 순간부터 펠에서 끓어오르던 억측이 불길처럼 번졌다. 언젠가 그것이 온다, 그리고 스테이션이 공격받고 있다, 소개가 이루어지고 있다는 따위의 억

측이었다. 사람들은 서로 밀며 아래로 내려갔고, 이 흐름을
도저히 멈출 수가 없었다.

2
〈노르웨이〉, 1105시

《CFX/KNIGHT/189-8989-687/EASYEASYEASY/
SCORPIONTWELVE/ZEROZEROZERO/ENDIT》

시그니는 알겠다고 대답을 입력하고 그래프에게 몸을 돌
리며 손을 크게 저었다. 「서둘러!」 그래프는 중계했고, 온 우
주선에 〈전진〉이란 소리가 울렸다. 경보들이 번쩍이며 부둣
가로 퍼졌다. 밖의 군인들은 공급선들을 떼어 내는 일을 마
쳤다. 「밖에 있는 부하들까지 다 데려갈 순 없어.」 콤에서 디
잔츠가 초조해하자 시그니가 말했다. 부하들을 버리는 건 시
그니도 마음에 걸렸다. 「별일 없을 거야.」

「공급선 분리 완료.」 그래프는 콤 없이 외쳤다. 군대를 포
기하고 이미 출발한 〈유럽〉이 내리는, 준비 즉시 출발하라는
명령이었다. 〈태평양〉은 움직이고 있었다. 〈티베트〉의 라이
더는 〈티베트〉가 보낸 처음 메시지에 따라 여전히 펠로 향하
며 자신의 존재를 알리고 있었다. 그리고 펠 주위에 우주선
들이 나타났다는 보고가 광속으로 간 건 한 시간도 더 전이었
다. 〈노르웨이〉 주 계기반의 불들이 계속 초록색으로 깜박거
렸고, 시그니는 클램프를 해제해 〈노르웨이〉를 풀었다. 이미

우주선에 오른 군인들은 여전히 서두르며 보안 조치를 취하고 있었다. 〈노르웨이〉는 부두에서 풀려나며 잠시 살짝 흔들렸고, 여전히 흔들리며 주 추력을 줄이며 〈오스트레일리아〉를 아슬아슬하게 피해 갔다. 아마도 펠 전역에 경계경보가 울렸을 것이다. 우주선들은 급격히 가속을 했고, 전투태세에 맞춰 실내는 엄청난 스트레스 상황에 놓여, 몸이 무거워지고 아래로 짓눌리다가, 가벼워졌다가, 다시 쿵 떨어졌다.

그들이 앞장섰고, 아래쪽 면에는 상선들이 산개해 그들과 함께했다. 〈유럽〉과 〈태평양〉이 앞에 있었고, 〈오스트레일리아〉는 적당히 뒤에 떨어져 있었다. 〈대서양〉은 당장이라도 움직일 것이었다. 스테이션 안에 있는 〈인도〉의 큐는 자기 우주선으로 가고 있었다. 〈아프리카〉의 포리는 다운빌로에 있었다. 〈아프리카〉는 대위의 지휘 아래 발진해서, 다운빌로에서 셔틀을 타고 오는 포리와 만날 것이었다. 잘해야 후위 방어 역할이었다.

피할 수 없는 일이 드디어 닥쳤다. 〈티베트〉는 자신을 보호하기 위해 라이더가 메시지를 몇 분 정도 늦게 받도록 했으며, 그 메시지가 이제 라이더에 도착했다. 〈티베트〉에서 재잘대는 소리가 더 전해지고, 〈북극〉의 목소리가 더해졌다. 전함들의 진로에서 어쩔 줄 모르는 시민군 우주선들의 경보도 함께 들렸다. 〈티베트〉는 다가오는 함대가 속도를 급격히 떨어뜨리게 하려고 애쓰며 전투 중이었다. 〈북극〉은 움직이고 있었다. 시민군이 된 상선들은 진로를 바꾸고 있었고, 느린 우주선들, 단거리 수송선들은 다가오는 함대의 속도에 비하면 정지 상태에 있다고 할 수 있었다. 이들은 용기만 있다면 함대의 속도를 늦출 수 있었다. 용기만 있다면.

「라이더가 방향을 바꿨습니다.」 시그니의 귀에 스캔 기사의 목소리가 들렸다. 시그니는 스크린에서 눈으로 확인했다. 라이더는 몇 분 전 이들의 존재를 확인했고, 침로를 바꿨다. 이 스캔 이미지는 이제 그들과 합류하려는 참이었다. 롱스캔 콤프는 호 모양의 궤적 나머지를 한데 모았고, 콤프 기술자는 나머지를 추측으로 분석했다. 빨간 접근선을 떠나는 노란 점은 롱스캔이 새롭게 추정한 라이더의 위치였다. 그전의 추정 위치는 희미한 푸른색으로 흐릿해졌다. 만약의 경우, 이 접근선을 지켜보라는 뜻이었다. 그들은 출항면으로 곧바로 향했고, 반면 들어오는 라이더는 규칙에 따라 천저점으로 향했다. 그리고 그들 모두는 함께, 선으로 흘러들어갔다.

시그니는 입술을 깨물며 구 전역에서 일어나는 사건들을 놓치지 않으려 스캔과 콤 모니터를 주의 깊게 보았고, 마지언이 우주선들을 한 벡터로만 끌고 갔다는 생각에 초조해졌다. 〈어서.〉 시그니는 입안에서 재난의 예감을 맛보며 생각했다. 〈바이킹 같은 경우가 더 이상 있어선 안 돼. 우리에게 선택의 여지를 좀 달라고.〉

《CFX/KNIGHT/189-9090-687/NINERNINERNINER/ SPHINX/TWOTWOTWO/TRIPLET/DOUBLET/ QUARTET/WISP/ENDIT.》

새로운 명령이었다. 뒤에 오는 우주선들은 다른 벡터들을 받았다. 〈태평양〉, 〈대서양〉, 〈오스트레일리아〉는 새로운 진로로 나아갔고, 펠 성계를 보호하기 위한 패턴이 슬로모션으로 펼쳐졌다.

3
펠: 총감독관의 사무실들

《상선 〈망치〉가 근처의 ECS에/메이데이메이데이메이데이/유니언 모함들 움직임/우리 근처에 모함 12척/도약할 것임/메이데이메이데이메이데이……》

《백조의 눈이 모든 우주선에/도망도망도망도망……》

《ECS 티베트가 모든 우주선에/중계/……》

한 시간 넘게 계속, 모든 우주선의 콤을 통해 성계 전체에 오가는 메시지들이 급증하며, 시스템은 마치 정신병원처럼 소란스러웠다. 앤절로는 콤프 콘솔로 몸을 숙이고 부둣가 번호를 눌렀다. 부둣가에선 대규모 출항의 충격으로, 비상 호출을 받은 승무원들이 아직도 쏟아져 나오고 있었다. 전함의 승무원들은 이 사태를 자기네 식으로 처리했고, 도킹했던 우주선들을 끊임없이 분리시켰다. 본부는 혼란에 빠져 있었고, 펠 시스템이 이 대규모 축출에 맞춰 적응하지 못하면 당장 중력 위기가 닥칠 판이었다. 불안정한 상태들이 명백하게 감지되었다. 콤은 먹통이 되었다. 그리고 성계 가장자리에서 벌어진 상황은 거의 두 시간 동안 지속되었다. 그동안 메시지가 그들에게 빛의 속도로 전달되었다.

보병들은 부두에 남겨졌다. 대부분은 이미 우주선에 탔고, 우주선 안에 막사를 세웠다. 일부는 우주선에 타지 못했고, 스테이션의 군용 채널들은 화난 목소리로 이해할 수 없는 메시지들을 되풀이했다. 어째서 그들은 군인들을 빼놓았을까, 어째서 그들은 공격이 오자 태울 수 있는 군인들도 태우기를 미뤘을까…… 그것이 의미하는 바는 함대가 자의로 그들을 버렸다는 것이었다. 마지언의 명령이었다…….

〈에밀리오.〉 앤절로는 심란해하며 생각했다. 왼쪽 벽 스크린에 떠 있는 다운빌로의 개략도에서 포리의 셔틀을 나타내는 점이 깜박거렸다. 앤절로는 전화를 걸 수 없었다. 누구도 할 수 없었다. 마지언의 명령이었다…… 콤을 이용하지 말라는 명령이었다. 〈패턴을 지키십시오.〉 교통관제소는 궤도에 있는 상선들에 이런 방송만 내보내고 있었다. 이게 그들이 말할 수 있는 전부였다. 부두의 상선들에선 콤으로 질문을 해댔고, 콤 기사들이 침묵해 달라고 부탁하며 대답하는 속도보다 상선들이 묻는 속도가 훨씬 빨랐다.

유니언이 이렇게 하는 건 당연했다. 「예상했던 바입니다.」 마지언은 직접 나눈 대화에서 이렇게 퉁명스레 말했었다. 며칠 전부터 함장들은 우주선들 근처에서 지냈다. 군인들은 우주선 안에서 불편하게 엉켜 지냈다. 스테이션에 예의를 차리려고 그러는 게 아니었다. 군인들을 복도들에서 빼달라는 스테이션의 요청에 응해서가 아니었다.

철수에 대비한 것이었다. 그 모든 약속에도 불구하고, 마지언은 철수를 준비하고 있었다.

앤절로는 콤 버튼으로 손을 뻗어 얼리샤를 불러냈다. 얼리샤는 자기 스크린들로 이 모든 걸 보고 있을 터였다…….

「총감독관님.」 비서인 밀스가 콤에서 대답했다. 「보안대가 콤 본부로 와달라고 합니다. 그린 구역에서 문제가 생겼답니다.」

「무슨 문제지?」

「사람들이 몰렸습니다.」

앤절로는 책상 앞에서 벌떡 일어나 외투를 집었다.

「총감독관님…….」

앤절로는 몸을 돌렸다. 사무실 문이 예고 없이 열리고, 존 루커스와 다른 일행이 들어오려 하자 밀스가 항의했다. 「총감독관님.」 밀스가 말했다. 「죄송합니다, 루커스 씨가 끝내…… 전 안 된다고…….」

앤절로는 얼굴을 찡그렸다. 이 침입에 짜증을 내면서도 한편으론 존이 도와주길 기대했다. 존은 이기적이긴 해도 능력이 있었다. 「도움이 좀 필요합니다.」 앤절로가 말했다. 그러나 그는 다른 남자의 손이 외투로 살짝 움직이고 강철이 갑자기 번쩍이는 것을 보고는 놀라서 눈을 깜박거렸다. 밀스는 그 광경을 보지 못했다……. 앤절로는 남자가 밀스를 휙 베는 것을 보고 크게 소리를 질렀고, 남자가 자신에게 몸을 날리자 황급히 뒤로 물러났다. 헤일이었다. 앤절로는 불현듯 남자의 얼굴을 알아보았다.

밀스는 새된 비명을 지르고 피를 흘리며 열린 문간에 쓰러졌다. 바깥 사무실에도 비명들이 들렸다. 앤절로에게 일격이 가해졌다. 얼얼한 충격이 왔다. 앤절로는 상대의 힘찬 손으로 자신의 손을 뻗어 가슴에 튀어나온 무기를 만지고는 못 믿겠다는 눈으로 존을 보았다……. 그리고 증오를 보았다. 문간에 다른 이들이 있었다.

온몸에 충격이 솟구쳤다. 피도 함께 솟구쳤다.

4
Q

「바실리.」콤에서 목소리가 들렸다. 「바실리, 제 말 들려요?」

크레시치는 책상 앞에 앉은 채 얼어붙었다. 크레시치 주위에 등을 웅크린 채 앉아 기다리던 여러 사람 중 콜리디가 크레시치 너머로 손을 뻗어 응답 버튼을 눌렀다. 「말해요.」크레시치는 목구멍에 뭔가 울컥한 것이 걸린 채로 말했다. 크레시치는 콜리디를 보았다. 지금 크레시치의 귀에 들리는 것은 저 밖의 부두들에서 소란하게 들리는 사람들의 목소리였다. 사람들은 이미 겁에 질릴 대로 질렸고, 벌써 폭동을 일으키기 직전이었다.

「크레시치를 안전하게 지켜.」콜리디가 제임스에게 말했다. 제임스는 밖에서 기다리는 다섯 명 중 대장이었다. 「아주 안전하게 지켜.」

그리고 콜리디는 나갔다. 그래서 그들은 이제껏 기다렸다.

이제까지 콤 주위를 맴돌았고, 그들 중 한 명이 언제나 콤 옆에 붙어 있었다. 혼란 속에 모여 있었다. 이제 그 혼란은 그들이 있는 곳까지 도달했다. 잠시 후 밖에서 나는 군중의 소리가 더욱 커졌다. 둔하고 야만스러운 소리가 벽들을 흔들었다.

크레시치는 두 손에 얼굴을 묻고는 한참 동안 그렇게 있었다. 무슨 일인지 알고 싶지 않았다.

「문이.」 마침내 밖에서 외치는 소리가 들렸다. 「문들이 열렸어요!」

5
그린 구역 9층

둘은 달렸다. 비틀거리고 헉헉대며 복도의 다른 사람들을 떠밀었다. 공황을 일으킨 수많은 사람이 경고등 불빛을 받아 빨갛게 보였다. 사이렌이 계속 울렸다. 스테이션 시스템들이 안정 상태를 지키려 몸부림치는 바람에 〈중력〉이 불안해졌다. 「부두들이에요.」 데이먼은 속삭였다. 눈앞이 흐릿하게 보였다. 달려가던 누군가가 데이먼을 쳤으나, 데이먼은 상대를 받아넘기고 사람들을 밀어젖히며 나아갔다. 조시는 뒤에서 따라왔다. 지금 있는 경사로를 계속 가면 9층으로 들어갈 수 있었다. 「마지언이 떠났어요.」 이 설명만이 이 상황에서 말이 됐다.

비명이 터져 나오고, 모여 있던 사람들 중 많은 이가 갑자기 한꺼번에 반대쪽으로 움직였다. 그 때문에 모든 압력이 멈췄다. 갑자기 사람들이 다른 방향으로 가기 시작했다. 뭔가에서 후퇴하고 있었다. 필사적인 비명들이 들렸고, 사람들은 서로 짓눌렸다.

「데이먼!」조시가 뒤에서 외쳤다. 소용없었다. 둘은 뒤로 밀려났고, 뒷사람들에게 부딪히고 짓눌렸다. 머리 위에서 총알이 날아다녔다. 서로 빽빽이 눌린 사람들 모두 몸을 떨고 비명을 질렀다. 데이먼은 질식하지 않으려고 두 팔을 뻗어 앞으로 밀었다⋯⋯. 갈빗대가 눌렸다.

이윽고 뒤에서 눌러 대던 사람들이 몸을 돌리더니 공황을 일으키며 다른 탈출로로 뛰어갔다. 눌러 대던 힘은 맹렬히 몰아치는 흐름으로 바뀌었다. 데이먼은 자신의 방향을 고수하며 그 속에 서 있으려 애썼다. 조시가 데이먼의 팔을 잡더니, 다가왔다. 둘은 서로 밀치고 우르르 도망치는 사람들 속에서 비틀거리며 떠밀려 가지 않으려 노력했다.

총성이 더 많이 울렸다. 남자 한 명이 쓰러졌다. 한 명 이상이었다. 총에 맞았다. 사람들 속으로 총알이 날아오고 있었다.

「사격 중지!」데이먼이 외쳤다. 앞에는 아직도 사람들이 벽처럼 버티고 있었지만, 이 벽은 큰 낫으로 베이는 것처럼 점점 줄고 있었다. 「사격을 멈춰요!」

누가 뒤에서 데이먼을 잡더니, 날아오는 포화를 피해 잡아당겼다. 총알은 데이먼의 몸을 스쳤고, 데이먼은 고통에 움찔했다. 데이먼은 균형을 잡으려 애쓰며 도망쳤고, 이제는 달리고 있었다. 조시가 옆에서 계속 데이먼을 끌고 후퇴했다. 앞으로 팔을 뻗으면 닿을 거리에서 어떤 남자의 등이 폭발하더니 남자는 쓰러져 다른 사람들 발아래 깔렸다.

「이쪽이에요!」 조시가 외치며 데이먼을 왼쪽으로 잡아당긴 뒤, 사람들이 미친 듯이 도망치고 있는 측면 복도로 들어갔다. 데이먼은 따라갔다. 이쪽으로 가나 저쪽으로 가나 그에겐 아무 상관 없었다⋯⋯. 데이먼은 뒤돌아서 왔던 길을 다시 갈 방법을 찾아내려 노력했다. 부두들로 돌아가기 위해 미로 같은 측면 복도들을 뛰어서 9층으로 돌아왔다.

데이먼과 조시는 교차점을 세 곳이나 지났지만, 어딜 가도 사람들이 미친 듯이 날뛰었고, 어느 복도의 교차점이든 끊임없이 요동치는 중력 때문에 비틀거렸다. 이윽고 앞의 복도들에서 갑자기 비명 소리가 들렸다.

「조심해요!」 조시가 외치며 데이먼을 잡았다. 데이먼은 헐떡이며 몸을 돌려 굽어진 안쪽 벽으로 달려갔다. 안쪽 벽을 따라 올라가고 또 올라가면, 구역을 나누는 텅 빈 벽, 즉 격벽으로 변하는 곳 안으로 이어졌다.

텅 빈 게 아니었다. 길이 나 있었다. 조시는 고함 치고 데이먼을 도로 잡아끌려다가 막다른 골목을 보았다. 「〈어서〉 가요.」 데이먼은 딱 잘라 말한 뒤 조시의 소매를 잡고 계속 달렸다. 벽은 지평선으로 이어지며 수평이 되었고, 벽화가 그려진 텅 빈 벽이 나타났으며, 오른쪽에 다우너 해치의 육중한 문이 보였다.

데이먼은 벽에 몸을 기대고 주머니를 더듬어 카드를 찾아 꺼낸 뒤, 슬롯에 끼워 넣었다. 해치가 열리고 썩은 공기가 확 뿜어져 나왔다. 데이먼은 조시를 그 안으로 끌어당겼다. 그 안은 완전히 암흑이었고, 마비될 정도로 추웠다.

문이 밀폐되었다. 공기 교환이 시작되자, 조시는 공황에 빠져 주위를 둘러보았다. 데이먼은 벽감에서 마스크를 찾아 하나를 조시에게 안겨 주고 자기도 쓰고는 한정된 양의 숨을 들이마셨다. 그러나 몸이 떨려 끈을 제대로 조정할 수 없었다.

「어디로 가는 거죠?」 조시가 물었다. 마스크 때문에 목소리가 다르게 들렸다. 「이젠 어떡하죠?」

벽감에 램프가 있었다. 데이먼은 램프를 꺼내 엄지손가락으로 불을 켰다. 그러고는 안쪽 문의 스위치로 손을 뻗어 문을 열었다. 소리가 울리며 위로, 위로 올라갔다. 데이먼은 비스듬히 광선을 비춰 좁은 통로를 찾아냈다. 데이먼과 조시는 격자 위에 있었고, 사다리는 계속 내려가 둥근 튜브 안으로 들어갔다. 중력이 현기증 날 정도로 줄어들었다. 데이먼은 난간을 잡았다.

엘렌…… 엘렌은 최악의 상황에 처해 있을 터였다. 엘렌은 은신처로 가서 사무실 문들을 걸어 잠글 것이다. 그래야 했다. 데이먼은 저 밖으로 나갈 수 없었다. 데이먼은 도와줄 사람이 있는 곳까지 가야 했고, 보안대는 저 난리를 막을 수 있게 앞쪽까지 가야 했다. 위로. 높은 층으로 올라가야 했다. 저 격벽의 반대쪽에 있는 화이트 구역으로. 데이먼은 거기로 갈 입구를 찾으려 애썼지만, 램프를 아무리 비춰도 길이 보

101

이지 않았다. 구역에서 구역으로 직접 이어지는 연결로가 전혀 없었다. 부두 그리고 1층만이 예외로 직접 연결이 되었다. 데이먼은 그 점을 기억해 냈다. 복잡한 밀폐 시스템이었다……. 다우너들은 이곳을 잘 알았으나, 데이먼은 아니었다. 본부로 가자고 데이먼은 생각했다. 아무 데나 위쪽 복도로 가서 콤으로 가자고 생각했다. 모든 게 잘못되었고, 중력이 균형을 잃었다. 함대는 이미 떠났다. 어쩌면 상선들도 떠났을 것이다. 스테이션을 불안정 상태로 팽개쳐 두고. 그리고 본부는 그 불안정함을 바로잡지 않고 있었다. 저 위에서 뭔가 아주 심각하게 잘못되었다.

몸을 돌린 데이먼은 구역질 날 정도로 갑자기 세진 중력 때문에 비틀거리며 위로 기울어진 난간을 잡고 기어오르기 시작했다.

조시는 그 뒤를 따라갔다.

6
그린 부두

본부에선 아무 응답도 없었다. 휴대콤에선 계속 대기 신호만 들리고, 자꾸만 잡음이 지지직거렸다. 엘렌은 엄지손가락으로 눌러 콤을 끄고, 몇 줄씩 겹쳐 서서 그린 구역 9층 입구를 지키는 군인들을 신경질적으로 흘끗 돌아보았다. 「심부름꾼.」 엘렌이 외쳤다. 젊은이 하나가 급히 다가왔다. 콤 통신이 망가지면서 그들은 이런 상황까지 몰렸다. 「부두 가장자리에 있는 모든 우주선으로 가. 달릴 수 있는 한 하나씩 모두 들러서, 가능하면 각자의 자체 콤으로 이 말을 전하라고 해. 〈지금 있는 곳에서 꼼짝 말 것.〉 이렇게 말해. 그 사람들에게 말해……. 뭐라고 해야 할지 알겠지. 밖에서 말썽이 생겼으니 괜히 도망치려 들었다간 정통으로 그 속에 뛰어들게 될 거라고 전해. 어서 가!」

스캔도 나간 것 같았다. 엘렌은 이 먹통 상태들이 함대의 짓이라고 여겼다. 하지만 〈인도〉와 〈아프리카〉는 부두를 지키라고 군인들을 놓아둔 채 떠났고, 그들에겐 군인들을 받아들일 공간이 없었다. 또한 신호는 아직도 훼방을 받았다. 상인들이 어떤 정보를 받고 있는지, 혹은 군인들이 자기들 콤으로 어떤 메시지를 받았는지는 알 길이 없었다. 버려진 군인들의 책임자는 누군지, 무슨 고급 장교인지, 아니면 어떤 필사적이고 혼란에 빠진 하사관인지도 알 길이 없었다. 군인들은 블루와 그린 부두들의 9층 진입로에서 벽처럼 버티고 있었다. 휘어지는 지평선들을 올려다보며 양쪽에서 블루부두와 그린 부두를 봉쇄한, 장벽 같은 군인들은 라이플을 사격 준비 자세로 들고 그들이 있는 구획을 밀폐했다. 엘렌은 코앞에 닥친 적들 못지않게 이들이 무서웠다. 군인들은 총을 쐈고, 군중을 쫓아냈으며, 사람들을 〈죽였다〉. 아직도 때때로 총성이 울렸다. 엘렌에겐 직원이 열두 명 있었는데, 그중 여섯 명이 사라졌다……. 콤이 먹통이 되면서 연락이 끊겼다. 나머지 사람들은 밀폐 벽이 깨진다는 치명적 사태를 막기 위해, 부두 작업원들을 지휘하며 버려진 공급선들을 확인하려 애썼다. 이 구역 전체가 예방적 봉쇄하에 있어야 했다. 만약 위의 블루 컨트롤에 있는 엘렌의 사람들이 상황을 바로잡을 수 있다면 말이다. 이미 말을 듣지 않는 스위치들이 생겼고, 전 시스템이 보조 제어 장치에 의해 멈춰 버렸다. 끊임없는 중력 변화가 아직도 이따금씩 사람들을 괴롭혔다. 연료 파이프를 타고 연료가 분사됨에 따라 탱크 안의 액체 질량이 연료 파이프로 공급되어야 했고, 탱크 안에 있는 모든 것을 다시 채워야 했다. 스테이션에는 자세 제어기가 있었다. 어쩌면 사람들이 그걸 이용 중일지도 몰랐다. 부두들처럼 거대한 공간 안에서 무게가 왔다 갔다 한다는 건 무시무시한 일이었다. 당장이라도 몸에 1~2킬로그램 이상 변화가 올 수 있다는 불안한 예감이 간담을 서늘하게 했다.

「퀜 부인!」

엘렌은 몸을 돌렸다. 심부름꾼은 목적지까지 가지 못했다. 줄지어 선 군인들 중 어떤 얼간이가 심부름꾼을 돌려보낸 게 분명했다. 엘렌은 급히 심부름꾼 쪽으로, 군인들 쪽으로 걷기 시작했다. 그때 정연하게 서 있던 군인들이 갑자기 무슨 이유에서인지 동요하며 〈그들〉 쪽으로 돌아서 라이플을 겨누었다.

엘렌 뒤에서 커다란 외침이 들렸다. 엘렌은 위로 휘어지는 지평선 쪽으로 눈길을 돌렸고, 불분명하게 보이긴 해도 사람들이 차단된 구역 아치 너머에서 그들이 있는 벽을 향해 파도처럼 달려 내려오는 것이 보였다. 〈폭동〉이었다.

「밀폐 벽!」엘렌은 아무짝에도 소용없는 휴대콤에 대고 외쳤지만, 휴대콤은 여전히 먹통이었다. 군인들이 움직이고 있었다. 엘렌은 군인들과 표적들 사이에 있었다. 엘렌은 먼 가장자리를 향해, 뒤죽박죽된 갠트리들을 향해 달렸다. 심장이 미친 듯이 쿵쾅거렸다. 엘렌은 다시 뒤를 보았다. 줄지어 선 군인들은 앞으로 나아가며 경계선을 좁히고 있었다. 군인들은 엘렌을 지나갔고, 일부는 갠트리들을 엄호 삼아 자리를 잡았다. 엘렌은 엄지손가락으로 휴대콤을 더듬으며 필사적으로 자신의 사무실에 연락을 시도했다. 「밀폐 벽을 〈닫아〉!」그러나 군중은 블루 컨트롤을 지났고, 어쩌면 그 〈안〉에도 있을 터였다. 군중이 내는 소리가 더욱 커졌고, 사람들이 파도처럼 밀려오는 동안, 또 다른 사람들이 계속 지평선을 내려왔다. 사람들이 끝없이 나타났다. 엘렌은 저 멀리 보이는 얼굴들과 행동들이 공황에 빠진 게 아니라 증오에 젖어 있음을 퍼뜩 깨달았다. 그리고 그들은 무기를 쥐고 있었다. 파이프와 곤봉들.

군인들은 발포했다. 제일 앞 열이 쓰러지며 비명을 지르는 소리가 들렸다. 군인들의 후방에서 겨우 20미터도 안 되는 곳에 있던 엘렌은 얼어붙은 듯이 서서 점점 더 많은 폭도가 그들 쪽으로 쏟아져 나오는 것을 보았다. 폭도는 죽은 사람들을 밟으며 다가왔다.

〈Q.〉Q가 풀려났다. 그들은 무기를 휘두르며 새된 소리를 질렀다. 이 소리는 멀리서 들리는 포효에서 귀가 멀듯이 큰 소리로 바뀌었다. 그들의 수가 헤아릴 수 없이 많았던 것이다.

엘렌은 몸을 돌려 뛰었고, 자꾸만 변하는 중력 때문에 비틀거리며 역시 도망치는 자신의 부두 작업원들을 따라, 인간들의 불화를 보고 피신할 곳을 찾는 드문드문 섞인 다우너들을 따라 달렸다.

등 뒤에서 소리가 점점 커졌다.

엘렌은 뛰는 속도를 높였다. 그러는 와중에도 한 손을 배에 대고 충격을 줄이려 애썼다. 등 뒤에서 비명이 들렸지만, 폭도의 거센 소리에 묻혀 들릴 듯 말 듯 했다. 저들은 이 군인들마저 압도하고 라이플을 뺏을 터였다…… 순수하게 사람 수만으로 그게 가능했다. 엘렌은 뒤를 돌아보았다……. 그린 구역 9층에서 사람들이 뿔뿔이 달려 나와 군인들을 지나가는 게 보였다. 그들의 얼굴에 공포가 보였다. 엘렌은 골반궁에 느껴지는 둔중한 아픔에도 불구하고 헐떡이며 계속 나아갔고, 어쩔 수 없으면 종종걸음을 치고, 중력이 갑자기 높아지면 휘청거리며 걸었다. 달리는 사람들이 엘렌을 추월하기 시작했다. 처음엔 드문드문 몇 명이었다가 곧 여러 명이 되고, 엘렌이 화이트 구역 아치를 지날 땐 엄청나게 많은 이가 쇄도했다. 앞쪽의 지평선에서 한 무리가 부두 9층 진입로에서 비스듬히 옆으로 흩어지고, 수없이 많은 사람이 굽어진 지평선에 올라가 부두에 있는 상선들을 향해 달렸다. 그들이 지르는 소리가 뒤쪽의 외침과 하나로 섞여 들었다. 남자 여자 할 것 없이 날카롭게 소리 지르고 서로를 밀쳤다.

점점 더 많은 사람이 엘렌을 지나쳤다……. 피투성이에,

악취를 풍겼고, 무기를 휘두르고, 새된 소리를 질렀다. 뭔가가 엘렌의 등을 세게 치는 바람에 엘렌은 무릎을 꿇었다. 엘렌을 친 남자는 계속 뛰어갔다. 또다시 누가 엘렌을 쳤다……. 엘렌은 비트적거렸으나 누군가는 계속 갔다. 엘렌은 비틀비틀 일어났으나 팔에 감각이 없었다. 엘렌은 지원과 통신을 위해 갠트리들을 향해 가려고 했다……. 앞쪽에 있는 어느 우주선의 입구에서 갑자기 총이 발사되었다.

「퀸!」 누가 외쳤다. 엘렌은 누군지 알 수가 없어 주위를 둘러보며 인파와 싸우다 밀고 밀리는 속에서 비틀거렸다.

「퀸!」 엘렌은 주위를 보았다. 손 하나가 엘렌의 팔을 잡아당겼다. 총이 발사되며 총알이 엘렌의 머리 옆을 지나갔다. 또 다른 두 명이 엘렌을 잡아 사람들 사이로 세게 잡아당겼다……. 주먹이 엘렌의 머리를 스쳐, 엘렌은 비틀거리다 풀썩 쓰러졌지만, 아까의 남자들이 거미줄처럼 펼쳐진 공급선과 갠트리들 속에서 엘렌을 끌고 가려 애썼다. 비명과 총성이 난무했다. 다른 자들이 손을 뻗어 그들을 잡으려 했다. 엘렌은 상대를 폭도라 여기고 팽팽히 긴장하며 싸우려 했다. 그러나 벽처럼 버티고 선 이들은 엘렌을 빨아들였다. 엘렌 옆의 남자들은 상인들로 보였다. 「후퇴!」 누가 외쳤다. 「후퇴해요, 놈들이 통과했어요!」 그들은 경사로를 올라 열린 해치로 갔다. 차가우며 연노란색으로 빛나는 골이 진 이 튜브는 우주선의 진입로였다.

「전 안 타요!」 엘렌은 항의하며 외쳤지만, 폐에서 공기가 모두 빠져 아무 소리도 나오지 않았다. 사방에 폭도가 깔려

107

있었다. 그들은 엘렌을 끌고 튜브를 지났고, 입구를 지키던
자들이 떼를 지어 뒤따라와서 에어로크를 치며 안으로 돌진
했다. 서로 지독하게 밀치락달치락하며 마지막 한 무리가 필
사적으로 달려 들어왔다. 문은 쉬잇 소리를 내더니 쨍그랑
하고 닫혔다. 엘렌은 움찔했다…… 기적적으로, 문에 누군가
의 팔다리가 끼는 일은 발생하지 않았다.

　사람들은 안쪽 해치를 지나 리프트 복도 안으로 쏟아져
나왔다. 몸집 큰 남자 두 명이 다른 사람들을 밀치고 다가와
엘렌을 침착하게 일으켜 세웠다. 그동안 콤에서 누가 우렁차
게 명령들을 내렸다. 엘렌은 배가 아팠다. 허벅지는 욱신거
렸다. 엘렌은 벽에 기대며 풀썩 주저앉아 쉬고 있는데 사람
들 중 한 명이 엘렌의 어깨를 만졌다. 몸집이 우람했지만, 손
길은 부드러웠다.

　「괜찮아요.」엘렌이 말했다. 「전 괜찮아요.」

　달리느라 고조됐던 긴장이 서서히 풀어졌다…… 엘렌은
머리카락을 뒤로 넘기고 남자들을 보았다. 두 사람은 엘렌
과 함께 밖에 있으면서 사람들을 헤치고 복도를 밀며 길을
터주었다. 엘렌은 그들을 알았고, 그들 옷의 휘장을 알았다.
검은색이고 무늬가 없었다. 〈유한의 끝〉이었다. 스테이션에
서 아들 하나를 잃은 우주선이었다. 그날 아침 엘렌이 다뤘
던 사람들이었다. 어쩌면 그들의 우주선으로 가고 있는지도
몰랐다…… 그리고 이들은 복도 틈에서 퀜을 끄집어내기 위
해 자기 무리에서 떨어져 나왔었다. 「고맙습니다.」엘렌은 헐
떡이며 말했다. 「선장님을…… 좀……, 선장님과 얘기해야……

빨리요.」

아무도 이의를 제기하지 않았다. 몸집이 큰 남자 — 엘렌은 이름을 기억해 냈다. 톰이었다. — 는 팔로 엘렌을 안고 그녀가 걸을 수 있게 부축해 주었다. 톰의 사촌이 리프트 문을 열었고, 안의 버튼을 눌렀다. 엘렌은 중심부의 낮시간인 지역으로 다시 나왔다. 지금 이 순간, 교대가 없다 보니 중심부는 사람들로 붐볐다. 메인 룸과 선교는 가장 아래쪽에 있었고, 선교가 앞쪽이었다. 톰과 사촌은 엘렌을 그쪽으로 데려갔다…… 엘렌은 이제 몸 상태가 훨씬 나아져 혼자 힘으로 걸어서 선교로 들어갔다. 장비들이 줄줄이 늘어서 있고 승무원들이 모여 있었다. 나이하르트. 나이하르트가 이 우주선의 가족이었다. 바이킹에 근거지를 두고 있었다. 연장자들이 선교에 있었다. 젊은 승무원들 중 일부도 있었다…… 아이들은 여기에 들어오지 못하고 상갑판에 틀어박혀 있을 터였다. 엘렌은 베스 나이하르트를 알아보았다. 이 가족의 수장인 나이하르트는 주름이 지고 은발 머리에, 슬픈 표정이었다.

「퀜.」 남자가 말했다

「선장님.」 엘렌은 선장이 내민 손을 잡고 악수한 뒤, 의자에는 앉지 않겠다고 거절하며 의자 등받이에 몸을 기대고 선장을 마주 보았다. 「Q가 풀려났어요. 콤은 고장입니다. 제발…… 다른 우주선들에 연락을 취해 주십시오…… 말을 전해 주십시오…… 본부에서 뭐가 잘못됐는지는 저도 모릅니다만, 펠이 심각한 문제에 빠졌습니다.」

「우린 손님을 태우지 않습니다.」나이하르트가 말했다. 「그랬다간 어찌 되는지 우린 이미 봤습니다. 당신도 봤고요. 그런 부탁은 마십시오.」

「제 말 좀 들어 보세요. 유니언이 저 밖에 있습니다. 우린 보호용 껍데기입니다……. 이 스테이션 주위에서 꼼짝 않고 있어야 합니다. 콤을 쓰게 해주시겠습니까?」

엘렌은 이 선장에게, 다른 모두에게 펠을 대표해 말했다. 이제까지도 그렇게 해왔다. 하지만 여긴 선장의 갑판이지 펠이 아니었고, 엘렌은 우주선이 없는 거지였다.

「부두 현장 주임의 특권이죠.」선장이 갑자기 허락하고는 계기반들 쪽으로 손을 저었다. 「콤을 마음껏 쓰십시오.」

엘렌은 고개를 끄덕여 고마움을 표한 뒤, 가장 가까운 계기반으로 안내받아 아랫배가 조이는 것을 느끼며 쿠션에 털썩 앉았다. 엘렌은 배에 손을 얹었다. 〈아기는 안 돼.〉엘렌은 기도했다. 아까 맞은 팔과 등은 감각이 없었다. 이어폰에 손을 뻗는데 기계들이 흐릿하게 보였다. 엘렌은 눈을 깜박여 계기반에 초점을 맞추고 시력뿐 아니라 정신도 집중하려 애썼다. 엘렌은 우주선 간 통신 버튼을 눌렀다. 「모든 우주선에 알립니다. 이 메시지를 녹음해서 중계해 주십시오. 저는 펠 부두 관리자이자 펠의 연락원인 엘렌 퀜이고, 현재 화이트 부두에 있는 나이하르트의 〈유한의 끝〉에 타고 있습니다. 도킹한 모든 상선은 봉쇄해 주시고, 절대로, 다시 말씀드립니다, 무슨 일이 있어도 어떤 스테이션인도 우주선에 태우시지 말라고 요청드립니다. 펠은 소개되지 않습니다. 확성기로 방송이 가능하시면, 밖에도 이 내용을 방송해 주십시오. 스테이션 콤은 현재 작동이 중단된 상태입니다. 부두에 있는 우주선들은 만약 내부에서 안전하게 제어 해제를 할 수 있으면, 그렇게 하십시오. 하지만 부두에서 나가진 마십시오. 현재 패턴 안에 있는 우주선들은 자신의 패턴을 지키세요. 패턴에서 벗어나면 안 됩니다. 스테이션은 상황을 정리하고 안정을 되찾을 겁니다. 다시 말씀드립니다, 펠은 소개되지 않습니다. 시스템 내에서 군사 작전이 진행 중입니다. 스테이션을 소개해서 좋을 일이 하나도 없습니다. 부디 가능한 곳에선 다음 내용을 외부로 방송해 주시기 바랍니다.《경청 바랍니다. 부두 현장 주임의 권한으로, 스테이션의 모든 법 집행자는 현재 위치에서 질서 확립을 위해 온 힘을 기울여 주시기 바랍니다. 본부로 가려고 시도하지 마십시오. 현재 위치에 계십시오. 펠의 시민 여러분께 알립니다. 여러분은 폭동 때문에 심각한 위험에 빠져 있습니다. 모든 부두 9층 진입로와 모든 구역 경계에 바리케이드를 설치하고, 파괴적인 폭도가 퍼져 나가는 것을 막기 위해 그곳을 방어할 준비를 하십시오. 격리 지구가 깨졌습니다. 여러분이 공황을 일으켜 이리저리 흩어지면, 여러분은 폭동에 일조하게 되며, 여러분의 생명이 위험해집니다. 바리케이드를 지키십시오. 여러분이 한곳 한곳을 지켜 주셔야만 스테이션을 지킬 수 있습니다. 스테이션 콤은 현재 군사 개입에 의해 작동 중지 상태이며, 중력 변화는 군함들이 승인 없이 부두에서 나갔기 때문입니다. 펠은 최대한 빨리 안정 상태로 복구될 겁니다. 격리 지구를 나온 모든 난민에게 알립니다. 펠 시민들과 함께 방어선과 바리케이드를 만드는 데 함께 노력해 주시기를 호소합니다. 스테이션은 여러분의 상황과 관련해 여러분과 협의할 것입니다. 이번 위기에서 여러분이 협조해 주시면 펠은 깊은 감사를 느낄 것이며, 이 상황이 안정되었을 때 호의적으로 조처할 것임을 믿으셔도 좋습니다. 부디 현재 위치에 머무르고, 그곳을 지키며, 본 스테이션은 여러분의 생명 또한 지탱하고 있음을 기억하십시오. 모든 상인들께 알립니다. 이 비상사태에 임해 부디 제게 협력해 주십시오. 아는 정보가 있으면 〈유한의 끝〉에 있는 제게 알려 주십시오. 이 우주선은 비상사태 동안 부두 본부로 쓰일 것입니다. 부디 우주선 간 통신으로, 그리고 외부 시스템을 통해 해당 부분들을 방송해 주십시오. 언제라도 여러분의 연락을 기다리고 있겠습니다.》」

메시지들이 번개같이 들어왔다. 더 많은 정보를 원하는 필사적인 요청들, 사나운 요구들, 당장 부두를 떠나라는 위협들이었다. 엘렌 주위에서는 〈유한의 끝〉의 모든 사람이 비행 준비를 하고 있었다.

지금이라도, 지금이라도 콤이 돌아오길, 스테이션 본부가 정상으로 돌아와 지휘부와, 데이먼과 연락할 수 있게 되길 엘렌은 바랐다. 데이먼은 본부에 있을 수도 있고 없을 수도 있었다. 엘렌은 데이먼이 있는 곳이, Q가 미친 듯이 날뛰는 저 복도들은 아니길 바랐다. 주일 정오. 최악의 시간이었다. 펠에 있는 사람들 대부분이 일자리와 가게를 떠나 복도들에 있었다⋯⋯.

블루 부두는 데이먼의 비상시 담당 구역이었다. 데이먼은 블루 부두로 가려 노력했을 수도 있다. 노력했을 것이다. 엘렌은 데이먼을 잘 알고 있었다. 눈물이 앞을 가렸다. 엘렌은 의자 팔걸이에 올린 손을 꽉 주먹 쥐고, 딴생각을 해서 배 속에서 줄고 있는 통증을 잊으려 애썼다.

「화이트 구역 밀폐 벽이 막 활성화됐습니다.」 그쪽이 잘 보이는 곳에 있던 〈시타〉에서 소식이 들어왔다. 다른 우주선들은 다른 밀폐 벽들도 작동 중이라고 되풀이해서 보고했다. 펠은 방어를 위해 지역들을 분할해 두었다. 밀폐 벽이 작동된다는 것은 펠에 방어가 가동하고 있다는 첫 번째 신호였다.

「스캔에 뭔가 잡혔습니다.」 엘렌 뒤의 승무원 한 명이 공포에 질린 목소리로 말했다. 「패턴을 벗어난 상선일 수도 있습니다. 분간할 수 없습니다.」

엘렌은 손으로 얼굴을 훔치고 눈앞의 일들에 정신을 집중하려 애썼다. 「꼼짝 말고 있어요.」 엘렌이 말했다. 「만약 우리가 저 공급선들을 파괴하면 저 밖에서 수천 명이 죽는 거예요. 수동으로 밀폐해요. 저 연결을 절대, 절대로 끊지 말아요.」

「시간이 걸립니다.」 누가 말했다. 「우리에겐 시간이 없을지도 몰라요.」

「그럼 지금 시작해요.」 엘렌이 말했다.

7
펠: 블루 구역 1층, 지휘 본부

계기반들에서 현란하게 빛나던 빨간 불들의 수가 줄어들었다. 존 루커스는 이리저리 다니며 기술자들의 손을 지켜보고, 스캔을 지켜보고, 아직 감시 장치가 있는 모든 곳의 활동을 지켜보았다. 헤일은 창문 너머, 콤 본부 안에서 대니얼스와 보초를 서고 있었다. 클레이가 여기 방의 한쪽에 있었다. 리 퀘일은 방 맞은편에 있었고, 루커스 컴퍼니 보안대의 다른 이들도 있었다. 스테이션의 자체 보안대는 전혀 없었다. 기술자들과 관리자들은 아무 질문도 하지 않았고, 당장 눈앞에 닥친 비상사태 처리에만 미친 듯이 매달렸다.

방 안에는 공포가 감돌았다. 외부의 공격에 대한 공포보다 내부의 공포가 더 컸다. 총들이 있었고, 통신은 계속 정지 상태였다……. 그들은 안다고, 존은 생각했다. 앤절로 콘스탄틴의 침묵에서, 그리고 콘스탄틴 가문의 사람이나 그들의 보좌들 중 아무도 이곳에 오지 않은 점으로 보아 뭔가 잘못되었음을 그들은 잘 알고 있는 것이 확실했다.

기술자 한 명이 존에게 메시지를 건네더니 눈을 마주치지 않고 재빨리 자기 자리로 도망쳤다. 다운빌로 중앙 기지에서 되풀이해 온 질문이었다. 이건 미뤄 둘 수 있는 문제였다. 지금은 그들이 본부와 사무실들을 접수했고, 존은 이 질문에 답할 생각이 없었다. 스테이션 본부를 침묵시킨 게 군사 명령이라고, 에밀리오가 추측하게 둘 참이었다.

스크린들에 보이는 스캔에는 불길할 정도로 활동이 없었다. 그들은 저 밖에서 가만히 있었다. 기다리고 있었다. 존은 방의 순환 통로를 다시 서성이다가 문이 열리자 갑자기 고개를 들어 보았다. 방의 모든 기술자가 임무를 잊고 움직이던 손을 멈춘 채 얼어붙었다. 방에 나타난 자들을 보고 그런 것이었다. 민간인들이었다. 그들은 라이플을 겨누고 있었다. 그리고 그 뒤에 사람들이 더 있었다.

제사드, 헤일의 부하 두 명, 그리고 피투성이가 된 보안요원 한 명이었다. 보안요원도 그들과 한패였다.

「이 지역은 안전합니다.」 제사드는 보고했다.

「의원님.」 관리자 한 명이 자리에서 일어났다. 「루커스 의원님…… 어찌 된 일입니까?」

「저자를 도로 앉혀.」 제사드가 딱 잘라 말했다. 관리자는 자신의 의자 등받이를 잡고 희망이 꺼져 가는 눈으로 존을 보았다.

「앤절로 콘스탄틴은 〈죽었어〉.」 존은 공포에 질린 모두의 얼굴을 훑어보며 말했다. 「폭동 중에 죽었지. 부하 직원들도 다 함께. 사무실에 암살자들이 들이닥쳤어. 이제 일을 다시 시작해. 아직 일이 끝난 게 아냐.」

사람들은 얼굴을 돌렸고, 등을 돌렸다. 기술자들은 열심히 일해서, 존의 눈에 띄지 않으려 애썼다. 아무도 입을 열지 않았다. 존은 사람들이 말을 잘 들어 기분이 좋았다. 존은 다른 순환 통로를 서성거리다가 중간에서 발걸음을 멈췄다.

「계속 일하면서 내 말을 들어.」 존이 큰 소리로 말했다.

「루커스 컴퍼니 인원들이 이 구역을 안전하게 지키고 있어. 다른 곳에선 스크린에서 보이는 그런 상황이 벌어지고 있지. 우린 콤을 되살릴 것이고, 이 센터에서만 방송이 가능해질 거야. 또한 내가 허가하는 방송만 가능해. 현재 이 스테이션에서는 루커스 컴퍼니가 정부야. 또한 이 스테이션이 손상을 입지 않도록, 나는 필요하면 총을 쓸 거야. 그리고 내 명령을 받는 부하들은 아무 망설임 없이 그렇게 할 거야. 알겠나?」

아무도 말하지 않았고, 아무도 고개를 돌리지 않았다. 펠의 시스템들이 불안정하고 부두에선 Q 폭동이 일어나는 상황에서, 이는 어쩌면 그들이 일시적으로 동의하고 있는 부분이었다.

존은 좀 더 차분하게 숨을 들이쉬고 제사드를 보았다. 제사드 역시 안심하는 표정으로 만족스럽게 고개를 끄덕였다.

8

거미줄같이 뒤얽힌 사다리들이 앞뒤로 뻗어 나갔고, 머리 위로는 미로 같은 관들이 지나갔으며, 이 안은 지독하게 추웠다. 데이먼은 불빛을 이리저리 비춰 보고 난간을 잡은 뒤 격자 위에 털썩 앉았다. 조시도 옆에 주저앉았다. 호흡기 소리가 요란했다. 긴장해서였다. 데이먼은 머릿속이 쿵쿵 울리는 느낌이었다. 공기가 충분하지 않았고, 격렬히 움직일 수 있을 정도로 빠르게 호흡할 수도 없었다. 그리고 데이먼과 조시가 있는 이 미로는…… 길이 갈라졌다. 여기엔 논리가 있었다. 모퉁이들의 각도는 정확했고, 따라서 셈만 잘하면 되었다. 데이먼은 계속 기억해 두려 애썼다.

「길을 잃은 건가요?」조시가 숨을 헐떡이며 물었다.

데이먼은 고개를 흔들며 불빛을 위로 비췄다. 그들이 가야 할 길이었다. 이렇게까지 한 건 미친 짓이었지만, 그들은 살아 있었고, 다친 데도 없었다. 「다음 층은 분명 2층이에요.」데이먼이 말했다. 「제 생각에…… 밖으로 나가…… 바깥 사정이 어떤지 한번 둘러보고…….」

조시는 고개를 끄덕였다. 중력 변화는 이미 멈췄다. 여전히 시끄러운 소리가 들렸지만, 미로 안에 있으니 소리가 어디서 들려오는지 알 수가 없었다. 외치는 소리도 아련하게 들렸다. 한번은 쾅 하는 격심한 충격도 느껴졌다. 아마 이는 거대한 밀폐 벽들인 듯했다. 상황이 나아진 것 같았다. 데이먼은 그렇길 바랐다……. 금속의 쩔그렁거리는 소리와 함께 움직여, 다시 난간을 잡고 기어가기 시작했다. 기어가는 것도 이게 마지막이었다. 데이먼의 머릿속은 엘렌에 대한 걱정으로 가득했다. 여기로 들어오면서 스스로 차단한 모든 것에 대한 걱정으로 가득했다……. 아무리 큰 위험이 기다린다 해도, 데이먼은 밖으로 나가야 했다.

잡음이 지지직거렸다. 이 소리는 터널에 울렸고, 메아리쳤다.

「콤이에요.」데이먼이 말했다. 콤이 모두 회복되고 있었다.

「전체 방송을 보내 드립니다. 우리는 중력을 안정시키는 중입니다. 모든 시민 여러분은 현재 위치를 고수하시고 구역 경계들을 넘어가려 하지 마시길 부탁드립니다. 함대에서는 아직 아무 소식도 없으며, 곧 들어오지도 않을 것입니다. 스캔은 계속 명료하게 작동하고 있습니다. 이 스테이션 부근에서 군사 작전은 없을 것이라 생각합니다…… 앤절로 콘스탄틴이 폭도의 손에 돌아가셨으며, 다른 가족들도 폭력 사태 와중에 실종됐음을 깊은 애도와 함께 전합니다. 누구라도 무사히 몸을 피했다면, 최대한 빨리 스테이션 지휘실로 연락을 주십시오. 콘스탄틴 가문의 친족, 혹은 그분들의 행방을 아는 누구라도 즉시 스테이션 본부에 연락해 주시기 바랍니다. 현 위기를 맞아 존 루커스 의원이 임시로 총감독관을 맡고 있습니다. 또한 루커스 컴퍼니 직원이 비상사태의 보안 임무를 맡고 있으니, 적극 협조해 주시기 부탁드립니다.」

데이먼은 가로대에 풀썩 주저앉았다. 금속의 한기보다 훨씬 더 깊고 차가운 냉기가 온몸을 휘감았다. 숨을 쉴 수 없었다. 데이먼은 자신이 울고 있음을 깨달았다. 눈물 때문에 빛이 흐릿하게 보이고 숨이 막혔다.

「……보내 드립니다.」 콤은 되풀이해서 말했다. 「우리는 중력을 안정시키는 중입니다. 모든 시민 여러분은 현재 위치를……」

손 하나가 데이먼의 어깨를 잡더니 그를 돌려 앉혔다. 「데이먼?」 시끄러운 방송 소리 속에서 조시의 목소리가 들렸다.

데이먼은 모든 게 멍했다. 아무것도 이해되지 않았다. 「돌아가셨어요.」 데이먼은 이렇게 말하고 몸을 부르르 떨었다. 「아, 맙소사…….」

조시는 가만히 데이먼을 바라보다가 손에서 램프를 가져갔다. 데이먼은 저 위에 있다고 알고 있는 입구를 향해 기어오르기 위해 마지막으로 납작 엎드렸다.

조시는 데이먼을 강하게 잡아당기고 데이먼의 몸을 돌려 단단한 벽에 눌렀다. 「가지 말아요.」 조시가 사정했다. 「데이먼, 지금 밖으로 나가지 말아요.」

조시의 편집증적 악몽들. 조시는 바로 그 악몽들을 본 표정이었다. 데이먼은 벽에 몸을 기댔고, 생각이 정처 없이 사방으로 뻗어 나갔다. 엘렌. 「제 아버지…… 어머니…… 블루 1층이에요. 우리 보초들이 블루 구역 1층에 있었어요. 우리의 보초들이요.」

조시는 아무 말도 하지 않았다.

데이먼은 생각하려 애썼다. 계속해서 일이 잘못되었다. 군인들은 움직였다. 함대는 떠났다. 곧바로 살인 사건들이 일어났다…… 펠의 엄중한 보안 속에서…….

데이먼은 반대쪽으로, 방금 왔던 방향으로 몸을 돌렸으나, 손이 너무 떨려 난간을 잡기가 힘들었다. 조시는 데이먼을 위해 불을 비춰 주었고, 데이먼의 팔꿈치를 잡아 떨리는 걸 멈추게 했다. 데이먼은 가로대에서 몸을 돌리고, 빛 때문에 일그러져 보이는 조시의 마스크 쓴 얼굴을 올려다보았다.

「어디로 가요?」 조시가 물었다.

「저 위에서 누가 지휘권을 잡았는지 모르겠어요. 방송에 따르면 그게 제 외삼촌이라고 하지만요. 전 모르겠어요.」데이먼은 램프에 손을 뻗어 잡으려고 했다. 조시는 마지못해 램프를 넘겨주었다. 데이먼은 몸을 돌려 사다리를 최대한 빠르게 내려가기 시작했고, 가로대를 미끄러지며 내려갔다. 조시는 필사적으로 그 뒤를 쫓아갔다.

다시 내려갔다. 내려가는 건 쉬웠다. 데이먼은 숨이 막힐 정도로 가빠지고 몸의 균형을 거의 잃을 때까지 서두르며 내려갔다. 이윽고 현기증이 나고 램프 불빛이 맹렬히 흔들리며 골조들과 터널들을 비췄다. 데이먼은 발이 미끄러졌지만 다시 균형을 되찾고 계속 내려갔다.

「데이먼.」조시가 항의했다.

데이먼은 숨이 너무 차서 말싸움할 기운조차 없었다. 데이먼은 계속 내려갔으나, 마침내 공기 부족으로 시야가 흐려졌다. 데이먼은 가로대에 털썩 앉아 기절하지 않으려고 호흡기를 통해 공기를 충분히 빨아들이려 애썼다. 조시가 옆에서 기대는 게 느껴졌고, 헐떡이는 소리도 들렸다. 누가 더 낫다고 할 수 없었다. 「부두.」데이먼이 말했다. 「거기로 내려가요…….. 우주선으로 가요. 엘렌이라면 거기로 갔을 거예요.」

「거기까지 갈 수가 없어요.」

데이먼은 조시를 보고는 자신이 또 다른 인생을 이 일에 끼워 넣고 있음을 깨달았다. 하지만 달리 선택의 여지도 없었다. 데이먼은 일어나서 다시 내려가기 시작했다. 그러면서 뒤따라오는 조시의 발걸음이 울리는 진동을 느꼈다.

우주선들은 밀폐될 것이다. 엘렌은 그곳에 있거나 아니면 사무실에서 문을 잠그고 있을 것이다. 혹은 죽었거나. 만약 군인들이 아버지를 쳤다면…… 만약 무슨 정신 나간 이유에서 그랬다면…… 스테이션은 유니언에게 먹히기 전에 기능이 마비됐을 것이다…….

하지만 존 루커스는 저 위의 본부에 있다고 했다.

무슨 작전 실패가 있었나? 그들이 본부를 치지 못하게 존이 어떻게든 막은 걸까?

데이먼은 숨을 돌리다 몇 번이나 쉬었는지 횟수를 잊어버렸고, 몇 층이나 지났는지도 잊어버렸다. 〈내려간다.〉 데이먼은 마침내 바닥을 밟았다. 그러자 격자가 갑자기 넓어졌다. 데이먼은 불을 비춰 보고서야 어디인지 깨닫고, 아래로 내려가는 사다리 찾기를 그만두었다. 데이먼은 격자를 따라 걸으며 가물거리는 푸른 불빛을 보았다. 출입구 문 위에 있는 불이었다. 데이먼은 문에 도착해 스위치를 눌렀다. 문은 쉿 소리를 내며 열렸다. 조시는 데이먼을 따라 에어로크의 더 밝은 불빛 속으로 들어왔다. 문이 닫히고 환기가 시작되었다. 데이먼은 마스크를 아래로 잡아당기고 공기를 한가득 들이마셨다. 공기는 차가웠고, 아주 살짝 오염된 냄새가 났다. 데이먼은 머리가 울려 몽롱한 정신으로 조시의 땀 흘리는 얼굴에 시선을 집중했다. 조시는 괴로운 표정이었고, 마스크가 두드러져 보였다. 「여기 있어요.」 데이먼은 동정심을 느끼며 말했다. 「여기 있어요. 이 일을 깨끗이 해결하고 돌아올게요. 혹시 해결하지 못한다면…… 어떻게 할지는 당신에게 유리한 쪽으로 알아서 결정해요.」

조시는 흐리멍덩한 눈으로 몸을 기대 섰다.

데이먼은 문으로 관심을 돌렸다. 호흡이 안정되자 눈을 비벼 시야를 맑게 한 다음, 마침내 버튼을 눌러 문을 작동시켰다. 빛은 눈부시게 밝았다. 밖에서는 고함이 들리고 비명이 울렸으며 연기 냄새가 났다. 〈생명 유지 장치야.〉 데이먼은 오싹한 한기를 느끼며 생각했다…… 문 저편은 작은 복도들 중 하나였다. 데이먼은 밖으로 나가서 달리기 시작했다. 등 뒤에서 함께 달리는 발소리가 들려, 데이먼은 뒤를 돌아보았다.

「돌아가요.」 데이먼은 조시에게 간절히 말했다. 「안으로 돌아가요.」

데이먼은 조시와 말다툼할 시간이 없었다. 데이먼은 복도를 달려갔다…… 그린 구역에 들어가야 했다. 이쪽으로 가면 9층이 나와야 했다…… 모든 표지판이 사라졌다. 앞쪽에 폭도들이 보였다. 사람들은 복도 여기저기를 달리고 있었다. 기다란 파이프를 든 자들도 있고, 시체도 한 구 보였다…… 데이먼은 날쌔게 비키며 시체를 지나 계속 뛰어갔다. 데이먼이 본 폭도는 펠 주민 같지 않았다…… 수염이 덥수룩하고 단정하지 못했다…… 데이먼은 갑자기 그들이 〈누구〉인지 깨닫고는 전력질주해 복도를 돌진한 뒤 모퉁이를 돌아, 중앙 복도로 들어가지 않고 최대한 부두 가까이 갔다. 결국엔 부두로 침입해야 했다. 데이먼은 달려오는 사람 한 명을 살짝 피하며, 달리는 다른 사람들 사이에 끼였다. 바닥에 시체가 더 많이 보였고, 약탈자들이 날뛰었다. 데이먼은 파이프와 칼을 단단히 쥔 사람들을 어깨로 밀치며 나아갔다. 그중엔 총을 든 사람들도 있었다……

부두 입구는 닫혀 있었고, 밀폐되어 있었다. 데이먼은 문이 닫힌 걸 보고 비틀거리며 옆으로 비켰다. 단지 데이먼이 앞길에 있다는 이유만으로 약탈자 한 명이 데이먼에게 파이프를 휘둘렀던 것이다.

데이먼을 공격하던 자는 멈추지 않았고, 반원을 그리며 빙 돌아 벽에 부딪혔다. 조시는 그자의 머리를 벽에 쿵 박아버린 뒤, 파이프를 뺏어 손에 들었다.

데이먼은 급히 방향을 돌려 밀폐된 문을 향해서 뛰어갔다……. 그러고는 주머니에 손을 넣어 카드를 찾았다. 에어로크를 자신의 권한으로 다시 열려는 것이었다.

「콘스탄틴!」 누가 뒤에서 외쳤다.

데이먼은 몸을 돌려 남자를 보았다. 남자는 데이먼에게 총을 겨누고 있었다. 그때 기다란 파이프가 느닷없이 날아와 남자를 쳤고, 폭도가 밀어닥치더니 앞다투어 총을 뺏어 갔다. 데이먼은 당황하며 다시 몸을 돌려 슬롯에 카드를 밀어넣었다. 문이 뒤로 휙 열리고, 거대한 부둣가와 다른 약탈자들이 보였다. 데이먼은 차가운 공기를 들이마시며 화이트 구역을 향해 부두를 달려갔다. 화이트 구역의 거대한 밀폐 벽들은 제자리에 있었다. 이 부두 밀폐 벽들은 두 층 높이였고 공기를 차단했다. 데이먼은 기진맥진해 비틀거리다 간신히 중심을 잡고 밀폐 벽들을 향해 오르막을 내달렸다. 바로 뒤에서 누군가의 소리가 들렸다. 데이먼은 그게 조시이길 맘속으로 바랐다. 옆구리의 따끔거리던 아픔은 어느새 창으로 찌르는 듯한 통증으로 바뀌었다…… 데이먼은 약탈당한 가게들을 지났다. 문이 열려 있고 안은 껌껌했다. 데이먼은 거대한 밀폐 벽들 옆의 벽에 도착한 뒤 조그만 관계자용 자물쇠가 달린 닫힌 문으로 가서 슬롯에 카드를 밀어 넣었다.

문은 꼼짝도 하지 않았다. 아무런 응답이 없었다. 데이먼은 접촉 불량인지 모른다고 생각하며 카드를 더 세게 밀어넣었다. 그러고 한 번 더 밀어 넣었다. 기계는 고장이었다. 적어도 버튼에는 불이 들어와야 했고, 우선권 코드를 입력할 기회는 있어야 했다. 혹은 위험 신호라도 번쩍여야 했다.

「데이먼!」 조시가 데이먼 옆으로 다가와 어깨를 잡고 돌려세웠다. 데이먼과 조시 뒤에서 사람들이 움직이고 있었다. 30명, 50명, 온 부두들에서…… 그린 구역 9층에서 몰려오는 사람들의 수가 점점 더 많아졌다.

「저자들은 당신이 문을 연 걸 알아요.」 조시가 말했다. 「당신에게 그런 출입 권한이 있는 걸 안다고요.」

데이먼은 사람들을 보았다. 슬롯에서 카드를 휙 잡아 뽑았다. 소용없는 텅 빈 카드였다. 지휘실에서 데이먼의 카드를 취소시킨 것이다.

「데이먼.」

데이먼이 조시를 잡고 달리자 사람들이 악을 쓰며 앞으로 나왔다. 데이먼은 열린 문들을 향해, 가게들을 향해 질주했다…… 가장 가까운, 깜깜한 문으로 들어갔다. 데이먼은 안에서 몸을 돌리고 버튼을 눌러 문을 밀폐했다. 적어도 이건 작동했다.

폭도의 가장 앞사람이 문에 부딪혀 마구 두드렸다. 사람들은 공포에 휩싸인 얼굴을 플라스틱에 눌렀고, 기다란 파이프들로 마구 치며 문에 상처를 냈다. 문은 보안용이어서 압력에 견디게 설계되었고, 동그랗고 두 배로 두꺼운 창 외에 다른 창은 없었다. 부둣가 가게들엔 모두 이런 게 있었다…….

「문은 깨지지 않을 거예요.」 조시가 말했다.

「우린 다시 밖으로 나갈 수 없을 거예요.」 데이먼이 말했다. 「사람들이 와서 우릴 데리고 나가기 전에는, 여기서 나갈 수 없어요.」

조시는 창문의 공간 너머로, 문의 맞은편에서 데이먼을 보았다. 조시는 창을 통해 들어오는 빛을 받아 창백해 보였다.

「놈들이 제 카드를 무효화했어요.」 데이먼이 말했다. 「카드가 먹히질 않아요. 그게 누구든 스테이션 본부에 있는 자가 막 제 카드 사용을 금지했어요.」 데이먼은 플라스틱 쪽을 보았다. 플라스틱에 난 홈이 점점 깊어졌다. 「우린 방금 여기에 스스로 갇힌 것 같아요.」

폭도는 계속해서 문을 두드렸다. 밖에는 광기가 흘러넘쳤다. 암살하려는 의도도 아니었고, 인질을 잡겠다는 온건한 생각도 아니었다. 오직 자신들의 절망에만 온 정신을 쏟고 있는 필사적인 행동일 뿐이었다. Q 주민들과, 그들의 손이 닿는 곳에 있는 스테이션인 두 명이었다. 플라스틱에 난 금은 점점 깊어졌지만, 폭도의 얼굴과 손과 무기가 흐릿하게 보이는 게 다였다. 폭도가 이 안으로 뚫고 들어오려면 아직은 어림도 없었다.

그리고 뚫고 들어온다면, 암살할 필요도 없었다.

제2장

1
〈노르웨이〉, 1300시

이제는 대기 전술이었다. 살피고 사라졌다. 유령 같았다. 하지만 저기, 성계 경계 너머 어딘가에 있는 건 확실했다. 적이 쳐들어오면서 〈티베트〉와 〈북극〉은 연락이 두절되었다. 유니언은 온 방향으로 되돌아갔고, 이를 위해 〈티베트〉의 라이더 중 하나를 대가로 치렀다……. 유니언도 라이더 하나를 잃었다. 하지만 끝났다고 보기는 일렀다. 콤 통신은 계속됐지만, 두 모함은 조용하기 그지없었다. 시그니는 입술을 잘근잘근 씹으며 앞의 스크린들을 응시했다. 그동안 그래프가 우주선을 관리했다. 〈노르웨이〉는 함대의 나머지와 함께 자기 자리를 지켰다. 속도를 확 떨어뜨리고 펠 IV와 III 그리고 펠 자체에서 그리 멀리 떨어지지 않은 곳에서 표류했다. 그리고 이제 가까이 도착하는 이들로부터 숨기 위해 별을 이용했다. 유니언이 무모하게 입구를 향해 도약할 리는 절대 없었다. 그건 유니언의 방식이 아니었다. 하지만 함대는 대응책을 마련했다…… 목표물처럼 가만히 있었다. 충분히 오래 기다렸고, 보수적인 유니언 지휘관들조차 자신들의 스캔 범위를 빙 돌려서 새로운 공격 목표들을 찾을 수 있었다. 늑대들이 모닥불 주위를 돌며 모닥불 가에 앉으려 했다. 눈에 띄고 공격받기 쉬워 죽은 목숨이나 마찬가지였다. 유니언은 저 밖 〈공간〉이 있었고, 빠르게 도망칠 수 있었으며, 그들이 처리하기에 너무나 빨랐다.

그리고 침묵을 깨고 한동안 펠에서 나쁜 소식들이 들어왔다. 심각한 무질서에 대한 이야기들이었다.

마지언은…… 계속 침묵을 지켰다. 누군가 감히 질문을 해서 침묵을 깨보려 했다. 「부탁입니다.」 시그니는 마지언에게 간청했다. 「우리 중 누구라도 나가서 사냥하게 해주십시오.」라이더들은 아주 넓게 전개하며 〈노르웨이〉에서 떨어져 있었고, 다른 모함들도 비슷했다. 라이더 27척에 모함 7척이었다. 그리고 시민군의 우주선 32척이 마지언의 패턴을 채우려 애쓰고 있었다. 롱스캔으로 보면 이 중 일부는 라이더와 구분되지 않았다. 그리고 2척은 모함과 구분이 안 되었다. 함대가 가만히 있는 한, 급하게 꺾으며 움직이거나 속도를 내어 스스로 모습을 드러내지 않는 한, 스캔을 보는 사람은 이 느리고 조용한 우주선들 중 일부가 민간 우주선인 척하는 전함인지 아닌지 고개를 갸우뚱할 수밖에 없었다. 〈티베트〉의 라이더는 이미 모함으로 돌아갔다. 〈티베트〉와 〈북극〉은 그들의 영역에 라이더가 7척, 시민군이 11척이었고, 고속 질주가 불가능한 단거리 수송선들은 필요하면 용감해졌다. 적을 피하려야 피할 수 없었던 것이다……. 그래서 그들은 전위 함대의 일부가 되었다. 마치 그쪽에서 오는 공격을 막아 낼 수 있다는 듯이. 유니언은 이미 그들에게서 쓴맛을 톡톡히 봤다. 제대로 당한 뒤 사정거리 밖으로 사라졌다. 필시 아조프가 저 밖에 있을 것이다. 그는 유니언에서 가장 나이 많은 자 중 하나였고, 최고 중 하나였다. 가벼운 잽이자 양동 작전일 터였다. 아조프는 그렇게 죽기엔 너무 아까운 지휘관을 이미 한 명 이상 해치웠다.

다들 신경이 스멀스멀 근질거렸다. 함교의 기술자들은 때때로 시그니를 바라보았다. 우주선들 간뿐 아니라 우주선 안에도 침묵이 흘렀다. 전염성 있는 불편함이었다.

콤 기술자 한 명이 자리에서 몸을 돌려 시그니를 보았다. 「펠 상황이 악화되고 있습니다.」 기술자는 콤 없이 그냥 말했다. 다른 자리에서도 웅얼거리는 소리가 들렸다.

「자기 일에나 신경 써.」 시그니는 누구에게랄 것도 없이 매섭게 말했다. 「적은 어느 쪽에서도 올 수 있어. 펠은 그만 잊어. 안 그러면 적이 우리 코앞에 닥칠 거야. 알겠어? 계속 쓸데없는 공상이나 하는 자는 우주로 내던질 거야.」

그러고 나서 그래프에게 말했다. 「준비 상태로 돌려.」

머리 위에 푸른 불이 켜졌다. 부하들은 이제 깨어날 터였다. 시그니의 계기반에 불 하나가 번쩍였다. 암스콤프 계기반이 켜졌다. 암스콤퍼와 그의 보조들이 완전히 준비됐다는 뜻이었다.

시그니는 콤프 계기반으로 손을 뻗어 코드를 누르고 녹음된 지시를 틀었다. 〈노르웨이〉의 관측안이 지시대로 기준성을 향해 움직이기 시작했고, 정체 확인 후 위치를 고정했다. 만약, 만약 계획에 없던 일이 벌어지고 있다면, 역시 펠의 지껄임을 들은 마지언이 도망칠 생각을 하고 있다면⋯⋯. 그들의 빔 견인 장치는 〈유럽〉을 향했다. 〈유럽〉은 아직도 아무말이 없었다. 마지언은 생각하고 있거나 이미 결정을 내리고, 자신의 함장들이 알아서 조심할 거라고 믿는 듯했다. 시그니는 도약 기술 계기반에 신호를 보냈다. 마지언은 이미다른 이들의 움직임을 알고 있을 터이기 때문이다. 계기반이활기를 띠며 발전기의 터빈 날개 모니터에 동력을 증가시켰다. 이로써 실제 공간 외의 선택권이 생겼다. 만약 함대가 펠에서 떨어져 나가게 되면, 그들은 지시받은 곳에, 즉 가장 가까운 영점에 모두가 도착하지는 못할 가능성이 있었다. 다시는 함대가 존재하지 않을 가능성이, 유니언과 솔 사이에 아무것도 존재하지 않게 될 가능성이 있었다.

펠에서 받은 콤 통신은 실로 무시무시해졌다.

2

다우너 진입로

총을─든─인간들. 예민한 두 귀로는 아직도 밖에서 나는외침 소리를 들을 수 있었다. 끔찍한 싸움이었다. 새틴은 벽에 부딪히는 쿵 소리에 몸서리쳤고, 이런 일이 벌어지는 이유를 알 수 없어 몸을 떨었다……. 그러나 루커스-인간들이 이렇게 만들었다. 루커스-인간들이 명령을 내렸고, 업어보브에서 힘을 가지고 있었다. 푸른 이빨은 새틴을 안고는 속삭여 주고 격려했다. 새틴은 다른 이들처럼 조용히 왔다. 맨발의 히사들이 내는 작은 소리가 위와 아래로 지나갔다. 그들은 어둠 속에서 계속 움직였다. 감히 불을 켤 엄두는 내지 못했다. 인간들이 그걸 보고 찾아올 수도 있기 때문이었다.

몇 명은 앞에 있고, 몇 명은 뒤에 있었다. 장로가 선두에 서고, 이 기묘한 히사는 높은 곳들에서 내려왔다. 장로는 이유도 설명해 주지 않고 그들을 지휘했다. 일부는 기묘한 이자들을 두려워하며 우물쭈물했다. 그러나 뒤에 총이 있고, 미친 인간들이 있으며, 그들은 곧 서둘러 올 터였다.

터널 아래쪽 깊은 곳에서 인간의 목소리가 메아리치며 울렸다. 푸른 이빨은 쉿쉿 소리를 내고 밀며 더 빨리 기어올랐다. 새틴은 온 힘을 다해 재빨리 움직이느라 몸에서 열이 났다. 털이 축축하고, 이미 다른 이들이 잡았던 난간에서 손이 미끄러졌다.

「서둘러.」 업어보브의 깜깜한 곳들 중 어디 높은 층에선가 히사 하나가 속삭였다. 더 올라가라고 손들이 떠밀었다. 위에는 침침한 빛이 켜져 있어 거기서 기다리는 히사의 윤곽만 보였다. 에어로크가 보였다. 새틴은 마스크를 끌어당겨 쓰고 급히 문 쪽으로 가서 푸른 이빨의 손을 잡았다. 장로를 따라가서 도착하게 될 곳에서 푸른 이빨을 잃을까 봐 겁이 났다.

에어로크가 열렸다. 그들은 서로 밀치며 안으로 들어갔다. 안쪽 밀폐 문이 열리자 갈색 히사 한 무리가 나타나 손을 뻗어 서둘러 그들을 끌어냈다. 다른 히사였다. 갈색 희사들은 밖을 보며 서서 그 너머에 있는 것들로부터 그들을 보호했다.

갈색 희사들에겐 무기가 있었다. 인간들처럼 기다란 파이프를 들고 있었다. 새틴은 충격을 받아 손을 뒤로 뻗어 푸른 이빨을 만졌다. 이 혼잡하고 성난 무리 속에, 인간들의 하얀 불빛 속에 푸른 이빨이 함께 있음을 확인하려는 것이었다. 이 복도에는 오직 히사뿐이었다. 끝에 있는 닫힌 문들까지 히사가 복도를 가득 채웠다. 벽 하나에 피가 얼룩져 있고, 마스크에 걸러져 맡을 수 없지만, 무슨 냄새도 났다. 새틴은 심란해하며 다른 이들이 밀고 있는 쪽으로 시선을 주며 부드러운 손 하나를 느꼈다. 푸른 이빨의 손은 아니었다. 손은 새틴의 팔을 잡고 이끌었다. 그들은 문을 지나 거대하고 침침한 인간의 장소로 들어갔다. 문이 닫히며 조용해졌다.

「쉿.」새틴과 푸른 이빨을 이끈 자가 말했다. 새틴은 공포에 질린 채 고개를 돌려 푸른 이빨이 아직 곁에 있는지 확인했다. 푸른 이빨은 손을 뻗어 새틴의 손을 잡았다. 새틴과 푸른 이빨은 자신들을 여기로 인도한 나이 든 자들과 함께 초조하게 걸어가 이 넓은 인간-장소를 통과했다. 그들의 발걸음은, 아아, 너무나 조심스러웠다. 두려웠고, 또한 저 밖에 있는 무기와 분노를 생각하지 않을 수 없었던 것이다. 다른 자들, 장로들이 어둠 속에서 일어나 그들을 맞았다. 「이야기꾼이여.」장로 한 명이 새틴을 부르며 몸을 만져 환영했다.

팔들이 새틴을 감싸 안았다. 다른 이들이 밝디밝은 문 너머에서 와 새틴과 푸른 이빨을 안았다. 새틴은 낯선 이들이 보이는 경의에 얼떨떨해졌다.「이리로.」그들이 새틴을 이끌어 밝은 곳으로 들어갔다. 한계가 없는 방이었다. 하얀 침대가 있고, 인간이 자고 있었으며, 나이가 아주 많은 히사 한 명이 그 옆에 쭈그리고 있었다. 껌껌하고 별들이 사방에 보이며, 벽 같기도 하고 아닌 것 같기도 했다. 갑자기 위대한 태양이 방 안을 응시하며 그들을 내려다보고, 〈꿈꾸는 자〉를 비췄다.

「아.」새틴은 경악하며 속삭였지만, 늙은 히사는 일어나 환영의 뜻으로 양팔을 벌렸다.「이야기꾼.」가장 나이 많은 장로가 잠시 꿈꾸는 자를 떠나 새틴을 포용했다.「잘했어, 잘했어.」가장 나이 많은 장로가 부드럽게 말했다.

「릴리.」꿈꾸는 자가 말했다. 가장 나이 많은 장로는 몸을 돌려 침대 옆에 무릎을 꿇고 꿈꾸는 자의 회색 머리를 쓰다듬었다. 꿈꾸는 자는 너무나 멋진 눈으로 그들을 보았고, 하얗고 고요한 얼굴에 생기를 띠었다. 꿈꾸는 자의 몸은 하얀 옷으로 싸여 있었고, 릴리란 이름의 히사와 별들이 점점이 박힌 채 사방에 펼쳐진 암흑만 빼고 모든 게 허옜다. 태양은 이미 사라져, 이제 그들뿐이었다.

「릴리.」꿈꾸는 자가 다시 말했다.「저들은 누구야?」

꿈꾸는 자는 〈새틴〉을 보았다. 새틴을. 릴리는 고개를 끄덕였다. 새틴은 무릎을 꿇었고, 푸른 이빨은 옆에서 따뜻함이 어린 꿈꾸는 자의 눈을 공손히 들여다보았다. 업어보브의 꿈꾸는 자, 위대한 태양의 짝이었다. 위대한 태양은 그녀의 벽에서 춤을 췄다. 「사랑해.」 새틴이 속삭였다. 「사랑해, 태양-그녀의-친구.」

「사랑해.」 꿈꾸는 자도 속삭였다. 「바깥 사정은 어때? 위험해?」

「우린 안전하게 만든다.」 장로가 단호하게 말했다. 「모든, 모든 히사는 이곳 안전하게 만든다. 총을-든-인간들 못 들어온다.」

「그들은 죽었어.」 너무나 멋진 눈들이 눈물로 흐려졌다. 꿈꾸는 자는 릴리를 찾았다. 「존이 그렇게 만들고 있어. 앤절로, 데이먼, 어쩌면 에밀리오도. 나만 빼고. 아직은. 릴리, 날떠나지 마.」

릴리는 너무나, 너무나 조심스럽게 꿈꾸는 자에게 팔을 둘렀고, 회색으로 변해 가는 자신의 뺨을 꿈꾸는 자의 회색 머리에 댔다. 「응.」 릴리가 말했다. 「사랑해, 떠날 때 아니다, 아니다, 아니다, 아니다. 그들이, 총을-든-인간들이 떠나는 거 꿈꿔라. 다우너들 모두 당신 집 지킨다. 위대한 태양으로 꿈꾼다. 우리는 당신 손과 발, 우리 많다, 우리 강하다, 우리 빠르다.」

벽들이 바뀌었다. 이제 폭력 장면이 보였다. 인간들이 인간들과 싸웠고, 히사는 다들 두려움에 움츠리며 서로 가까이 붙었다. 싸우는 장면이 지나가자, 꿈꾸는 자만이 차분했다.

「릴리, 업어보브는 죽음의 위험에 처했어. 거기에 히사가 필요할 거야. 싸움이 끝나면, 당신이 필요해, 알겠어? 마음을 강하게 먹어. 이곳을 지켜. 나와 함께 있어.」

「우리 싸운다, 여기 오는 사람들과 싸운다.」

「〈살아.〉 그자들은 감히 널 죽이지 못해, 알지? 인간들에겐 히사가 필요해. 그자들은 여기에 들어오지 않을 거야, 들어오려 하지 않을 거야.」 꿈꾸는 자의 반짝이던 눈은 다시 열정으로 어두워지고 부드러워졌다. 태양이 돌아왔고, 태양의 경외할 얼굴이 벽을 가득 채우며 분노를 잠재웠다. 태양은 꿈꾸는 자의 눈에 반사되었고, 자신의 색깔로 하얀색을 물들였다.

「아.」 새틴은 속삭이며 몸을 좌우로 흔들었다. 다른 이들도 몸을 흔들며 경외감에 젖어 부드러운 신음을 냈다. 한 명은 새틴과 함께였다.

「그녀는 새틴이다.」 장로가 꿈꾸는 자에게 말했다. 「푸른 이빨은 그녀의 친구다. 베넷-인간의 친구, 베넷 죽는 거 본다.」

「다운빌로에서 에밀리오가 당신을 업어보브로 보냈지.」 꿈꾸는 자가 말했다.

「콘스탄틴-인간 당신 친구? 사랑해 그는, 모든, 모든 다우너를. 베넷-인간 그의 친구.」

「맞아, 친구였어.」

「그녀 말한다.」 장로는 이렇게 말한 뒤 히사의 언어로 계속 말을 이었다……「이야기꾼, 하늘이-그녀를-본다, 꿈꾸는 자에게 이야기를 해주라, 꿈꾸는 자의 눈을 반짝이게 하고 꿈꾸는 자의 꿈들을 따뜻하게 만들어 주라. 그 이야기를 노래해 꿈으로 만들어 주라.」

새틴의 얼굴이 상기되고 목이 긴장되었다. 두려워서였다. 위대한 이도 아니고 고작 작은 노래들을 부르는 자신이, 인간의 말로 이야기를 하다니……. 그것도 꿈꾸는 자 앞에서, 그리고 위대한 태양 앞에서, 모든 별이 주위에 있는 곳에서. 그리고 꿈의 일부가 된다니…….

　「해봐.」 푸른 이빨은 새틴을 격려했다. 푸른 이빨이 믿어 준다는 생각에 새틴은 용기가 났다.

　「나 하늘이-그녀를-본다는 다운빌로에서 온다.」 새틴은 이야기를 시작했다. 「당신에게 베넷-인간 이야기한다, 당신에게 콘스탄틴 이야기한다, 당신에게 히사 일들 노래한다. 히사 일들 꿈꾸라, 태양-그녀의-친구, 베넷이 꿈을 만들듯이. 베넷을 살아 있게 하라, 베넷을 히사와 함께 걷게 하라, 아! 당신을 사랑한다, 베넷을 사랑한다. 태양의 미소가 베넷을 본다. 오래, 오랫동안, 우리는 히사 꿈들을 꾼다. 베넷은 우리가 인간 꿈 보게 한다, 우리에게 진짜 것들 보여 준다, 우리에게 태양이 두 팔로 모든 업어보브를 안는다고, 모든 다운빌로를 안는다고, 그리고 업어보브는 태양에게 두 팔을 넓게 벌린다고 말한다, 우리에게 우주선들 오고 간다고 말한다, 우주선 크다, 〈크다〉, 오고 간다, 인간들을 멀고 먼 암흑에서 데려온다고 말한다. 베넷 우리 눈을 크게 만든다, 우리 꿈을 크게 만든다, 우리를 인간들과 똑같이 꿈꾸게 만든다, 태양-그녀의-친구. 이것을 베넷은 우리에게 준다. 그리고 베넷은 자기 생명을 준다. 베넷은 우리에게 업어보브의 좋은 것들 말한다, 이 좋은 것들을 원하게 해서 우리 눈을 따뜻하게 만든다. 우리 온다. 우리 본다. 너무나 넓고, 너무나 큰 어둠, 우리는 어둠에서 태양의 미소를 본다, 다운빌로를, 파란 하늘을 향한 꿈 만든다. 베넷은 우리를 보게 만든다, 우리를 오게 만든다, 우리에게 새 꿈을 꾸게 만든다.

〈아! 나 새틴, 나 당신에게 인간들이 오는 때 말한다. 인간들이 오기 전에는, 때 없다, 오직 꿈을 꾼다. 우리 기다린다, 그리고 우린 기다리는 거 모른다. 우리는 인간들을 본다, 그리고 우리는 업어보브에 온다. 아! 베넷 오는 때 차가운 때, 그리고 오랜강은 조용하다……〉」

까맣고 사랑스러운 눈들이 새틴을 뚫어져라 보았다. 새틴을 노련한 가수처럼 보며 새틴의 말에 흥미를 느끼고 집중했다. 새틴은 최선을 다해 진실을 엮으며 이걸 진실로 만들었고, 다른 곳에서 벌어지고 있는 끔찍한 일들은 뺐고, 그걸 더 진실하고 더 진실하게 만들었다. 꿈꾸는 자는 그걸 진실로 만들 수 있을지도 몰랐다. 꽃들이 그러하듯, 비와 모든 영속하는 것들이 그러하듯, 계절이 바뀌고 시간이 흐르며 이 진실은 다시 돌아올 수도 있었다.

3
스테이션 본부

계기반들이 안정되었다. 스테이션 본부는 공포가 계속될 것이라 받아들이며 적응했다. 이는 사소한 세부 사항에 지나치게 주의를 기울인다든지, 무장한 사람들이 지휘 본부에서 점점 더 많이 왔다 갔다 하는 것을 기술자들이 애써 무시하는 점에서 선명히 드러났다.

존은 통로들을 순찰하며 얼굴을 찌푸리고 필요하지 않은 움직임은 무엇이든 불허했다. 「상선 〈유한의 끝〉에서 또다시 연락이 왔습니다.」기술자 한 명이 말했다. 「엘렌 퀸이고, 정보를 요구합니다.」

「거절해.」

「의원님······.」

「거절해. 꼼짝 말고 가만히 기다리라고 전해. 더 이상 허가 없는 통화는 안 돼. 우리가 적에게 도움이 될 수도 있는 정보를 방송하길 바라나?」

기술자는 자기 일로 돌아갔고, 총을 보지 않으려 눈에 띄게 노력했다.

〈퀸〉, 젊은 데이먼의 아내. 상인들과 함께 있고, 이미 골칫거리이며, 요구를 했고, 나오길 거부했다. 이 정보는 이미 급격히 퍼졌고, 지금쯤 함대도 스테이션 주위의 패턴에 있는 상선들에서 소식을 들었을 게 분명했다. 지금쯤이면 마지언도 무슨 일이 벌어졌는지 알 것이다. 퀸은 상인들과 있고, 데이먼은 그린 구역 부두에 있었다. 다우너들은 얼리샤의 머리맡에 모여 그 지역의 4번 교차 셀을 막고 있었다. 얼리샤가 다우너 호위병들을 데리고 있게 두자. 그 구역 문은 닫혀 있으니까. 존은 등 뒤로 손을 깍지 끼고 침착해 보이려 애썼다.

어떤 움직임이 존의 시선을 끌었다. 문 근처였다. 잠시 자리를 비웠던 제사드가 돌아와 문가에 서서 그를 소리 없이 부르고 있었다. 존은 제사드의 소름 끼치는 침착함에 반감을 느끼며 그쪽으로 걸어갔다.

「무슨 진전이라도?」 존은 밖으로 나가며 제사드에게 물었다.

「크레시치 씨를 찾았습니다.」 제사드가 말했다. 「호위자와 함께 여기 있어요. 회담을 원하더군요.」

존은 오만상을 하고, 크레시치가 기다리는 복도를 흘끗 보았다. 보초 한 무리가 크레시치를 둘러싸고 있었고, 그들 자체 보안대도 똑같은 수가 있었다.

「블루 1-4의 상황은 변함이 없습니다.」 제사드가 말했다. 「다우너들이 아직도 거길 막고 있어요. 우리 쪽이 문까지 갔습니다. 우리가 감압할 수 있었습니다.」

「우리에겐 다우너들이 필요해요.」 존은 긴장된 목소리로 말했다. 「그러니 그냥 둬요.」

「그 여자를 위해서요? 미봉책일 뿐이에요, 루커스 씨…….」

「우리에겐 다우너들이 필요해요. 얼리샤가 다우너들을 데리고 있어요. 다시 말하는데, 그냥 둬요. 골칫거리는 데이먼과 퀜입니다. 그쪽엔 어떻게 하고 있죠?」

「그 우주선엔 아무도 태울 수가 없었습니다. 그 여자는 나오려 하지 않고, 그쪽은 열려고 하질 않습니다. 데이먼에 관해선, 현재 위치를 압니다. 우리가 지금 처리 중입니다.」

「당신들이 처리 중이라니, 무슨 뜻이죠?」

「크레시치의 사람들이 하고 있단 말입니다.」 제사드는 불만스럽게 씩씩거렸다. 「우린 저 밖에 나가 봐야 합니다. 제 말 아시겠습니까? 정신 차리고 가서 크레시치와 얘기하시죠. 그자에게 뭔가 약속을 해요. 그자는 폭도를 자기 손에 쥐었어요. 크레시치 그자는 배후 조종을 할 수 있단 말입니다. 어서 가요.」

존은 복도에 모인 사람들을 보자 생각이 이리저리 흩어졌다. 크레시치, 마지언, 상선 문제…… 유니언. 유니언 함대는 곧 움직여야 한다, 반드시. 「저 밖에 나가 봐야 하다니, 그게 무슨 말이죠? 데이먼이 어디 있는지 아는 겁니까, 모르는 겁니까?」

「확실하게 아는 건 아닙니다.」 제사드는 인정했다. 「우린 폭도를 이용해 데이먼을 찾고 있지만, 그걸로는 충분치 않을 겁니다. 그리고 우린 〈알아야〉 합니다. 제 말을 믿으세요. 크레시치와 얘기해요. 그리고 서두르시죠, 루커스 씨.」

존은 크레시치와 눈이 마주쳐, 고개를 끄덕였다. 사람들이 다가왔다……. 크레시치는 여전히 회색 머리에 비참해 보였다. 하지만 크레시치 주위의 사람들은 전혀 달랐다. 젊고, 거만하고, 건방지게 굴었다.

「크레시치 의원은 이 일에서 한몫을 원합니다.」 젊은이 하나가 말했다. 몸집이 작고 머리가 검으며 얼굴에 흉터가 난 자였다.

「당신이 저 사람 대변인이오?」

「니노 콜리디 씨입니다.」 크레시치가 젊은이의 신원을 알려 주었다. 크레시치가 이렇게 대담하게 대답하고, 이제껏 의회에서 보지 못한 아주 단호한 표정을 지어, 존은 깜짝 놀랐다. 「충고하건대, 콜리디 씨의 말에 귀 기울이시죠, 루커스 씨, 제사드 씨. 콜리디 씨는 Q 보안대를 이끌고 있습니다. 우리에겐 자체 병력이 있고, 우리가 요청하면 바로 질서를 회복할 수 있습니다. 관심 있으십니까?」

존은 불안한 눈으로 제사드를 보았지만, 아무 대답도 얻지 못했다. 제사드는 침묵을 지켰다. 「당신이 폭도를 멈출 수 있다면…… 그렇게 하시죠.」

「좋습니다.」 제사드가 조용히 말했다. 「지금 이 단계에선 평온함이 우리에게 도움이 될 겁니다. 우리 의회에 오신 걸 환영합니다, 크레시치 씨, 콜리디 씨.」

「제게 콤을 주십시오.」 콜리디가 말했다. 「전체 방송을 하겠습니다.」

「콤을 줘요.」 제사드가 말했다.

존은 숨을 깊이 들이쉬었다. 갑자기 머릿속에 떠오른 의문이 입술에서 터져 나오려 했다. 제사드는 이 두 명을 측근에 끼워 넣음으로써 존과 무슨 게임을 하려는 걸까? 헤일이 존의 사람이듯 이 둘을 제사드 〈자신〉의 사람으로 만들려는 걸까? 존은 저 밖에 뭐가 있는지, 그 모든 게 얼마나 무너지기 쉬운지 떠올리며 질문들을 삼키고 분노를 삼켰다. 「따라오시죠.」 존은 안으로 안내하며 콜리디를 가장 가까운 콤 보드로 데려갔다. 거기선 스캔이 잘 보였다. 마지언은 아직도 가만히 멈춰 있었다. 마지언이 쉽게 처리되길 바라는 건 지나친 꿈이었다. 그렇게 쉽게 해결되길 바라는 건 심하게 지나친 꿈이었다. 함대는 저 지역을 적의 치하에서 고립 지대로 만들었다……. 마지언의 우주선들은 펠을 도는 상선들 궤도인 다층 후광 주위 여기저기에 점으로 보였다.

「비켜.」존은 기술자 한 명을 쫓아낸 뒤, 콜리디를 그 자리에 앉히고 직접 콤 본부로 연결했다. 브랜 헤일의 얼굴이 화면에 나타났다. 「방송으로 내보내 줘야 할 일이 생겼어.」존이 헤일에게 말했다. 「이건 전체 최우선 명령으로 나갈 거야.」

「알겠습니다.」헤일이 말했다.

「루커스 씨.」본부 전체에 깔린 정적을 깨고 누군가 외쳤다. 존은 주위를 둘러보았다. 스캔 스크린들이 교차 경보를 번쩍이고 있었다.

「어디야?」존이 소리 질렀다. 스캔엔 명확하게 잡히는 게 전혀 없었다. 점점이 뿌려진 노란 안개가, 뭔가 빠르게 들어오고 있다고 경고할 뿐이었다. 콤프가 사이렌을 울리기 시작했다. 작은 부르짖음과 욕하는 소리들이 들렸다. 기술자들은 계기반으로 손을 뻗었다.

「루커스 씨!」누군가 필사적으로 외쳤다.

4
〈유한의 끝〉

「스캔.」알람이 울렸다. 엘렌은 빛이 깜박이는 것을 보고 재빨리 나이하르트를 흥분된 시선으로 바라보았다.

「우주선을 풀어.」 나이하르트는 엘렌의 눈을 피하며 말했다. 「어서!」

나이하르트의 명령은 우주선에서 우주선으로 번개처럼 퍼졌다. 우주선이 출발하며 덜컹거렸고, 엘렌은 움찔했지만 마음을 다잡았다……. 부두로 달려가기엔 너무 늦었다. 너무나 늦었다. 공급선들은 차단된 지 오래였고, 우주선들은 갈고리만으로 부두에 간신히 연결되어 있는 수준이었다.

우주선이 다시 한번 덜컹거렸다. 우주선은 스테이션을 떠나 자유의 몸이 되었다. 아직 도킹해 있는 상선들이 부두 가장자리에서 시계 반대 방향으로 줄줄이 따라왔다. 내부에서 통제를 푸는 과정에서 조금이라도 실수하면 바로 공급선이 파열될 수 있었고, 부두 전체가 감압됐다. 엘렌은 꼼짝 않고 앉아서 다신 못 느낄 줄 알았던 낯익은 감각을 느꼈다. 우주선처럼 자유로웠고, 풀려나 그들을 덮치려는 것에서 빠져나와 밖으로 향하고 있었다. 그리고 곧 몸의 일부가 찢겨져 나가는 듯한 느낌을 받았다.

두 번째 침입자가 지나갔다……. 천장을 지나갔고, 스캔을 일시적으로 중단시켰으며, 경보를 울렸다……. 침입자는 가버렸다. 함대를 향해 가고 있었다. 상선들은 살아 있었고, 무력한 슬로모션 같은 속도로 떠돌며 약속된 행로로 가고 있었다. 부두에서 나온 모든 우주선이 함께 표류했다. 엘렌은 배위로 팔짱을 끼고 〈유한의 끝〉의 지휘 본부에서 스크린들을 지켜보며 데이먼을, 그리고 저 뒤에 두고 온 모든 것을 생각했다.

어쩌면 죽었을지도 모른다. 그들은 앤절로가 죽었다고 말했다. 어쩌면 얼리샤도 죽었을 것이다. 어쩌면 데이먼도. 어쩌면……. 엘렌은 제정신으로 그 가능성을 받아들이려 애쓰며 억지로 그 생각을 자꾸 껴안았다. 만약 이게 받아들여야할 일이라면, 만약 복수를 해야 한다면. 엘렌은 숨을 깊이 들이쉬며 〈에스텔〉을, 모든 친척을 생각했다. 또다시 죽지 않고 살아났다. 엘렌에겐 재난에서 목숨을 건지는 재능이 있었다. 엘렌은 퀜이면서 동시에 콘스탄틴인 생명을 몸에 품고 있었고, 퀜과 콘스탄틴이란 이름은 비욘드에서 상당한 의미가 있었다. 유니언이 훗날 편안하게 느끼지 못할 이름이었다. 엘렌이 유니언에게 기억할 이유를 주고 말 터였으니까.

「여기서 나가죠.」 엘렌은 냉정하면서 격노한 상태로 나이하르트에게 말했다. 나이하르트는 엘렌의 이런 심경 변화에 놀란 듯했다. 「어서 빠져나가요. 서둘러 도약해요. 말을 전해요. 마테오 포인트로 간다고. 시스템 전체에 제 말을 전해요. 우린 함대를 똑바로 통과해 떠납니다.」

엘렌은 퀜이고, 콘스탄틴이었다. 나이하르트는 움직였다. 〈유한의 끝〉은 스테이션을 넘어가 계속 날아갔고, 지시를 시스템 안의 가깝고 먼 모든 상선에 방송했다. 마지언, 유니언, 펠, 그 무엇도 이를 멈추게 할 수 없었다.

눈앞의 기계들이 흐릿하게 보였다가 눈을 깜박이자 다시 선명해졌다. 「마테오 포인트를 지나면, 다시 도약합니다.」 엘렌은 나이하르트에게 말했다. 「거기에…… 우주에, 다른 이들이 있을 겁니다. 완전히 질려 버린 사람들, 펠로 오지 않을 사람들이죠. 우린 그 사람들을 찾을 겁니다.」

「거기에 당신 사람들이 있을 가능성은 없습니다, 퀜.」

「없죠.」엘렌은 고개를 흔들며 동의했다.「제 사람은 전혀 없어요. 다 죽었으니까요. 하지만 제가 좌표를 압니다. 우리 모두 알죠. 저는 당신을 도왔고, 당신의 화물실이 계속 차 있게 했고, 적하목록이 절대 문제 되지 않게 해줬죠.」

「상인들은 그곳을 압니다.」

「함대도 이곳들을 알 겁니다. 그래서 우린 단결해 있고요, 선장님. 우린 함께 움직입니다.」

나이하르트는 얼굴을 찡그렸다. 이건 상인답지 않았다……. 부둣가에서 말다툼이 난 경우가 아니면 상인들은 무슨 일이든 절대 함께 하지 않았다.

「마지언의 우주선 중 한 척에 아들이 타고 있습니다.」나이하르트가 말했다

「전 펠에 남편을 두고 왔어요.」엘렌이 말했다.「그럼 서로 비기는 셈이죠?」

나이하르트는 잠시 생각한 뒤, 마침내 고개를 끄덕였다.「우리 나이하르트 집안은 당신의 말에 따르겠습니다.」

엘렌은 등받이에 등을 기대고 앞의 스크린을 응시했다. 스캔 이미지가 떠 있었고, 시스템 안에 들어온 유니언과 유령들이 스캔에서 날뛰었다. 마리너에서처럼. 파멸할 운명의 스테이션을 〈에스텔〉과 다른 모든 퀜 사람들이 너무 늦게까지 붙들고 있다 죽은 마리너에서처럼……. 그곳에서 함대는 뭔가를 통과하게 두었거나 뭔가가 함대를 그 안에서 끄집어

냈다. 똑같았다……. 단지 이번엔 상인들이 가만히 앉아 당하지 않는다는 게 다를 뿐이었다.

엘렌은 지켜보았고, 끝까지 스캔을 지켜보기로 결심했다. 그래서 스테이션이 죽거나 그들이 도약 포인트에 다다를 때까지, 어느 쪽이 먼저가 되든 그때까지 모든 것을 지켜보기로 마음먹었다.

〈데이먼.〉 엘렌은 데이먼을 생각하고는 마지언을 저주했다. 유니언보다도 마지언을 저주했다. 이런 상황을 몰고 온 마지언을.

5
그린 부두

두 번째로 중력이 균형을 잃고 솟구쳤다. 데이먼은 깜짝 놀라 벽을 잡았고, 조시는 데이먼을 잡았지만, 금이 간 문밖에서 들리는 공포에 젖은 비명들에도 불구하고, 이번 중력 변동은 미미했다. 데이먼은 몸을 돌려 벽을 등지고 힘없이 머리를 흔들었다.

조시는 아무것도 묻지 않았다. 어떤 질문도 의미 없었다. 부두의 나머지 가장자리에서 우주선들이 떠났다. 여기서조차 사이렌 소리가 들렸다……. 에어로크 파손, 그럴 가능성이 있었다. 사이렌 소리를 〈들을〉 수 있다는 건 고무적인 소식이었다. 아직 부두에 공기가 있다는 뜻이었으니까.

「상인들이 떠나요.」데이먼이 쉰 목소리로 말했다. 엘렌은 저 우주선들과 함께 떠났다. 데이먼은 그렇게 믿고 싶었다. 그러는 게 현명했다. 엘렌은 현명하게 행동했을 것이다. 엘렌에겐 자신을 알고 도와줄 친구들과 사람들이 있었다. 데이먼은 도와줄 수 없었다. 엘렌은 갔다…… 상황이 정리되면 돌아올 수도 있었다. 상황이 정리된다면. 데이먼이 살아 있다면. 데이먼은 자신이 살아남을 거라 생각하지 않았다. 어쩌면 다운빌로는 괜찮을지도 모른다. 어쩌면 엘렌은…… 저 우주선들에 타고 있을지도 모른다. 데이먼의 희망은 그쪽으로 기울었다. 데이먼이 틀렸다면……. 데이먼은 절대 알고 싶지 않았다.

중력이 또다시 요동쳤다. 비명과 문 두드리는 소리가 그쳤다. 넓은 부두는 중력 위기시 있을 만한 곳이 아니었다. 제정신이면 누구라도 더 작은 공간으로 도망쳐야 마땅했다.

「만약 상선들이 도망친 거라면, 그 사람들은 뭔가를 봤을 거예요…… 뭔가를 알았을 거예요.」조시는 힘없이 말했다. 「마지언은 지금 무척이나 바쁜 모양이로군.」

데이먼은 조시를 보며 유니언 우주선들을 생각했고, 조시가 그들 중 한 명임을 생각했다. 「밖에선 무슨 일이죠? 짐작가는 거라도 있어요?」

조시의 얼굴은 땀으로 흠뻑 젖어 있었고, 금이 간 문에서 들어오는 빛을 받아 번들거렸다. 조시는 벽에 등을 기대고 머리 위를 흘끗 보았다. 「마지언은 뭔가 할 거예요, 우린 알지 못하지만요. 유니언이 이 스테이션을 파괴할 가능성은 전혀 없고요. 우리가 걱정할 건 유탄에 맞는 거예요.」

「펠은 많은 유탄을 흡수할 수 있어요. 구역들을 잃을 수도 있지만, 우리에게 기동력이 있고 핵심부만 멀쩡하다면 손상을 입어도 대처할 수 있어요.」

「Q가 풀린 상황에서도요?」 조시는 쉰 목소리로 물었다.

또다시 중력이 출렁여 배 속이 뒤틀렸다. 데이먼은 현기증을 느껴 침을 삼켰다. 「지금 같으면 Q는 걱정하지 않아도 돼요. 우린 이 기회를 놓치지 않고 이 막다른 곳을 빠져나가야 해요.」

「어디로 가요? 뭘 하죠?」

데이먼은 목구멍 깊숙이에서 소리를 냈다. 목구멍이 무감각했다, 그냥 무감각했다. 데이먼은 다음 중력 변화를 기다렸다. 중력은 그전만큼 강하게 요동치지 않았다. 스테이션은 이미 중력의 균형을 되찾기 시작했다. 혹사당한 펌프들이 잘 버텨 주었고, 엔진들이 작동했다. 데이먼은 숨을 내쉬었다. 「다행인 게 하나 있네요. 이젠 우주선이 아예 없으니 중력이 다시 흐트러질 일도 없어요. 우리가 중력 변화를 얼마나 더 견뎌 낼 수 있을지 모르겠네요.」

「저들이 밖에서 기다리고 있을 수도 있어요.」 조시가 말했다.

데이먼은 그 점을 곰곰이 생각해 보았다. 데이먼은 손을 위로 뻗어 스위치를 눌렀다. 아무 일도 일어나지 않았다. 닫혀 있었다. 문은 스스로 잠겨 버렸던 것이다. 데이먼은 주머니에서 카드를 꺼내 망설이다 슬롯에 꽂았지만, 버튼들은 여전히 아무런 반응도 보이지 않았다. 본부의 누가 데이먼의 위치를 알고 싶어 한다면, 데이먼은 방금 그들에게 그 정보를 준 셈이었다. 데이먼도 그 점을 알았다.

「못 나갈 것 같죠.」 조시가 말했다.

사이렌 소리는 이미 멈췄다. 데이먼은 천천히 금이 간 창으로 다가가 용감하게 창밖을 내다보았고, 불투명한 긴 금들과 빛의 회절 사이로 밖을 보려고 애썼다. 저 멀리 부두들에서 뭔가 움직였다. 은밀하게 움직이는 누군가가 하나, 둘. 머리 위 콤에서 갑자기 지지직거리는 잡음이 들렸다. 마치 콤이 돌아왔다가 다시 죽어 버리려는 듯이 느껴졌다.

6
〈노르웨이〉

뿔뿔이 흩어진 시민군 화물선들은 한 편의 정지된 악몽이었다. 그중 한 척은 작은 태양처럼 폭발해 확 타올랐다가 사라지는 모습이 비디오에 잡혔고, 그동안 콤은 지지직거리는 잡음만 냈다. 우박처럼 쏟아지는 미립자들이 〈노르웨이〉의 앞길에서 하얗게 불탔고, 좀 더 큰 파편들은 선체에 부딪혀 쿵쿵 소리를 내기도 했다. 옆을 지나가는 물질들이 내지르는 비명이었다.

멋지게 방향을 돌리기란 불가능했다. 암스콤프는 정확하게 표적들을 때리며 공격해 왔다. 유니언 라이더 하나가 상선들이 있는 길로 나왔고, 〈노르웨이〉의 라이더 넉 대는 옆 질하다가 〈노르웨이〉와 공조하는 벡터로 돌진해 포문을 열고 일제 사격을 퍼부었으며, 눈으로 보이는 아주 짧은 한 순간, 옆에서 나란히 가던 유니언 모함에 얽힌 자국을 냈다.

「잡아!」 사격이 멈추자 시그니는 자신의 암스콤퍼에 소리쳤다. 시그니의 말이 떨어지기 좀 전까지 모함이 있던 곳에 사격이 터진 봇물처럼 쏟아졌다. 그들의 압박으로 유니언은 전개를 바꿔야 했다. 살아남기 위해 가속을 확 떨어뜨려야 했다. 환호성이 울리고 사이렌들 소리가 그 소리를 집어삼켰다. 그때 조타 장치가 통제를 잃고 갑자기 제멋대로 돌기 시작했다. 콤프는 인간의 뇌가 이런 속도에서 할 수 있는 것보다 훨씬 빠르게 콤프에 반응했다……. 〈노르웨이〉는 조타 장치를 조절해 안정을 되찾고, 목표물과 나란히 갔다. 암스콤프는 중심부를 향해, 그리고 그쪽에서 나오는 것은 무엇이든 상관 않고 사격을 가했고, 스캔은 포화로 뿌예진 현장을 보여 주기 시작했다.

「그렇지!」 선복의 감적수가 전체 콤에 대고 외쳤다. 「제대로 맞췄습니다…….」

〈노르웨이〉가 반쯤 몸을 옆으로 기울이며 급하게 방향을 꺾자 울부짖는 듯한 소리가 들렸다. 옆으로 지나치는 상선들은 마치 우주에서 얼어붙은 정지 화면 같았다. 하지만 사실 그들은 움직이고 있었으며, 멈춰 있는 듯한 다른 상선들 사이를 헤치고 유니언 우주선들을 쫓아갔다. 그 때문에 유니언 우주선들은 계속 급하게 방향을 바꿔야 했고, 도망칠 거리를 확보하지 못했다.

양동 작전 후 공격이었다. 들어올 때와 같았다……. 우주선 한 척이 그들을 유인하고, 다른 방향에서 공격을 하는 것이다. 경로를 봉쇄하기 위해 〈티베트〉와 〈북극〉은 처음 스캔 이미지가 있던 곳으로 기수를 돌렸다. 롱스캔이 그들의 위치를 다시 수정해 훨씬 더 가까이 있음을 가리켰다. 최고 속력으로 움직인다는 뜻이었다.

유니언이 움직이는 동시에 그 스캔이 그들에게 도착했다. 유니언은 그들이 퍼붓고 있는 포화 속으로 벡터를 바꿔 뛰어들었다. 〈노르웨이〉, 〈대서양〉, 〈오스트레일리아〉……. 유니언은 라이더들을 잃고 손상을 입었으나, 포화에도 불구하고 가장자리 쪽으로 갔고, 〈티베트〉와 〈북극〉에 덤벼들었다. 콤에 욕설이 울리고, 마지언의 목소리가 욕을 줄줄이 뱉었다. 들어올 땐 열네 척이었으나 이제 열두 척 남은 모함들과 수없이 많은 라이더와 다트선들이 스테이션에서 방향을 바꿔 그들의 아웃러너 두 대로 달려들었다. 아웃러너들은 먼 거리까지 관측할 수 없어 그대로 둘 수밖에 없었다.

「놈들의 꽁무니를 쏴!」 포리의 낮고 굵은 목소리가 울려 퍼졌다.

「안 돼, 안 돼.」 마지언은 급하게 외쳤다. 「자기 자리를 지켜.」 콤프는 여전히 목표를 조준하고 있었다. 〈유럽〉의 명령 신호에 그들은 마지못해 마지언의 뜻에 따랐다. 그들은 유니언 함대가 자신들의 포화 범위를 지나가 〈티베트〉와 〈북극〉으로 향하는 것을 지켜보았다. 그들 뒤에서, 에너지가 확 타오르며 불길이 그들을 덮쳤다. 잡음이 걷히고······「잡았다!」콤에서 메아리가 울렸다. 몇 분 전 〈태평양〉이 불구가 된 유니언의 모함을 파괴한 게 분명했다. 시그니는 자신들이 모르고 놓치는 게 더 있을 수도 있다고 생각했다. 펠도 잃을 수 있었다. 한 방이면 펠이 파괴될 수 있었다. 그게 유니언이 원하는 바이기만 하다면.

시그니는 주먹을 쥐었다 폈다 하고는 얼굴을 훔치고 나서 그래프에게 통신을 연결했다. 그래프는 즉시 통제권을 넘겨받았다. 그들은 다시 속도를 확 떨어뜨리며 마지언과 보조를 맞춰 비행하고 있었다. 콤에는 항의가 빗발쳤다. 「안 돼.」마지언은 되풀이해서 말했다. 〈노르웨이〉 전체에 침묵이 감돌았다.

「그 사람들에게는 기회가 없습니다.」 그래프는 우물거리면서도 너무나 잘 들리게 말했다. 「그 사람들은 빨리 들어와야 했습니다······ 더 빨리 왔어야······.」

「이제 와서 그런 말을 하면 뭐 해, 그래프. 그냥 현실을 받아들여.」시그니는 전체 콤으로 통신을 연결했다. 「여기서 나갈 수 없다. 만약 저게 양동 작전이라면, 우주선 한 척이 들어와 펠을 쓸어버릴 수 있다. 우린 그쪽을 도울 수 없다······. 이미 잃게 된 것 이상으로 더 큰 희생을 감수할 순 없다. 그 사람들에게는 선택의 여지가 있다······. 그 사람들에겐 아직 도망칠 여지가 있다.」

어쩌면. 시그니는 생각했다. 어쩌면. 노르웨이의 스캔이 그들을 향하는 순간, 롱스캔이 그들의 행동을 보여 주기 시작했다. 그들은 방향을 바꿔 점프하고 있었다. 만약 〈티베트〉와 〈북극〉의 스캔 기술자들이 잘못된 데이터를 입력하지 않았더라면, 만약 그들의 레이더가 마지언을 보여 주지 않았고 그래서 그들이 유니언의 꽁무니를 뒤쫓지 않았더라면, 그들의 선행 비행을 오인하지 않았더라면…….

함대는 속도를 더욱 늦췄다. 스캔에 상선들 사이에서 영상이 희미해지는 경우가 나타났고, 슬로모션으로 움직이는 도주자들은 도약 한계에 이르렀다. 그들은 펠의 생명력을 심우주로 흘려 버리고 있었다.

시그니는 시간 인자들, 유니언의 속도, 그들 이미지의 확산, 〈티베트〉와 〈북극〉의 진입 속도 따위를 추측 항법으로 계산했다. 지금쯤이면, 지금쯤이면, 〈티베트〉는 알아채고 있을 것이다, 유니언이 자신들을 공격하고 있다는 걸 깨달을 것이다. 〈티베트〉의 스캔이 진실을 말해 주고 있다면…….

그들의 스캔에 잠시 누적 기록이 나타났다가 정지했다. 롱스캔의 결과물이 바닥나고 있었다. 이제 스캔 없이 작전을 펴야 할 상황이었다. 그동안 빨간 선들이 노란 안개, 즉 그들이 보고 있는 진짜 스캔 속을 뚫고 추적했다.

더 가까워졌다. 빨간 선은 임계 상황에 도달하더니 계속 갔다, 정면으로. 시그니는 앉아서 지켜보았다. 다들 지켜볼 수밖에 없었다. 시그니는 주먹을 꽉 쥐었고, 뭔가를, 계기반을, 쿠션을, 뭔가를 치지 않으려 억지로 참았다.

그 일이 벌어졌다. 그들은 그 일이 벌어지는 것을 지켜보았다. 이미 벌어진 〈일이었고〉, 방어는 의미가 없었으며, 공격은 압도적이었다. 모함 두 척. 라이더 일곱 척을 한 남자에게 잃었다. 40년 넘는 세월 동안, 함대가 이처럼 비참하게 우주선들을 잃긴 처음이었다.

〈티베트〉는 돌진했다⋯⋯. 칸트는 자신의 모함을 적의 질량 근처에서 도약시켰고, 자신의 라이더들과 유니언 모함 하나를 사라지게 했다⋯⋯. 스캔에 갑자기 빈 곳이 생겼다⋯⋯. 이 모습에 무시무시한 환호성이 일었다. 그리고 〈북극〉과 〈북극〉의 라이더들이 유니언인들 한가운데를 고속으로 돌진하자 또다시 환호성이 일었다⋯⋯.

그들은 칸트가 만든 구멍을 거의 통과할 뻔했다. 이윽고 이미지가 산산이 흩어졌다. 〈북극〉의 콤프 신호가 들어오기 시작하다가⋯⋯ 갑자기 멈췄다.

시그니는 환호하는 대신, 그저 매번 누구에게랄 것도 없이 고개만 천천히 끄덕였다. 우주선에 탄 이들을 떠올리고 있었다. 모두의 이름을 알았다⋯⋯. 자신들에게 주어진 상황을 경멸하던 이들을. 롱스캔은 스스로 문제를 해결했고, 질문에 대답했다. 살아남은 이미지들, 즉 유니언은 계속 도망쳤고, 도약했고, 스크린들에서 사라졌다. 유니언인들은 결국 더욱 강화되어 더 많은 우주선을 데리고 돌아올 것이다. 함대는 이겼고, 버텨 냈지만, 이제 일곱 척뿐이었다.

그리고 다음번, 또 다음번에 이런 일이 또 있을 것이다. 유니언은 우주선들을 희생시킬 수 있었다. 유니언 우주선들은 성계의 가장자리를 배회했다. 그들은 감히 상대를 사냥하러 나가지 않았다. 「우린 졌습니다.」 시그니는 소리 없이 마지언에게 말했다. 「아십니까? 우린 졌습니다.」

「펠은 현재 폭동에 휩싸여 있다.」마지언의 목소리가 조용히 콤에서 흘러나왔다. 「우린 거기 사정을 모른다. 우린 무질서를 직면하고 있다. 패턴을 지켜라. 또다시 공격받을 가능성을 배제할 수 없다.」

그러나 〈노르웨이〉의 계기반들에 갑자기 불빛들이 번쩍였다. 구역 전체가 돌연 다시금 독립 상태로 바뀌었다. 〈노르웨이〉는 콤프 싱크에서 풀려났다. 명령들이 스크린에 번쩍였다. 콤프에서 보내온 것이었다.

「……기지를 지켜.」

〈노르웨이〉는 풀려났다. 〈아프리카〉도 풀려났다. 두 우주선은 돌아가 무질서한 스테이션을 점령해야 했고, 그동안 나머지는 주변과 책략을 펼칠 공간을 지킬 것이었다.

시그니는 전체 콤을 눌렀다. 「디, 무장하고 방탄복을 갖춰. 우린 정박지로 가야 해. 모든 군인이 출동한다. 부일 승무원에게 제복을 입고 부두들을 지키게 해. 우리가 남겨 두어야 했던 군인들을 다시 태우고 전투를 한다.」

콤 링크에서 외침이 터져 나왔다. 성나고 좌절했으나 자신들이 잘하는 일에서 갑자기 다시 필요해진 군인들이 내지르는 소리였다.

「그래프.」시그니가 말했다.

그들은 아래 준비실에 군인들이 있음에도 빠르게 가속을 해 똑바로 스테이션을 향했다. 포리의 〈아프리카〉가 패턴을 벗어나 시그니를 따라왔다.

7
펠 본부

「……우리의 도킹 진입을 허가하십시오.」콤에서 맬러리의 목소리가 들렸다. 「그리고 본부로 들어가는 문을 여십시오. 그러지 않으면 이 스테이션의 구역들을 파괴하기 시작하겠습니다.」

〈충돌.〉스크린들이 번쩍였다. 기술자들은 얼굴이 하얗게 질린 채 자기 자리에 앉아 있었고, 존은 펠의 중간선으로 돌진하는 모함들을 깨닫고 순간 얼어붙으며 콤 앞의 의자 등받이를 꽉 잡았다.

「의원님!」누군가 외쳤다.

비디오에 모함들의 모습이 잡혔다. 이 괴물들은 번쩍이는 선체로 스크린을 가득 채우며 그들 위로 밀어닥치고 있었다. 시꺼먼 벽은 마침내 둘로 갈라졌고, 스테이션의 위와 아래에서 카메라들을 지나갔다. 모함이 스테이션의 표면을 스치듯 지나갈 때는 계기반들에서 잡음과 사이렌이 폭발적으로 울렸다. 비디오 하나가 나갔고, 손상 경보 하나가 꺼지고, 감압 경보가 길게 울렸다.

존은 몸을 빙 돌려, 문 근처에 있던 제사드를 찾았다. 그러나 문에는 사이렌 소리에 놀라 입을 떡 벌린 크레시치뿐이었다.

「우린 대답을 기다리고 있습니다.」콤에서 더 저음의 다른 목소리가 말했다.

제사드는 사라졌다. 제사드 혹은 누군가가 마리너에서 실패했고, 스테이션은 죽었다. 「제사드를 찾아!」 존은 헤일의 부하 한 명에게 외쳤다. 「그자를 잡아! 없애 버려!」

　「전함이 다시 들어오고 있습니다!」 기술자 한 명이 외쳤다.

　존은 몸을 돌려 스크린들을 응시하고는 말하려 애쓰며 거칠게 몸짓했다. 「콤 링크.」 존이 외치자 기술자는 존에게 마이크를 건넸다. 존은 침을 꿀꺽 삼키며 비디오에 보이는, 이쪽으로 다가오는 거대한 괴수를 바라보았다. 「진입을 허가합니다.」 존은 목소리를 떨지 않으려 애쓰며 마이크에 대고 외쳤다. 「반복합니다. 저는 펠의 총감독관 루커스입니다. 진입을 허가합니다.」

　「다시 말해 주시죠.」 맬러리의 목소리가 대답했다. 「누구시라고요?」

　「존 루커스이고, 임시 총감독관입니다. 앤절로 콘스탄틴은 죽었습니다. 제발 우리를 도와주십시오.」

　저쪽에서 침묵이 흘렀다. 스캔이 바뀌기 시작했다. 커다란 우주선들은 하마터면 펠과 충돌할 뻔했던 항로를 벗어나 눈에 띄게 속도를 떨어뜨렸다.

　「우리 라이더들이 먼저 도킹할 겁니다.」 맬러리가 선언했다. 「수신했습니까, 펠 스테이션? 라이더들이 먼저 도킹해 모함 부두 작업원 역할을 할 겁니다. 라이더들이 들어오게 돕고 앞길을 비켜 주지 않으면, 제대로 불구경하게 될 겁니다. 문제가 발생할 때마다, 스테이션 몸통에 구멍을 하나씩 내드리지요.」

「저희는 현재 폭동을 겪고 있습니다.」 존은 간청했다. 「Q가 격리를 깨고 나왔습니다.」

「제 지시들을 수신했습니까, 루커스 씨?」

「펠은 명확하게 수신했습니다. 우리 문제를 이해하셨습니까? 아무런 말썽도 없을 거라고 장담할 수 없습니다. 우리 부두들 중 일부는 현재 밀폐된 상태입니다. 당신 군인들이 들어오는 것을 돕겠습니다. 우린 지금 폭동 때문에 망연자실해 있습니다. 그래도 협조하겠습니다.」

오랫동안 아무 말도 들리지 않았다. 스캔에 또 다른 밝은 점들이 생겨났다. 모함과 함께 온 라이더들이었다. 「카피.」 맬러리가 대답했다. 「우린 군인들과 함께 들어갑니다. 저의 최고 라이더가 당신의 협조를 받아 안전하게 도킹하지 못하면, 우린 직접 구멍을 내 군인들의 출입로를 만들고 모든 구역을 하나씩 날려 버려 누구도 살아남지 못하게 할 겁니다. 모든 게 당신의 선택에 달려 있습니다.」

「카피.」 존은 얼굴의 땀을 훔쳤다. 사이렌은 이미 조용해졌다. 지휘 본부는 쥐죽은 듯 조용했다. 「제가 모을 수 있는 한 최선을 다해 볼 테니, 가능한 한 보안대를 가장 안전한 부두들로 부를 시간을 주십시오, 오버.」

「30분 드리겠습니다, 루커스 씨.」

존은 콤에서 몸을 돌리고 손을 저어 문 옆에 있던 자신의 보안대 호위 중 한 명을 불렀다. 「카피. 30분이군요. 부두 하나를 비워 드리겠습니다.」

「블루와 그린입니다, 루커스 씨. 잘 처리하십시오.」

「블루와 그린 부두.」존은 쉰 목소리로 되풀이했다.「최선을 다하겠습니다.」

맬러리는 통신을 종료했다. 존은 콤을 밀어젖히고 가서 메인 콤 센터로 통신을 연결했다.「헤일.」존이 외쳤다.「헤일.」

헤일의 얼굴이 나타났다.

「전체 방송해. 모든 보안대는 부두들로 오라고 해. 블루와 그린 부두들을 쓸 수 있게 비워.」

「알겠습니다.」헤일은 대답하고 나서 통신을 끊었다.

존은 방을 뚜벅뚜벅 가로질러 여전히 문가에 서 있는 크레시치에게로 갔다.「콤으로 가요. 가서 당신이 통제하고 있다던 그 사람들에게 조용히 있으라고 해요. 알겠습니까?」

크레시치는 고개를 끄덕였다. 그러나 두 눈에 괴로움이 담겨 있고, 제정신이 아닌 듯했다. 존이 크레시치의 팔을 잡고 콤 계기반으로 끌고 가자, 기술자들은 서둘러 길을 비켰다. 존은 크레시치를 앉히고 마이크를 준 뒤, 옆에 서서 크레시치가 하는 말을 들었다. 크레시치는 자기 부관들의 이름을 부른 뒤, Q 사람들의 침입을 받은 부두들을 비우라고 말했다. 카메라로 볼 수 있는 복도들은 여전히 공황 상태에 있었다. 그린 구역 9층에는 떼 지어 다니는 사람들과 연기가 보였고, 그들이 어디를 치우든, 공황을 일으킨 사람들은 진공 상태로 쏟아지는 공기처럼 그곳으로 쏟아져 들어가곤 했다.

「전체 경보를 발령해.」존은 제1부서의 책임자에게 말했다.「무중력 경보를 울려.」

여자는 몸을 돌려 보안 경보 장치 뚜껑을 열고 그 안의 버튼을 눌렀다. 사이렌이 울리기 시작했다. 이제까지 펠의 복도들에 울린 그 어떤 경보와도 다르고 훨씬 급박했다. 「안전한 장소를 찾으십시오.」 이따금씩 목소리가 끼어들어 말했다. 「넓고 개방된 장소를 피하십시오. 가장 가까운 칸막이 방으로 가서 비상용 피난처를 찾으십시오. 극단적인 중력 손실이 발생하면, 스테이션이 안정을 되찾을 때까지 방위 화살표들을 기억하고 그대로 따르십시오……. 안전한 장소를 찾으십시오…….」

복도들에서 보이던 공포는 황급한 도망으로 바뀌었고, 사람들은 문을 맹렬히 두들기고 비명을 질렀다.

「중력을 흔들어.」 존이 전령사관에게 명령을 보냈다. 「밖에 있는 사람들이 느낄 수 있게 중력에 변화를 줘.」

명령들이 삽시간에 퍼졌다. 세 번째로 스테이션은 불안정해졌다. 사람들이 더 작은 공간을 찾아, 더욱더 작은 공간을 찾아 질주함에 따라 그린 구역 9층의 복도는 비어 갔다. 존은 다시 헤일을 불러냈다. 「저기로 병력을 투입해. 부두들을 깨끗이 비워. 난 방금 네게 기회를 준 거야, 제기랄.」

「알겠습니다.」 헤일은 대답하고 나서 다시 사라졌다. 존은 한 바퀴 빙글 돌았다. 그리고 미칠 것 같은 마음으로 기술자들을, 리 쿼일을 바라보았다. 리 쿼일은 문 옆의 손잡이에 매달려 있었다. 존은 쿼일에게 신호를 보냈다. 그러고는 쿼일이 오자 소매를 잡아당겼다. 「그린 부두에 아직 끝나지 않은 일이 있어.」 존이 말했다. 「거기로 가서 일을 마쳐, 알겠어? 〈마무리〉해.」

「네.」 퀘일은 속삭인 뒤 쏜살같이 사라졌다……. 퀘일은 이 일에 자신들의 목숨이 달려 있다는 걸 알 만큼의 분별력은 확실히 있었다.

유니언이 이길 수도 있었다. 그때까지 그들은 스테이션을 중립이라 선포하고 가능한 수단들에 의지했다. 존은 통로를 서성이며, 가끔 강력한 중력 변화가 일어날 때마다 의자들과 카운터들을 붙잡았다. 센터 전체가 공황에 빠지지 않게 하려고 애썼다. 존은 펠을 가졌다. 유니언이 약속했던 것을 존은 이미 가졌고, 마지언의 통치하에서든 유니언의 통치하에서든 펠은 존의 것일 터였다. 존이 신중하기만 하다면 말이다. 존은 이제까지 신중하게 굴었다. 제사드가 명령했던 것보다 훨씬 더 신중하게 움직였다. 앤절로의 사무실에 있던 목격자들 중 살아남은 자는 없었고, 법무처를 급습했을 때도 목적 자체는 이루지 못했지만 목격자들을 살려 두지 않았다. 단지 얼리샤……. 얼리샤는 아무것도 몰랐고, 누구도 해치지 않았으며, 목소리도 내지 않았다. 그리고 얼리샤의 아들들은…….

데이먼은 위험한 자였다. 데이먼과 데이먼의 아내 퀜은 존이 전혀 통제할 수 없었다……. 만약 젊은 데이먼이 공격을 시작한다면…….

존은 뒤를 흘끗 돌아보고는 돌연 크레시치가 사라졌음을 깨달았다. 크레시치 〈그리고〉 크레시치를 감시하고 있어야 할 두 명이 안 보였다. 자신의 사람들이 도망쳤다는 점에 존은 격노했다. 크레시치가 도망쳤다는 점에는…… 안도했다. 크레시치는 Q의 군중 속으로 다시 사라질 테니까. 겁에 질려서, 누구도 찾을 수 없게.

하지만 제사드는……. 만약 사람들이 그를 잡지 못한다면, 만약 〈제사드〉가 도망쳐 핵심적인 뭔가의 근처에 있다면…….

스캔에서는 라이더들이 점점 더 가까이 오고 있었다. 마지언의 군인들이 공격해 올 때까지 펠에는 아직 시간이 약간 남아 있었다. 기술자 한 명이 저 밖에서 기다리는 우주선들의 정체를 확인해 건네주었다. 맬러리와 포리, 마지언의 두 집행자였다. 둘 다 악명이 높은 자들이었다. 한 명은 무자비하기로, 다른 한 명은 그걸 즐기기로. 포리가 후자였다. 이건 좋은 소식이 아니었다.

존은 서서 땀을 흘리며 기다렸다.

8
그린 부두

밖에서 무슨 일이 벌어지고 있었다. 데이먼은 깜깜한 가게의 어질러진 바닥을 걸어가 몸을 굽히고 금이 간 창을 통해 밖을 다시 내다보다가 곧 얼른 몸을 뺐다. 총성과 함께 뭔가가 붉은색으로 폭발하는 것이 창을 통해 뒤틀려 보였던 것이다. 그리고 비명과 작동 중인 기계들의 삐걱이는 소리가 뒤섞여 들렸다.

「지금 밖에 누가 있든, 그 사람들은 이쪽으로 오고 있고, 총을 가졌어요.」 데이먼은 조심스레 움직이며 문에서 천천히 물러났다. 중력이 감소했기 때문이다. 조시는 발걸음을 멈추고, 부서진 디스플레이의 잔해에서 막대기를 하나 찾아 데이먼에게 내밀었다. 데이먼은 막대기를 받았고, 조시는 자기 것으로 막대기 하나를 더 챙겼다. 데이먼은 문 가까이 다가갔고, 조시는 그 맞은편 벽 쪽으로 다시 갔다. 가까운 바깥에서는 아무 소리도 나지 않았고, 아주 멀리서만 무수한 외침이 들렸다. 데이먼은 위험을 무릅쓰고 밖을 살짝 보았다. 맞은편에서 나오는 빛을 받은, 금 간 창 근처에 인간의 그림자들이 보이자 얼른 몸을 뺐다.

문이 휙 열렸다. 밖에서 우선권을 가진 누군가가 카드로 연 것이었다. 남자 둘이 안으로 달려 들어왔다. 총을 뽑아 들고 있었다. 데이먼은 강철 막대기로 남자들의 머리를 가격했다. 자신이 하는 잔혹한 짓에 대한 공포 때문에 시선을 집중하지 않고 있었다. 조시도 반대쪽에서 공격했다. 남자들은 낮은 중력 때문에 기묘하게 쓰러졌고, 총 하나가 미끄러지듯 떨어졌다. 조시는 얼른 총을 잡아 확실히 하기 위해 두 방을 쏘았다. 한 명은 몸을 움찔하며 죽었다. 「총을 잡아요.」 조시가 빠르게 말했다. 데이먼은 몸을 숙여 마지못한 태도로 시체를 밀고 죽은 자의 손에서 낯선 플라스틱 권총 자루를 찾았다. 조시는 무릎을 꿇고 다른 시체를 굴려 옷을 벗기기 시작했다. 「옷.」 조시가 말했다. 「카드, 유효한 신분증을 찾아요.」

데이먼은 총을 옆에 밀어 놓고 혐오감을 참으며 흐느적거리는 몸에서 옷을 벗겨, 자신의 옷을 벗고 힘들게 피투성이 작업복을 걸쳤다…… 몸에 핏자국이 있는 사람은 복도에 차고 넘칠 터였다. 데이먼은 카드를 찾아 주머니를 뒤졌다. 서류들을 발견한 뒤, 시체의 왼손이 떨어뜨린 곳에서 카드를 찾아냈다. 데이먼은 신분증 서류들을 빛 쪽으로 기울였다.

〈리 앤턴 퀘일…… 루커스 컴퍼니……〉

〈퀘일.〉 퀘일, 다운빌로 폭동에 있던 자…… 그리고 존 루커스의 피고용인. 존에게 고용된 자였다. 존은 콤프를 자기 통제하에 넣었다. 그때 Q는 어찌어찌 문들을 열었고, 콘스탄틴 가문은 펠의 삼엄한 보안 속에서도 살해당했다……. 그때 데이먼의 카드는 작동이 중지되었고, 살인자들은 데이먼의 위치를 찾아낼 방법을 알았다. 존이 그 뒤에 〈있었다〉.

조시의 손이 데이먼의 어깨를 잡았다. 「〈어서요〉, 데이먼.」

데이먼은 일어났다. 알아볼 수 없게 하려고 조시가 총으로 퀘일의 얼굴을 태워 버리자 데이먼은 움찔했다. 조시는 다른 시체에도 마찬가지로 했다. 문에서 들어오는 빛을 받은 조시는 얼굴이 땀으로 번들거렸고 공포로 굳었지만, 제대로 반응하고 있었다. 자신들이 뭘 하고 있는지 본능적으로 알고 있었다. 조시가 부두로 가기 시작하자 데이먼도 따라서 달렸다. 불빛 속으로 나오자 둘은 곧장 속도를 늦췄다. 부두들이 휑뎅그렁했던 것이다. 화이트 부두의 밀폐 벽은 제자리에 있고, 그린 부두의 밀폐 벽은 지평선에 숨겨져 있었다. 조시와 데이먼은 화이트 부두의 거대한 밀폐 벽 앞을 아주 조심스럽게 걸어간 뒤 부두의 갠트리들 사이로 들어가 그것들을 은폐물 삼으며 계속 걸어갔다. 그동안 지평선이 아래로 펼쳐지며 도킹 기계들에서 일하는 한 무리의 사람들이 보이기 시작했다. 사람들은 감소한 중력 속에서 천천히 그리고 신중하게 움직이고 있었다. 시체들과 서류들과 잔해들이 부두 전체에 어지러이 널려 있었지만, 탁 트인 곳이어서 모습을 들키지 않고 가기는 힘들 것이었다. 「저쪽에 카드들이 잔뜩 있어요.」 조시가 말했다. 「저거면 이름들을 충분히 구할 수 있어요.」

「음성이 필요 없는 자물쇠라면 무엇에든 쓸 수 있죠.」 데이먼은 웅얼대며 말했다. 데이먼은 지금 눈에 보이는, 그린 구역 9층 입구 옆에서 일하는 사람들과 보초들에게 계속 시선을 집중하며 조심스럽게 가장 가까운 시체로 걸어갔다. 데이먼은 이자가 시체이길, 멍한 채 누워 있거나 죽은 척하는 사람이 아니길 속으로 기도했다. 데이먼은 계속 일꾼들을 지켜보며 무릎을 꿇고 주머니를 뒤져 카드 하나와 서류들을 더 찾아냈다. 데이먼은 카드와 서류를 주머니에 넣고 다음 시체로 갔다. 조시도 다른 이들을 뒤졌다. 이윽고 데이먼은 공포심 때문에 다시 종종걸음 치며 은폐물로 돌아갔고, 조시도 곧장 따라왔다. 둘은 부두를 더 걸어갔다.

「블루 부두 밀폐 벽이 열렸어요.」 아치가 내려가며 지평선이 보이자 데이먼이 말했다. 데이먼은 일시적으로나마 거친 희망을 품었다. 숨었다가 복도들에 있는 사람들의 수가 정상적인 수준으로 줄어들면 블루 구역으로 간 뒤 다시 블루 구역 1층으로 가서 권총을 들이대고 질문을 할 수 있겠다는 희망이었다. 백일몽이었다. 그들은 그렇게 오래 살지 못할 터였다. 데이먼은 자신들이 그렇게 오래 버틸 거라고 생각하지 않았다.

「데이먼.」

데이먼은 조시가 가리키는 방향, 즉 줄지어 선 갠트리들을 따라 그린의 첫 번째 정박지 쪽을 보았다. 초록 불이었다. 우주선 한 척이 들어오고 있었다. 마지언의 우주선인지 유니언의 우주선인지 알 수 없었다. 텅 빈 공간에서 콤이 우렁차게 울리며 지시 사항을 반복해서 말했다. 우주선은 도킹 콘과 함께 다가와 빠르게 들어왔다. 「어서요.」 조시는 데이먼의 팔을 잡아끌었다. 그린 구역 9층에서 쉬자는 뜻이었다.

「중력에 정말로 문제가 있는 게 아니에요.」 데이먼은 조시의 재촉을 뿌리치며 말했다. 「속임수란 거 모르겠어요? 본부는 자기네 병력이 들어올 수 있게 하려고 복도들을 치운 거예요. 저 우주선들은 중력이 매우 불안정한 상태에서는 도킹하지 않을 겁니다. 큰 우주선으로 그런 위험을 무릅쓸 리가 없죠. 이건 그냥 폭동을 잠재우기 위한 중력 변동일 뿐이에요. 그리고 앞으로도 계속 안정되지 않을 겁니다. 우리가 저 복도들로 달려 들어가면, 딱 그 소동의 한가운데로 뛰어들게 되는 거죠. 안 됩니다, 가만히 있어야 해요.」

「ECS501.」 그때 확성기에서 이런 소리가 들렸다. 그 소리에 데이먼은 기운이 확 솟았다.

「맬러리의 라이더 중 하나예요.」 옆에서 조시가 중얼거렸다. 「맬러리가 온다는 건…… 유니언은 퇴각했군요.」

데이먼은 천사와 같은 조시의 수척한 얼굴에서 불타오르는 증오를 보았다……. 희망이 사그라졌다.

몇 분 지나자 우주선이 완전히 들어왔다. 부두 작업원이 달려가 공급선들을 고정한 뒤 연결선들을 밀어 넣었다. 진입로가 에어로크 안으로 쿵 들어가자, 쉿 소리가 텅 빈 부두에서 멀리까지 울려 퍼졌다. 기계들이 날카로운 소리를 내며 그 너머에서 꽝 닫혔고, 그러자 에어로크가 작동했다. 부두에서는 선원들이 달리기 시작했다.

　몇 사람이 갠트리들 옆에서 쏟아져 나왔다. 갠트리에 가려 보이지 않았던 이 사람들은 방탄복을 입지 않고 있었다…… 두 명은 멀리 달려가더니 라이플을 겨누며 자리를 잡았다. 다른 사람들이 달려가는 소리가 들리고, 콤이 다시 작동하며 〈노르웨이〉가 들어온다고 경고했다.

　「머리 숙여요.」 조시가 꾸짖듯이 말했다. 데이먼은 조시가 엄호물로 쓰고 있는 이동식 탱크들 중 하나로 천천히 움직여 가서 탱크의 버팀대 옆에서 무릎을 꿇고는 저 앞에서 무슨 일이 벌어지고 있는지 보려고 애썼다. 하지만 중간에 공급선들 뭉치가 놓여 있었다. 맬러리는 자기 부하들을 부두 작업원으로 썼지만, 아직도 존 루커스가 본부에서 지휘를 맡고 있는 게 분명했다. 존은 마지언에게 협조하고 있었다. 유니언의 공격이란 압박 속에서 마지언은 정의보다 효율을 선택할 것이었다. 밖으로 나가서, 무장한 채 신경을 곤두세우고 있는 컴퍼니 군인들에게 다가간 뒤, 존 루커스가 실제로 본부와 스테이션을 장악하고 마지언이 유니언에 대해 고민하는 이때, 존 루커스를 살인과 역모 혐의로 고발한다면?

　「제가 밖에 나가 보면 어떨까요?」 데이먼이 자신의 판단에 확신을 품지 못하며 말했다.

「그자들은 당신을 산 채로 집어삼킬 거예요.」조시가 말했다.「당신은 그자들에게 줄 게 〈전혀〉 없어요.」

데이먼은 조시의 얼굴을 보았다. 조정 결과, 조시는 원래 온순한 사람이었음이 밝혀졌다⋯⋯. 그 외엔 남은 게 없었지만, 어쩌면 고통은 아직 남아 있을 터였다. 콤프 계기반 앞에 앉으면 콤프가 기억날지도 모른다고 조시가 말한 적이 있었다. 전쟁터에 나가면, 다른 본능들을 드러냈다. 조시의 마른 손들은 두 무릎 사이의 총을 꽉 쥐었고, 시선은 〈노르웨이〉가 들어오고 있는 부두의 아치에 고정되어 있었다. 증오. 조시의 얼굴은 창백하고 격앙되어 있었다. 조시는 무슨 짓을 할지 몰랐다. 데이먼은 자신의 오른손에서 권총 손잡이를 느끼며 총을 고쳐 쥐고 집게손가락을 방아쇠에 걸었다. 조정을 받은 유니언인⋯⋯. 조시의 조정은 실패하고 있었고, 조시는 증오를 품었으며, 어쩌면 무너져 내릴 수도 있었다. 오늘은 살인으로 점철된 날이었다. 저 밖에는 시체가 너무 많아 셀 수조차 없었고 규칙, 친척 관계, 우정 따위는 눈 씻고도 찾아볼 수 없었다. 전쟁은 펠에도 밀어닥쳤다. 데이먼은 평생을 너무나 천진하게 살았다. 조시는 위험한 존재였다. 위험해지라고 훈련을 받았다. 그러나 그들이 조시의 정신에 한 일들은 조시를 전혀 바꿔 놓지 못했다.

우주선이 도착했다고 콤이 알렸다. 쿵 하는 접촉 소리가 났다. 조시는 침을 꿀꺽 삼키고는 시선을 고정했다. 데이먼은 왼손으로 조시의 팔을 잡았다.「안 돼요. 아무 짓도 하지 말아요, 알겠어요? 당신은 맬러리에게 다가갈 수 없어요.」

「그럴 생각 없어요.」조시는 보지도 않으며 말했다. 「당신이 제정신인 한 저도 그렇다고요.」

데이먼은 총을 옆에 내려놓고 방아쇠에서 천천히 손가락을 뺐다. 입안에서 쓴맛이 느껴졌다. 〈노르웨이〉는 이제 완전히 들어왔고, 에어로크들과 결합부들이 다시 한번 쿵 소리를 내고, 기밀장치가 쉬잇 소리를 내며 닫혔다.

보병들이 부두들로 돌진해 나와 구령을 붙이며 대형을 이루고 자리를 잡았다. 라이플을 든 승무원들은 어깨가 한결 가벼워졌다. 방탄복을 입은 그들은 서로 비슷했으며 무자비했다. 그때 갑자기 구부러진 곳 저 위쪽에서 누군가 나타나 소리를 쳤다. 다른 보병들이 길게 늘어선 가게와 사무실들의 후미진 구석에서, 바와 단기 숙소들에서 또 다른 군인들이 나타났다. 함대가 스테이션에 두고 떠난 군인들이었다. 이들은 부상자와 사망자를 데리고 함대의 동지들에게로 갔다. 재회가 시작되었다. 다가오는 군인들을 받아들이며 질서 정연하던 줄에 약간의 동요가 일어났다. 서로 껴안고 환호성을 울렸다. 데이먼은 몸을 숨기고 있던 기계에 최대한 가까이 몸을 붙였고, 조시는 옆에서 몸을 움츠렸다.

장교 한 명이 명령을 외치자 군인들은 정연하게 움직이며 부두들에서 그린 구역 9층 입구로 향했다. 군인의 일부는 라이플을 조준한 채 그곳을 지켰고, 일부는 그 사이로 전진했다.

데이먼은 그늘 속에서 점점 더 뒤로 나아갔고, 조시는 데이먼 옆에서 움직였다. 갑자기 고함이 들리고, 확성기에서 큰 소리로 메아리가 쳤다.「복도를 비워.」갑자기 외침과 비명과 총성이 들렸다. 데이먼은 기계에 머리를 대고 눈을 감은 채 귀를 기울였다. 데이먼은 이제 익숙해진 소리들에 조시가 몸을 움찔하는 것을 한두 번 느꼈지만, 자신도 그러는지는 알 수 없었다.

〈펠은 죽어 가고 있어.〉데이먼은 기진맥진하다 못해 차분해지며 생각했다. 눈에서는 눈물이 흘렀다. 이윽고 데이먼은 몸을 떨었다. 함대가 이 상황을 뭐라 부르든 간에, 마지언은 이기지 〈못했다〉. 수적으로 달리는 컴퍼니 우주선들이 유니언을 영원히 격퇴했을 가능성은 전혀 없었다. 그저 작은 전투에 지나지 않았고, 결정이 미뤄졌을 뿐이다. 결국 함대도 컴퍼니도 더는 없게 될 때까지 더 많은 전투가 있을 것이고, 미래의 펠은 다른 자의 손에 들어갈 것이다. 도약 기술이 개발되면서 위대한 별 스테이션들은 시대에 뒤지게 되었다. 이젠 세계들이 있었고, 모든 것의 질서와 우선순위가 바뀌었다. 군대는 그 과정을 지켜보았다. 하지만 콘스탄틴 가문은 그렇지 않았다. 데이먼의 아버지는 그 변천을 인식하지 못했고, 어떤 면에선 컴퍼니도 유니언도 아닌 펠만을 믿었다. 그러나 자체 예방책을 세우는 것을 경멸했고, 보안보다 신뢰를 더 소중히 여겼으며, 스스로에게 거짓말까지 하면서 펠의 가치들이 이런 시대에도 살아남을 거라 믿으려 애썼다.

세상에는 이쪽저쪽으로 편을 갈아타며 어떤 경우에도 자기 이익을 챙기려는 사람들이 있었다. 존 루커스가 그런 사람이었다. 이미 확실히 그렇게 했다. 만일 마지언이 제대로 사람을 볼 줄 알았다면, 분명 존 루커스의 실체를 꿰뚫어 보고 받아 마땅한 대접을 했을 것이다. 그러나 마지언에겐 정직한 사람들이 필요한 게 아니라, 오직 자신에게 복종하고 자신의 법을 강요할 사람들이 필요했다.

그리고 전쟁이 어떻게 끝나든 간에 존은 살아남을 것이었다. 꺾이지 않는 데이먼의 고집은 어머니에게서 물려받은 것이었다. 어쩌면 누구에게서 물려받은 것이 아닌, 자신만의 것인지도 몰랐다. 외삼촌인 존에게서는 찾아볼 수 없었기 때문이다. 어쩌면 이제 펠에 필요한 통치자는 이렇게 편을 바꾸고 거래할 건 거래하며 살아남을 수 있는 자인지도 몰랐다.

하지만 데이먼은 그럴 수 없었다. 지금 눈앞에 존이 있다면, 데이먼은 증오심을 품었을 것이다…… 평생 처음 겪어 보는 종류의 증오를. 무력한 증오였다……. 조시의 증오처럼……. 하지만 살아남으면 복수할 것이다. 펠에 해를 끼치진 않을 것이다. 그러나 존 루커스가 쉽게 밤잠을 이루지 못하게 할 것이다. 콘스탄틴 가문이 한 명이라도 살아서 돌아다닌다면, 펠을 가진 자는 반드시 불안을 느껴야 했다. 마지언, 유니언, 존 루커스, 그중 누구도 데이먼을 잡기 전엔 펠을 가질 수 없었다. 그리고 데이먼은 가능하다면 최대한 오래, 그들이 펠을 가지는 일을 어렵게 만들 수 있었다.

제3장

다운빌로: 중앙 기지, 1300시, 지역 저녁

아직도 대답이 없었다. 에밀리오는 자신의 어깨를 잡은 밀리코의 손을 꼭 누르며 계속 언스트 쪽으로 몸을 숙이고 콤을 지켜보았다. 주위에는 다른 직원들이 몰려 있었다. 스테이션에선 단 한 마디도 돌아오지 않았다. 함대 역시 그랬다. 포리와 그의 전 병력은 전속력으로 다운빌로를 떠나더니 벌써 한 시간 넘게 감감무소식이었다.

「포기해요.」 에밀리오가 언스트에게 말했다. 직원들이 웅성거렸다. 「우린 지금 저 위에서 누가 통제권을 잡았는지조차 몰라요. 공황에 빠지지 말아요, 알겠죠? 그런 말도 안 되는 짓은 조금도 원하지 않습니다. 중앙 기지 주위에 서서 유니언이 착륙하길 기다리고 싶으면, 맘대로 해요. 반대하지 않아요. 하지만 우린 모릅니다. 마지언이 진다면, 그자는 이 시설을 파괴할 수도 있습니다. 알겠어요? 쓰는 것보다 그냥 파괴하고 싶어 할 수도 있단 말입니다. 원하면 여기 앉아요.

제게 다른 생각들이 있습니다.」

「우린 충분히 멀리까지 도망칠 수 없어요.」여자 한 명이 말했다.「우린 저 밖에서 살 수 없어요.」

「여기 있어도 살 가능성은 그리 높지 않아요.」밀리코가 말했다.

웅성거리는 소리가 커지며 공포 분위기가 감돌았다.

「제 말 들으세요.」에밀리오가 말했다.「들어 봐요. 유니언에게 우리가 듣도 보도 못한 그런 장비가 있는 게 아니라면, 전 유니언이 숲에 착륙하는 게 그리 쉬울 거라고 생각하지 않아요. 어쩌면 그자들이 이곳을 날려 버리려 할 수도 있어요. 하지만 그자들이 결국 그렇게 할 거라면, 전 은신처에 숨는 쪽을 택하겠습니다. 밀리코와 전 도로를 내려갈 겁니다. 우린 유니언을 위해 일하지 않을 겁니다. 저 위가 그런 상황을 맞은 거라면요. 그러지 않을 분들은 여기를 지키다 포리가 돌아오면 포리를 상대하세요.」

이제 웅성거리는 소리가 좀 잦아들어, 공포스러워하기보단 두려워하는 정도였다.「콘스탄틴 씨.」짐 언스트가 말했다.「전 여기 콤 옆에 남아 있을까요?」

「여기 남고 싶어요?」

「아뇨.」언스트가 말했다.

에밀리오는 천천히 고개를 끄덕이고 나서 모두를 돌아보았다.「우린 휴대용 공기 압축기들과 야외용 돔을 가져갈 수 있어요…… 어딘가 안전한 곳에 도착하면 새 돔을 만드는 거죠. 우린 저 밖에서 살아남을 수 있습니다. 새로운 기지들을 만들면 됩니다. 우린 할 수 있어요.」

사람들은 멍하니 고개를 끄덕였다. 눈앞의 현실을 정말로 깨닫기가 쉽지 않았던 것이다. 에밀리오도 가슴에 와닿진 않고 그냥 머리로만 알 뿐이었다.

「도로 아래쪽에도 어서 메시지를 보내요.」에밀리오가 말했다.「다 접고 따라오든 그냥 남든 맘대로 하라고 해요. 못하겠다고 생각하는 이는 누구도 숲으로 들어가라고 강요하지 않을 겁니다. 한 가지 우리가 이미 분명히 아는 것은, 유니언이 다우너들에겐 손대지 않을 거란 점입니다. 그러니 우리에게도 손대지 않을 게 확실합니다. 우린 포리에게 말하지 않은 비상 저장고에서 음식을 가져올 겁니다. 휴대용 콤을 가져갈 거고, 가져갈 수 없는 기계들에선 필수 부품들을 빼내 갈 겁니다……. 그리고 도로를 걸어서 숲으로 들어갈 거고, 무거운 물건은 몰래 트럭에 싣고 최대한 멀리까지 가서 내린 뒤 새 은닉처로 조금씩 옮길 겁니다. 유니언이 도로와 트럭을 파괴할 수는 있지만, 다른 걸 부수면 다시 건설하는 데 시간이 걸리니 그러지 않을 겁니다. 여기 남아 있다가 새로운 경영자…… 혹은 포리가 다시 오면 포리를 위해 일하고 싶은 분은 그렇게 하십시오. 제가 일일이 싸워 가며 막을 수도 없고, 그럴 마음도 전혀 없으니까요.」

침묵이 흘렀다. 이윽고 누군가가 사람들을 헤치고 나와 자기 물건을 챙기기 시작했다. 개인 소지품을 챙기는 사람이 점차 늘어났다. 에밀리오의 심장이 점점 더 빠르게 뛰었다. 에밀리오는 밀리코를 자신들의 숙소 쪽으로 밀었고, 가져갈 수 있는 몇 가지 안 되는 소지품들을 챙겼다. 상황은 뒤집힐 수 있었다. 사람들 사이에서 무슨 일이 벌어질 수도 있었다. 만약 이익이 된다면, 사람들은 에밀리오와 밀리코를 새 주인들에게 데려갈 수도 있었다. 충분히 그럴 수 있었다. 그럴 사람들은 충분했고…… 저 밖에는 Q와 일꾼들이 있었다…….

가족은…… 소식이 없었다. 아버지는 가능했다면 뭔가 메시지를 보냈을 것이다. 가능했다면.

「서둘러.」 에밀리오는 밀리코에게 말했다. 「이제 이 소식이 저 밖에까지 퍼질 거야.」 에밀리오는 기지에 있는 몇 안 되는 권총 중 한 자루를 주머니에 넣고 가장 두꺼운 재킷을 집었다. 에밀리오는 상자 가득한 호흡기용 공기통들을 챙겼고, 물통과 자루가 짧은 도끼도 챙겼다. 밀리코는 칼을 집고 담요 두 장을 돌돌 말았다. 에밀리오와 밀리코가 다시 나와 보니 밖에선 직원들이 바닥 한가운데에 돌돌 만 담요들을 쌓아 올리느라 혼란스러웠다. 에밀리오와 밀리코는 그쪽으로 갔다. 「펌프를 꺼요.」 에밀리오가 남자 하나에게 말했다. 「펌프에서 접속용 소켓을 빼내요.」 에밀리오는 계속 지시를 내렸다. 사람들은 움직이며 일부는 트럭으로 가고 일부는 공장 설비를 파괴했다. 「서둘러요.」 에밀리오가 사람들 뒤에 대고 외쳤다. 「15분 뒤에 출발합니다.」

「Q.」 밀리코가 말했다. 「그 사람들은 어떻게 하지?」

「Q에도 똑같은 선택권을 줘. 강요하지 마. 아직 소식을 못 들었으면 상주 일꾼들에게도 의견을 묻고.」 그들은 에어로크를 지나고 또 지나 나무 계단을 올라갔다. 깜깜한 밖은 완전히 아수라장이었다. 사람들은 한정된 공기 속에서 최대한 빠르게 움직였다. 크롤러 움직이는 소리가 들렸다. 「몸 조심해.」 길이 갈리자 에밀리오가 밀리코에게 외쳤다. 에밀리오는 부서진 돌이 깔린 길을 계속 갔고, 잠시 내려가다가 다시 Q가 있는 언덕의 마루로 올라갔다. 이곳의 누덕누덕하고 울퉁불퉁한 돔의 플라스틱을 통해 힘없는 노란빛이 보였다. Q 사람들은 옷을 입은 채 밖에 있었다. 이날 밤 누구 못지않게 잠을 이루지 못한 듯했다.

「콘스탄틴.」 누군가 외치는 소리에 사람들이 모두 주목했다. 에밀리오가 왔다는 소식은 삽시간에 돔 안으로 퍼졌다. 에밀리오는 계속 걸어서 Q 속으로 들어갔다. 당장이라도 심장이 터질 것만 같았다. 「자, 모두 밖으로 나오세요.」 에밀리오가 외치자, 사람들이 웅성거리며 재킷을 걸치고 마스크를 쓰고 점점 더 많이 쏟아져 나오기 시작했다. 곧 돔은 붕괴하기 시작했고, 에어로크에선 공기가 샜으며, 온기와 사람들이 에밀리오 주위를 확 감쌌다. 약간 웅성거리는 소리가 날 뿐 다들 조용했다. 그러나 에밀리오는 이 침묵에 위안을 느끼지 못했다. 「우린 여길 떠날 겁니다.」 에밀리오가 말했다. 「스테이션에서는 아무 소식도 들어오지 않고, 유니언이 스테이션을 점령했을 가능성도 있습니다. 우린 아직 모릅니다.」 사람들이 비탄하며 소리 지르자 그중 일부가 조용히 하라고 했다. 「아직 모릅니다. 우린 스테이션보다 운이 좋습니다. 우리에겐 우리가 통제하는 세계가 있고, 먹을 음식이 있습니다. 그리고 조심만 하면…… 숨 쉴 공기도 있습니다. 여기서 살아

본 분이라면 공기를 어떻게 관리하는지 알 겁니다…… 야외에서도요. 당신들에게도 우리와 똑같은 선택권을 드립니다. 여기 남아 유니언을 위해 일하시든지, 우리와 함께 걸어갑시다. 저 밖에서 사는 게 쉽진 않을 겁니다. 노약자와 어린이에게는 권하지 않겠습니다. 하지만 여기 있다고 안전할 거란 보장은 드리지 못합니다. 저 밖으로 나가면, 저들이 우릴 뒤쫓는 게 너무 성가시다고 생각할 가능성이 있습니다. 그게 다입니다. 우린 생명에 필요한 기계는 어떤 것도 파괴하지 않을 겁니다. 원하시면, 이곳의 기지는 당신들 것입니다. 하지만 함께 가셔도 환영입니다. 우린 갑니다…… 우리가 어디로 가는지는 신경 쓰지 마십시오. 함께 갈 게 아니라면요. 그리고 만약 함께 간다면, 우리와 대등한 대우를 하겠습니다. 우린 당장 갑니다, 즉시요.」

쥐 죽은 듯 조용했다. 에밀리오는 간담이 서늘했다. 이곳에 혼자 들어오다니, 미친 짓이었다. Q가 공황을 일으키면, 캠프 전체가 달려들어도 Q를 막을 수 없었다.

군중 뒤쪽에서 누군가가 돔으로 들어가는 문을 열었다. 갑자기 사람들이 웅성거리더니 돔으로 다시 들어가기 시작했다. 누가 담요가 필요하다고, 공기통도 모두 필요하다고 외쳤고, 어떤 여자가 자기는 걸을 수 없다고 울부짖었다. 에밀리오는 모든 Q가 자기 옆을 떠나 돔으로 들어갈 동안 그대로 서 있다가 비탈에서 몸을 돌리고 다른 돔들을 바라보았다. 사람들이 담요와 다른 물건들을 들고 거주용 돔들에서 민첩하게 빠져나와 언덕들 사이의 골짜기로 내려왔다. 모터들이 윙윙거리고 헤드라이트들이 앞을 비췄다. 그들은 이미 트럭들을 취했다. 에밀리오는 언덕을 내려가기 시작했고, 점점 더 빠르게 가서 트럭 주위의 대혼란 속으로 들어갔다. 사람들은 야외 돔과 다른 여분의 플라스틱들을 실었다. 직원 한 명이 마치 배달할 공급품을 싣는 듯한 사무적인 태도로 에밀리오에게 점검 목록을 보여 주었다. 트럭에 개인 물건들을 실으려는 사람들도 있어, 직원들은 그들과 말씨름을 벌였다. Q가 도착하고 있었다. 일부는 다운빌로에서 허락된 이상의 짐을 가지고 있었다.

「트럭에는 꼭 필요한 물건들을 실어야 합니다.」에밀리오가 외쳤다. 「움직일 수 있는 분은 모두 걸어가세요. 너무 늙거나 너무 아픈 사람들만 짐 위에 앉을 수 있고, 자리가 남으면 무거운 것들을 올리셔도 됩니다……. 하지만 서로 짐을 나눠 드십시오, 아시겠죠? 누구도 혼자만 가볍게 가선 안 됩니다. 걸을 수 없는 분 계신가요?」

뒤쫓아온 Q 사람 중 몇 명이 소리를 치더니 몸이 약한 아이들과 노인 몇 명을 앞으로 밀었다. 그들은 트럭에 탈 사람들이 아직 더 오고 있다며 공황에 빠진 목소리로 외쳤다.

「진정해요! 모두 태워 드리겠습니다. 우린 빨리 가지 않을 겁니다. 도로를 1킬로미터 정도 내려가면 숲이 시작됩니다. 군장을 한 채 우릴 쫓아 숲까지 들어올 군인들은 없습니다.」

밀리코는 에밀리오에게 손을 뻗었다. 에밀리오는 팔을 잡는 밀리코를 느끼고는 팔을 둘러 밀리코를 끌어안았다. 에밀리오는 약간 멍한 상태였다. 그에겐 자신의 세계가 파국을 맞을 때 그곳에 있을 권리가 있었다. 저들은 저 위의 스테이션에서 죄수들이었다. 내려오지 않았다면 죽은 목숨이었다. 에밀리오는 억지로 마음을 다잡으며 이들이 죽을 가능성 또한 생각하기 시작했다. 속이 비비 꼬이고, 멍한 상태에서도 이성적 사고와 별도로 분노 때문에 몸이 떨렸다. 누구라도 한 대 치고 싶었다…… 하지만 근처엔 아무도 없었다.

그들은 콤 통신기를 실었다. 언스트가 트럭 짐칸에 콤 통신기 싣는 걸 감독했다. 통신기를 비상 동력과 휴대용 발전기 사이에 놓았다. 정보를 얻기 위한 것이었다…… 혹시라도 어떤 정보가 들어온다면.

마지막으로, 트럭에 탈 사람들 차례가 되었고, 침낭과 부대, 즉 몸을 보호해 줄 보금자리를 놓을 공간도 충분했다. 사람들은 헐떡이며 뛰어다녔지만, 공황은 덜해 보였다. 동이 틀 때까지는 아직 두 시간 남짓 남았다. 저장된 전력으로 아직 불이 켜져 있어 돔들이 노란색으로 빛났다. 하지만 소리가 빠져 있었다. 크롤러 엔진들의 소리였다. 공기 압축기들은 조용했다. 맥박 치는 그 소리가 사라졌다.

「출발해요.」질서가 잡힌 듯하자 에밀리오가 외쳤다. 트럭들은 시동을 걸고 천천히 움직이기 시작했다.

사람들이 뒤에서 걸으며 따라왔고, 도로로 이어지는 이 행렬은 곧 강과 평행을 이루었다. 사람들은 공장을 지나 숲으로 들어갔다. 언덕들과 나무들은 시꺼먼 밤 풍경의 오른쪽에 밀집해 있었다. 모든 것이 현실성 없게 느껴졌다. 트럭의 헤드라이트들은 갈대와 풀과 언덕 중턱과 나무 몸통을 비췄

179

다. 윤곽만 보이는 인간들은 터벅터벅 걸어갔으며, 엔진 소리 속에 묘하게도 쉬잇거리고 푸 하는 소리를 동시에 내는 호흡기 소리가 들렸다. 아무도 불평하지 않았다. 이 점이 가장 기묘한 부분이었다. 사람들은 마치 광기에 사로잡혀 일제히 동의한 듯, 누구 하나 이의를 제기하지 않았다. 짧게나마 마지언의 통치를 경험했기 때문이었다.

도로 옆에서 풀이 움직였고, 허리 높이까지 오는 갈대밭 속에 뱀처럼 구불구불한 선이 보였다. 언덕으로 이어지는 도로 옆 숲에서도 잎들이 움직였다. 밀리코는 그중 한 곳을 가리켰다. 다른 사람들도 벌써 보고 손으로 가리키며 걱정스레 웅성거렸다.

에밀리오는 가슴이 뛰었다. 에밀리오는 밀리코와 잡은 손에 힘을 준 뒤 그녀를 떠나 나무 아래 잡초 속으로 성큼성큼 들어갔다. 그동안 트럭과 사람들은 계속 앞으로 나아갔다. 「히사!」 에밀리오가 큰 소리로 외쳤다. 「히사, 저 에밀리오 콘스탄틴이에요! 우리가 보이나요?」

몇 명의 히사가 수줍게 불빛 속으로 나왔다. 한 명은 두 손을 앞으로 뻗으며 나왔다. 에밀리오도 두 손을 앞으로 뻗었다. 이 다우너가 가까이 다가와 에밀리오를 힘차게 껴안았다. 「사랑해.」 젊은 남자 다우너가 말했다. 「당신 걸어간다, 콘스탄틴-인간?」

「뛰는 자? 뛰는 자예요?」

「나 뛰는 자, 콘스탄틴-인간.」 어둠 속의 얼굴이 에밀리오를 올려다보았다. 멈춘 트럭들에서 나온 침침한 빛을 받아

날카로운 미소가 보였다. 「나 달린다, 달린다, 달린다. 다시 돌아와 당신을 지켜본다. 우리 눈 모두 당신을 본다, 당신을 안전하게 지킨다.」

「사랑해, 뛰는 자. 사랑해요.」

기쁨에 겨워 몸을 깐닥이는 히사의 동작은 거의 춤을 추는 듯했다. 「당신 걸어가?」

「우린 달아나는 중이에요. 업어보브에서 문제가 생겼어요, 뛰는 자. 총을-든-인간들이에요. 어쩌면 그자들이 다운빌로에도 올지 몰라요. 우린 히사처럼 달아나요. 노인과 어린이도 있어요. 우리 중 일부는 강하지 않아요, 뛰는 자. 우린 안전한 곳을 찾고 있어요.」

뛰는 자는 동료들에게로 몸을 돌렸고, 음이 오르락내리락하는 소리로 뭐라고 외쳤다. 재잘거림은 이제 나무들로, 그리고 위의 가지들로 퍼져 나갔다. 뛰는 자의 기묘하고 힘센 손이 슬그머니 에밀리오의 손을 잡더니 다시 도로로 이끌었다. 사람들은 모두 멈춰 있었고, 맨 뒤에 있는 사람들은 이쪽을 보려고 앞으로 몰려 나와 있었다.

「콘스탄틴 씨.」 직원 한 명이 트럭 조수석에서 외쳤다. 목소리에 불안한 기색이 배어 있었다. 「다우너들이 우리랑 함께 가도 괜찮을까요?」

「괜찮아요.」 에밀리오가 말했다. 그리고 다른 사람들에게 말했다. 「다우너들이 와서 기쁩니다. 히사가 돌아왔어요. 다우너들은 누가 다운빌로에서 환영받는지, 누가 환영받지 못하는지 알아요, 안 그래요? 다우너들은 계속 우릴 지켜보고 있었고, 우리가 괜찮은지 알려고 기다리고 있었어요. 거기요.」에밀리오는 더욱 목소리를 높이며 뒤쪽의 보이지 않는 사람들에게 외쳤다. 「히사가 우리에게 돌아왔어요, 알겠어요? 히사는 우리가 어디로 도망가면 될지 다운빌로를 샅샅이 알고, 기꺼이 우릴 도와주려 해요, 제 말 들려요?」

걱정하며 웅성거리는 소리가 들렸다.

「다우너는 절대 인간을 해치지 않아요.」에밀리오는 계속 우르릉 울리는 엔진 소리 때문에 큰 소리로 어둠 속에서 외쳤다. 에밀리오는 뛰는 자의 손을 더욱 굳건히 잡고 사람들 속으로 걸어갔다. 밀리코는 에밀리오와 팔짱을 꼈다. 트럭들은 다시 시동을 걸었고, 사람들은 아까처럼 느린 속도로 걸어갔다. 히사는 사람들을 따라 도로 옆 잡초 속에서 함께 걸었다. 인간들 중에는 히사에게 낯가림을 하는 이들도 있었다. 그 외엔 히사가 내미는 손을 수줍게 잡았고, Q 사람들조차 덜 불안해하는 오래된 직원들을 따라 했다.

「다우너들은 괜찮습니다.」에밀리오의 일꾼들 중 하나가 행렬 속에서 외치는 소리가 들렸다. 「다우너들이 원하는 곳으로 가게 해요.」

「뛰는 자.」에밀리오가 말했다. 「우린 안전한 장소가 필요해요……. 캠프들에서 인간을 모두 찾아 안전한 장소들로 데려다주세요.」

「당신은 안전하길 원한다, 도움 원한다. 와라, 와라.」

힘센 손은 계속 에밀리오의 손안에 있었다. 작았다. 마치 아버지와 아이 같았다. 하지만 젊음과 몸 크기에도 불구하고, 나머지 상황은 정반대였다……. 이젠 인간들이 아이 역을 했고, 알려진 인간의 도로를 지나 알려진 인간의 장소로 가지만, 돌아오지 않을 것이다. 어쩌면 절대로, 절대로 돌아오지 않을 것이다. 에밀리오는 이 점을 인정했다.

「우리 장소로 가자.」 뛰는 자가 말했다. 「당신은 우리 안전하게 만든다. 우리 나쁜 사람들 물러가는 거 꿈꾸고 그들 간다. 그리고 당신 이제 온다, 우리 가서 꿈꾼다. 히사는 꿈꾸지 않는다, 인간은 꿈꾸지 않는다. 같이 꿈꾼다. 꿈 장소 가자.」

에밀리오는 뛰는 자가 무슨 말을 하는 건지 이해할 수 없었다. 인간이 히사와 함께 한 번도 가본 적 없는 곳들이 존재했다. 꿈-장소들……. 어둠 속에서, 다운빌로였던 모든 것이 무너지는 가운데 인간과 히사가 어우러져 도망가는 이 상황 자체가 이미 꿈이었다.

인간들이 다우녀들을 구한 적이 있었다. 그리고 앞으로 유니언이 다스릴 오랜 세월 동안, 히사가 어찌 되건 전혀 개의치 않는 인간들이 오면…… 어떤 인간들은 히사와 함께하며 히사에게 경고하고 보호해 줄 것이다. 이젠 그 정도가 할 수 있는 전부였다.

「언젠가 그자들은 올 거야.」 에밀리오는 밀리코에게 말했다. 「나무들을 베어 내고 자신들의 공장을 세우고 강에 댐을 설치하고, 그 외에 온갖 일을 하려 들겠지. 그건 당연한 거야, 그렇지? 우리가 그냥 방관하면 말이야.」 에밀리오는 뛰는 자와 맞잡은 손을 흔들며 뛰는 자의 작고 진지한 얼굴을 내려다보았다. 「우린 가서 다른 캠프들에 경고하고, 모든 인간을 우리와 함께 숲으로 데려가길 원하고, 오래, 오래 걸을 거예요. 좋은 물, 좋은 음식이 필요해요.」

「히사 찾는다.」 뛰는 자는 씩 웃으며 히사와 인간이 굉장한 농담을 나눴다는 분위기를 풍겼다. 「안 숨어도 좋은 음식 있다.」

히사는 한 가지 생각을 오래 품지 못한다고 주장하는 사람들이 있었다. 인간이 더는 선물을 주지 못하게 되면, 히사는 어쩌면 이 게임을 시시하게 여길지도 모른다. 어쩌면 히사는 인간에 대한 경외심을 잃고 자기네 갈 길을 갈지도 모른다. 어쩌면 그렇지 않을 수도 있지만, 히사는 인간들이 처음 왔을 때와 달라져 있었다.

달라진 것은 다운빌로의 인간들도 마찬가지였다.

제4장

상선 〈망치〉: 심우주, 1900시

비토리오는 술을 따랐다. 온갖 전투에 시달린 함대가 갑자기 주위를 둘러싼 뒤로 두 번째 잔이었다. 일은 생각대로 풀리지 않았다. 〈망치〉는 돌연 정적에 잠겼다. 이 쓰라린 정적은 승무원들이 자기들 안에 적이 하나 있다고 느꼈기 때문이고, 자신들이 받은 국가적 수치를 지켜본 증인이 있다고 생각해서였다. 비토리오는 누구와도 눈을 마주치지 않았고, 아무런 의견도 제시하지 않았다…… 그저 적당히 취하고 싶다는 바람뿐이었다. 그래야 어떤 정치적 일로도 비난받지 않을 수 있었다. 비토리오는 어떤 조언이나 의견도 내고 싶지 않았다.

비토리오는 단순히 인질이었다. 아버지는 일을 그렇게 꾸며 놓았다. 그리고 어쩌면 아버지가 그들 모두를 기만한 것일 수도 있다는 생각, 이제 자신은 쓸모없는 인질보다 더 나쁜 상황에 빠진 것일지도 모른다는 생각이 어쩔 수 없이 들었다……. 비토리오를 카드로 써먹을 때가 되었는지도 모른다.

〈아버지는 절 미워합니다.〉 비토리오는 그들에게 이렇게 말하려 했다. 그러면 그들은 무슨 상관이냐고 어깨만 으쓱해 버릴 것이었다. 그들이 한 결정이 아니었다. 제사드란 남자가 한 결정이었다. 그리고 제사드는 지금 어디 있는 걸까?

누군가 우주선으로 오고 있다고 했다. 영향력 있는 누군가.

제사드가 직접 와서 실패를 보고하고 쓸모없는 인간 수화물을 버리려 할까?

비토리오가 두 번째 잔을 모두 마시고 났을 때 승무원들이 움직이고, 이윽고 선체를 미는 힘이 느껴졌다. 다른 우주선이 접촉했다는 뜻이었다. 굉장히 많은 기계가 쾅쾅거리는 소리, 리프트가 작동하는 소리, 리프트가 회전 실린더와 동기화하는 요란한 소리가 났다. 누가 이쪽으로 오고 있었다. 비토리오는 잔을 앞에 놓고 가만히 앉아 기다리며 자신이 실제보다 더 술꾼이면 좋았을 거라고 생각했다. 갑판의 위로 휘어지는 부분 때문에 선교 너머에 있는 리프트 출구가 보이지 않았다. 비토리오는 무슨 일인지 볼 수가 없었고, 〈망치〉의 승무원 일부가 자리를 비운 것만 보였다. 비토리오는 갑자기 경악하며 고개를 들었다. 사람들이 반대쪽에서 오는 소리가 들렸던 것이다. 자신의 등 뒤에서, 승무원 숙소를 통과해 메인 룸으로 들어오고 있었다.

〈망치〉의 블래스였다. 승무원 두 명과 함께였다. 수많은 낯선 군인과, 그들 뒤에서 제복을 입지 않은 몇 명이 보였다.

비토리오는 비틀거리며 일어나 그들을 바라보았다. 회춘요법을 받은 회색 머리의 장교 한 명의 훈장과 계급장이 현란하게 번쩍였다. 그리고 데인이 있었다. 데인 저코비였다.

「비토리오 루커스.」 블래스가 말했다. 「이쪽은 함대의 세브 아조프 함장, 당신네 스테이션의 저코비 씨, 그리고 지구 컴퍼니의 시거스트 에어리스 씨입니다.」

「안보위원회입니다.」 에어리스라는 이가 블래스의 설명을 정정했다.

아조프는 탁자 앞에 앉았고, 다른 이들은 주위의 벤치에 적당히 앉았다. 비토리오는 다시 의자에 앉았으나 탁자에 올려놓은 손가락에는 감각이 느껴지지 않았다. 알코올의 파도가 끊임없이 덮쳤다가 물러갔다. 비토리오는 자연스럽게 앉으려 애썼다. 그들은 비토리오를 만나러 온 것이었…… 비토리오를……. 그러나 비토리오가 그들에게, 또는 누구에게라도 도움이 될 가능성은 전혀 없었다.

「작전이 시작됐습니다, 루커스 씨.」 아조프가 말했다. 「우린 마지언의 전함 두 척을 제거했습니다. 그자들은 쉽게 밖으로 나오지 못할 겁니다. 스테이션에 딱 달라붙어 있죠. 우린 추가로 우주선을 더 보내 달라고 요청했고요. 하지만 우린 상선들을 모두 몰아냈습니다. 장거리 수송선들 모두요. 남은 우주선들은 펠의 단거리 수송선들뿐이고, 위장해 주는 역할을 합니다.」

「제게 원하는 게 뭐죠?」 비토리오가 물었다.

「루커스 씨, 당신은 스테이션에 근거지를 둔 상인들과 아는 사이예요. 적어도 어느 정도까지는 루커스 컴퍼니를 〈운영한〉 적이 있으니까요. 그리고 그 우주선들을 알죠.」

비토리오는 걱정스럽게 고개를 끄덕였다.

「당신의 우주선 〈망치〉는, 루커스 씨, 펠과 통신을 주고받을 수 있는 곳까지 돌아갈 거고, 상인들에 관해선, 당신이 〈망치〉의 콤 기사가 될 겁니다…… 당신의 진짜 이름을 쓰지 않고요, 네. 당신은 〈망치〉 가족의 서류철을 받을 거고, 아주 열심히 공부하셔야 합니다. 그 가족의 일원으로 대답할 거니까요. 하지만 〈망치〉가 상선 시민군 혹은 마지언에게 검문을 받을 경우, 당신의 생명은 당신이 얼마나 이야기를 잘 꾸며 내느냐에 달렸습니다. 〈망치〉는 거기에 남은 상인들에게 살아남을 최선의 방법은 성계 가장자리로 가서 이 일과 아무런 상관 없이 있는 거라고, 완전히 비켜나서 펠과 무역을 중지하는 거라고 암시할 겁니다. 우린 그 상선들이 이번 일에서 빠져 주길 원합니다, 루커스 씨. 그리고 우리가 〈망치〉와 〈백조의 눈〉에 손댔다는 사실을 상인들이 알게 하는 건 현명하지 못한 처사가 될 겁니다. 우린 상인들에게 그 사실을 알릴 생각이 전혀 없습니다, 제 말 아시겠습니까?」

〈망치〉와 〈백조의 눈〉의 승무원들은 조정을 받지 않는 한 절대 자유의 몸이 될 수 없을 거라고 비토리오는 생각했다. 자신의 기억이 유니언에겐 위협이 되며, 유니언이 상인의 중립성을 침해한 일을 상인들이 알게 하는 건 정말 현명하지 못하다는 생각도 퍼뜩 들었다. 유니언은 마지언만이 이런 죄를 지었다고 주장했던 것이다. 유니언은 사람만 징병한 게 아니라, 우주선을 통째로, 그리고 이름까지 징발했다…… 무엇보다도 이름을, 신뢰성을, 그 사람들 자체를. 비토리오는 앞에 놓인 빈 잔을 손가락으로 만지작거리다 자신이 뭘 하고 있는지 깨닫고는 술 취한 모습이 아니라 분별 있는 모습을 보이려고 바로 멈췄다. 「제 이해관계도 같은 방향에 있군요.」 비토리오가 말했다. 「펠에서 제 미래는 전혀 보장되어 있지 않습니다.」

「어째서 그렇죠, 루커스 씨?」

「전 유니언에서 경력을 쌓겠다는 희망을 품고 있답니다, 아조프 함장님.」 비토리오는 눈을 들어 아조프의 냉혹한 얼굴을 보며 자신의 목소리가 노력한 만큼 차분하게 들렸기를 바랐다. 「저와 제 아버지의 관계는…… 친밀하지 않아요. 그래서 아버지는 아주 기꺼이 저를 당신들에게 던져 주었죠. 제겐 생각할 시간이 있었답니다. 아주 많이요. 전 차라리 유니언과 저만의 협약을 맺고 싶습니다.」

「펠은 친구들을 거의 잃고 있습니다.」 아조프는 부드럽게 말하며 슬픈 얼굴의 에어리스를 흘끗 보았다. 「이제 중립자들도 펠을 떠나고 있어요. 통치받는 자들의 뜻이 이러하답니다, 에어리스 대사.」

에어리스는 아조프를 곁눈질했다. 「우린 이미 상황을 받아들였습니다. 이 지역에 거주하는 사람들의 뜻을 방해하는 건 절대로 제 의도가 아닙니다. 전 그저 펠 스테이션이 안전하기만을 진심으로 바랍니다. 우린 수천 명의 목숨에 대해 얘기하는 겁니다, 아조프 씨.」

「포위 공격입니다, 에어리스 씨. 우린 그자들이 불편하다고 느낄 때까지 물자를 차단하고 그자들의 작전을 망가뜨릴 겁니다.」 아조프는 비토리오에게 얼굴을 돌리고 잠시 뚫어져라 바라보았다. 「루커스 씨, 우린 그자들이 광산의 자원에 접근하지 못하게 막아야 합니다. 다운빌로의 것에도요. 거기를 공격하는 건…… 가능합니다만, 거기까지 가는 데 군사적으로 큰 비용이 듭니다. 효과에 비해서도 비용이 크지요. 그래서 우린 혼란을 야기하는 쪽으로 일을 진행할 겁니다. 마지언은 죽기 살기로 펠을 붙잡고 있습니다. 마지언은 우리에게 지면 펠을 완전히 초토화시키고 떠날 겁니다. 다운빌로와 스테이션을 날려 버리고 힌더 스타들 쪽으로…… 지구 쪽으로 후퇴할 겁니다. 당신의 소중한 어머니 세계가 마지언의 기지로 쓰이길 바라시나요, 에어리스 씨?」

에어리스는 당황한 눈으로 아조프를 보았다.

「아, 마지언은 그럴 능력이 된답니다.」 아조프는 계속 비토리오를 보며 말했다. 차갑고 사람을 꿰뚫는 눈빛이었다. 「루커스 씨, 이건 당신 임무와 관계가 깊습니다. 당신의 임무는 정보를 모으고…… 상인들에게 무역을 하지 말라고 설득하는 겁니다. 아시겠습니까? 당신 능력으로 할 수 있을 것 같나요?」

「네, 함장님.」

아조프는 고개를 끄덕였다. 「이제 당신과 저코비 씨는 여기서 나가 주셨으면 하는데요, 루커스 씨.」

비토리오는 약간 멍한 상태로 망설이다 이것이 명령임을

깨달았다. 아조프의 회색 눈은 반대 의견을 참을 수 없다고 말하고 있었다. 비토리오는 의자에서 일어났다. 데인이 양해를 구하고 에어리스를 지나서 나가 이제 에어리스와 블래스, 아조프만 남았다. 〈망치〉의 선장은 명령을 받을 준비를 했고, 명령의 성격을 무척 알고 싶어 했다.

우주선들을 잃었다. 아조프는 아까 사실대로 말하지 않았다. 비토리오는 이미 승무원들이 하는 말을 들었다. 모함들을 통째로 잃었다고 했다. 그들은 이제 그런 상황 속으로 보내질 참이었다.

비토리오는 회의장이 보이지 않는 만곡부에서 발걸음을 멈추고 데인을 돌아본 뒤 승무원 숙소의 탁자 앞 벤치에 털썩 앉았다. 「괜찮아요?」 비토리오가 데인에게 물었다. 비토리오는 이제까지 한 번도 데인에게 크게 애정을 느껴 본 적이 없었다. 하지만 이 차가운 곳에서, 이런 상황에서, 고향에서 알던 얼굴을 보니 매우 반가웠다.

데인은 고개를 끄덕였다. 「넌 어떻니?」 데인 삼촌은 평소보다 훨씬 예의 발랐다.

「괜찮아요.」

데인은 맞은편에 앉았다.

「진실을 말해 줘요.」 비토리오가 물었다. 「저 밖에서 유니언은 얼마나 많이 잃었나요?」

「심각한 손상을 입었어.」 저코비가 말했다. 「내 생각엔 마지언이 꽤 큰 대가를 물린 것 같아. 난 우주선들을 좀 잃었다는 것만 알아…… 모함 〈승리〉와 〈인내〉를 잃은 듯해.」

「하지만 유니언은 우주선을 더 만들 수 있잖아요. 우주선을 더 불러올 생각이고요. 이런 상황이 얼마나 계속될까요?」

데인은 고개를 흔들고 머리 위를 의미심장하게 흘끗 보았다. 윙윙거리는 팬 소리 덕분에 대화가 근처까지 들리진 않았지만, 그렇다고 감시 장치까지 피해 갈 순 없었다. 「유니언은 마지언을 궁지에 몰았어.」 이윽고 데인이 말했다. 「그리고 유니언은 물자를 끝없이 공급받을 수 있지만, 마지언은 사면초가 신세야. 아조프가 한 말이니 사실이야. 마지언은 유니언에게 비싼 대가를 치르게 했어. 정말로 비싼 대가를. 하지만 유니언은 마지언에게 더한 대가를 물렸지.」

「우린요?」

「솔직히, 나라면 펠보다 여기 있겠어.」

비토리오는 씁쓸하게 소리 내어 웃었다. 눈앞이 흐려지고, 갑자기 목이 울컥하며 아프더니 통증이 사라지지 않았다. 비토리오는 고개를 흔들었다. 「전 진심이었어요.」 비토리오는 지금 자신을 감시하고 있을지도 모르는 사람들을 위해 말했다. 「전 유니언에 최선을 다할 거예요. 이제까지 저 자신을 위해 한 일 중 가장 잘한 일이에요.」

데인은 묘한 눈으로 비토리오를 응시하다가 얼굴을 찡그렸다. 어쩌면 비토리오의 말뜻을 이해하는 듯했다. 스물다섯 해의 인생에서 처음으로, 비토리오는 누군가와 피를 나눈 친밀함을 느꼈다. 그게 자신보다 서른 살이나 더 나이가 많고 다른 경험을 쌓으며 살아온 데인이란 점에 비토리오는……놀랐다. 하지만 우주 공간에서 좀 시간을 보내다 보면 전혀 말도 안 되는 사람들끼리 동지애가 싹틀 수도 있는 거라고 비토리오는 생각했다. 어쩌면 데인은 이미 그런 선택을 했고, 펠은 둘 다에게 더 이상 고향이 아니었다.

제5장

1
펠: 그린 부두, 2000시, 주일, 0800시, 부일

총알들이 벽을 쳤다. 데이먼은 구석에서 더욱 몸을 웅크렸다. 반 박자 동안 가만히 있는데 조시가 데이먼을 잡고 벌떡 일어나 달리며 사람들을 따라갔다. 둘은 공황 상태에 빠져 비명을 지르며 그린 구역 9층을 나와 부두들로 밀려가는 사람들 속에서 이리저리 몸을 피했다. 누군가 총에 맞아 사람들의 발아래에서 굴렀다. 사람들은 이 시체를 뛰어넘으며 군인들이 자신들을 몰려는 방향으로 계속 갔다.

스테이션 주민들, Q 도망자들…… 이들은 전혀 차이도 없었다. 사람들은 버팀목들과 가게 쪽으로 퍼부어지는 포화 속에서 달렸고, 비명이 울리는 아수라장 속에서 소리 없이 폭발이 일어났다. 총알은 취약한 스테이션 외곽이 아닌 뼈대를 향해 날았다. 이제 사람들이 움직이고 있었기 때문에 총알이 머리 위를 날았고, 사람들은 가장 약한 사람들이 비틀거릴 때까지 뛰었다. 데이먼은 속력을 늦췄고, 조시도 속도를 떨어뜨렸다. 둘은 어느새 화이트 부두까지 와 있었다. 그러고는 아직 공황 상태에서 여기저기 달리는 수많은 사람 사이를 헤치고 지나갔다. 아직도 공포 때문에 총알이 날아온다고 생각하는 사람들이 조금 남아 있었던 것이다. 데이먼은 내벽 옆의 가게들 사이에서 몸 피할 곳을 찾고는 그쪽으로 갔다. 조시도 따라왔다. 데이먼과 조시는 폭도를 막으려고 밀폐해 둔 술집의 쑥 들어간 문간으로 갔다. 조용히 앉아 있기 좋고, 우연히 총에 맞을 만한 곳도 아니었다.

앞의 부두에 시체가 여러 구 보였다. 죽은 지 얼마나 지났는지 알 수가 없었다. 몇 시간 전부터 이런 광경은 일상적인 것이 되었다. 가끔 폭력이 발생하면 둘은 문에 몸을 딱 붙이고 있었다…… 스테이션인들과 아마도 Q 주민일 듯한 사람들 간의 싸움이었다. 대부분의 사람들은 이리저리 헤매며 가끔 이름을 외치고, 부모는 아이들을 찾아다니고, 친구 혹은 배우자는 서로를 찾아다녔다. 가끔은 다행히 만나기도 했다…… 그리고 한 번은, 한 번은, 어떤 남자가 시체 한 구를 알아보고 비명을 지르며 흐느꼈다. 데이먼은 팔에 머리를 숙여 기댔다. 마침내 몇 명이 와서 이 친척의 시체를 가져가는 것을 도왔다.

결국 군에서 방탄복 입은 분견대가 이 지역으로 들어왔고, 부두 작업원들을 모으더니 시체를 모아 우주로 내보내라고 명령했다. 데이먼과 조시는 살며시 문 쪽으로 더 깊이 들어가 이 임무에 소환되는 일을 피했다. 군인들은 움직일 수 있

195

고 활동적인 사람들을 골라냈다.

남은 마지막 다우너들이 숨어 있던 곳에서 겁내며 나왔다. 그들은 조용히 걸으며 공포에 질린 눈으로 주위를 둘러보았다. 다우너들은 부두 청소를 떠맡았고, 죽음의 흔적을 문질러 지우며 평소처럼 청결과 질서 유지 임무를 충실히 수행했다. 데이먼은 살짝 희망 어린 눈으로 그들을 보았다. 유순한 다우너들이 펠에 봉사하는 일로 돌아왔다는 것은 요 몇 시간 동안 처음 본 좋은 일이었다.

데이먼은 도킹 지역에 앉아 있는 다른 사람들처럼 잠시 눈을 붙였고, 조시도 옆에서 문틀에 기대어 몸을 말고 잠시 잠을 청했다. 가끔 데이먼은 복구된 일정을 알리거나 전 지역으로 음식이 올 거라고 약속하는 콤 전체 방송 소리에 놀라 잠에서 깼다.

음식. 그 생각이 데이먼의 마음을 온통 사로잡았다. 데이먼은 아무 말 없이 무릎을 세워 팔로 안았다. 배가 고파 사지에 힘이 없었다. 데이먼은 아침을 거른 것을 후회했다. 점심도 저녁도 먹지 못했다……. 데이먼은 허기에 익숙하지 않았다. 이제까지 데이먼에게 허기란 힘들게 일한 날 식사를 한 번 거르는 정도가 다였다. 성가심, 불편함이었다. 그런 허기가 이제 다르게 다가오기 시작했다. 무엇에든 저항한다는 게 완전히 새롭게 보이기 시작했다. 허기가 데이먼의 마음을 가지고 놀았다. 허기는 완전히 새로운 차원의 비참함을 예고했다. 음식 줄에 섰다간 잡히거나 들킬 수도 있었다. 그럴 위험을 무릅써야 했다. 여기 가만히 있으면 굶어 죽을 것이었다.

향기로운 음식 냄새가 부두를 휩쓸었다. 사람들이 움직이고, 다우너들이 짐수레를 밀며 왔다. 조시와 데이먼만 가만히 있는 게 점점 더 확실하게 느껴졌다. 사람들은 수레로 마구 몰려들어 음식을 채 가고 고함쳤다. 하지만 이윽고 군인들이 하나씩 질서를 잡아 상황이 빠르게 진정되었다. 음식이 자꾸 줄어들면서 수레가 점점 가까이 왔다. 데이먼과 조시는 일어나 쑥 들어간 문간으로 몸을 숙였다.

「제가 나가 볼게요.」 마침내 조시가 말했다. 「여기 가만있어요. 당신은 다쳤다고 말할게요. 그럼 둘 다 먹을 만큼 음식을 얻을 수 있을 거예요.」

데이먼은 고개를 흔들었다. 헝클어진 머리, 더럽고 땀과 피에 젖은 작업복 차림으로 저 밖에 나가서 살아남을 수 있을지 시험한다는 건 말도 안 되는 무모한 짓이었다. 그러나 암살자의 총이 두려워서 혹은 군인에게 신분을 들킬 게 두려워서 부두를 가로지를 수 없다면, 데이먼은 미쳐 버릴 것이었다. 적어도 저들은 음식을 주기 전에 신분증을 요구하는 것처럼 보이진 않았다. 데이먼은 신분증이 세 개 있었고, 감히 쓸 순 없지만 자신의 것도 있었다. 조시는 남의 것 두 개와 자기 것이 있었지만, 문제는 사진이 다르다는 것이었다.

간단한 행동이었다. 보초가 지켜보는 가운데 걸어 나가 차가운 샌드위치와 미지근한 과일 주스 한 팩을 받아 들고 돌아왔다. 하지만 데이먼은 손에 넣은 음식에 의기양양해 하며 은신처인 가게 앞으로 돌아와 웅크리고 앉았고, 조시 역시 돌아왔다……. 둘은 먹고 마시며 이 일상적인 행동을 통해 마치 엄청난 악몽이 지나간 듯한 느낌을 받았다. 데이먼은 인간의 감정은 필요 없고 오직 동물적 신중함만이 요구되는 낯설고 새로운 현실에 맞닥뜨렸다.

이윽고 다우너 언어 특유의 날카롭고 잔물결 치는 듯한 말소리가 들렸다. 음식 수레를 밀던 다우너 한 명이 부두의 다른 다우너들에게 외치고 있었다. 데이먼은 깜짝 놀랐다. 다우너들은 주위가 조용하면 보통 수줍게 굴었던 것이다. 호위병도 깜짝 놀라 라이플을 내리고 주위를 둘러보았다. 그러나 인간과 다우너를 겁에 질리게 할 만한 건 아무것도 없고, 조용하기만 했다. 엄숙하고 눈이 동그란 다우너들은 동작을 멈추고 있다가 다시 일을 계속했다. 데이먼이 샌드위치를 다 먹었을 때, 수레가 부두 위로 휘어지는 만곡부를 따라 그린 구역 쪽으로 지나갔다.

다우너 한 명이 데이먼 쪽으로 다가왔다. 상자 하나를 끌며 그 안에 플라스틱 용기들을 모으고 있었다. 다우너가 손을 내밀자 조시는 불안한 눈으로 바라보며 포장지를 내밀었다. 데이먼은 상자에 포장지를 던졌다. 그때 다우너가 자신의 팔을 부드럽게 만지자 깜짝 놀라 다우너를 올려다보았다.

「당신 콘스탄틴-인간.」

「저리 가요.」데이먼은 쉰 목소리로 속삭였다.「다우너, 제 이름을 말하지 말아요. 그자들이 절 보면 죽일 거예요. 조용히 하고, 어서 다른 곳으로 가요.」

「나 〈푸른 이빨〉, 푸른 이빨이다, 콘스탄틴-인간.」

「푸른 이빨.」데이먼은 이 다우너를 기억해 냈다. 터널들,

거기서 총에 맞은 다우너였다. 다우너의 힘센 손가락들이 데이먼의 팔을 더 꽉 잡았다.

「이름이 릴리인 다우너가 태양-그녀의-친구에게서 나를 보낸다, 당신 얼리샤라고 부르는 인간에게서. 그녀가 우리 보낸다, 루커스들 조용하게 만든다, 그녀 장소에 오지 않게 한다. 사랑해, 콘스탄틴-인간. 얼리샤 그녀 안전하다, 다우너들 모두 그녀 주위에 있다, 그녀 안전하게 지킨다. 우리는 당신 데려간다, 당신 원한다?」

데이먼은 잠시 숨을 쉴 수조차 없었다. 「살아 계세요? 어머니가 살아 계세요?」

「얼리샤 그녀 안전하다. 당신을 오라고 한다. 그녀와 함께 당신 안전하게 만든다.」

데이먼은 생각하려 애쓰며 털북숭이 손을 잡은 채 둥근 갈색 눈을 응시했다. 다우너가 말해 줄 수 있는 것보다 훨씬 더 많은 이야기를 듣고 싶었다. 데이먼은 고개를 저었다. 「아뇨, 아뇨, 제가 거기 가면 어머니가 위험해져요. 총을-든-인간들, 제 말 알겠죠, 푸른 이빨? 그자들이 절 찾고 있어요. 어머니께 전해요, 전 잘 있다고요. 전 잘 숨어 있다고 전해요. 엘렌은 우주선들과 함께 떠났다고 전해요. 우리 다 잘 있어요. 어머니가 절 필요로 하세요, 푸른 이빨? 제가 필요하대요?」

「그녀의 장소에서 안전하다. 다우너들은 그녀 옆에 앉는다, 업어보브의 모든 다우너가. 릴리가 그녀와 있다. 새틴이 그녀와 있다. 모두, 모두.」

「어머니께 전해요. 제가 어머니를 사랑한다고요. 전 잘 있

199

고, 엘렌도 잘 있다고 전해 줘요. 사랑해요, 푸른 이빨.」

갈색 팔이 데이먼을 안았다. 데이먼도 열렬히 다우너를 안았다. 다우너는 그림자처럼 슬며시 움직이며 데이먼 곁을 떠나 얼른 그리 멀지 않은 곳에서 잔해들을 줍기 시작하며 점차 멀어져 갔다. 데이먼은 누가 보고 있었을지 모른다는 생각에 공포를 느끼며 주위를 둘러보았지만, 조시의 궁금해 하는 눈길이 전부였다. 데이먼은 조시의 시선을 피하며 무릎을 감싼 팔로 눈가를 닦았다. 멍한 느낌이 줄어들었다. 데이먼은 다시 걱정하기 시작했다. 이제 걱정할 대상이 있었다. 다칠 수 있는 누군가가 아직 있었다.

「당신 어머니.」 조시가 말했다. 「다우너가 당신 어머니 얘기를 했나요?」

데이먼은 아무 말 없이 고개를 끄덕였다.

「다행이네요.」 조시가 진심으로 말했다.

데이먼은 또다시 고개를 끄덕였다. 눈을 깜박이며 생각하려 애썼다. 그러다 뇌가 계속 놀라고 또 놀라다가 이젠 아무것도 못 느끼게 되었음을 깨달았다.

「데이먼.」

데이먼은 고개를 들어 조시가 보는 곳을 따라서 바라보았다. 분대들이 그린 부두를 나와 지평선에서 내려오고 있었다. 정렬한 걸 보니 무슨 일이 있는 듯했다. 데이먼은 조용히, 무관심하게 일어나 옷의 먼지를 털고 부두에 등을 돌려 조시가 일어날 동안 조시 앞을 가려 주었다. 아주 자연스럽게 둘은 반대쪽으로 걷기 시작했다.

「저자들이 저기서 대열을 정비하려는 것 같네요.」조시가 말했다.

「우린 괜찮아요.」데이먼은 강경하게 말했다. 움직이고 있는 건 둘뿐이 아니었다. 화이트 구역 9층 부두 진입로들이 그리 멀지 않았다. 데이먼과 조시는 같은 동기를 지닌 듯한 다른 사람들 속에 섞여 움직이며 가다가 화이트 구역 9층의 모퉁이에 있는 술집들 옆에서 공중화장실을 찾았다. 조시가 화장실로 들어가자, 데이먼도 따라서 들어갔다. 데이먼과 조시는 화장실을 쓴 뒤 다시 보통 속도로 걸어 나왔다. 보초들이 복도와 부두의 교차점에 서 있었다. 하지만 보초들은 그저 가만히 서서 지켜보기만 했다. 데이먼은 9층을 더 걸어가다가 공중 통화 단말기에서 멈췄다.

「절 좀 가려 줘요.」데이먼의 말에 조시는 순순히 보초들이 서 있는 9층 입구와 자신들 사이의 벽에 기댔다. 「우리가 가진 카드가 어떤 건지, 크레디트가 얼마나 있는지, 원래 주인들이 어디 소속인지 알아보려고 해요. 제 우선권이 없어도 할 수 있고, 그냥 기록 번호만 있으면 돼요.」

「제가 아는 게 하나 있다면, 전 펠 시민처럼 보이지 않는다는 거죠.」조시가 나지막이 말했다. 「그리고 당신은 얼굴이…….」

「지금 주목받고 싶어 하는 사람은 아무도 없어요. 누구도 본인이 주목받기 싫은데 우릴 경찰에 찌를 수는 없고요. 그게 우리에게 남은 가장 큰 희망이죠. 누구도 눈에 띄고 싶어 하지 않아요.」데이먼은 첫 번째 카드를 찔러 넣고 최우선 명령 암호를 넣었다. 레슬리 앨트너, 콤프에 있는 크레디트는 789.90. 기혼, 아이 한 명. 옷가게 점원. 데이먼은 카드를 왼쪽 주머니에 집어넣었다. 쓰지 않을 생각이었다. 살아남은 자들에게서 도둑질하고 싶지는 않았다. 리 앤턴 퀘일, 미혼이었고, 루커스 컴퍼니의 직원 카드였으며, 제한적 보안허가가 있고 크레디트는 8967.89이었다……. 이런 남자로선 놀랄 만한 크레디트였다. 윌리엄 틸, 기혼, 아이 없음, 선적 감독자, 크레디트는 4567.67, 창고 출입 허가 있음.

「당신 것도 한번 보죠.」 데이먼이 조시에게 말했다. 조시가 카드들을 내밀었다. 데이먼은 공공 단말기에서 한 번에 이렇게 많이 조회하면 중앙 콤프를 자극하지 않을까 생각하면서도 급히 서두르며 첫 번째 카드를 넣어 봤다. 세실 새저니, 미혼, 크레디트는 456.78, 기계공이고 가끔 짐 싣는 일도 했으며 막사 출입 권한이 있었다. 루이스 디번, 5년 결혼 생활 뒤 이혼, 식구 없음, 3421.56, 부두 작업원 십장. 데이먼이 카드들을 주머니에 넣고 걷기 시작하자 조시도 따라왔다. 둘은 함께 모퉁이를 돌아 교차 통로로 들어간 뒤 다음 모퉁이에서 오른쪽으로 돌았다. 창고가 나왔다. 모든 부두들은 중앙 통로의 경우 서로 거울상이었고, 반드시 이 부근에 유지 보수용 창고가 있었다. 데이먼은 표시는 없지만 맞는 문을 찾아서 십장의 카드로 문을 열고 불을 켰다. 환기 장치와 상당량의 종이와 청소 도구들과 연장들이 있었다. 데이먼은 앞장서 안으로 들어간 뒤 조시가 들어오자 문을 닫았다. 「여기 숨어 있을 거예요.」 데이먼이 말했다. 데이먼은 방금 쓴 카드를 주머니에 넣으며 이 카드가 가진 것 중 최고의 열쇠라고 생각했다. 「상황이 정리될 때까지 여기 있으면서 하루 정도 부일 근무를 해요. 카드 중 두 장은 부일 사람들 것이고 미혼이고 부두의 보안 허가가 있어요. 앉아요. 곧 여기 불이 꺼질 거예요. 계속 켜둘 수 없어요……. 콤프가 창고 불이 켜진 걸 알고 꺼버릴 거예요. 아주 알뜰하거든요.」

「우린 여기서 안전할까요?」

데이먼은 쓸쓸하게 껄껄 웃고는 벽에 기대앉아 이 비좁은 곳에서 맞은편에 조시가 앉을 자리를 만들어 주려고 다리를 구부려 끌어안았다. 데이먼은 주머니를 만져 그 안에 아직 권총이 있는지 확인했다. 데이먼은 숨을 들이쉬었다. 「어디도 안전한 곳은 없어요.」 지쳤다, 천사의 얼굴은. 기름때가 묻고 머리는 끈적거렸다. 조시의 본능 덕에 포화 속에서 둘이 목숨을 건졌음에도, 조시는 겁에 질린 듯 보였다. 한 명은 입구들을 알았고 한 명은 제대로 반사 작용을 할 줄 알았다. 둘이 뭉치면 마지언에게 심각한 문제를 안길 수 있었다. 「당신은 전에 총에 맞은 적이 있어요.」 데이먼이 말했다. 「우주선에서뿐 아니라…… 아주 가까이에서요. 그 사실을 알아요?」

「기억 안 나요.」

「정말요?」

「기억 안 난다고 했잖아요.」

「전 스테이션을 알아요. 모든 숨을 구멍, 모든 길을 알아요. 셔틀들이 다시 움직이기 시작하면, 우주선들이 광산에서 다시 오가기 시작하면, 우린 카드를 써서 부두들까지 가서 선적 일꾼들에 섞여 우주선을 타고…….」

「그리고 어디로 갈 건데요?」

「다운빌로요. 아님 저 밖 세계의 광산들로요. 어딜 가든 누구도 아무것도 묻지 않아요.」 이건 데이먼의 희망이었다. 데이먼이 자신과 조시를 안심시키려 지어낸 이야기였다. 「혹은 마지언이 여길 더는 못 붙들고 있겠다고 결정할 수도 있어요. 어쩌면 마지언이 떠날 수도 있고요.」

「마지언이 떠나게 되면 여길 날려 버릴 거예요. 스테이션을 폭파하고, 다운빌로의 시설들도 함께 폭파할 거예요. 자기가 후퇴하면 유니언이 여길 기지로 삼아 자기에게 불리하게 쓸 수도 있는데 그냥 가겠어요?」

데이먼은 이 사실을 이미 알고 있으면서도 얼굴을 찡그렸다. 「우리가 어떻게 하는 게 좋을지 더 나은 생각 있어요?」

「없어요.」

「제가 제 발로 그자들 앞에 나타나 협상을 해서 통제권을 되찾고 스테이션을 소개할 수도 있어요…….」

「정말 가능하다고 믿어요?」

「아뇨.」 데이먼이 말했다. 이 또한 이미 결론 내린 이야기였다. 「아뇨.」

불이 꺼졌다. 콤프가 불을 끈 것이었다. 환기 장치만이 계속 돌아갔다.

2
펠: 스테이션 본부, 2130시, 주일, 0930시, 부일

「하지만 필요 없습니다.」포리는 부드럽게 말했다. 그러나 포리의 검고 흉터 진 얼굴은 무자비한 인상을 주었다. 「당신은 더 이상 여기 있을 필요가 없습니다, 루커스 씨. 당신은 시민의 의무를 이미 다했습니다. 이제 당신 숙소로 돌아가십시오. 제 부하가 당신이 안전하게 돌아갈 수 있도록 도울 겁니다.」

존은 지휘 본부를 둘러보며 그 안에 서 있는 군인들을 보았다. 군인들은 안전장치를 내린 총을 들고, 방금 교대한, 지휘 본부를 관리하는 기술자들을 끊임없이 지켜보고 있었다. 앞서 근무했던 이들 역시 밤새 감시를 받고 있었다. 존은 용기를 내 콤프 책임자에게 명령을 내리려 했으나, 군인 한 명이 딱딱하게 움직이자 발걸음을 멈췄다. 군인의 방탄복에는 우묵하게 파이고 긁힌 자국이 하나 있었고, 라이플은 내려져 있었다. 「루커스 씨.」포리가 말했다. 「명령을 무시하는 사람은 총에 맞습니다.」

「전 지쳤습니다.」존이 신경질적으로 말했다. 「저도 나가게 되어 기쁩니다, 함장님. 호위병은 필요 없습니다.」

포리가 손짓을 했다. 문 옆에 서 있던 군인 한 명이 잽싸게 옆으로 와서 기다렸다. 존이 걸어 나가자, 군인은 처음엔 뒤에서 따라오다가 곧 옆으로 와서 바라지 않는 동행이 되었다. 존과 호위병은 조용하지만 폭동이 쓸고 간 블루 구역

1층에서 다시 경비를 서고 있는 다른 군인들을 지나갔다.

함대의 우주선들이 더 많이 도킹하고 있었다. 우주선들은 이미 더 가까이 들어와 있다가 마침내 도킹하기로 결정했던 것이다. 존에겐 군대가 미친 결정을 내린 것처럼 보였다. 존은 이해할 수 없는 모험이었다. 마지언의 모험이었다. 하지만 이젠 존의 모험이었다. 펠의 모험이기도 했다. 마지언이 돌아왔으므로.

존은 생각하기가 쉽지 않음을 깨달았다. 어쩌면 유니언은 심하게 두들겨 맞았는지도 모른다. 어쩌면 비밀로 숨겨진 일들이 있었는지도 모른다. 어쩌면 유니언이 펠을 접수하는 게 미뤄졌는지도 모른다. 마지언의 통치가 길어질 수도 있다는 생각이 존을 고민스럽게 했다.

갑자기 군인들이 앞의 리프트에서 나와 블루 구역 1층으로 들어갔다. 군인들은 호위병과 다른 기장을 달고 있었다. 군인들은 종이 한 장을 내밀며 호위병에게서 존을 가로챘다.

「우리와 함께 가시죠.」 군인 한 명이 명령했다.

「전 포리 함장님의 지시로…….」 호위병은 항의했지만, 다른 군인이 총열로 호위병을 쿡쿡 찌르며 리프트 쪽으로 몰았다. 그들의 기장은 〈유럽〉이었다. 〈유럽〉의 군인. 마지언이 들어온 것이다.

「우린 어디로 갑니까?」 존이 공포에 질려서 물었다. 〈아프리카〉 군인은 뒤에 남겨졌다. 「어디로 가는 겁니까?」

답은 돌아오지 않았다. 이건 고의적인 괴롭히기였다. 존은 그들이 어디로 가는지 알았다……. 그리고 리프트를 타고 내려가 블루 구역 부두 9층 진입로를 걸어간 뒤 부두들로 나와 도킹한 우주선의 환하게 불이 켜진 진입 튜브로 가면서 존은 그 의심이 옳았음을 확인했다.

존은 한 번도 전함에 타본 적이 없었다. 그 큰 외형에도 불구하고 전함은 화물선처럼 비좁았다. 그래서 존은 폐소 공포증을 느꼈다. 등 뒤의 군인들이 들고 있는 라이플이 존을 더욱 불편하게 했다. 왼쪽으로 돌고 리프트로 들어가며 존이 머뭇거릴 때마다 군인들은 라이플 총열로 존을 밀었다. 존은 공포심에 속이 메슥거렸다.

그들이 안다고 존은 계속 생각했다. 존은 이게 군대식 예법이라고, 마지언은 새로운 총감독관인 자신을 만나기로 한 거라고, 마지언은 허풍을 떨거나 위협하고 싶은 거라고 세뇌하듯 되뇌었다. 그러나 이곳에서 그들은 뭐든 원하는 대로 할 수 있었다. 쓰레기 배출구를 통해 존을 우주로 방출할 수도 있었다. 그러면 존은 이미 얼어붙은 채 우주를 떠도는 수백 명의 다른 시체와 뒤섞여 알아볼 수도 없게 될 것이다. 스테이션 근처에 있으면 성가시니 스키머들이 시체들을 한꺼번에 얼려 멀리 보내 버릴 것이다. 그러나 아무런 차이가 없었다. 존은 지금 살아남지 못하면 이대로 끝장이라고 생각하며 어떻게든 기지를 발휘해 보려 애썼다.

군인들은 존을 리프트에서 내려 복도로 들어가게 했다. 복도에는 또 다른 군인들이 보초를 서고 있었다. 존은 다시 대부분의 방보다 훨씬 넓은 방으로 들어갔다. 안에는 텅 빈 둥근 탁자가 하나 있었다. 군인들은 존을 의자에 앉게 한 뒤 라이플을 들고 서서 기다렸다.

마지언이 들어왔다. 장식 없는 수수한 푸른색 옷차림이었고, 얼굴은 수척했다. 존은 예의를 차리려 자리에서 일어났다. 콘래드 마지언은 존에게 다시 앉으라고 손짓했다. 다른 이들이 줄줄이 들어와 탁자 앞의 자기 자리에 앉았다. 〈유럽〉 장교들뿐, 다른 함장은 없었다. 존은 얼른 이들을 하나씩 눈으로 살폈다.

「임시 총감독관.」 마지언이 조용히 말했다. 「루커스 씨, 앤절로 콘스탄틴에게 무슨 일이 있었죠?」

「죽었습니다.」 존은 결백해 보이는 반응만 보이려 애쓰며 말했다. 「폭도가 스테이션 관리 본부로 침입해 앤절로와 앤절로의 직원들을 죽였습니다.」

마지언은 꼼짝도 않고 그저 존을 뚫어져라 보기만 했다. 존은 땀을 흘렸다.

「우리는…….」 존은 마지언이 무슨 생각을 하는지 추측해 보며 말했다. 「무슨 음모가 있었지 않나 생각합니다. 다른 관리 본부들이 받은 습격, Q의 출입구가 열린 점, 그 모든 것의 타이밍을 볼 때요. 지금 조사 중입니다.」

「그래서 뭘 알아냈습니까?」

「아직 아무것도 알아내지 못했습니다. 우린 난민들을 처리하는 과정에서 유니언 요원들이 어떻게든 스테이션으로 스며들어 왔다고 의심합니다. 일부는 아마도 Q에 친구나 친척이 있어 그냥 통과한 것 같습니다. 들키지 않고 어떻게 접촉했는지도 아직까진 오리무중입니다. 우리는 그자들이 격리선 보초들과 공모했다는 의심도 하고 있습니다…… 암시장 거래로요.」

「하지만 아직 아무것도 알아내지 못했다면서요.」

「아직은요.」

「그럼 아주 서두르셔야겠군요, 루커스 씨?」

존의 심장이 미친 듯이 뛰기 시작했다. 존은 얼굴에 겁먹은 표정이 드러나지 않게 조심했다. 존은 자신이 표정을 숨기는 데 성공했길 바랐다. 「상황이 이런 것에 사과드립니다, 제독님. 하지만 그동안 폭동에 대처하고 스테이션의 손상된 부분들을 처리하느라 다소 바빴습니다…… 최근에는 그쪽 맬러리 함장의 명령을 수행하고 또…….」

「그랬군요, 똑똑한 대처였습니다. 폭동이 일어난 복도들을 비우려고 쓴 방법들 말입니다. 하지만 그때는 이미 조금 조용해진 뒤였지요, 안 그렇습니까? 제가 알기론, 본부로 받아들여진 Q 주민들이 있더군요.」

존은 숨이 턱 막혔다. 침묵이 이어졌다. 존은 한마디도 생각해 낼 수가 없었다. 마지언이 문가의 보초 중 한 명에게 신호를 보냈다.

「지금은 위기 상황입니다.」 존은 무슨 말이라도 해서 이 끔찍한 침묵을 채우려고 했다. 「제가 좀 고자세였을지도 모릅니다만, 우린 위험한 상황을 통제할 기회를 얻었습니다. 네, 제가 Q에서 온 의원과 거래를 좀 했습니다. 그 의원이 그 상황과 관계있어서가 아니라, 그자가 사람들을 진정시킬 수 있다고 생각해서……. 당시 그자 말고는…….」

「아드님은 어디 있죠, 루커스 씨?」

존은 마지언을 물끄러미 바라보았다.

「아드님은 어디 있습니까?」

「광산에 나가 있습니다. 광산들을 둘러보고 오라고 제가 단거리 수송선에 태워서 보냈습니다. 제 아들은 잘 있습니까? 무슨 소식이라도 들으셨나요?」

「왜 아들을 내보냈죠, 루커스 씨?」

「솔직히 말씀드리자면, 이 상황에서 빼낸 겁니다.」

「어째서요?」

「최근 제가 다운빌로에서 일하는 동안, 아들 녀석이 스테이션 관공서들을 관리했습니다. 3년이 지나고 나니 이곳의 컴퍼니 사무실들에서 충성심과 권위와 통신 채널의 문제들이 생겼습니다. 아들이 잠시 자리를 비우면 상황을 바로잡을 수 있겠다 싶었고, 통신이 끊길 때 일을 도맡아 줄 수 있는 사람이 광산 사무실에 있으면 좋겠다 싶기도 했습니다. 정책적 이동이었죠. 내부적 이유와 보안상 이유 둘 다에서요.」

「제사드란 남자가 스테이션에 있게 되어 균형을 맞추려 했던 것은 아니고요?」

존은 하마터면 심장이 멎을 뻔했다. 존은 차분하게 고개를 저었다. 「무슨 말씀이신지 모르겠군요, 마지언 제독님. 혹시 그 정보의 출처를 제게 말씀해 주실 수 있다면…….」

마지언이 손짓하자, 누가 방으로 들어왔다. 존이 그쪽을 보자 브랜 헤일이 눈길을 피하며 서 있었다.

「서로 아는 사입니까?」 마지언이 물었다.

「이자는 다운빌로에서 관리 권한 남용과 폭동을 이유로 해고되었습니다.」 존이 말했다. 「전 과거 기록을 고려해 이자를 고용했고요. 아무래도 제가 잘못된 자를 신뢰했던 것 같습니다.」

「헤일 씨는 입대할 생각으로 〈아프리카〉로 왔습니다······. 그리고 무슨 정보가 있다고 주장하더군요. 하지만 당신은 제사드란 남자를 모른다고 단호히 부인하고 있군요.」

「헤일 씨가 누구를 안다고 말하는 건 제 알 바 아니지요. 이건 날조된 얘깁니다.」

「그럼 크레시치, Q의 의원이란 자는요?」

「크레시치 씨는 제가 설명드렸듯 지휘 본부에 있었습니다.」

「이 제사드란 자도 말입니까?」

「아마도 그자는 크레시치의 경호원 중 하나가 아니었나 싶습니다. 경호원들의 이름을 물어본 적은 없지만요.」

「헤일 씨?」

브랜 헤일은 냉혹한 표정을 지었다. 「제 얘기엔 변함이 없습니다, 제독님.」

마지언은 천천히 고개를 끄덕였고, 신중하게 권총을 꺼냈다. 존은 잽싸게 탁자에서 물러났으나 존 뒤에 있던 남자들이 세게 밀며 존을 다시 의자에 앉혔다. 존은 바짝 얼어 권총을 바라보았다.

「제사드는 어디 있죠? 제사드와는 어떻게 연락했습니까?

어디로 갔을까요?」

「이건 헤일이 꾸며 낸 얘기…….」

권총의 안전장치가 철컥 소리를 내며 풀렸다.

「전 협박을 받았습니다.」 존이 헐떡이며 말했다. 「협조하라고 협박을 받았습니다. 그자들은 제 가족 중 한 명을 붙잡았습니다.」

「그래서 그자들에게 아들을 줬고요.」

「선택의 여지가 없었습니다.」

「헤일.」 마지언이 말했다. 「당신과 당신 일행, 그리고 루커스 씨는 옆의 격실로 들어가도 좋습니다. 그리고 우리가 모든 대화를 기록할 겁니다. 당신과 루커스 씨가 당신의 주장을 놓고 직접 해결할 기회를 드리지요. 해결되면 루커스 씨를 데리고 나오십시오.」

「아뇨.」 존이 말했다. 「아뇨. 정보를 드리겠습니다, 제가 아는 모든 정보를요.」

마지언은 그만 가라고 손을 저었고, 존은 탁자를 붙들고 있으려 애썼다. 등 뒤의 남자들이 존을 잡아당겨 세웠다. 존은 저항했지만, 그들은 존을 데리고 나가 복도로 들어갔다. 헤일의 모든 부하가 밖에 있었다.

「이놈들은 당신들에게도 똑같은 짓을 할 겁니다.」 존은 〈유럽〉의 장교들이 앉아 있는 방에 대고 외쳤다. 「헤일을 받아들이면, 헤일이 당신들에게도 똑같은 짓을 할 겁니다. 헤일은 거짓말을 하고 있어요!」

헤일은 존의 팔을 단단히 쥐고 그들을 위해 준비된 방으로 끌고 갔다. 다른 이들이 떼를 지어 따라왔다. 문이 닫혔다.

「넌 미쳤어.」 존이 말했다. 「넌 미쳤어, 헤일.」

「당신은 졌고.」 헤일이 말했다.

3
상선 〈유한의 끝〉: 심우주, 2200시, 주일, 1000시, 부일

깜박이는 불빛, 환기팬의 소음, 가끔씩 다른 우주선들에서 오는 콤 특유의 툭툭 끊어지는 말소리……. 이 모든 것이 꿈에서처럼 친숙했다. 마치 펠은 원래 존재한 적도 없는 듯했고, 마치 다시 〈에스텔〉에 타고 있어서 주위 사람들이 몸을 돌리면 어릴 적부터 알고 지낸 낯익은 얼굴들이 보일 것만 같았다. 엘렌은 〈유한의 끝〉의 분주한 지휘실을 걸어가, 스캔을 보려고 위에 콘솔이 매달려 있는 구석 자리에 처박혔다. 약 때문에 아직도 감각들이 멍했다. 엘렌은 낯선 욕지기 속에서 손으로 배를 지그시 눌렀다. 아기는 도약 때문에 다치지 않았다……. 그런 일은 없을 것이다. 상인들은 이제까지 이 점을 수없이 몸으로 증명했다. 상선의 여자들은 체질적으로 강했고 평생 스트레스에 단련되었다. 약 기운이 아닌, 용기 때문이라고 할 수 있었다. 약은 그렇게 독하지 않았다. 엘렌은 아기를 잃지 않을 것이고, 아예 그런 생각도 하지 않을 것이다. 메인 룸에서 잠시 걷다 보니 어느새 심장 박동이 다시 안정되고, 파도치듯 오가던 욕지기도 줄어들었다. 엘렌은 스캔에 밝은 점이 하나 더 나타나는 것을 지켜보았다. 상선들이 펠을 떠날 때처럼 표류하며 영점으로 들어오고 있었고, 입구에 닿으면 해변의 파도처럼 밀려오는 새 도착자들에게 뒤처지지 않기 위해 미친 듯이 최대한 실제 공간 속도를 냈다. 사실 모두가 파국을 맞는 데는 별게 필요하지 않았다. 누가 최소 속력을 초과하거나, 지나치게 성급한 멍청이가 영점과 너무 가까운 곳에서 실제 공간으로 들어오는 정도면 충분했다. 그러면 그들과 새로운 도착자들은 완전히 산산조각 나 사방으로 흩어지고 어떤 이성적 의미에서도 존재하지 않게 될 것이다. 엘렌은 이 경우를 늘 유난히 불쾌한 최후라 여겼다. 아직도 다음 몇 분 동안, 이런 최후를 맞을 가능성이 아주 컸다.

그러나 이제 우주선들은 점점 더 많이 몰려왔고, 적당히 질서 있게 이 피난처로 들어왔다. 전투 지역을 통과하면서 몇 척이 사라졌을지도 모르지만, 엘렌으로선 알 수가 없었다.

다시 욕지기가 밀려왔다. 욕지기는 밀려왔다 사라지기를 반복했다. 엘렌은 욕지기를 무시하기로 결심하고 차분히 몇 번이나 침을 삼키며 나이하르트를 의심 어린 시선으로 보았다. 나이하르트는 우주선의 지휘를 아들에게 맡기고 엘렌을 살피러 와 있었다.

「좋은 계획이 생각났어요.」엘렌이 계속 침을 삼키며 말했다.「제게 다시 콤을 쓰게 해주세요. 여기서 도망치자는 건 아니에요. 우릴 뒤쫓아 오는 게 뭔지 살펴보세요, 선장님. 대부분은 이제껏 컴퍼니 스테이션들을 위해 화물을 나르던 상선들이에요. 우리 중 아주 많은 이가 그렇죠. 제 말이 틀린가요? 그리고 만약 우리가 원하면, 우린 그보다 더 멀리까지 갈 수도 있어요.」

「어쩔 작정입니까?」

「우리의 이익은 우리가 나서서 지키자는 겁니다. 여기서 나가 흩어지기 전에, 힘든 질문들을 스스로 해보자는 겁니다. 우린 우리가 활동하던 스테이션들을 잃었어요. 그러니 유니언이 우릴 꿀꺽 삼키고 우리에게 명령을 내리게 돼야 할까요……? 우리가 유니언 정부가 운영하는 깨끗한 새 우주선들에 비해 구식이라서요? 가서 우리가 유니언의 스테이션들에서 일할 수 있게 허가를 내달라고 빌면, 유니언의 머릿속엔 그런 생각들이 들어차겠지요. 하지만 상황이 확실치 않은 동안 우린 투표를 하고 목소리를 낼 수 있어요. 장담컨대, 소위 유니언 상선들의 일부 역시 우리처럼 명확하게 눈앞에 닥친 미래를 볼 수 있어요. 우린 무역을 중지시킬 수 있어요. 모든 세계, 모든 스테이션에서요. 우린 무역을 중단시킬 수 있어요. 우린 반세기 동안 들볶였어요, 나이하르트. 우리의 중립성을 존중하지 않는 전함들에 반세기 동안이나 표적이 되어 왔어요. 그런데 군대가 모든 걸 장악하면, 우리는 어떻게 될까요? 제게 콤을 쓰게 해주시겠어요?」

나이하르트는 한동안 생각에 잠겼다. 「일이 잘못되면, 퀜, 어느 우주선이 나서서 그런 소릴 했는지 소문이 쫙 퍼질 겁니다. 우린 곤란한 상황에 빠질 거고요.」

「압니다.」 엘렌은 쉰 목소리로 말했다. 「하지만 그래도 부

「탁드립니다.」

「원하면 언제든 콤을 쓰십시오.」

4
펠: 블루 부두, 〈노르웨이〉 안, 2400시, 주일, 1200시, 부일

시그니는 계속 몸을 뒤척였고, 누군가 자는 몸에, 어깨에, 생기 없는 팔에 몸이 닿았다. 시그니는 잠이 덜 깨 혼란했기에 잠시 이게 누군지 기억하지 못했다. 그래프. 시그니는 마침내 결론을 내렸다. 그래프야. 시그니는 다시 편안히 자세를 잡고 그래프에게 기댔다. 시그니와 그래프는 함께 비번을 냈다. 시그니는 잠시 눈을 뜬 채 깜깜한 벽을 보았고, 머리 위의 별빛 같은 조명을 받으며 줄지어 선 로커들을 보았다. 눈을 감으면 보이는 이미지들, 그리고 목욕을 해도 콧속에 남아 있는 죽음의 냄새가 마음에 들지 않았던 것이다.

그들은 펠을 가졌다. 〈대서양〉과 〈태평양〉은 함대의 모든 라이더와 함께 외롭게 순찰을 나갔고, 그 덕분에 그들은 감히 잠을 청할 수 있었다. 시그니는 순찰을 나가는 게 〈노르웨이〉이길 진심으로 바랐다. 불쌍한 디 잔츠는 부두들을 지휘해야 했고, 조금이라도 잠을 자려면 전방 진입로에서 눈을 붙여야 했다. 시그니의 군인들은 우울한 기분으로 사방의 부두들에 퍼져 있었다. Q 폭동에서 17명이 부상당했고, 9명이 죽었다는 점도 그들의 기분을 낮게 해주지 못했다. 군인들은 교대 근무로 한 번은 보초를 서고 한 번은 쉬면서 계속 그렇게 보낼 것이다. 시그니는 그 외에 아무런 계획이 없었다. 유니언 우주선들이 오면, 물론 오겠지만, 함대는 지금처럼 승산이 나쁠 때 해온 방식 그대로 반응할 것이다…… 사격 범위 내의 목표물들을 쏘고, 나머지 선택권들은 최대한 오래 남겨 둘 것이다. 이건 마지언이 결정해야지, 시그니가 결정할 일이 아니었다.

시그니는 마침내 눈을 감고, 일부러 평화롭게 숨을 들이쉬었다. 그래프가 시그니에게 몸을 붙이고 뒤척이다 다시 자세를 잡았다. 어둠 속에서 그래프가 옆에 있어 시그니는 위안이 되었다.

5
펠: 블루 구역 1층 0475, 2400시, 주일, 1200시, 부일

「그녀 잔다.」 릴리가 말했다. 새틴은 숨을 들이쉬고 두팔로 무릎을 감았다. 그들은 태양-그녀의-친구를 기쁘게 했다. 꿈꾸는 자는 푸른 이빨이 가져온 소식을, 콘스탄틴-인간과 친구가 안전하다는 말을 듣고 기뻐서 흐느꼈다…… 평화로운 얼굴에 눈물이 흐르는 모습은 너무나, 너무나 경외로웠다. 모든 히사는 심장이 아팠고, 이 눈물이 행복해서란 걸 알고서야 안심했다…… 검고 생기 있는 눈에 따뜻함이 어렸다. 모든 히사가 이 광경을 보려고 가까이 몰려들었다. 「사랑

217

해.」 꿈꾸는 자는 속삭였다. 「모두 사랑해. 그리고 그를 안전하게 지켜 줘.」

마침내 꿈꾸는 자는 웃음을 짓고 눈을 감았다.

「구름-사이로-빛나는-태양.」 새틴은 푸른 이빨의 옆구리를 찔렀고, 이제까지 몸단장에 몰두하던 푸른 이빨은 새틴을 보았다. 푸른 이빨은 이곳에 대한 경의에서 자신의 털을 단정하게 하려고 괜한 수고를 하고 있었다. 「당신은 돌아가, 가서 그 젊은 콘스탄틴-인간 지켜봐. 업어보브 히사도 물론 있지. 하지만 당신은 아주 잽싸, 아주 영리한 다운빌로 사냥꾼이야. 당신은 그를 지켜보며 여기로 오고 가.」

푸른 이빨은 잘 모르겠다는 눈으로 장로를 본 뒤 릴리를 바라보았다.

「그래.」 릴리는 동의했다. 「그래, 강한 손. 가.」

푸른 이빨은 머뭇거리며 털을 매만졌다. 푸른 이빨은 젊은 남자 다우너였던 것이다. 그러나 다들 푸른 이빨에게 길을 비켜 주었다. 새틴은 푸른 이빨을 자랑스러워했고, 심지어 늙고 기묘한 히사들마저 푸른 이빨을 대단하게 보았다. 그리고 사실은, 그녀의 친구란 점에 무척 큰 의미가 있었다. 푸른 이빨은 장로들을 만지고 새틴을 만진 다음, 조용히 무리 밖으로 빠져나갔다.

비록 두 번째로 인간들이 인간들과 싸웠고, 업어보브의 안전하던 세계는 강물 위의 낙엽처럼 위태롭게 흔들렸지만, 꿈꾸는 자는 히사들 가운데에서 안전하게 잠들었다. 태양은 그녀를 지켜보았고, 별들은 여전히 그들 주위에서 빛났다.

제6장

다운빌로: 2352년 10월 11일, 지역 낮

트럭들은 묵직하게 움직이며 공터와 버려지고 무너져 내린 돔들, 텅 빈 우리들, 그리고 공기 압축기들을 지나갔다. 특히 공기 압축기들의 침묵이 여기는 버려졌다는 뜻이었다. 1번 기지. 중앙 기지 다음의 첫 번째 캠프였다. 에어로크들은 잠겨 있지 않아 작은 바람에도 쿵 하고 열렸다. 지친 사람들은 이제 뿔뿔이 흩어져 다들 폐허를 바라보았다. 에밀리오는 이 광경에 심장이 찌르는 듯 아팠다. 이걸 세울 때 자신도 도왔는데, 이젠 누구도 여기에 머무른 흔적이 없었다. 에밀리오는 지금까지 도로를 얼마나 왔는지, 사람들 상태는 어떤지 궁금했다.「히사가 여기도 지켜보나요?」에밀리오는 뛰는 자에게 물었다. 뛰는 자는 히사 중 거의 혼자만 사람들 옆에 남았다. 에밀리오, 밀리코와 함께였다.「우리 눈 본다.」뛰는 자는 대답했지만, 원하는 걸 모두 표현하진 못했다.

「콘스탄틴 씨.」남자 하나가 뒤에서 다가와 에밀리오와 함게 걸었다. Q 일꾼들 중 한 명이었다. 「콘스탄틴 씨, 우린 쉬어야 합니다.」

「캠프를 지나서 쉽시다.」에밀리오는 약속했다. 「우린 어쩔 수 없는 경우가 아니면 공터에서 머무르지 않을 거예요, 알겠죠? 캠프를 지나간 뒤에 쉽시다.」

그 남자는 사람들이 지나쳐 갈 동안 가만히 서 있었다. 결국 일행이 와서 그를 따라잡았다. 에밀리오는 밀리코의 어깨를 살짝 두드리고는 사람들 행렬 앞의 크롤러 두 대를 따라잡으려 발걸음을 빨리했다. 공터에서 한 대를 지나쳤고, 나머지 한 대는 도로를 더 가서 따라잡았다. 에밀리오는 운전자의 주의를 끈 뒤 손짓해 5백 미터 앞에서 세웠다. 에밀리오는 이제 발걸음을 멈추고 사람들을 계속 가게 하며 밀리코를 기다렸다. 에밀리오는 나이 든 일꾼들과 아이들 중 일부가 거의 체력의 한계에 도달했다고 생각했다. 마스크를 쓰고 이렇게 오랜 시간 걸으면 쓰러질 지경이었다. 이들은 자꾸만 멈추며 쉬었고, 쉬었다 가자는 요청이 점점 더 잦아졌다.

이들은 실제로도 점차 처지기 시작했다. 일부는 점점 더 뒤처졌다. 에밀리오는 밀리코를 옆으로 당긴 뒤 줄지어 지나가는 사람들을 지켜보았다. 「앞에서 쉽시다.」에밀리오는 지나가는 사람들에게 되풀이해서 말했다. 「쉴 곳에 도착할 때까지 조금만 힘내세요.」어느덧 행렬의 끝부분이 시야에 들어왔다. 느릿느릿 뒤떨어진 자들이었다. 단단히 마음먹고 끈기 있게 걸어가는 나이 든 이들과 끝에서 걷는 직원 두 명이었다. 「남은 사람이 더 있어요?」에밀리오가 묻자 사람들은 고개를 저었다.

갑자기 직원 한 명이 행렬의 반대쪽 끝에서 구불구불한 도로를 뛰어왔다. 직원이 비틀대며 다른 이들 사이로 들어오자, 여기저기서 질문이 터져 나왔다. 에밀리오는 얼른 뛰어가 남자를 가로챘다. 밀리코도 뒤에서 따라왔다.

「콤으로 연락이 왔습니다.」 뛰어온 직원이 헐떡이며 말했다. 에밀리오는 경사진 도로 가장자리를 계속 달리고, 나무들이 커튼처럼 빽빽하고 구불구불한 길을 지났다. 이윽고 트럭들과 그 주위에 밀집한 사람들이 보였다. 에밀리오는 나무들을 돌아가서 사람들 사이를 뚫고 지나갔다. 사람들은 알아서 길을 비켜 주었다. 에밀리오는 선두 트럭 쪽으로 갔다. 트럭에 짐 언스트가 콤과 발전기를 가지고 앉아 있었다. 에밀리오는 트럭 짐칸으로 기어 올라가 짐들과 꾸러미들, 걸을 수 없는 노인들 사이로 들어간 뒤, 언스트가 앉아 있는 곳까지 헤치고 가서 멈추었다. 언스트는 귀에 꽂은 이어폰에 한 손을 댄 채 몸을 돌렸다. 언스트의 눈에 어린 표정은 오직 고통만을 예고했다.

「돌아가셨어요.」 언스트가 말했다. 「당신 아버님이…… 스테이션의 폭동 중에요.」

「어머니와 동생은요?」

「말이 없습니다. 다른 사상자에 대한 말은 전혀 없어요. 군에서 보내온 겁니다. 마지언의 함대에서요. 우리와 연락하길 원합니다. 대답할까요?」

에밀리오는 동요하며 숨을 들이쉬었다. 그리고 나서 가장 가까이 몰려 있는 사람들의 침묵을 인식한 뒤, 그들이 자신을 물끄러미 보는 눈길을, 트럭에 탄 약간의 Q 노인들이 히사 이미지만큼이나 엄숙한 눈으로 바라보는 시선을 인식했다.

누군가 트럭 짐칸으로 기어 올라와 짐을 헤치고 다가오더니 한 팔로 에밀리오를 안았다. 밀리코였다. 에밀리오는 고마움을 느꼈다……. 피로와 뒤늦은 충격으로 살짝 몸을 떨었다. 이미 예상한 일이었다. 단지 이제 확인된 것뿐이었다.

「아니.」에밀리오가 말했다. 「대답〈하지 마〉.」사람들 사이에서 웅성거리는 소리가 일었다. 에밀리오는 사람들에게로 몸을 돌렸다. 「다른 사상자들에 대한 말은 없습니다.」에밀리오는 외치며 서둘러 웅성거림을 잠재웠다. 「언스트, 자네가 들은 소식을 사람들에게 말해 줘.」

언스트가 일어나서 사람들에게 말했다. 에밀리오는 밀리코를 꼭 안았다. 밀리코의 부모님과 여동생이 저 위에 있었고, 사촌들과 삼촌과 고모들도 있었다. 디 가문은 살아남았을 수도 있지만 똑같은 확률로 조용히 살해당했을 수도 있었다. 디 일가에겐 희망이 더 있었다. 그들은 콘스탄틴 가문처럼 표적이 아니었다.

함대는 통제권을 장악했고, 계엄령을 선포했으며, Q는 — 언스트는 머뭇거리다 아래에서 자신을 올려다보는 얼굴들 앞에서 결국 말을 이어 갔다 — Q는 폭동을 일으켰고, 격리선을 넘었으며, 사방에서 파괴 행위를 일으키고, 스테이션인들과 Q 모두의 생명을 빼앗았다.

Q 노인들 중 한 명이 울고 있었다. 아마 저들에게도 격정

할 사람들이 있는 거라고 에밀리오는 고통스럽게 인정했다.

에밀리오는 여러 줄로 늘어선 엄숙한 얼굴들을 내려다보았다. 자신의 직원들, 일꾼들, Q, 드문드문 히사들까지. 누구도 움직이지 않았다. 누구도 말하지 않았다. 머리 위에서 바람이 나뭇잎을 살랑이고, 나무 너머 강에서 급류가 흐르는 게 전부였다.

「그자들은 여기로 올 겁니다.」 에밀리오는 차분하려 애쓰며 사람들에게 이야기했다. 「그자들은 여기로 돌아올 것이고, 우리가 자신들을 위해 작물을 기르고 공장들과 유정들에서 일하길 바랄 겁니다. 컴퍼니와 유니언은 서로 치고받으며 싸울 겁니다. 그리고 우리가 수확한 모든 것들이 그자들의 창고를 채울 것이고, 그러는 한, 그자들의 지배를 받는 한, 펠은 더는 원래의 펠이 아닙니다. 물론 우리를 보호한다는 이들이 여기로 와 무기로 위협하며 우리에게 일을 시키는 건 끔찍하지요. 하지만 유니언이 온다면 어떻게 될까요? 우리에게 일을 더 많이, 더 많이 시키고 싶어 한다면요. 그리고 다운빌로에서 일어나는 일에 대해 우리 중 누구도 더는 발언권이 없어진다면요? 원하면 돌아가십시오. 유니언이 올 때까지 포리 밑에서 일하세요. 하지만 전 계속 갈 겁니다.」

「어디로요, 콘스탄틴 씨?」 그 소년이었다. 이름은 잊었지만, 폭동이 있던 날, 헤일이 괴롭히던 그 소년이었다. 소년의 어머니가 곁에 있었고, 소년은 한 팔로 어머니를 안고 있었다. 도전하려는 건 아니었고, 그냥 궁금해서 묻는 것이었다.

「모르겠구나.」 데이먼은 솔직히 말했다. 「어디든 히사가 안전해 보이는 곳으로 가겠지. 그런 곳이 있다면 거기서 살 거란다. 거기에 정착해서 살 거야. 우리가 먹을 작물들을 기를 거야.」

사람들이 다시 웅성거렸다. 공포……. 다운빌로를 모르는 사람들에겐 언제나 마음속에 공포가 도사리고 있었다. 이 땅에 대한 공포, 인간이 소수자인 장소에 대한 공포였다. 인간들은 스테이션에서는 히사에게 아무런 관심도 없었지만, 인간이 의존적이 되고 히사는 그렇지 않은 너른 땅에 오자 점차 히사를 두려워하게 되었다. 호흡기 분실, 쇠약……. 인간들은 다운빌로에서 이런 이유들로 죽었다. 캠프가 커짐에 따라 중앙 기지의 공동묘지도 커져 갔다.

「히사는 절대 인간을 해치지 않아요.」에밀리오가 다시 말했다. 「우리가 한 짓에도 불구하고, 여기선 우리가 외계인이란 사실에도 불구하고 말이지요.」에밀리오는 트럭에서 기어 내려와 도로의 질펀한 바퀴 자국에 발을 디뎠다. 적어도 밀리코는 자신과 함께 있을 거란 걸 알았기에 두 팔을 밀리코 쪽으로 들어 올렸다. 밀리코는 풀쩍 뛰어 내려와 아무것도 묻지 않았다. 「떠나온 캠프로 여러분을 돌려보내 드릴 수도 있어요.」에밀리오가 말했다. 「포리에게 운을 걸어 보고 싶은 분들에게 그 정도는 해드릴 수 있습니다. 공기 압축기를 가져가 여러분을 위해 쓰세요.」

「콘스탄틴 씨.」

에밀리오는 시선을 들었다. 트럭 짐칸에 탄 가장 나이 든 여자들 중 한 명이었다.

「콘스탄틴 씨, 전 너무 늙어서 이젠 캠프에서 전처럼 일하지 못합니다. 전 돌아가고 싶지 않아요.」

「우리 중 다수가 계속 갈 겁니다.」 남자 목소리가 말했다.

「돌아갈 사람 〈있나요〉?」 Q 십장 한 명이 물었다. 「누군가 돌아간다면 트럭도 한 대 함께 보내 줘야 하나요?」

침묵이 흘렀다. 사람들은 고개를 저었다. 에밀리오는 수많은 사람을 바라보았다. 사람들은 그저 지쳐 있었다. 「뛰는 자.」 에밀리오는 숲 가장자리에서 기다리는 히사 중 한 명을 보며 말했다. 「뛰는 자는 어디 있죠? 뛰는 자가 필요해요.」

뛰는 자가 언덕 비탈의 나무 사이에서 나왔다. 「당신 온다.」 뛰는 자가 소리치고는 언덕과 나무들 쪽을 가리켰다. 「이제 모두 온다.」

「뛰는 자, 우린 지쳤어요. 그리고 우린 트럭들에 있는 물건이 필요해요. 그쪽 길로 가면 트럭을 가져갈 수 없고, 우리 중엔 걸을 수 없는 사람들이 있어요. 아픈 사람들도 있어요, 뛰는 자.」

「우리는 아픈 사람 데려간다, 히사 많이, 많이 있다. 우리는 트럭의 좋은 물건들 훔친다. 가르치면 잘한다, 콘스탄틴-인간. 우리는 당신 위해 훔친다. 당신 온다.」

에밀리오는 다른 이들을 돌아보았고, 사람들의 경악하고 망설이는 얼굴들을 보았다.

히사가 사람들을 둘러쌌다. 숲에서 히사가 점점 더 많이 나왔다. 인간은 거의 본 적 없는 어린 히사를 데리고 있는 히사마저 있었다. 이렇게 어린 히사까지 데리고 나온다는 건 인간을 신뢰한다는 뜻이었다. 모든 인간이 이 점을 감지한 듯했다. 어떤 항의도 없었던 것이다. 히사는 노인과 병자가 트럭에서 내리는 것을 도왔다. 힘센 젊은 히사들은 서로 팔을 걸어 들것을 만들고 노인과 병자를 태웠다. 나머지는 물자와 장비를 내렸다.

「저들이 스캔으로 우릴 찾아내면 어쩌지?」밀리코가 우울하게 속삭였다.「어서 더 깊은 은신처를 찾아야 해.」

「인간과 히사를 구분하려면 고감도 스캔을 써야 해. 아마도 우릴 찾아 쫓아오는 게 그리 이익이 되진 않을 거야……아직은.」

뛰는 자가 둘에게 와서 에밀리오의 손을 잡고, 코를 찡그렸다. 히사식 윙크였다.「당신 함께 간다.」

사람들은 오래 걷는 데 능숙하지 않았지만, 이번에 들은 소식에 완전히 겁을 먹어 평소보다 잘 걸어갔다. 잠시 언덕을 오르고 숲과 고사리 수풀을 지나자, 사람들은 모두 숨을 헐떡였다. 얼마 걷지 않았는데도 벌써 히사에게 들려 가야 하는 사람들도 있었다. 그런 사람들이 또다시 늘어나자 히사는 발걸음을 늦췄다. 마침내 데려가야 하는 인간의 수가 히사가 감당할 수 있는 수준을 넘어서자, 히사는 멈추자고 말하며 고사리 숲에서 잠을 청하려 큰대자로 누웠다.

「숨을 곳을 찾아요.」에밀리오가 뛰는 자에게 재촉했다.「우주선들이 우릴 볼 겁니다, 좋지 않아요, 뛰는 자.」

「지금 잔다.」뛰는 자는 몸을 말며 말했다. 어떻게 해도 뛰는 자나 다른 히사는 꿈쩍도 하지 않았다. 에밀리오는 앉아서 무력하게 뛰는 자를 바라본 뒤, 이윽고 언덕 중턱을 살펴보았다. 인간들과 히사는 짐을 내린 곳에 그대로 누워 버렸다. 일부는 담요를 몸에 덮었고, 일부는 담요 펼 힘조차 없었다. 에밀리오는 자신의 담요를 베개 삼아 베고 밀리코의 담요에 누웠고, 잎 사이로 비스듬히 들어오는 햇살 아래 밀리코를 끌어당겨 꼭 안았다. 뛰는 자는 에밀리오와 밀리코에게 바싹 다가와 에밀리오에게 한 팔을 둘렀다. 에밀리오는 피곤에 지쳐 그대로 곯아떨어졌다.

이윽고 에밀리오는 잠에서 깼다. 뛰는 자가 에밀리오를 흔들어 깨웠다. 밀리코는 두 팔로 무릎을 감싼 채 웅크리고 앉아 있었다. 살짝 긴 안개로 잎들이 축축했고, 해 저물 때가 다 되어 갔다. 구름이 떠 있는 것으로 보아 한바탕 비가 쏟아질 듯했다. 「에밀리오, 나는 당신이 깨어나야 한다고 생각한다. 그들은 아주 중요한 히사라고 생각한다.」

에밀리오는 옆으로 몸을 굴리며 무릎을 꿇고 일어나 차가운 안개 속에서 눈을 가늘게 떴다. 주위의 다른 인간들도 모두 잠에서 깨고 있었다. 나무 사이에서 나온 장로들은 털에 하얀 소금이 잔뜩 묻어 있었고, 총 세 명이었다. 에밀리오는 일어나 이 히사에게 고개 숙여 인사했다. 그들의 땅에서, 그리고 그들의 숲에서는 이렇게 하는 게 맞는 듯했다.

뛰는 자도 고개 숙여 인사하고 몸을 깐닥거렸다. 평소보다 훨씬 침착해 보였다. 「인간 말 못한다, 그들.」 뛰는 자가 말했다. 「따라오라고 그들 말한다.」

「알겠습니다.」에밀리오가 말했다. 「밀리코, 사람들을 깨워.」

밀리코는 가서 아직도 자는 몇 명에게 조용히 이야기했고, 밀리코의 말은 언덕을 따라 모두에게 순식간에 퍼졌다. 지치고 축축하게 젖은 인간들은 짐과 사람을 챙겼다. 더 많은 히사가 속속 도착했다. 히사 때문에 숲은 살아 있는 듯 보였고, 숲의 모든 나무마다 휙휙 움직이는 갈색 히사가 숨은 듯한 느낌을 주었다.

장로들은 숲속으로 서서히 사라졌다. 뛰는 자는 인간들이 준비될 때까지 기다렸다가 출발했고, 에밀리오는 밀리코의 둘둘 만 담요를 어깨에 메고 따라갔다.

인간 중 한 명이라도 축축한 잎들과 물방울 떨어지는 나뭇가지를 스치며 발을 저는 기색이 보이면, 히사가 곧장 와서 도왔다. 히사는 인간들의 손을 잡고 위로하듯 재잘거렸다. 인간의 말을 이해하지 못하는 히사들조차 그랬다. 그 뒤로 다른 히사가 왔다. 히사 도둑들이었다. 공기 팽창식 돔과 공기 압축기들과 발전기와 음식 등 트럭에서 가져올 수 있는 것은 뭐든 지고 있었다. 용도를 이해하든 못하든 모든 걸 나르는 모습이 마치 갈색 청소부 곤충 떼 같았다.

밤이 되었다. 이들은 꼭 필요할 때만 쉬며 줄지어 숲속을 이제껏 걸어왔다. 그러나 히사는 누구 하나 길을 잃지 않게 잘 이끌었고, 발걸음을 멈출 때는 옆에 꼭 붙어서 추위가 그리 심하지 않게 해주었다.

한번은 하늘에서 비와 전혀 무관한 천둥이 울렸다.

「착륙이다.」이 말은 삽시간에 퍼졌다. 히사는 아무 질문도 하지 않았다. 히사의 예민한 귀는 이미 오래전에 이 소리를 들었을 터였다.

포리가 돌아왔다. 필시 포리일 것이다. 잠시 그들은 텅 빈 기지를 조사하고 마지언에게 성난 메시지를 보낼 것이다. 스캔 정보를 얻어야 할 것이고, 어떻게 대처할지 판단하고 그에 대한 마지언의 결정을 들어야 할 것이다…… 어찌해야 자신들에게 유리할지 궁리하며 모든 시간을 보낼 것이다.

쉬다 걷고, 쉬다 걷고, 그리고 인간들이 비틀거리면 상냥한 다우녀들이 반드시 나타나 어루만지고 기운을 북돋고 용기를 주었다. 다시 발걸음을 멈추었을 땐 날이 추웠고, 비가 전혀 오지 않는데도 축축했다. 다들 아침이 된 점에 기뻐했다. 나무 사이로 첫 빛이 스며들고 있었다. 다우녀들은 떨리는 목소리로 노래하듯 지저귀고 재잘거리고 다시 열광하며 아침을 환영했다.

갑자기 나무들이 끝났다. 날이 점점 더 밝아졌다. 지금 있는 곳은 거대한 평원으로 내려가는 언덕 중턱의 비탈이었다. 중간에 있는 작은 봉우리에 오르자 눈앞에 광활하게 펼쳐진 평원이 나타났다. 히사는 계속 가려고 했다. 숲을 나와 넓은 계곡으로 가려고 했다…… 순간 에밀리오는 불편한 마음으로 퍼뜩 깨달았다. 이 성역, 이곳은 히사가 자신들의 것으로 남겨 놓아 달라고, 인간이 들어오지 못하게 해달라고 늘 부탁하던 곳이었다. 영원토록 오로지 히사의 것인 드넓은 공터였다.

「아뇨.」에밀리오는 뛰는 자를 돌아보며 항의했다. 에밀리오는 가까이에서 기운차게 몸을 흔들며 걸어가는 뛰는 자에게 간청하는 몸짓을 했다. 「아뇨, 뛰는 자, 우린 공터로 갈 수 없어요. 안 된다고요, 알겠어요? 총을—든—인간들, 그자들이 우주선을 타고 와요. 그자들이 볼 겁니다.」

「장로들은 오라고 말한다.」뛰는 자는 계속 성큼성큼 걸으며 딱 잘라 말했다. 마치 이걸로 논쟁은 끝이란 태도였다. 사람들은 이미 내려가기 시작했고, 모든 히사는 인간들과 인간의 짐을 든 채 갈색 밀물처럼 나무에서 우르르 내려갔다. 인간들은 그 뒤를 따라갔고, 다 함께 햇빛이 비치는 평원으로 향했다.

「뛰는 자!」에밀리오가 발걸음을 멈추자, 밀리코도 옆에서 멈췄다. 「여기 있으면 총을—든—인간들이 우릴 찾아낼 거예요. 제 말 알겠어요, 뛰는 자?」

「안다, 우리 모두를 본다. 히사, 인간들. 우리도 그들을 본다.」

「우린 저리로 내려갈 수 없어요. 그자들이 우릴 〈죽일〉 거예요, 제 말 듣고 있어요?」

「〈그들〉은 오라고 말한다.」

장로들. 뛰는 자는 에밀리오에게서 몸을 돌리고 비탈을 내려가기 시작하더니, 가다가 다시 몸을 돌려 에밀리오와 밀리코에게 빨리 오라고 손짓했다.

에밀리오는 한 걸음 한 걸음 발을 내디뎠지만, 이게 미친 짓임을 알았고, 히사의 일하는 방식과 인간의 일하는 방식이

다름을 생각했다. 히사는 자기들 세계에 누가 침입해 와도 손 한 번 들어 올리는 법이 없었고, 가만히 앉아 지켜보기만 했다. 지금도 그렇게 하려고 했다. 인간들은 히사에게 도움을 청했고, 히사는 그들 식으로 도움을 주었다. 「내가 장로들과 얘기할게.」 에밀리오가 밀리코에게 말했다. 「내가 장로들과 얘기하고, 설명할게. 장로의 기분을 상하게 할 순 없지만, 그래도 장로들은 귀 기울여 줄 거야. 뛰는 자, 뛰는 자, 기다려요.」

그러나 뛰는 자는 앞장서서 계속 걷기만 했다. 이 히사는 평원을 향해 풀이 무성한 거대한 비탈을 쉬지 않고 내려갔다. 평원 한가운데, 시내가 흐르는 듯한 곳에 융기한 주먹 모양 돌과 짓밟힌 원 모양 그림자 같은 것이 있었다. 에밀리오는 시간이 좀 지나고서야 이게 돌을 중심으로 둥그렇게 모인 살아 있는 이들이란 걸 알아보았다.

「모든 히사가 분명 저 아래 강에 있어.」 밀리코가 말했다. 「거기가 일종의 모임 장소야. 일종의 성지라고.」

「마지언은 성지 따위 존중하지 않을 거야. 유니언도 마찬가지고.」 에밀리오는 대량 학살과 재난이 있을 것이며, 히사가 공격을 받아도 무력하게 앉아 있을 거란 생각을 했다. 바로 이 온화한 방식의 다우너들이 지금의 펠을 만들었다는 생각을 했다. 외계 생명체가 있다는 보고를 받고 지구의 인간들이 혼비백산하던 때가 있었다. 그때도 또 다른 뭔가가 발견될지 모른다는 공포에, 식민지들을 해산하자는 얘기가 나왔다……. 그러나 히사가 맨손으로 걸어와 인간을 만나고 인간에게 신뢰라는 감화를 주는 이곳, 다운빌로에 공포란 절대, 전혀 없었다.

「여기서 나가자고 설득해야 해.」 에밀리오가 말했다.

「내가 곁에 있을게.」 밀리코가 말했다.

「도와준다?」 히사 한 명이 밀리코의 손을 만지며 물었다. 밀리코는 에밀리오에게 몸을 기대며 발을 절뚝였던 것이다. 에밀리오와 밀리코는 둘 다 고개를 젓고 함께 계속 걸었다. 이제 둘은 행렬의 뒤쪽에 있었다. 대부분의 사람들이 모두 광기에 사로잡혀 앞서간 탓이었다. 히사의 손들이 만든 들것에 실려 가는 노인들조차 그랬다.

태양이 바로 머리 위를 지날 무렵, 사람들은 오랫동안 내리막을 걷던 발걸음을 멈추고 쉬었다. 태양이 기울며 낮고 둥근 언덕들 너머를 비출 때쯤엔, 걷다가 쉬고 더 걸었다. 에밀리오의 마스크 속에서 공기통 하나가 작동을 멈췄다. 습기와 숲의 곰팡이 때문에 망가진 것이었다. 모두에게 나쁜 징조였다. 에밀리오는 호흡 곤란 때문에 숨을 헐떡였고, 더듬거리며 다른 공기통을 찾아 숨을 참고 공기통을 갈아 끼운 뒤 다시 마스크를 썼다. 사람들은 이제 평원에서 천천히 걸어갔다.

저 멀리서 불분명한 물고기 모양의 덩어리가 일어났다. 수많은 히사들 사이에서 울퉁불퉁한 기둥이 솟아난 듯 보였다……. 그러나 히사만 있는 게 아니었다. 인간들도 그곳에 있었고, 앉아 있다 일어나 에밀리오와 다른 이들을 만나러 걸어왔다. 에밀리오 일행도 그쪽으로 걸어갔다. 2번 기지의 이토가 그녀의 직원들 및 일꾼들과 함께 있었고, 1번 기지의 존스 역시 직원들, 일꾼들과 있다가 악수하려고 손을 내밀었다. 존스도 에밀리오 쪽 사람들만큼이나 당황한 듯 보였다. 「다우너들이 여기로 오랬어요.」 이토가 말했다. 「당신이 올 거라면서요.」

「스테이션이 함락됐어요.」 에밀리오가 말했다. 사람들은 계속 오고 있었고, 에밀리오 곁을 지나 중심부를 향해 갔다. 히사는 계속 가라고 재촉했고, 에밀리오와 밀리코에게 특히 더 재촉했다. 「이제 우리에겐 선택의 여지가 거의 없어요, 이토. 마지언이 통제권을 쥐었어요⋯⋯ 이번 주에는요. 다음 주엔 누가 될지 모르겠지만.」

이토는 뒤처졌고, 존스는 자신의 직원들 및 일꾼들 옆에 남았다. 그리고 다른 인간들이 있었다. 인간 수백 명이 그곳에 모여 마치 마비된 듯 엄숙하게 서 있었다. 에밀리오는 유정 작업반의 디컨을 만났다. 그리고 3번 기지의 맥도널드를, 4번 기지의 허버트와 타우시를 만났다. 그러나 히사는 계속 에밀리오를 스쳐 갔고, 에밀리오는 수많은 인파 속에서 헤어지는 일이 없도록 밀리코의 손을 잡았다. 이제 히사가 주위를 둘러쌌다. 오직 히사뿐이었다. 기둥은 가까이 갈수록 점점 더 높아졌다. 기둥이 아니었다. 한 떼의 이미지들이었다. 히사가 스테이션에 줬던 것들과 비슷한, 땅딸막하고 작은 공 모양의 것들과 더 키가 큰 것들이었다. 몸들에 여러 개의 히사 얼굴이 달렸고, 놀라 입을 크게 벌리고 눈을 휘둥그레 뜬 채 영원토록 하늘 쪽을 보고 있었다.

히사는 같은 종류의 것을 더 만든 것이었다. 그리고 이건 오래되었다. 에밀리오는 경외심에 사로잡혔다. 밀리코는 마침내 속도를 늦추고 그저 위를 올려다보았다. 에밀리오도 히사에게 온통 둘러싸인 채 위를 올려다보았고, 이 우뚝 솟은 고대의 돌 앞에서 갑자기 어쩔 줄 몰랐으며, 몸이 위축되며 자신이 이방인이란 느낌을 받았다.

「당신 온다.」 어떤 히사의 목소리가 에밀리오에게 명령했다. 뛰는 자가 에밀리오의 손을 잡고 둘을 이 석상의 가장 아랫부분으로 이끌었다.

장로들이 거기에 앉아 있었다. 모든 히사 중 가장 나이 든 이들이었다. 얼굴과 어깨가 은색으로 변했고, 땅에 꽂은 작은 막대기들에 둘러싸여 있었다. 막대기엔 얼굴이 새겨지고 구슬들이 걸려 있었다. 에밀리오는 이 원 안으로 들어가길 망설였다. 그러나 뛰는 자가 에밀리오를 데리고 장로들 바로 앞으로 들어갔다.

「앉아.」 뛰는 자가 재촉했다. 에밀리오는 고개 숙여 인사했고, 밀리코도 고개를 숙였다. 둘은 네 명의 노인 히사 앞에서 다리를 포개고 앉았다. 뛰는 자는 재잘거리는 히사 말로 말했고, 넷 중 가장 노쇠한 이가 대답했다.

이윽고 그 장로는 한 손으로 몸을 받치고 조심스레 다른 손을 내밀어 먼저 밀리코를, 그다음엔 에밀리오를 만졌다. 마치 축복하는 듯했다.

「당신 여기 잘 왔다.」 뛰는 자가 노인의 말을 통역했다. 「당신 여기 와서 따뜻하다.」

「뛰는 자, 장로들에게 고맙다고 전해 줘요. 정말로 많이 고맙다고 전해 줘요. 하지만 업어보브에서 여기로 위험이 닥치고 있다고 말해 줘요. 업어보브의 눈들이 이곳을 내려다보고 있고, 총을―든―인간들이 여기로 와서 고통을 줄 수도 있다고 말해 줘요.」

뛰는 자가 말했으나 나이 든 네 쌍의 눈은 여전히 차분했다. 한 명이 대답했다.

「우주선 온다. 업어보브 우리 여기 향한다.」뛰는 자가 말했다. 「온다, 본다, 떠난다.」

「당신들은 위험에 처했어요. 제발 장로들에게 이 점을 이해시켜 줘요.」

뛰는 자는 통역을 했다. 가장 나이 많은 노인이 머리 위로 우뚝 솟아 있는 이미지들 쪽으로 한 손을 들고 대답했다. 「히사 장소. 밤이 온다. 우리는 잔다, 우리는 그들이 가는 꿈을 꾼다.」

또 다른 노인이 입을 열었다. 말하는 중에 인간의 이름이 나왔다. 베넷. 그리고 또 하나. 루커스. 「베넷.」바로 옆의 노인들이 되풀이해서 말했다. 「베넷. 베넷. 베넷.」

웅얼거리는 소리는 원 밖으로 나갔고, 밖에 모인 수많은 사람 사이로 바람처럼 퍼졌다.

「우리는 음식 훔친다.」뛰는 자는 히사 특유의 웃음을 지으며 말했다. 「우리는 훔치는 거 좋다는 거 배운다. 우린 당신을 훔친다, 당신을 안전하게 만든다.」

「총들.」밀리코가 항의했다. 「총이 있어요, 뛰는 자.」

「당신은 안전하다.」 뛰는 자는 장로들 중 한 명이 하는 말을 들으려고 잠시 말을 멈췄다. 「당신들에게 이름 지어 준다. 당신을 〈그는-다시-온다〉라고 부른다. 당신을 〈그녀-두 손-내민다〉라고 부른다. 토-헤-메. 그리고 미한-티사르. 당신 영혼 좋다. 당신 여기 와서 안전하다. 당신을 사랑한다. 베넷-인간, 그는 우리에게 인간의 꿈을 꾸는 걸 가르친다. 이제 당신 와서 우리 당신에게 히사 꿈들 가르친다. 우리는 당신을 사랑한다, 당신을 사랑한다, 토-헤-메. 미한-티사르.」

에밀리오는 뭐라 할 말을 찾지 못해 그저 휘둥그레진 눈으로 하늘을 응시하는 거대한 이미지들을 올려다보기만 했다. 에밀리오는 사방으로 지평선 끝까지 뻗어 나간 듯 보이는, 주위의 수많은 사람을 바라보고는 자기도 모르게, 여기오는 어떤 적도 이 위압적인 장소에 겁먹을 수 있겠다는 가능성을 잠시 믿었다.

장로들에게서 단조로운 노랫소리가 흘러나와 주위로 퍼졌고, 점점 더 멀리 퍼져 나갔다. 히사들은 몸을 흔들며 노래의 리듬에 빠져들었다.

「베넷……」 노래는 속삭이고 또 속삭였다.

「그는 우리에게 인간의 꿈을 꾸는 걸 가르친다……. 당신을 〈그는-다시-온다〉라고 부른다.」

에밀리오는 몸을 떨었고, 정신을 멍하게 만드는 이 속삭임을 들으며 팔을 뻗어 밀리코를 안았다. 히사의 노랫소리는 청동을 스치는 망치 같았고, 빛이 희미해져 가는 하늘을 온통 채운, 거대한 악기의 한숨 같았다.

태양이 완전히 졌다. 빛이 사라지자 한기가 찾아들었고, 무수히 많은 목에서 한숨이 나오며 노래가 그쳤다. 이윽고 별이 뜨자 손들이 높은 곳을 가리키고, 기쁨의 부드러운 환성이 터졌다.

　「〈그녀-맨 먼저-온다〉라고 부른다.」 뛰는 자가 그들에게 말했다. 그러고는 그들을 위해 별들의 이름을 차례로 불러 주었다. 예리한 히사 눈들이 별들을 찾아내 돌아온 친구를 맞듯 반겼다. 〈함께-걷는다〉, 〈봄에-온다〉, 〈그녀-언제나-춤춘다〉…….

　노랫소리가 속삭이며 되살아났고, 단조였으며, 몸들이 흔들거렸다.

　극도의 피로가 찾아오기 시작했다. 밀리코는 점점 눈이 풀렸다. 에밀리오는 밀리코를 안으며 깨어 있으려 애썼지만, 히사가 고개를 끄덕였다. 뛰는 자는 쉬어도 괜찮다고 둘을 부드럽게 토닥였다.

　에밀리오는 잠이 들었고, 잠시 후 깼다. 먹을 것과 마실 것이 옆에 놓여 있었다. 에밀리오는 식사를 위해 마스크를 벗고, 먹고 숨 쉬기를 번갈아 했다. 다른 이들도 대부분 잠들어 있었고, 몇 명만이 깨어 뒤척였다. 지금은 모두가 평화롭게 꿈속에 빠져 평범한 일상의 욕구를 채우는 시간이었다. 에밀리오는 자신도 그럴 필요를 느끼고 수많은, 정말로 수많은 사람 사이를 헤치고 조용히 가장자리로 갔다. 다른 인간들이 가장자리와 그 너머에서 자고 있었다. 히사는 그곳에 공중위생용으로 깔끔하게 도랑을 파놓았다. 에밀리오는 캠프 가장자리에 한동안 서 있었다. 다른 사람들이 곁에 와서야 시간 감각을 되찾고 이미지들과 별이 총총한 하늘과 잠든 수많은 사람을 다시 바라보았다.

히사의 답. 여기 있는 것, 여기 하늘 아래 앉는 것, 하늘과 그들의 신들에게 말하는 것……. 우리를 보라…… 우리에겐 희망이 있다. 에밀리오는 자신이 미쳤음을 알았다. 그리고 그만 불안해하기로 했다. 심지어 밀리코에 대해서도 그만 걱정하기로 했다. 그들은 꿈을 기다렸다, 모두가. 그리고 만약 인간들이 다운빌로의 이 온화한 꿈꾸는 자들에게 총부리를 겨눈다면, 더는 아무런 희망도 없었다. 그래서 히사는 처음부터 상대가 적의를 내려놓게 했다…… 맨손으로.

에밀리오는 밀리코에게로, 뛰는 자와 장로들에게로 다시 걸어갔다. 왠지 자신들이 안전하다는 묘한 믿음이 들었다. 이것은 생사와 전혀 관계없으며, 이곳은 오랫동안 여기 존재해 왔고, 인간들이 오기 오래전부터 하늘을 보며 기다려 왔다는 점에서 그러했다.

에밀리오는 밀리코 옆에 누워 별들을 보았고, 자신의 선택들에 대해 생각했다.

그리고 아침이 되자, 우주선 한 대가 내려왔다.

수만 명의 히사는 전혀 동요하지 않았다. 히사 사이에 앉은 인간들도 조용했다. 에밀리오는 밀리코와 손을 잡고 일어나 우주선이 내려오는 것을 지켜보았다. 착륙선은 저 멀리 계곡 너머에서 착륙할 만한 공터를 찾았다.

「전 가서 저 사람들과 얘기해야 합니다.」에밀리오가 뛰는 자를 통해 장로들에게 말했다.

「말하지 마라.」 가장 나이 많은 노인이 뛰는 자를 통해 대답했다. 「기다려라. 꿈꿔라.」

「저 위 스테이션 상황이 그런데도 저 사람들은 정말 다운빌로를 통째로 떠맡고 싶을까, 난 그게 궁금해.」 밀리코가 평온하게 말했다.

다른 인간들은 이미 일어나 있었다. 에밀리오가 밀리코와 함께 앉자, 결국 모두 다시 앉기 시작했다. 다들 앉아서 기다렸다.

시간이 흐른 뒤, 멀리서 커다란 확성기 소리가 들렸다.

「여기 인간들이 있습니다.」 금속성 목소리가 평원에 쩌렁쩌렁 울려 퍼졌다. 「우린 모함 〈아프리카〉에서 왔습니다. 책임자는 부디 앞으로 나와 신원을 밝혀 주십시오.」

「가지 마.」 에밀리오가 일어나려 하자 밀리코가 사정했다. 「총을 쏠지도 몰라.」

「내가 가서 대화하지 않아도 총을 쏠 수 있어. 바로 이 사람들에게 말이야. 저 사람들이 이미 우릴 찾아냈어.」

「거기 에밀리오 콘스탄틴이 있습니까? 그 사람에게 알려 줄 소식이 있습니다.」

「당신이 가진 소식은 우리도 이미 알아.」 에밀리오는 중얼거렸다. 밀리코가 일어나려 하자 에밀리오는 밀리코의 두 팔을 잡았다. 「밀리코…… 나 당신에게 부탁할 게 있어.」

「싫어.」

「여기 있어 줘, 난 가고. 그게 저들이 원하는 걸 거야. 기지를 다시 움직이는 거. 난 포리 밑에서 잘 못 지낼 이들을 여기 남겨 둘 거야. 우리 중 대부분이지. 당신은 여기 남아서 그 사람들을 책임져 줘야 해.」

「핑계 대지 마.」

「핑계 아냐. 그리고 핑계이기도 해. 여길 움직이는 거, 전쟁이 닥치면 맞서 싸우는 거, 여기 히사 곁에 남아서 히사에게 경고하고 이 세계에 이방인이 들어오지 못하게 하는 거. 내가 누구에게 그 일을 믿고 맡길 수 있겠어? 히사가 당신과 나 말고 또 누굴 이해할 수 있겠어? 다른 직원들?」에밀리오는 고개를 흔들고 밀리코의 검은 눈을 들여다보았다. 「싸울 방법이 있어, 히사식으로. 그리고 저 사람들이 원한다면 나는 돌아갈 거야. 내가 당신을 떠나고 싶어 한다고 생각해? 하지만 그 일을 할 사람이 또 누가 있어? 날 위해 그 일을 해줘.」

「당신을 이해해.」밀리코는 쉰 목소리로 말했다. 에밀리오는 일어섰다. 밀리코도 일어나 에밀리오를 아주 오랫동안 안고 키스했다. 그래서 에밀리오는 그 어느 때보다 더 발이 쉽게 떨어지지 않았다. 결국 밀리코는 에밀리오를 놓아주었다. 에밀리오는 주머니에서 총을 꺼내 밀리코에게 주었다. 다시 확성기 소리가 들렸다. 여러분을 환영한다는 메시지가 되풀이해서 나왔다. 「직원 여러분!」에밀리오는 사람들에게 외쳤다. 「제 말을 서로에게 외쳐 주세요. 자원자가 필요합니다.」

외침이 퍼져 나갔다. 모여 앉은 저끝에서부터, 이 기지 저 기지의 지휘부에서, 그리고 중앙 기지에서 사람들이 왔다. 시간이 꽤 걸렸다. 군인들은 소리가 미치는 곳까지 다가온 뒤 가만히 기다렸다. 분명 군인들은 이쪽의 움직임을 볼 수 있었고, 시간으로 보나 병력으로 보나 저쪽이 우세했다.

에밀리오는 저쪽에서 자신들을 관찰하고 있을지도 모른다는 생각을 하며 직원들에게 우주선을 등지고 가까이 모이라고 했다. 가까운 곳의 히사가 눈을 휘둥그레 뜨고 흥미롭게 그들을 올려다보았다.

「저들은 사람들을 원합니다.」 에밀리오는 부드럽게 말했다. 「그리고 우리가 일부러 망친 것들을 고치길 원합니다. 그게 저 사람들이 원하는 전부입니다. 강력한 후방 지원. 보급 목록을 잘 지켜 줄 것. 어쩌면 저 사람들이 관심 있는 건 중앙 기지가 다일지도 모르죠. 다른 기지들은 저 사람들이 쓸 수 없으니까요. Q 출신 남자들에게 돌아가서, 우리가 기지를 떠나기 전에 포리에게서 뺏어 온 것들을 더 가져오라고 부탁할 순 없을 것 같네요. 이건 시간문제이고, 버티기 문제이며, 다운빌로에 해가 되는 일들을 막을 수 있을 만큼 인력이 충분한가의 문제입니다. 혹은 그냥 살기의 문제입니다. 제 말 아시겠죠? 추측건대, 저 사람들은 자신들의 우주선에 식량이 공급되고 스테이션에 물자가 공급되길 바랍니다. 그리고 저 사람들이 원하는 바를 충족시키는 동안 우리는 뭔가를 축적할 겁니다. 우린 스테이션이 정상화되길 기다릴 거고, 가능한 것들을 축적할 겁니다. 전 각 단위에서 가장 몸집 큰 분들, 가장 힘센 분들을 원합니다. 대부분의 일을 할 수 있고, 대부분의 상황을 감수할 수 있고, 화를 잘 참는 분들을요……. 현장 노동이 될 거고, 어떤 일을 하게 될지는 모릅니

241

다. 어쩌면 징병될지도 모릅니다. 우린 모릅니다. 각 기지에서 대략 60명씩 필요하고, 제 생각에 저 사람들은 그 인원을 거의 다 데려갈 겁니다.」

「당신도 갑니까?」

에밀리오는 고개를 끄덕였다. 존스와 다른 직원들이 차례로 마지못해 고개를 끄덕였다. 「저도 가겠습니다.」이토가 말했다. 다른 기지 장교들도 이미 모두 자원했다. 에밀리오는 고개로 밀리코 쪽을 가리켰다. 「이번엔 안 됩니다.」에밀리오가 말했다. 「여자들은 모두 여기 남아 밀리코의 지휘를 받으세요. 모두요. 이의 제기는 안 됩니다. 이제 가서 제 말을 전하세요. 각 기지에서 대략 60명의 자원자가 필요합니다. 서둘러 주십시오. 저 사람들이 언제까지나 기다려 주진 않을 겁니다.」

사람들이 달리며 흩어졌다.

「콘스탄틴.」금속성 목소리가 다시 말했다. 에밀리오는 앉아 있는 사람들 너머 저 멀리에서 방탄복 입은 이들을 알아보았다. 아무래도 망원경이 있어서 에밀리오를 분명하게 보고 있지 싶었다. 「우리의 인내심이 바닥나고 있습니다.」

에밀리오는 다시 밀리코에게 키스하는 일을 미뤘다. 옆에서 뛰는 자가 장로들에게 끊임없이 통역해 주는 소리가 들렸다. 에밀리오는 캠프를 통과해 군인들 쪽으로 가기 시작했다. 다른 사람들도 앉아 있는 히사들 사이를 걸어 에밀리오에게로 왔다.

그러나 직원들과 상주 일꾼들이 다가 아니었다. Q에서 온

242

남자들도 거주민들만큼이나 많았다. 군중의 가장자리까지 왔을 때, 에밀리오는 뛰는 자가 뒤에 있음을 알았다. 가장 몸집이 큰 남자 히사 여럿도 함께 있었다.

「당신들은 안 가도 됩니다.」에밀리오가 남자 히사들에게 말했다.

「친구.」뛰는 자가 말했다. Q 남자들은 아무 말도 하지 않았지만, 돌아설 기미가 없었다.

「고맙습니다.」에밀리오가 말했다.

이제 그들은 모여 앉은 사람들의 가장자리까지 와서, 군인들을 분명하게 볼 수 있었다. 확실하게 〈아프리카〉 군인들이었다. 에밀리오는 그 글자까지 읽을 수 있었다. 「콘스탄틴.」장교가 확성기에 대고 말했다. 「누가 기지에 방해 공작을 했습니까?」

「제가 명령했습니다.」에밀리오가 외쳤다. 「이곳에 오는 것이 유니언이 아니라 당신일지 제가 무슨 수로 알았겠습니까? 고칠 수 있습니다. 우리가 부품들을 가지고 있습니다. 제가 보기엔 당신은 우리가 돌아가길 바라는 것 같군요.」

「여기서 무슨 일이 벌어지고 있는 겁니까, 콘스탄틴?」

「여긴 성지입니다, 성역입니다. 지형도를 보면 출입 제한 표시가 있는 게 보일 겁니다. 제가 일할 사람들을 모았습니다. 우린 돌아가서 기계를 고칠 준비가 됐습니다. 아픈 사람들은 히사 옆에 두고 갈 겁니다. 저 위에서 공격 경보가 확실히 꺼졌음을 알게 될 때까지만 중앙 기지를 열겠습니다. 다른 기지들은 실험과 농업용이어서 당신들에게 유용한 물자

243

를 전혀 생산하지 않습니다. 중앙 기지를 다루는 데 이 정도 인원이면 충분합니다.」

「또다시 조건을 다는 건가요, 콘스탄틴?」

「당신은 우리를 중앙 기지로 돌아가게 하고 당신의 물자 공급 목록이 채워지게 하는 겁니다. 당신에게 필요한 것들을 빠르고 말썽 없이, 확실히 대드리겠습니다. 이렇게 하면 양쪽 모두 이익을 지킬 수 있습니다. 히사 일꾼들은 우리와 협력해 일할 겁니다. 당신은 원하는 모든 것을 얻을 겁니다.」

상대는 침묵했다. 잠시 아무도 움직이지 않았다.

「없어진 기계 부품들이 당신에게 있다고요, 콘스탄틴 씨?」

에밀리오는 몸을 돌려 손짓했다. 에밀리오의 직원 중 한 명인 헤인스가 부하 네 명을 데리고 돌아갔다.

「하나라도 없어진 게 있으면, 그땐 인내심 따위를 기대하지 마십시오, 콘스탄틴 씨.」

에밀리오는 꼼짝도 하지 않았다. 에밀리오의 직원들이 모두 들었다. 그거면 충분했다. 에밀리오는 가만히 서서 군인들을 자세히 관찰했다. 총 열 명의 군인이 라이플을 들고 있었다. 그 너머에는 무기로 빽빽한 착륙선이 있었고, 무기 중엔 이쪽을 겨누는 것도 있었다. 다른 군인들은 열린 해치 옆에 서 있었다. 침묵이 계속 이어졌다. 어쩌면 이제 소식을 묻고 살인에 대해, 가족의 죽음에 대해 알게 된 뒤 충격을 받을 차례인지도 몰랐다. 에밀리오는 가슴이 아파 알고 싶지도 않았고, 묻고 싶지도 않았다. 에밀리오는 조금도 움직이지 않았다.

「콘스탄틴 씨, 당신 아버지는 돌아가셨습니다. 당신의 동생은 죽은 것으로 추정됩니다. 어머니는 살아 계시고, 철저히 보안된 지역에서 보호 구금 중에 계십니다. 마지언 함장이 애도를 전합니다.」

분노로 얼굴이 달아올랐다. 에밀리오는 이 고문에 격노했다. 에밀리오는 자신과 가겠다는 이들에게 자제력을 발휘해 달라고 부탁했었다. 에밀리오는 돌처럼 굳건히 서서 헤인스와 다른 이들이 돌아오길 기다렸다.

「제 말 이해하셨습니까, 콘스탄틴 씨?」

「마지언 함장과 포리 함장에게 안부 전해 주시죠.」에밀리오가 말했다

다시 침묵이 흘렀다. 그들은 기다렸다. 마침내 헤인스 일행이 엄청난 양의 장비를 가지고 돌아왔다.「뛰는 자.」에밀리오는 다른 히사와 함께 가까이 서 있는 뛰는 자를 보며 조용히 말했다.「만약 함께 갈 뜻이 있다면, 당신은 기지로 걸어가는 게 좋겠어요. 인간들은 우주선을 타고 갑니다, 들어요. 총을 든 인간들이 거기 있어요. 히사는 걸어가도 됩니다.」

「빨리 간다.」뛰는 자는 동의했다.

「앞으로 나오시죠, 콘스탄틴 씨.」

에밀리오는 조용히 앞장서 걸어갔다. 군인들이 한쪽으로 비켜 사람들이 걸어갈 동안 라이플을 내리고 경호를 섰다. 그리고 처음엔 부드럽게, 산들바람처럼 웅얼거리는 노랫소리가 들렸다. 기둥 주위의 수많은 사람이 부르는 노랫소리였다.

노랫소리가 점차 고조되며 공기를 흔들었다. 에밀리오는

군인들의 반응을 심히 걱정하면서 뒤를 흘끗 돌아보았다. 군인들은 라이플을 든 채 꼼짝 않고 서 있었다. 그 모든 방탄복과 무기에도 불구하고, 군인들은 갑자기 자신들이 아주 소수라고 느끼지 않을 수 없었다.

노랫소리는 계속 이어져 병적 흥분 상태처럼 되었고, 사람들의 발걸음에 녹아들었다. 수천 명의 히사는 밤하늘 아래에서 그랬듯이 노래에 맞춰 몸을 흔들었다.

그는-다시-온다. 〈그는-다시-온다.〉

사람들은 우주선으로 가며 노랫소리를 들었다. 우주선의 화물실이 입을 쩍 벌리고 더 많은 군인이 주위를 둘러쌌다. 전해지기만 한다면 노랫소리는 업어보브까지도 흔들 것 같았다……. 업어보브의 새 주인들이 좋아할 만한 소리는 아니었다. 에밀리오는 노래의 기세를 등에 업고 우주선에 타며 밀리코와 살해당한 자신의 가족을 생각했다……. 잃은 것은 잃은 것이고, 이제 에밀리오는 히사처럼 맨손으로 침입자들에게 갔다.

제5부

제1장

시그니는 〈유럽〉의 회의실 탁자 앞 자신의 의자에 앉아 등을 뒤로 기대고 잠시 눈을 감았다. 다리는 옆 의자에 올린 채였다. 평화는 금세 깨졌다. 톰 에드거가 에도 포리와 함께 모습을 드러내 탁자 앞 자기 의자에 앉았다. 시그니는 한 눈을 뜨고 곧 다른 눈마저 떴으나, 가슴께에 낀 팔짱은 풀지 않았다. 에드거는 시그니의 뒤쪽에 앉았고, 포리는 시그니에게서 한 자리 건너에 앉았다. 시그니는 피곤해하며 정중히 의자를 양보하고, 발을 바닥으로 내린 뒤 탁자에 몸을 기댄 채 벽을 멍하니 응시했다. 대화를 나누기엔 너무 기운이 없었다. 큐가 들어와 앉고, 미카 크레쇼프가 바로 뒤따라 들어와 시그니와 포리 사이에 앉았다. 성의 〈태평양〉은 아직도 순찰 중이었고, 성의 지휘하에 끊임없는 임무를 수행하게 된, 모든 모험의 불운한 라이더 정장들은 〈태평양〉과 함께 순찰을 하다 시간이 되면 교대를 위해 도킹하곤 했다. 그들은 전투가 아무리 오래 계속되어도 절대 경계 태세를 늦추지 않을 것이었다. 그들이 아는 한, 유니언 우주선들이 저 밖에 나타났다는 소식은 아직 없었다. 〈망치〉라는 상선 한 척이 있었지만, 그들은 이게 상선이 아니라고 확신했다. 이 우주선은 성계 가장자리를 떠돌며 선전 방송을 뿌렸던 것이다……. 그리고 이 우주선은 장거리 수송선이어서 함대의 공격 범위에 잡히기 전 잽싸게 도약할 수 있었다. 이건 정찰기였다. 그들은 그 사실을 알았다. 이런 우주선은 더 있을 수 있었다. 〈백조의 눈〉이란 우주선은 〈망치〉처럼 무역을 전혀 하지 않는 상선이었고, 이름을 알 수 없는 또 다른 우주선은 롱스캔에 나타났다 사라졌다를 반복하는 유령이었다. 유니언 전함이라고 봐도 무리는 아닐 터였다. 어쩌면 이런 이름을 알 수 없는 전함은 한 척이 전부가 아닐지도 몰랐다. 성계에 남은 단거리 수송선들은 펠에서, 그리고 가장자리 근처에서 벌어지는 일에서 멀찍이 떨어진 채 광산들이 계속 돌아가게만 했다. 자포자기한 상인들은 전반적으로 음울한 상황에는 더 이상 신경 쓰지 않고 자신들의 관심사를 좇았다. 장거리 수송선들이 사라지고, 함대가 성계 가장자리 근처에서 유령처럼 돌아다니고, 정찰기들이 그들을 주시하는 등 정말 모든 상황이 암울했다.

스테이션도 그러했다. 몇몇 구역들에서 정상화 노력을 기울였고, 당직 군인들과 단기 상륙 허가를 받은 군인들이 구역들을 돌아다녔다. 함대 지휘부는 승무원과 보병들에게 단기 상륙을 허가하지 않을 수 없었다. 지척에 펠의 사치품들이 있는데 모함의 생활 공간은 검소하고 엄격했고, 부두에 머무르는 기간이 길어지며 모함 안에 사람들이 몹시 붐비는데 보병들과 승무원들을 몇 달씩 부두에 가둬 둔다는 건 애초에 불가능한 일이었다.

그리고 여기서 특유의 문제들이 발생했다.

평소처럼 한 점의 흠도 없는 모습으로 마지언이 들어오더니 자리에 앉았다. 앞의 탁자에 종이들을 펼쳐 놓고 나서 주위를 둘러보았다. 마지언은 마지막으로 그리고 가장 오래 시그니를 지그시 보았다. 「맬러리 함장, 자네가 제일 먼저 보고하는 게 좋을 것 같군.」

시그니는 차분하게 자기 앞의 종이들을 들고 일어났다. 일어나지 않아도 되지만 시그니는 일어나는 쪽을 택했다. 「2352년 11월 28일, 2314시에 저는 이 스테이션의 블루 0878으로 들어갔습니다. 0878은 제한 구역의 거주 지역 번호입니다. 저는 제게 보고된 소문 때문에 거기로 간 것인데, 제 소대장인 디 잔츠 소령과 역시 제 명령을 받은 스무 명의 무장 보병을 데려갔습니다. 전 그곳에서 기병대의 벤저민 고포스 대위와 빌라 마이서스 하사관을 발견했습니다. 둘 다 〈유럽〉의 보병입니다. 또한 그 외에 열네 명의 보병이 방 네 개짜리 아파트를 함께 쓰고 있었습니다. 확실히 마약이 있었고, 술도 있었습니다. 이 아파트의 병사들과 장교들은 우리의 입장과 개입에 구두 항의를 했으나, 이등병인 밀라 어턴과 토마스 센티아는 당국에서 온 것도 알아보지 못할 만큼 취해 있었습니다. 전 그 구역을 수색할 것을 명령했고, 수색

과정에서 네 명을 더 발견했습니다. 24세의 남성, 31세의 남성, 29세의 남성, 19세의 여성이었고, 모두 민간인이었습니다. 옷이 벗겨진 채 화상과 다른 학대 흔적이 있었으며, 방에 갇혀 있었습니다. 두 번째 방에는 술과 약이 담긴 궤짝들이 있었고, 약은 스테이션 약국에서 가져온 것인지 스테이션 약국 표시가 붙어 있었습니다. 또한 보석이 담긴 상자 113개와, 펠 시민의 신분증과 크레디트 카드 158쌍이 든 또 다른 상자가 있었습니다. 현장에 있던 귀중품 외에도, 따로 보고서에 귀중품의 목록 및 함대의 승무원과 보병 52명 목록을 서면 기록으로 첨부했습니다. 저는 이 수색 결과를 가지고 벤저민 고포스 대위를 마주했고, 어찌 된 일인지 설명을 요구했습니다. 고포스 대위의 대답은 다음과 같았습니다. 〈한몫 원하시는 거라면, 이렇게 소동을 일으킬 필요 없어요. 얼마나 드리면 됩니까?〉 저는 이렇게 말했습니다. 〈고포스 대위, 당신은 체포되었습니다. 당신과 일동은 당신의 함장에게 넘겨져 처벌받게 될 겁니다. 이 대화는 기록되고 있으며, 기소 때 쓰일 겁니다.〉 고포스 대위는 다음과 같이 말했습니다. 〈이 씨발년이, 이 씨발년아, 얼마나 먹고 싶은지나 말해.〉 이 시점에서 저는 고포스 대위와의 논쟁을 중지하고 복부에 총을 쐈습니다. 그와 동시에 고포스 대위의 동료들이 불평을 그쳤으며, 이는 테이프에 찍혀 있습니다. 제 부하들은 더는 아무런 소란 없이 그자들을 체포해 모함 〈유럽〉으로 넘겼고, 현재 그자들은 그곳에 구금되어 있습니다. 고포스 대위는 자세한 자백 후 아파트에서 죽었으며, 이 부분 또한 보고서에 첨부했습니다. 저는 아파트에서 찾은 물건들을 〈유럽〉으로 보내라고 명령했고, 이 명령은 수행되었습니다. 저는 펠 시민들의 신분을 철저하게 확인했으며, 만약 이 사건의 일부분이라도 대중에게 알려진다면 그 사람들도 체포될 거라고 엄중하게 경고한 뒤 풀어 주라고 명령했습니다. 그리고 아파트는 완벽하게 치운 뒤, 스테이션에 돌려주었습니다. 보고 끝입니다. 그 뒤로 부록이 있습니다.」

마지언은 찡그린 얼굴을 풀지 않았다.「자네가 보기에 고포스 대위가 취해 있었나?」

「제가 보기에, 고포스 대위는 술을 마시고 있었습니다.」

마지언은 시그니에게 앉으라는 뜻으로 손을 살짝 저었다. 시그니는 자리에 앉았고, 얼굴을 찌푸리며 등받이에 등을 기댔다.「이번 처형에 대한 구체적인 이유는 설명하지 않았군. 사태를 명확히 하기 위해 이유를 설명해 주었으면 해.」

「고포스 대위는 기병대 소령에게 체포되었음을 인정하길 거부했을 뿐 아니라, 함대의 함장에게 체포되었음 또한 인정하길 거부했습니다. 고포스 대위의 행동은 공개적인 것이었습니다. 제 대응 역시 그러했고요.」

마지언은 여전히 엄격한 얼굴로 천천히 고개를 끄덕였다.「난 고포스 대위를 높이 쳤었어. 그리고 함대의 평소 관행상, 맬러리 함장, 보병들은 승무원만큼 엄격하게 규율 적용을 받지 않아. 이…… 처형 때문에, 맬러리 함장, 다른 함장들은 이제 자신들이 판단해서 이 극단적 처벌의 선례를 따라야 한다는 심한 부담을 지게 됐어. 자네는 다른 함장들에게 자기 보병과 승무원들을 자네처럼 가혹하게 대하라고 강요한 거야. 만약 다른 함장들이 평소처럼 적당히 벌을 주고 넘어가면 그건 대놓고 자네와 의견 대립을 벌이게 되는 불편한 상황이 되고 또한 그쪽의 기강이 해이해 보이게 만든 거야.」

「문제는, 제독님, 명령 거부였습니다.」

「그렇게 이해했고, 그걸로 고발당할 거야. 군법회의에서 명령 거부에 참여했다고 판단된 군인들은 여러 처벌을 받게 될 거야. 방관자들은 덜 심한 고소를 받고 풀려날 거고.」

「고의적으로 전문 지식을 이용해 보안을 위반했다는 혐의와 위험한 상황을 만드는 데 일조했다는 혐의가 함께 있습니다. 현재 전 새로운 카드 시스템을 진행 중입니다, 제독님. 하지만 구 카드 시스템들도 스테이션의 주요 지역들에서 아직 유효하며, 그 아파트의 인원들은 암시장 신분증 거래에 직접 관련됨으로써 제 작전들에 손상을 초래했습니다.」

다른 이들이 웅성거리며 항의했다. 마지언의 찌푸린 얼굴이 점점 더 어두워졌다. 「이번 사건에서 자네가 준 답 외에 다른 답은 없을 수도 있겠지. 하지만 자네에게 지적할 것이 있어, 맬러리 함장. 이 함대의 사기에 영향을 미치는 다른 해석들이 있어. 〈노르웨이〉 인원은 한 명도 체포되지 않았으며, 수치스러운 목록에 이름이 오르지도 않았다는 사실이야. 자네 군인들 중 경쟁 세력이 고의적으로 자네에게 그 소문을 흘려서 생긴 사건이란 지적도 가능해.」

「이 일에 관련된 〈노르웨이〉 인원은 없습니다.」

「자네는 본인의 통치권 밖에서 작전을 펼쳤어. 내부 치안은 큐 함장의 일이야. 어째서 큐 함장이 이번 급습에 앞서 아무 통지를 받지 못했지?」

「〈인도〉 군인들이 관련되었기 때문입니다.」 시그니는 언짢아하는 큐의 얼굴을 똑바로 보고 나서 다른 이들도 바라본 뒤 다시 마지언에게 말했다. 「이번 일이 주요 작전이 될 거라곤 보이지 않았습니다.」

「하지만 자네의 군인들은 그 망을 벗어났어.」

「관련되지 않았으니까요, 제독님.」

잠시 싸한 정적이 흘렀다. 「자넨 좀 독선적이야, 안 그래?」

시그니는 두 팔을 탁자에 놓으며 앞으로 몸을 숙여 마지언의 시선을 똑바로 맞받았다. 「전 제 부하들에게 스테이션 외박을 허용하지 않으며, 소재를 엄격히 관리합니다. 전 제 부하들이 어디에 있는지 알고 있었습니다. 그리고 암시장에 관련된 〈노르웨이〉 인원은 전혀 없습니다. 설명을 요구받은 이상, 저도 한 가지 짚고 넘어갔으면 합니다. 처음에 일반 단기 상륙 허가가 제안됐을 때 전 거기에 반대했고, 재검토를 원했습니다. 훈련된 군인들이 한편으론 과로하면서 또 다른 한편으론 지나치게 자유를 부여받습니다. 지쳐 쓰러질 때까지 세워 놓다가, 술에 취해 쓰러질 때까지 자유를 준다, 그게 지금의 정책입니다. 저는 제 부하들에게는 〈그런 것들〉을 허용하지 않았습니다. 제 부하들은 합리적인 시간 동안 보초 근무를 서고 단기 상륙 허가는 장교들의 직접적인 관찰하에 아주 짧은 시간 좁고 기다란 부두 지역만으로 제한합니다. 그리고 〈노르웨이〉 인원은 이 상황에 연루되지 않았습니다.」

마지언은 시그니를 노려보았다. 시그니는 마지언의 콧구멍이 계속 벌렁거리는 것을 지켜보았다.「우린 아주 오랫동안 함께했어, 맬러리. 자넨 언제나 피비린내 나는 폭군이었지. 그게 자네가 얻은 이름이야. 자네도 알 테지.」

「그럴듯하군요.」

「자네는 에리두에서 자네 부하 몇 명을 쐈지. 한 부대에 명령해 다른 부대에 총을 쏘게 했어.」

「〈노르웨이〉에는 노르웨이만의 기준이 있습니다.」

마지언은 숨을 들이쉬었다.「다른 우주선들도 그래, 함장. 자네의 정책은 〈노르웨이〉에선 통할지 몰라도, 우리 모두는 서로 요구하는 바가 달라. 우리가 탁월한 분야 중 하나가 바로 각자 자주적으로 일한다는 거지. 우린 오랫동안 이렇게 해왔어. 이제 〈난〉 함대를 다시 합쳐서 작동하게 할 책임이 있어. 물론 나는 제정신이라면 안으로 불러들여야 마땅한 상황임에도 〈티베트〉와 〈북극〉을 저 밖에서 떠돌게 할 정도로 내 자신의 경우는 비협조적이야. 우주선 두 척이 〈죽었어〉, 맬러리. 이제 자네는 우주선 한 척이 자신은 다른 우주선들과 다르다고 고고하게 뽐낸 뒤, 함대의 다른 모든 탑승원이 관련된 명백한 불법 행위를 독자적으로 급습했다는 상황을 만들어 내게 넘긴 거야. 그 목록에 두 번째 장이 있다는 말까지 나오고 있어, 내 말 알겠어? 그리고 그 두 번째 장은 파기되었다고들 하지. 이건 사기 문제야. 이제 그 심각성을 깨닫겠지?」

「뭐가 문제인지 알겠습니다. 저도 유감입니다. 그러나 파기된 부분이 있다는 말은 진실이 아니며, 제 부하들이 질투 때문에 이 상황을 보고했다는 말에는 분개할 따름입니다. 제 부하들을 그런 시각으로 보는 일은 거부하겠습니다.」

「〈노르웨이〉 군인들은 이제부터 함대의 다른 군인들과 같은 일정에 따라 움직일 거야.」

시그니는 등받이에 등을 기댔다. 「전 한 정책이 하극상까지 부를 수 있음을 보았습니다. 이제는 그걸 본받으라는 명령까지 내리시는 겁니까?」

「지금 우리에게 파괴적 영향을 끼치는 문제는, 맬러리, 얼마 되지 않는 암시장 행위가 아니야. 그건 필연적으로 일어나는 일이야. 현실적으로 우리가 군인들을 우주선에서 내리게 할 때마다 일어나는 일이지. 하지만 장교 한 명과 우주선 한 척이 자기 맘대로 할 수 있다고 생각하는 것, 그리고 다른 우주선들과 경쟁하며 행동해도 된다고 생각하는 건 문제가 돼. 분열이 일어나게 돼. 우린 그런 분열을 감내할 여유가 없어, 맬러리. 그리고 어떤 명목으로건 참아 낼 생각도 없어. 이 함대를 다스리는 지휘관은 한 명이야……. 그게 아니라면, 자네는 반대 세력으로 자처하려는 건가?」

「명령을 받들겠습니다.」 시그니는 중얼거렸다. 마지언의 자부심, 마지언의 너무나 민감한 자부심. 마지언의 눈이 저런 표정을 지으면, 그들은 넘어선 안 될 선까지 온 것이었다. 시그니는 속이 불편해져, 뭔가 때려 부수고 싶다는 충동이 부글거렸다. 그러나 시그니는 조용히 의자에 도로 앉았다.

「사기 문제는 분명 존재해.」 마지언은 의자에 편히 기대앉

아, 더 이상 논쟁하지 않겠다고 마음먹은 주제를 물리칠 때
쓰는 느슨하고 과장된 손짓을 하며 한결 편안한 태도로 계속
말했다. 「그 책임을 〈노르웨이〉에만 전가하는 건 부당해. 날
이해해 줘. 자네가 옳은 거 알아……. 하지만 우린 모두 어려
운 상황에서 애쓰고 있어. 유니언이 저 밖에 있어. 우린 모두
알지. 펠도 알아. 군인들도 확실히 알지만, 군인들이 우리가
아는 것을 모두 알진 않고, 그 점 때문에 괴로워하고 초조해
하지. 군인들은 기회만 생기면 육욕에 빠져. 군인들은 스테
이션이 최적의 상황이 아니라는 걸 알아. 물자가 부족하고,
암시장이 번져 있고, 무엇보다도 민간인들의 적개심이 만연
해 있어. 민간인들은 우리가 현재 상황을 개선하기 위해 취
하는 작전들을 잘 몰라. 그리고 설령 안다고 해도, 아직 유니
언 함대가 저 밖에서 우릴 공격할 기회만 기다리고 있어. 저
밖에 유니언 정찰기임이 분명한 우주선이 있는데도 우린 그
냥 속수무책이야. 이 스테이션의 부두 교통량을 정상화하는
것조차 어찌하지 못한단 말이지. 그리고 우린 서로의 숨통을
노리기 시작했어……. 이렇게 우리가 빠져나갈 구멍도 없이
여기 갇혀 쇠약해지는 것, 바로 그게 유니언이 바라는 것 아
니겠어? 유니언은 우리와 대놓고 맞붙길 원치 않아. 그렇게
해서 우릴 밀어낼 수 있다 해도, 그건 비용이 너무 많이 들거
든. 그리고 유니언은 우리가 흩어져 게릴라 작전으로 돌아올
기회가 있길 바라지 않아……. 사이틴이 있으니까. 사이틴은
유니언의 수도이고, 만약 우리 중 누가 대가를 치르고서라도
거길 치겠다고 결심하면, 너무나 쉽게 무너질 수 있는 곳이

258

지. 우리가 여길 빠져나가면 자기들이 어떤 상황에 빠질지 유니언은 알아. 그래서 유니언은 기다리는 거야. 유니언은 우리에게 확신을 주지 않아. 유니언은 우리가 잘못된 희망을 품고 여기에 남아 있길 바라. 그래서 우리가 꼼짝 않고 있는 게 보람 있을 만큼만, 딱 그만큼만 평온을 주고 있어. 유니언은 도박을 하는 거야. 우리가 어디 있는지 아니까, 유니언은 필경 군사력을 모으고 있을 거네. 그리고 유니언이 옳아…….우리에겐 휴식과 피난처가 필요해. 군인들에겐 최악의 상황이지만, 그 밖에 우리가 뭘 어쩔 수 있겠어? 우린 문제가 있어. 그래서 난 잘못된 길에 빠진 우리 군인들에게 고생 좀 시키자고 제안하는 바야. 정신이 번쩍 날 만한 걸로. 그런 뒤 아직 우리에겐 당면 과제가 있음을 일깨워 주는 거지. 우린 펠에 부족한 몇 가지 물자를 손에 넣기 위해 애쓸 거야. 단거리 수송선들은 아주 신중하게 우리에게서 한 발 비켜나 있어……. 멀리 가지도 빨리 가지도 못하니까. 그리고 광산들엔 다른 물자들, 즉 생필품들도 있어. 우린 모함을 한 대 더 순찰 보낼 거야.」

「〈북극〉에 그 일이 있은 뒤로…….」 크레쇼프가 웅얼거렸다.

「당연히 조심해야지. 스테이션에 있는 모든 모함을 언제나 준비 완료 상태에 둬야 하고, 은신처에서 너무 멀리까지 가면 안 돼. 모함이 광산 가까이까지 갈 수 있으면서 은신처에서 너무 많이 나가지 않는 항로가 있어. 크레쇼프, 자네가 신중을 기해서 그 일을 맡도록 해. 우리에게 필요한 물자를 구하고, 필요하면 본때도 좀 보여 줘. 우리 쪽에서 조금만 공격적으로 나가면, 군인들을 만족시키면서 사기도 진작할 수 있을 거야.」

시그니는 입술을 깨물고 잘근잘근 씹다가 마침내 앞으로 몸을 숙였다.「제가 자원하겠습니다. 크레쇼프는 빼주십시오.」

「아니.」마지언은 재빨리 달래듯 손을 들었다.「자네를 얕봐서가 아냐. 절대로 아니야. 자네가 여기서 하는 일은 꼭 필요한 일이며, 자넨 아주 훌륭하게 해내고 있어.〈대서양〉이 순찰을 할 거야. 수송선 몇 척을 교통선 안으로 몰아가서 스테이션 교통량을 회복시켜. 필요하면 하나 폭파해 버리고, 미카. 알아들었겠지? 그리고 대가는 컴퍼니 가증권으로 지불해.」

여기저기서 웃는 소리가 났다. 시그니는 계속 찌무룩해 있었다.「맬러리 함장.」마지언이 말했다.「불만스러워 보이는군.」

「총을 쏜 일 때문에 기분이 처져서 그럽니다.」시그니는 냉소적으로 말했다.「해적질도 한 가지 이유죠.」

「또다시 정책 논쟁을 하자는 건가?」

「이런 대규모 작전에 착수하기 전에, 저는 그 단거리 수송선들을 징발하려는 노력을 좀 보고 싶습니다. 단거리 수송선들을 날려 버리는 게 아니라요. 단거리 수송선들은 우리와 함께 유니언에 대항했습니다.」

「단거리 수송선들은 몸을 사리고 옆으로 비켜나면 안 되는 거였어. 거기엔 큰 차이가 있어, 맬러리.」

「잊지 말아야 할 점이 있습니다……. 그 우주선들 중 일부는 우리와 함께 밖에 나가 있었던 걸요. 그 우주선들에는 다르게 접근해야 합니다.」

마지언은 시그니의 말을 들을 기분이 아니었다. 오늘은 아니었다. 마지언의 얼굴이 붉으락푸르락해지고 눈빛이 엄해졌다. 「이제 내 명령을 들어, 동지. 자네 말은 참작하겠어. 그렇게 분류되는 상선은 스테이션에 도킹할 때 모두 특별 취급을 받을 거야. 그리고 우린 그 상선들을, 스테이션으로 들어오라는 우리 명령을 거부한, 저 밖의 우주선들과 한통속으로 치지 않을 거야.」

시그니는 고개를 끄덕이며 분개한 표정을 조심스레 지웠다. 마지언에게 대드는 건 위험했다. 마지언은 허영심이 대단했던 것이다. 이따금 이 허영심이 마지언의 훌륭한 부분들보다 더 커질 때가 있었다. 마지언은 결국 현명한 행동을 취할 것이다. 언제나 그랬다. 그러나 가끔 화낸 뒤끝이 있곤 했다. 그것도 오래.

「제가 한 말씀 드리겠습니다.」 포리가 저음의 목소리로 불쑥 끼어들었다. 「이 지역에서 도움을 받을 수 있을 거란 맬러리 함장의 기대와 반대로, 우린 다운빌로 작전에서 곤란을 겪고 있습니다. 에밀리오 콘스탄틴은 손가락을 딱딱 튕겨서 다운빌로 일꾼들에게서 자신이 원하는 것을 얻어 냅니다. 그렇게 해서 우리는 필요한 물자를 얻으니, 그 때문에 잠자코 있는 중입니다. 하지만 콘스탄틴은 기다리고 있습니다. 그저 기다리고만 있습니다. 그리고 자신이 지금 이 순간 꼭 필요하다는 걸 잘 압니다. 만약 우리가 그 단거리 수송선들을 스테이션에 끌어들이면 우리에겐 제2, 제3의 콘스탄틴들이 생기게 되고, 그런 자들을 우리 우주선들 바로 옆에 정박시키는 셈이 될 뿐입니다.」

「그자들은 펠을 위태롭게 하지 않을 겁니다.」 큐가 말했다.

「혹시라도 그중 유니언 요원이 있으면 어쩝니까? 유니언 요원들이 상선들에 침투한 건 이미 잘 알지 않습니까.」

「고려할 가치가 있어.」 마지언이 말했다. 「나도 그 점에 대해 생각해 봤어……. 그게 바로, 맬러리 함장, 내가 강한 조처를 취해서 이 수송선들을 군에 들이기를 꺼리는 한 가지 이유야. 잠재적 문제들이 있어. 하지만 우린 물자 공급을 받아야 하고, 그중 일부는 다른 곳에서 구할 수가 없어. 해야 할 일이 있으면, 꾹 참고 해야 해.」

「그러니 본보기로 세웁시다.」 크레쇼프가 말했다. 「그 개자식을 쏴버려요. 콘스탄틴은 언제 터질지 모르는 시한폭탄입니다.」

「지금 콘스탄틴과 그자의 일꾼들은 하루에 열여덟 시간씩 일하고 있습니다……. 아주 효율적이고, 빠르며, 능숙하고, 거침이 없습니다.」 포리가 천천히 말했다. 「다른 방법으로는 이런 효율을 낼 수가 없습니다. 콘스탄틴 없이도 일이 가능할 때가 되면 그자를 처리할 겁니다.」

「그자가 그 사실을 압니까?」

포리는 어깨를 으쓱했다. 「우린 에밀리오 콘스탄틴의 급소를 쥐고 있습니다. 수많은 다우너와 나머지 인간 주민들이 모두 한곳에 모여 있는데, 그곳은 우리 통제하에 있습니다. 전체가 하나의 표적이죠. 그리고 콘스탄틴은 그걸 압니다.」

마지언은 고개를 끄덕였다. 「콘스탄틴은 아주 작은 문제야. 우리에겐 더한 걱정거리들이 있어. 이건 부차적인 문제야. 우리가 아군을 또다시 공격하는 일만 삼갈 수 있다면…… 나로선 스테이션 전역의 파괴 분자들과 도망친 직원들의 소재를 파악하는 일에 좀 더 집중하고 싶군.」

시그니의 얼굴이 화끈 달아올랐다. 시그니는 차분하게 말하려 애썼다. 「최대한 빨리 전 지역에서 새 시스템을 쓸 수 있게 사용 범위를 넓혀 가고 있습니다. 루커스 씨가 협조하고 있습니다. 우린 오늘 아침부로 1만 4,947명의 신원을 확인하고 카드를 발급했습니다. 일부 시설에는 완전히 새로운 카드 시스템을 설치했고, 개인마다 새 암호와 음성 인식 자물쇠를 부여했습니다. 더 나은 방법을 쓰고 싶었지만, 펠의 설계 자체가 그에 적합하지 않았습니다. 설계가 잘되어 있었다면, 애초에 이런 보안 문제가 발생하지도 않았을 겁니다.」

「자네가 이 제사드란 자에게 카드를 발급했을 가능성은 없어?」

「없습니다. 합리적으로 생각할 수 있는 한 그런 가능성은 없습니다. 도망자 대부분 혹은 전부는 새 카드 시스템이 없는 지역으로 도망쳐 들어갈 거고, 거기선 아직 훔친 카드가 작동합니다…… 한동안은요. 우린 그자들을 찾아낼 겁니다. 제사드의 몽타주를 만들었고, 다른 이들은 진짜 사진을 구했습니다. 한두 주 정도면 마지막 압박을 시작할 수 있을 거라

판단합니다.」

「작전 지역들은 모두 안전한가?」

「펠 본부의 보안 설비는 한심한 수준입니다. 본부에 공사 권고안을 만들어 두었습니다.」

마지언은 고개를 끄덕였다. 「손상부 수리 작업에서 일꾼들을 빼낼 수 있게 되면 그때 하지. 인원 보안은?」

「주목할 만한 예외는 블루 1-4구역의 밀폐된 지역에 있는 다우너들입니다. 루커스의 누나이자 죽은 앤절로 콘스탄틴의 미망인은 회복 가능성이 없는 상태이고, 다우너들은 그 여자의 안녕이 보장되는 한 무엇에든 협조하고 있습니다.」

「그게 빈틈이야.」 마지언이 말했다

「제가 그 여자에게 콤 링크를 연결해 두었습니다. 그 여자는 필요한 지역으로 다우너들을 급파하는 일에 전적으로 협조하고 있습니다. 지금 당장은 남동생인 존 루커스처럼 이용 가치가 있습니다.」

「둘 다 똑같은 상황에 있지.」 마지언이 말했다

콤프로 이리저리 주고받아도 됐을 세부 사항들과 통계들, 지루한 이야기들이 이어졌다. 시그니는 엄격한 얼굴로 이 모든 것을 참아 내면서 두통과 양손의 정맥을 팽창시키는 혈압을 진정시켰고, 그러면서 꼼꼼히 메모를 하고 자신의 통계치들을 내밀었다.

음식, 물, 기계 부속들…… 이것들이 상태가 좋아 다시 운항할 수 있는 우주선들의 유효 하중을 전부 차지하고 있었다. 중요한 손상들을 수리하고, 오랫동안 미뤄졌던 사소한 수리를 진행하는 일이 급선무였다. 함대를 최대한 기동력 있게 유지하면서 전반적 수리가 이루어졌다.

물자 공급이 가장 큰 곤란이었다. 한 주 한 주 지날수록, 장거리 수송선들 중 좀 더 용감한 자들이 위험을 무릅쓰고 펠로 들어올 거란 희망은 꺼져 갔다. 모함 일곱 척이 있고, 스테이션 하나와 세계 하나를 쥐었지만, 물자와 기계 부속을 공급해 줄 이는 오직 단거리 수송선들뿐이었고, 그나마도 이 단거리 수송선들이 자체적 필요에 의해 가지고 있는 게 다였다.

그들은 도와줄 상선도 없이 포위당한 채 펠에 갇혔다. 전쟁이 아무리 극심하다 해도 자유롭게 오가는 장거리 수송선들조차 없이 말이다. 이젠 힌더 스타 스테이션들까지 간다는 희망도 품을 수 없었다……. 거기엔 가치 있는 것이 거의 남아 있지 않았다. 장기 보존 상태에 들어갔고, 약탈되었으며, 일부는 아마도 불안정해졌을 것이다. 오랫동안, 아주 오랫동안 아무도 관리하지 않던 것이다. 전함들만으로는 주요 건설에 꼭 필요한 중장비를 가지고 도약할 수 없었다. 장거리 수송 상선들이 없으면, 펠은 솔 빼고 그들에게 남은 유일하게 작동하는 스테이션이었다.

의자에 앉은 시그니는 달갑잖은 생각들이 자꾸 들었다. 펠 작전이 제대로 펼쳐지지 않은 뒤로 정기적으로 드는 생각들이었다. 시그니는 때때로 고개를 들어 마지언을, 그리고 톰 에드거의 마르고 열의에 사로잡힌 얼굴을 보았다. 에드거의 〈오스트레일리아〉는 다른 어떤 함선보다 더 자주 〈유럽〉과 짝을 지었다……. 오래된, 아주 오래된 팀이었다. 에드거는 함장들 중 두 번째로 고참이었고, 시그니가 세 번째였다. 그러나 두 번째와 세 번째 사이에는 엄청난 간극이 있었다. 에드거는 절대로 회의에서 입을 열지 않았다. 말할 게 전혀 없었다. 에드거는 마지언과 둘이서만 이야기하며 의견을 나눴고, 이를테면 왕좌 바로 옆의 권력자였다. 시그니는 오랫동안 그렇게 의심해 왔다. 만약 이 방에 마지언의 마음을 정말로 아는 자가 있다면, 그건 바로 에드거였다.

솔을 제외하면 유일한 스테이션.

그럼 아는 사람은 총 세 명이라고, 시그니는 음울하게 생각하며 그 일에 대해 입을 꼭 다물었다. 컴퍼니 함대에서 여기까지…… 그들은 아주 먼 길을 왔다. 바로 집 앞까지 전쟁이 닥치면…… 지구가 펠처럼 점령되면, 지구와 솔 스테이션에 있는 컴퍼니 개자식들은 아주 놀라 자빠질 것이었다. 그리고 모함 일곱 척이 그 일을 할 수 있었다. 항성 간 비행을 포기한, 그리고 펠처럼 오직 단거리 수송선들과 소수의 성계 내부용 전투기들만 남은 세계를 상대로……. 유니언이 뒤에서 바싹 따라오는 채. 지구는 유리로 지은 집이었다. 지구는 싸울 수 없었고…… 이길 수 없었다.

시그니는 그 일로 신경 쓰지 않았다. 그럴 생각도 없었다. 시그니는 펠 작전 전체가 사람들을 몰두시키기 위한 괜한 일거리라고, 어쩌면 자신이 조언했던 것, 즉 군인들을 바쁘게 만들기, 심지어 마지언의 승무원과 함장들을 바쁘게 만들기 따위를 마지언이 정확히 그대로 하고 있는지도 모른다고 점점 더 확신했다. 그리고 여기서 진짜 작전은 다운빌로에서

266

이루어지고 있는 것인지도 몰랐다. 마지언이 광산들과 단거리 수송선들을 이용해서 하자고 한 일들, 물자 수집, 수리, 그리고 혹시 스테이션 인원들을 가려 내 신원을 확인하고 도망자들을 모두 잡는 것 따위였다. 신원 확인과 도망자 체포는, 도망자들이 슬며시 밖으로 나와서 유니언이 싸고 쉽게 펠을 탈취하게 할 수도 있으니 하는 일이었다. 시그니의 일이었다.

　다만 이곳엔 수송 임무를 맡으라고 강요할 상선이 아예 없었고, 어떤 모함도 순순히 난민선이 되려 하지 않을 것이었다. 불가능했다. 공간이 없었다. 마지언이 침묵하는 것도, 우발 사태의 대비책에 대해 아무 말 하지 않으려는 것도 당연했다. 이 대비책들은 온갖 구실을 대며 작전 속으로 순조롭게 들어갔다. 시나리오는 혼자서 착착 발전해 갔다. 스테이션 콤프는 부서졌다. 함대는 이미 모든 새 콤프 키를 가지고 있었기 때문이다. 다운빌로 기지는 기지를 하나로 묶어 주는 한 남자를 제거함으로써 대혼란에 빠지고, 한곳에 모인 엄청난 수의 인간들과 다우너들을 모두 처형함으로써 다우너들이 다시는 인간을 위해 일하려 하지 않게 만든다. 스테이션은 하강 궤도에 접어들게 한다. 그리고 함대는 항해에 위험 요소밖에 안 될 단거리 수송선들을 차폐물 삼아 도약 포인트로 날아간다. 함대는 힌더 스타들로 도약하고, 빠르게 연달아 솔로 도약한다…….

　한편 유니언은 스테이션 하나 가득한 사람들과 기지를 구하고, 그렇게 〈구조〉해도 다운빌로가 망가지면 결국 스테이선도 굶어 죽게 되니 다운빌로의 대혼란에 맞서 싸울 것인지…… 펠을 죽게 내버려 둬서 바이킹보다 더 가까운 기지는 전혀 남기지 않음으로써 아무 부담 없이 공격에 나설지 결정해야 했다……. 지구까지는 아주아주 먼 거리였다.

〈개자식.〉 시그니는 남몰래 욕하며 마지언을 흘끗 보았다. 반대 의견보다 한발 앞서 움직이고, 상상할 수도 없는 일을 생각해 내다니, 정말 마지언다웠다. 이런 방면에선 마지언을 따를 자가 없었다. 마지언은 늘 그랬다. 마지언이 목록 작성에 대해 함장들에게 건조하고 정확하게 명령을 내릴 동안, 시그니는 마지언을 보며 미소 지었고, 잠시나마 위대한 마지언이 생각의 실마리를 잃는 것을 보며 만족감을 느꼈다. 마지언은 하던 생각을 기억해 낸 뒤 계속 말을 이었고, 때때로 당혹하며 시그니를 보다가 곧 더 따뜻한 눈으로 시그니의 시선을 마주했다.

그래서 이제 그 일을 아는 자는 확실히 셋이 되었다.

「솔직하게 말하겠다.」 시그니는 하갑판 탈의실 안에서 무릎을 꿇거나 서 있는 남자들과 여자들에게 말했다. 이곳은 〈노르웨이〉에서 시그니가 군인들 대부분을 집합시킨 뒤 시야를 가리는 것 없이 모두를 볼 수 있는 유일한 곳이었다. 군인들은 서로 어깨를 맞대고 모여 있었다. 「다른 함선들에서 난색을 표하고 있다. 마지언은 내가 이 우주선을 운영하는 방식을 탐탁지 않아 한다. 여러분 중 누구도 그 목록에 없는 듯하다. 여러분 중 누구도 암시장과 관련이 없는 듯하다. 다른 승무원들은 여러분과 나에게 화가 난 듯하고, 목록이 조작됐다는 소문이 난무하고 있다. 〈노르웨이〉와 다른 우주선들 사이에 있던 무슨 암시장 경쟁 때문에 누가 고의적으로 정보를 찔렀다는 소문도 있다……. 조용히! 그래서 나는 꼭대기에서 명령을 받았다. 여러분은 〈단기 상륙 허가〉를 받는다. 다른 군인들과 똑같은 일정, 똑같은 조건이다. 〈임무〉도 다른 군인들과 똑같은 일정으로 받는다. 나는 아무 말도 하지 않을 것이다. 오직 여러분이 임무를 훌륭히 수행한 것에 대해 칭찬할 때가 아니면 말이다. 그리고 두 가지 더 말해 줄 것이 있다. 블루 구역의 그 난장판에 연관된 이름 중 〈노르웨이〉에 탄 자의 이름은 없었다는 점에, 나는 이 우주선 전체를 대표해 실로 자부심을 느낀다. 두 번째로…… 다른 부대들과 논쟁을 삼갈 것을 부탁하겠다. 어떤 소문을 듣건, 아무리 상대가 자극하건 말이다. 저쪽은 악감정을 품은 게 분명해 보이고, 그 점에 나는 개인적으로 책임감을 느낀다. 명백히…… 음, 그 부분은 그냥 지나가기로 하자. 질문 있나?」

무거운 침묵이 흘렀다. 다들 꼼짝도 하지 않았다.

「내가 개인적으로 만나서 하지 않아도, 이제 들어올 보초들에겐 여러분이 알아서 내 말을 전해 주리라 믿는다. 사과하겠다. 개인적 사과다. 내 지휘하에 있는 이들이 다른 이들에게 받은 부당한 해석에 대해 사과한다. 해산.」

여전히 아무도 움직이지 않았다. 시그니는 몸을 휙 돌려 리프트 쪽으로 걸어가, 주갑판과 자신의 숙소 쪽으로 향했다.

「그 자식들을 우주로 방출해 버려.」 뒤에서 누가 중얼거

269

리는 소리가 들렸다. 시그니는 등을 돌린 채 발걸음을 딱 멈췄다.

「노르웨이!」 누가 외쳤다. 그리고 또 다른 누군가가 외쳤다. 「시그니!」 순식간에 우주선 전체가 되풀이해서 외치고 있었다.

시그니는 열린 리프트를 향해 다시 걷기 시작했다. 걸음 걸이는 아무렇지 않았지만 속으론 깊은 안도의 한숨을 쉬었다. 그게 콘래드 마지언이라 해도 감히 〈노르웨이〉에 손댈 수 있다고 생각했다면, 우주로 방출해 버렸을 것이다. 시그니는 군인들부터 시작했다. 디 잔츠도 군인들에게 할 말이 있을 터였다. 〈노르웨이〉의 사기를 위협하는 것은 생명을 위협하는 것이었고, 오랜 세월에 걸쳐 그들이 쌓아 온 반사 작용을 위협하는 것이었다.

그리고 시그니의 자부심, 그 또한 위협하는 것이었다. 리프트 안으로 뚜벅뚜벅 들어가 버튼을 누르는 시그니의 얼굴은 아직도 뜨거웠다. 복도들에 메아리치는 외침은 시그니의 자부심에 위안이 되어 주었다. 스스로 인정하듯이, 시그니는 마지언만큼이나 자부심이 대단한 사람이었다. 사실 명령은 따랐다. 그러나 시그니는 자신의 군인들과 승무원들에게 미칠 영향을 이미 계산했고, 〈노르웨이〉 자체 내에서 일어나는 일에 관해선 누구도 시그니에게 명령하지 않았다. 마지언조차.

제2장

1
펠: 그린 구역 9층, 2353년 1월 6일

그 다우너가 다시 그의 곁에 있었다. 작은 갈색 다우너는 어둠 속에 잠겨 있어 그린 구역 9층의 사람들 속에서 전혀 이상해 보이지 않았다. 조시는 폭동이 할퀴고 간 복도에 잠시 서서 발을 몰딩에 올리며 부츠 위쪽을 매만지는 척했다. 다우너는 조시의 팔을 만지고 코에 주름을 잡으며 몸을 숙이고 조시의 얼굴을 올려다보았다. 「콘스탄틴-인간 괜찮다?」 몸을 숙이고 조시의 얼굴을 올려다보았다. 「콘스탄틴-인간 괜찮다?」

「괜찮아요.」 조시가 말했다. 이 다우너는 푸른 이빨이라는 자였는데, 거의 매일 데이먼과 조시의 뒤를 바싹 따라다니며, 데이먼과 어머니 사이에 메시지를 전달해 주었다. 「우린 이제 숨기 좋은 장소를 찾았어요. 더 이상 문제는 없어요. 데이먼은 안전하고, 더 문제를 일으키지 않아요.」

털로 덮인 힘센 손이 조시의 손을 쥐더니 손안에 뭔가를 밀어 넣었다. 「당신 콘스탄틴-인간을 데려간다? 〈그녀〉가 준다, 필요하다 말한다.」

다우너는 올 때처럼 갈 때도 잽싸게 움직이며 사람들 속을 빠져나갔다. 조시는 주위를 둘러보거나 다우너가 건넨 금속 물건을 보고 싶은 유혹을 꾹 참으며 허리를 펴고 복도를 걸어갔다. 꽤 가서야 조시는 물건을 보았다. 브로치였다. 진짜 금으로 만들어진 것 같았다. 조시는 브로치를 주머니에 넣었다. 이 브로치는 재화였고, 시장에서 팔 수 있는 물건이었으며, 카드가 필요 없었고, 이거면 다른 방법으론 매수할 수 없는 사람마저 매수할 수 있었다……. 그들이 현재 묵는 셋방 주인이 바로 그런 사람이었다. 금에는 보석과는 다른 쓸모가 있었다. 희귀한 금속은 생명만큼의 가치가 있었다. 시세가 그랬다. 그리고 날이 갈수록 데이먼을 숨겨야 한다는 확신이 점점 커졌다. 데이먼의 어머니는 판단력이 아주 뛰어났다. 아무런 해도 끼치지 않고 복도들을 휙휙 오가는 모든 다우너가 데이먼 어머니의 눈이고 귀였다. 어머니는 데이먼과 조시의 필사적인 상황에 대해 알았다. 어머니는 은신처까지 제안했다. 그러나 데이먼이 거절했다. 무엇보다 다우너 시스템이 수색당하게 하고 싶지 않았던 것이다.

포위망이 좁혀 들고 있었다. 다닐 수 있는 복도들이 점점 줄었다. 새로운 시스템이 설치되고 있었고, 새로운 카드들이 사용되었다. 군인들이 구역들을 깨끗이 치우고 지나가면 그곳은 계속 깨끗하게 남아 있었다. 군인들은 구역을 밀폐하고 그 안에 있던 이들을 모두 체포해 지명수배 목록과 일일이 대조하며 확인한 다음, 새 신분증을 발급했다……. 대부분에게. 일부는 사라졌고, 그걸로 끝이었다. 새로운 카드 시스템은 점점 더 가까이 다가왔고, 그럴수록 시장은 점점 더 큰 타격을 받았다. 카드와 서류의 값어치는 폭락했다. 시스템 변경이 끝나면 옛 카드와 서류는 무의미해질 터였다. 사람들은 벌써 옛것들을 꺼리고 있었다. 때때로 콤프 안 어딘가에서 경보가 꺼지고 조용해졌다. 그러면 군인들이 무슨 시설로 와서 자신들이 찍은 누군가에 대해 추적 절차를 시작했다……. 마치 치안이 미비한 구역들에 있는 사람들이 카드를 도용하기라도 했다는 듯이. 군인들은 화가 나면 이리저리 질문을 하고 신분증을 확인했다. 그 지역들을 아무 때나 급습해 주민들을 공포에 떨게 하고 서로를 의심하게 했다. 사람들은 마지언의 의도대로 움직였다.

그것이 그들의 생계 수단이었다. 카드를 정화하는 것이 그들, 즉 조시와 데이먼의 장사 수단이었다. 암시장 시스템 내에서 데이먼과 조시는 이런 식으로 가치를 증명했다. 구매자는 훔친 카드의 가치를 확인하고 싶어 했고, 새로운 고객은 카드를 썼다가 콤프에서 경보가 울리는 일이 없을 것임을 확실히 하고 싶어 했으며, 누군가는 자산에 접근할 은행 암호를 원했다……. 부두의 술집들과 단기 숙소들은 얼굴과 신분증을 비교 대조하지 않았다. 전혀. 그리고 데이먼에겐 그런 일에 필요한 출입 번호들이 있었다. 조시도 이 작업에 대해 배웠다. 둘은 힘을 합쳐 일했고, 둘 중 누구도 정기적으로 복도에 들어가는 모험을 할 필요가 없었다. 데이먼과 조시는 이 일을 과학의 차원까지 끌어 올렸다……. 푸른 이빨에게 배워 다우너 터널들을 이용했고, 심지어 구역 경계선을 넘나들기까지 했다. 그 덕분에 어떤 콤프 단말기에도 연속으로 정보를 요청하지 않을 수 있었다. 카드 중 몇 개는 위험할 정도로 최신이었음에도, 조시와 데이먼은 한 번도 경보가 울리게 만든 적이 없었다. 둘은 유능했다. 장사도 했다. 얄궂게도 마지언이 만들어 준 것이었다. 이걸로 둘은 먹을 것과 머물 곳을 구했고, 귀중한 작업원들에게 암시장이 제공하는 모든 보호를 받으며 몸을 숨겼다. 지금 이 순간, 조시의 주머니에는 카드가 잔뜩 들어 있었다. 조시는 카드마다 보안 등급별로 어떤 가치가 있는지, 크레디트 계좌마다 얼마나 들었는지 알았다. 대체로 크레디트 계좌는 텅 빈 경우가 많았다. 실종자의 가족은 금세 현명해졌고, 스테이션 콤프는 특정 번호로 접근하지 못하게 계좌를 동결해 달라는 가족들의 요구를 존중했다……. 그런 소문이 돌았다. 십중팔구 진실일 것이었다. 대부분의 카드가 이제 말썽거리가 되었다. 그래도 데이먼은 쓸 만한 카드 몇 장이 있었고, 코드 번호들도 꽤 모아 두었다. 아직 쓸 만한 건 독신자들의 카드나 독립 계좌들뿐이었다.

그러나 좀 더 빠른 변화가 일고 있다는 불길한 징조들이 있었다. 어쩌면 그냥 조시의 상상일 뿐인지도 모르지만, 그린 구역 모든 층의 복도가 오늘은 더욱 붐비는 듯 보였다. 실제로 그럴 가능성도 상당히 컸다. 신원 확인과 카드 재발급에 따르려 하지 않는 사람들은 모두 점점 더 작아지는 공간들에서 완강히 버텼다……. 그린 구역과 화이트 구역은 아직 열려 있었지만, 조시는 개인적으로 화이트 구역에 가면 불안해졌고, 필요 이상으로 머물고 싶지 않았다……. 무슨 소문을 들은 것은 아니지만, 그곳엔 묘한 분위기가 있었다. 또 다른 지역 하나가 밀폐될 것 같다는 낌새가 있었다……. 화이트 구역이 가장 가능성 높았다.

그린 구역에는 커다란 중앙 광장들이 있었고, 결연한 저항 세력이 집마다 복도마다 싸울 수 있는, 골치 아픈 병목들이 가장 적었다. 싸움에 대해 말하자면 말이다. 조시는 사실 자신들이 좀 다른 끝을 맞을 거라 생각했다. 마지언이 펠의 모든 문제를 마지막 한 구역 안으로 깔끔하게 몰아넣었을 때, 조시는 마지언이 이 구역을 그냥 날려 버릴 거라고, 문을 모두 활짝 열고 구역 전체를 우주로 방출해 버릴 거라 생각했다. 그래서 자신들이 호소 한 번 못 하고 아무런 기회도 없이 그냥 죽게 될 줄 알았다.

미쳐 버린 소수의 사람들은 압력복을 구했다. 암시장에서 가장 잘나가는 물건이었다. 이들은 무장한 채 거친 눈으로 주위를 맴돌았으며, 무슨 일이 있어도 살아남길 바랐다. 대부분은 그냥 자신이 죽을 거라 생각하고 말았다. 그린 구역 전체에 자포자기한 분위기가 팽배했다. 체포되어도 할 수 없다고 단념한 사람들은 자발적으로 화이트 구역으로 이동했다. 그린 구역과 화이트 구역은 점점 더 이상해졌고, 벽들에는 기묘한 문구와 그래피티가 그려졌다. 외설적인 것도 있었고, 종교적인 것도 있었으며, 애처로운 것도 있었다. 〈우리가 여기에 살았다.〉 이런 글귀도 쓰여 있었다. 그게 다였다.

복도 조명이 몇 개 빼고 모두 부서져 모든 게 어스름에 잠겨 있었다. 스테이션은 더 이상 주일/부일 교대를 위해 빛을 어둑하게 만들지 않았다. 그랬다간 위험할 정도로 어두워질 터였다. 모든 빛이 꺼진 측면 복도들이 좀 있었고, 거기 속한 자가 아니면 누구도 그 야수굴로 들어가려 하지 않았다. 비명을 지르며 끌려 들어가는 자들은 있었다. 갱단들이 서로 싸우며 세력 쟁탈을 했다. 유난히 약한 자들은 갱들에게 들러붙었고, 갱들에게 필요한 모든 물자를 지불하고 안전을 꾀했다. 어쩌면 남의 안전을 해치려는 의도일 수도 있었다. 일부 갱들은 Q에서 시작되었다. 일부는 펠 갱이었고, 방어를 위해 형성된 뒤 다른 사업들에 착수했다. 조시는 누구랄 것도 없이 갱이면 모두 두려웠고, 특히 갱들의 터무니없는 폭력이 가장 두려웠다. 조시는 턱수염을 기르고 머리를 길렀고, 구부정한 자세로 걷고 최대한 지저분하게 다녔다. 화장으로 얼굴도 살짝 바꿨다…… 이런 상품은 시장에서도 높은 값에 팔렸다. 이 소름 끼치는 곳에 코미디란 게 있다면, 그건 바로 여기 사람들 대부분이 완전히 똑같은 일을 한다는 거였다. 이 구역은 누가 자기를 알아보지 못하길 필사적으로 바라는 남녀로 가득했다. 사람들은 복도를 걸어가면서 서로 눈길을 피하고 끊임없이 주춤거렸다…… 군인들이 근처에 있지 않으면 으스대며 위협하려 드는 사람들도 있었다…… 그러나 누가 고함치고 따라오는 일이 없기만 바라며 풀 죽은 유령처럼 빠르게 지나다니고 종종걸음 치는 사람이 더 많았다.

조시가 외모를 너무 바꿨는지, 아무도 그를 알아보지 못했다. 아직까지 조시를 혹은 데이먼을 대놓고 손가락으로 가리키는 사람은 없었다. 어쩌면 펠에는 아직 충성심이란 게 어느 정도 남아 있는 듯했다. 혹은 그들이 시장과 연관되어 있어 보호받는 것일 수도 있었고, 그들을 알아도 너무 겁이 나 가만있는 건지도 몰랐다. 일부 갱들은 암시장과 연결되어 있었다.

이따금 군인들이 복도에 들어오기도 했다. 일부는 9-2에서 돌아왔지만, 이는 자기 일을 하는 다우너들만큼이나 평범한 일이었다. 그린 부두는 아직도 화이트 부두 끝까지 개방되어 있었다. 〈아프리카〉와 때때로 〈대서양〉 혹은 〈태평양〉이 그린 부두의 첫 정박지 두 개를 차지했고, 나머지 우주선들은 블루 부두에 정박했다. 군인들은 그린 부두 끝에 있는 구역 밀폐 벽들 옆의 관계자용 출입구를 자유롭게 통과해 다녔다. 군인들은 단기 상륙 허가를 받아서 혹은 임무를 수행하러 그린과 화이트 구역에 들어왔고, 이 부적격자들과 어울렸다……. 그리고 이 부적격자들은 여기서 탈출할 방법은 오로지 저 군인들에게 가거나 모든 이의 보안이 확인된 지역의 출입구로 가서 자수하는 것뿐임을 알고 있었다. 어떤 이들은 이 마지언 무리가 단순히 친밀하고 거의 우호적이기까지 한 이 관계 때문에 구역을 감압하지 않을 거라 믿었다. 군인들은 휴가 나올 때는 방탄복을 벗었고, 큰 소리로 웃으며 돌아다녔으며, 인간적인 모습으로 술집에서 죽치고 놀았다……. 두어 군데를 자기네 것으로 찍어 점유한 것도 사실이었다……. 하지만 다른 술집에서도 사람들과 섞여 어울렸고, 때때로 암시장에 호의적인 웃음을 보내곤 했다.

이러면 그날이 올 때까지 희생자들을 다루기가 훨씬 더 쉽기 때문이라고 조시는 생각했다. 그들에겐 아직 선택의 여지가 남아 있어, 군인들과 게임을 했다. 날쌔게 피하고 분투했다……. 그러나 본부 어딘가에서 버튼 하나만 누르면 모든 게 끝이었다. 사람들은 죽어 가며 함대 인원과 마주칠 일도 없고, 누군가의 얼굴을 볼 일도 없었다. 모든 게 냉담하고 차갑게 끝나 버릴 터였다.

조시와 데이먼은 계획을 짰다. 거칠고 무익한 음모들이었다. 소문에 따르면, 데이먼의 형이 살아 있다고 했다. 둘은 셔틀 중 한 대에 몰래 타고 지휘권을 뺏은 뒤 다운빌로로 가서 숲으로 숨어들까 하는 이야기를 했다. 무장한 군인들에게서 셔틀 한 대를 훔칠 가능성은 걸어서 다운빌로까지 갈 가능성과 비슷했다. 그러나 계획을 짜노라면 머릿속이 바빠지고 희망이 솟았다.

그리고 좀 더 현실적으로 본다면…… 밀폐 벽들을 지나 보안 확인이 끝난 구역들로 들어가려고 시도해 볼 수는 있었다. 경보 장치가 달린 출입문들, 엄격한 보초들, 모퉁이마다 있는 검문소. 조금만 움직이려 해도 카드를 써야 했다……. 그게 이곳에서 삶의 방식이었다. 맬러리의 짓이었다. 군대가 모든 걸 조사하고 확인했다. 「총을-든-인간들이 너무 많다.」 푸른 이빨은 그렇게 경고했다. 「차갑다, 그들의 눈.」

정말로 차가웠다.

반면 이곳엔 시장이 있고, 은고네 술집이 있었다.

 조시는 그린 구역 9층을 걸어 은고네 술집으로 갔다. 이 술집의 뒷문을 나가면 복도였고, 이 복도로 이어지는 터널이 있었지만, 조시는 터널을 통해 가지 않았다. 터널은 비상용이었고, 은고는 이유 없이 뒷길을 쓰는 사람을 좋아하지 않았다……. 은고는 앞문으로 들어오지 않은 자가 홀에서 보이는 일은 절대 없길 원했고, 콤프에서 출입 경보가 울리는 일 또한 절대 없길 바랐다. 은고네 술집은 암거래가 활발한 곳이었다. 그래서 그 어느 곳보다 더 깨끗하려 애썼다. 한때는 상인들의 발걸음에 번성했던 그린 부두와 9층 부두 진입로에 이제는 스무 개 남짓한 술집들과 오락장들만 있었고, 은고네 술집은 그중 하나였다……. 그리고 단기 숙소들과 비디오 극장들과 휴게실들과 레스토랑들과 뜬금없는 교회당 하나가 한 줄로 이어지며 남은 공간을 채웠다. 술집들은 대부분 문을 열었다. 극장들과 교회당과 일부 단기 숙소들은 속이 불타고 껍데기만 남았지만, 술집들은 대부분 은고네 술집처럼 손님을 받으며, 스테이션이 사람들을 여전히 먹여 살리는 채널인 레스토랑 역할까지 했다. 또한 이들은 암시장에 음식을 더했고, 스테이션은 기꺼이 그것들을 유통시켰다.

 조시는 이쪽저쪽을 조심스레 흘끗거리며 은고네 술집의 늘 활짝 열려 있는 앞문으로 다가갔다. 티나게 둘러보지는 않았고, 그냥 어느 술집에 갈까 생각하는 사람처럼 걷고 보았다.

 갑자기 누군가의 얼굴이 조시의 시선을 사로잡아, 하마터면 심장이 멎을 뻔했다. 조시는 반 박자 쉬었다가 복도 건너 부두 쪽에 있는 마스카리네 술집 쪽을 보았다. 거기 서 있던 키 큰 남자가 갑자기 움직이더니 마스카리네 술집 안으로 쏜살같이 들어갔다.

갑자기 눈앞이 새까매지면서 어떤 기억이 너무나 생생하게 스쳐 갔다. 조시는 비틀거리며, 모든 일을 잊어버렸다. 순간적으로 무너질 듯 약해지며 공황을 일으켰다…… 조시는 앞이 보이지 않는 상태에서 몸을 돌려 은고네 술집으로 들어갔다. 침침한 불빛과 쿵쿵 울리는 음악과 알코올과 음식 냄새와 씻지 않은 고객들의 냄새가 온몸을 감쌌다.

나이 많은 은고가 직접 바를 지키고 있었다. 조시는 카운터로 가서 몸을 숙이고 술 한 병을 청했다. 은고는 카드를 달라는 말도 없이 그냥 술병을 주었다. 계산은 나중에 뒤쪽의 방에서 한꺼번에 했다. 그러나 술병을 잡는 조시의 손이 떨렸다. 은고는 잽싸게 조시의 손목을 잡았다. 「무슨 문제라도?」

「그럴 뻔했어요.」 조시는 거짓말을 했다…… 어쩌면 이건 거짓말이 아닐 수도 있었다. 「하지만 도망쳤어요. 갱 문제예요. 걱정 마요. 절 쫓아온 사람은 없어요. 관공서와 얽힌 문제는 아니에요.」

「확실하게 해두는 게 좋을걸.」

「문제없어요. 긴장했어요, 긴장해서 그래요.」 조시는 술병을 꽉 잡고 뒤쪽으로 걸어가다가 주방으로 통하는 뒷문에서 잠시 발걸음을 멈추어 자신이 나가는 걸 지켜보는 사람이 없는지 확인했다.

어쩌면 마지언 일당 중 하나일 거였다. 아까의 일 때문에 조시는 아직도 심장이 쿵쾅거렸다. 은고네 술집의 누군가가 감시를 받고 있었다. 아니, 이건 그냥 조시의 상상이었다. 마지언 패거리는 그처럼 교활하게 굴 필요가 없었다. 조시는 병뚜껑을 열고 병째로 마셨다. 다우너 와인, 싸구려 안정제였다. 다시 한번 술을 꿀꺽꿀꺽 마시자 기분이 나아지기 시작했다. 조시는 이렇게 기억이 번뜩일 때가 있었다…… 자주는 아니었지만. 이런 기억은 언제나 나빴다. 뭐라도 촉발제가 될 수 있었고, 보통은 작고 어이없는 것, 즉 냄새, 소리 혹은 낯익은 것이나 평범한 사람을 순간적으로 잘못 보는 일 따위가 기억을 유발했다…… 밖에서 이런 일이 일어났다는 것, 그 점이 조시의 마음을 가장 괴롭혔다. 사람들의 시선을 끌었을 수도 있었다. 아마도 그랬을 것이다. 조시는 오늘은 절대 밖에 나가지 말자고 결심했다. 내일은 어찌 될지 알 수 없었다. 조시는 세 번째로 술을 꿀꺽꿀꺽 마신 뒤, 탁자 열두 개의 손님들을 마지막으로 둘러보고 나서 주방으로 슬그머니 들어갔다. 은고의 아내와 아들이 주문받은 음식을 요리하고 있었다. 조시는 아무렇지 않게 그들을 흘끗 보았다. 은고의 아내와 아들도 부루퉁한 눈길로 조시를 보았다. 조시는 계속 걸어 저장실 쪽으로 갔다.

조시는 손으로 문을 열고 들어갔다. 「데이먼.」 조시의 말에, 캐비닛 뒤쪽의 커튼이 열렸다. 데이먼이 나와서 가구로 쓰는 양철통들 사이에 앉았다. 전지로 돌아가는 램프들이 빛을 비췄다. 둘은 콤프의 꼼꼼한 절약 정신과 빈틈없는 기억력을 피하려고 램프를 썼다. 조시는 데이먼에게로 가서 힘없이 주저앉았고, 데이먼에게 술병을 넘겼다. 데이먼은 병을 받아 한 모금 마셨다. 둘 다 수염이 무성했다. 이 술집에 모인 씻지 않고 우울한 사람들과 다를 바 없어 보였다.

「늦었네요.」 데이먼이 말했다. 「속 타 죽는 꼴 보려고 그래요?」

조시는 주머니를 뒤져 카드들을 꺼낸 뒤 기억을 떠올려가며 분류하고, 잊기 전에 얼른 색연필로 메모했다. 데이먼이 조시에게 종이를 주자 조시는 카드마다 상세한 내용을 적었다. 그동안 데이먼은 말을 걸지 않았다.

이윽고 조시는 모든 기억을 쏟아 내며 일을 마치고, 옆의 양철통 꼭대기에 종이 더미를 놓고 와인 병으로 손을 뻗었다. 조시는 술을 마신 뒤 병을 내려놓았다. 「푸른 이빨을 만났어요. 당신 어머니는 잘 계신대요. 당신에게 이걸 주라더군요.」 조시는 주머니에서 브로치를 꺼냈고, 데이먼은 받으며 침울한 표정을 지었다. 이 표정으로 보아 이 브로치는 단순히 금덩어리가 아니라 뭔가 다른 의미가 있는 듯했다. 데이먼은 우울하게 고개를 끄덕이고 나서 브로치를 주머니에 넣었다. 데이먼은 가족 이야기를 많이 하지 않았다. 죽었건 살았건, 추억에 잠겨 말하는 일이 거의 없었다.

「어머니가 아세요.」 데이먼이 말했다. 「어머니는 무슨 일이 일어날지 아시는 거예요. 어머니는 당신의 비디오 스크린으로 보고 있고, 다우너들에게서 듣고 있어요……. 푸른 이빨이 좀 더 자세한 말은 하지 않던가요?」

「우리에게 이게 필요할 거라고 어머니가 생각하신다는 말만 했어요.」

「형에 대한 소식은 없었나요?」

「그 얘긴 나오지 않았어요. 그때 우린, 그 다우너와 전 얘기할 만한 상황이 아니었어요.」

데이먼은 고개를 끄덕이고 깊은숨을 들이쉰 뒤 두 무릎에 팔꿈치를 대고 고개를 숙였다. 데이먼은 이런 소식 듣는 걸 낙으로 삼았다. 실망스러운 얘기를 들으면 축 처졌고 상처를 받았다. 데이먼도 조시도 상처를 받았다. 조시는 마치 자신이 그 상처를 입힌 듯이 느꼈다.

「밖에는 점점 더 긴장이 고조되고 있어요.」 조시가 말했다. 「불안감이 팽배해요. 잠시 길에서 지체하며 귀 기울여 봤지만, 아무 소식도 없었어요. 다들 겁에 질려 있고, 어떻게 돌아가는지 아는 사람이 전혀 없어요.」

데이먼은 고개를 들고 병을 집어 남은 와인의 반을 마셨다. 한 모금도 채 되지 않았다. 「우리가 앞으로 뭘 할 거라면 어서 해야만 해요. 보안 확인이 끝난 구역들로 들어가든…… 셔틀로 가든요. 여기서 계속 지낼 순 없어요.」

「혹은 터널에서 유령처럼 지낼 수도 있죠.」 조시가 말했다. 조시 생각엔 이게 유일하게 현실적인 대안이었다. 대부분의 인간은 터널을 병적으로 두려워했다. 감히 터널에 들어와 보려는 극소수의 인간들은……. 아마도 데이먼과 조시가 싸워서 물리칠 수 있을 듯했다. 그들에겐 총이 있었다. 거기서 살 수 있을지도 몰랐다. 하지만 무슨 결정을 하든…… 점점 더 시간에 쫓기고 있었다. 터널 생활은 기대하며 꿈꿀 만한 게 못 되었다. 〈그리고 어쩌면 우린 운이 좋을지도 몰라.〉 조시는 데이먼을 보며 비참한 마음으로 생각했다. 데이먼은 자기 생각에 빠져 바닥을 보고 있었다. 〈어쩌면 그자들이 이지역을 그냥 날려 버릴지도 몰라.〉

저장실 문이 열렸다. 은고가 들어오더니 다가와서 카드들을 들고 메모를 읽었다. 그러고는 주름진 입을 오므리고 얼굴을 찡그렸다. 「확실해?」

「실수는 없어요.」

은고는 마치 카드들이 잘못됐다는 듯한 태도로 상품의 질에 툴툴거렸고 밖으로 나가려 했다.

「은고.」 데이먼이 말했다. 「시장에 새로운 신분증이 풀릴 거란 소문 들었어요? 정말 그런가요?」

「어디서 그런 말을 들었어?」

데이먼은 어깨를 으쓱했다. 「앞에서 남자 둘이 얘기하더라고요. 사실이에요, 은고?」

「그러길 바라나 보지. 새 시스템에 끼어들 방법을 찾으면 말해.」

「생각 중이에요.」

은고는 혼잣말로 투덜거리며 나갔다.

「정말이에요?」 조시가 물었다.

데이먼은 고개를 저었다. 「무슨 정보를 캐낼 수 있지 않을까 해서 해본 소리예요. 지금으로선 은고가 입을 다물고 있거나, 아무도 아는 이가 없는 것 같네요.」

「전 후자에 걸겠어요.」

「저도요.」데이먼은 무릎에 두 손을 올리고 한숨을 쉰 뒤 고개를 들었다.「나가서 뭘 좀 먹을까요? 문제 될 사람이 저 밖에 있는 건 아니죠?」

잠시 잊었던 기억이 돌아와 어두운 힘으로 조시를 짓눌렀다. 조시는 입을 벌리고 뭐라고 말하려 했지만, 갑자기 꿍음이 울리며 바닥을 뒤흔들었다. 밖에서 커다란 쿵 소리와 요란한 소리가 나고, 상대적으로 작은 비명들도 들렸다.

「〈밀폐 벽〉들이에요.」데이먼이 벌떡 일어나며 외쳤다. 외침이 계속되고, 거친 비명들이 들리고, 앞쪽 홀에서 의자들이 뒤집혔다. 데이먼이 저장실 문으로 달려가자 조시도 함께 뛰었다. 둘은 뒷문으로 나와 문에서 최대한 멀어졌다. 은고와 아내, 아들도 허둥지둥 나왔다. 은고는 손에 시장 기록들을 쥐고 있었다.

「안 돼요.」조시가 외쳤다.「기다려요……. 그 소리는 화이트 구역과 연결되는 문 소리였을 거예요……. 우린 밀폐됐어요. 하지만 9-2에 군인들이 있었어요. 그들이 버튼을 누를 거면 군인들을 여기에 남겨 두지 않았을 거예요…….」

「콤.」은고의 아내가 외쳤다. 홀의 비디오에서 방송이 나오고 있었다. 그들은 서둘러 그쪽으로 달려갔다. 홀에선 이미 몇 명이 비디오 근처에 모여 있었다. 어떤 남자는 바에서 술병을 한 팔 가득 훔치느라 바빴다.「이봐!」은고는 분개하며 외쳤다. 남자는 두 병을 더 잡아챈 뒤 도망갔다.

화면에 보이는 것은 존 루커스였다. 마지언이 스테이션에 공식 발표를 할 일이 있을 때는 늘 존 루커스가 화면에 나왔다. 루커스는 피골이 상접해 있었다. 눈이 움푹 꺼진 불쌍한 해골이었다. 「……는 밀폐되었습니다.」 루커스가 말하고 있었다. 「화이트 구역 주민들 및 이곳을 떠나고 싶은 분들께서는 떠나실 수 있도록 허가를 내드리겠습니다. 그린 부두 입구로 가시면 통행 허가를 받으실 수 있습니다.」

「달갑잖은 사람들을 모두 이 안으로 몰아넣고 있군.」은고가 말했다. 주름진 얼굴에 땀이 송골송골 맺혀 있었다. 「여기서 일하는 우린 어쩌라고, 총감독관 루커스 씨? 여기에 갇힌, 우리처럼 정직한 사람들은 어쩔 건데?」

루커스는 방송을 다시 되풀이했다. 녹화된 게 분명했다. 저들이 루커스를 생방송에 내보내는 일이 과연 있기는 할지 의심스러웠다.

「가요.」 데이먼이 조시의 팔을 걸어 잡으며 말했다. 데이먼과 조시는 정문을 나가 그린 부두 쪽으로 모퉁이를 돌았고, 위로 휘어지는 길을 따라 오랫동안 걸어갔다. 엄청나게 많은 사람이 모여 화이트 구역 쪽을 보고 있었다. 그들이 다가 아니었다. 군인들도 있었다. 그들은 저쪽 벽을 따라 정박지들과 갠트리들 옆에서 움직이고 있었다.

「발포할 거예요.」 조시가 속삭였다. 「데이먼, 여기서 나가요.」

「문들을 봐요, 문들을 봐요.」

조시는 문을 보았다. 거대한 밸브들은 단단히 조여져 있었다. 옆쪽의 관계자용 입구는 열려 있지 않았다. 열리지 않았다.

「그자들은 사람들을 통과시킬 생각이 없어요.」데이먼이 말했다. 「거짓말이었어요…… 도망자들을 저쪽 부두들로 모으려는 거였어요.」

「어서 돌아가요.」조시는 데이먼에게 사정했다.

누군가 총을 쏘았다. 옆쪽의 군인들이었다. 머리 위로 그리고 가게 정면으로 총알이 빗발치듯 쏟아졌다. 사람들은 비명을 지르고 서로 밀치며 도망쳤다. 조시와 데이먼은 사람들과 함께 부두를 지나 9층 안으로, 은고네 술집의 문 안으로 들어갔다. 사람들은 은고네 술집을 지나쳐 복도를 뛰어갔다. 몇 명이 조시와 데이먼을 따라 들어오려 했지만, 은고가 막대기를 들고 뛰쳐나와 사람들을 막았다. 그러면서 말썽거리를 뒤에 달고 뛰어 들어왔다고 둘에게 욕을 퍼부었다.

그들은 문을 닫았지만, 밖의 군중은 저항이 가장 적은 길로 도망치는 데 더 관심이 있었다. 술집의 불이 모두 켜지고, 뒤엉킨 의자들과 음식이 엎질러진 접시들로 가득한 홀이 환해졌다.

은고와 아내, 아들은 조용히 청소를 시작했다. 「여기.」은고가 조시에게 스튜로 얼룩진 축축한 걸레를 던졌다. 은고는 뭐라 명령하진 않았지만 다시 한번 얼굴을 찡그리며 데이먼을 보았다. 콘스탄틴 이름에는 아직 특권이 남아 있었다. 그러나 데이먼은 다른 사람들과 함께 접시를 줍고 의자를 똑바로 세우고 걸레질을 하기 시작했다.

밖은 다시 조용해지고 가끔 문 두드리는 소리가 날 뿐이었다. 사람들은 플라스틱 창을 통해 홀 안의 사람들을 뚫어져라 보았다. 사람들은 그저 안으로 들어오길 원했다. 기진맥진하고 공포에 질린 그들은 이 술집의 서비스를 원했다.

은고는 문을 열고 욕하고 소리치며 사람들을 들였다. 바 뒤에 앉아 당장은 크레디트와 상관없이 술을 조금씩 나눠 주기 시작했다. 「돈 내.」 은고는 모두에게 경고했다. 「그냥 앉아 있으면, 우리가 알아서 값을 매기겠어.」 어떤 사람들은 돈을 내지 않고 가버렸다. 어떤 사람들은 앉아서 기다렸다. 데이먼은 와인을 한 병 받은 다음, 조시를 가장 멀찍이 떨어지고 짧은 L자 모양 파이프가 있는 구석자리로 데려갔다. 데이먼과 조시가 평소에 앉는 그곳에선 정문이 보이고, 주방과 둘의 은신처로 가는 길도 방해물 없이 잘 보였다. 콤 음악 채널이 다시 켜졌다. 왠지 그리움에 잠겨 마음을 달래 주면서 로맨틱한 음악이 흘러나왔다.

조시는 양손에 머리를 파묻고, 될 대로 되라며 취하면 좋겠다고 생각했다. 하지만 그럴 수 없었다. 꿈들 때문이었다. 데이먼은 술을 마셨다. 충분히 마신 게 분명했다. 푹 꺼진 눈이 아련하게 풀렸던 것이다. 조시는 진심으로 데이먼이 부러웠다.

「전 내일 나가요.」 데이먼이 말했다. 「그 구멍엔 충분히 오래 있었어요…… 전 나갈 거예요. 어쩌면 몇 명과 얘기하고, 연락을 취해 볼 거예요. 아직 그린 구역에서 신원 확인을 받고 나가지 않은 누군가가 분명 있을 거예요. 제 가족에게 호의를 빚진 누군가가 분명 있을 거예요.」

이미 시도해 본 일이었다. 「나중에 다시 얘기해요.」 조시가 말했다.

은고의 아들이 조시와 데이먼에게 저녁을 가져다주었다. 최대한 묽게 해서 양을 늘린 스튜였다. 조시는 스튜를 한 숟가락 떠서 먹고는 데이먼에게도 어서 먹으라고 발을 툭툭 찼다. 데이먼은 숟가락을 들어 스튜를 먹었지만, 아직도 마음은 딴 곳에 가 있었다.

아마도 엘렌 생각을 하고 있을 것이었다. 데이먼은 가끔 자면서 엘렌의 이름을 불렀다. 때로는 형의 이름을 말하기도 했다. 어쩌면 데이먼은 다른 것들, 사라진 친구들을 생각하고 있을지도 몰랐다. 그들은 필시 죽었을 터였다. 데이먼은 말하지 않을 것이었다. 조시는 그 점을 잘 알았다. 둘은 오랫동안 말없이 각자의 과거에 잠겨 있었다. 조시는 좀 더 행복한 꿈들을 생각했다. 사이틴의 기분 좋은 곳들, 햇살이 비치는 도로, 흙먼지가 날리는 곡식밭, 조시를 사랑한 사람들, 조시가 알던 얼굴들, 오랜 친구들, 오랜 동지들. 이곳에서 멀리 떨어져 있는 그들을 생각했다. 둘은 몇 시간을 그런 식으로 보냈다. 거의 밤마다 둘은 남의 눈을 피해 은고네 술집에서 길고 고독한 시간을 보냈다. 은고네 술집의 홀에서 나오는 음악이 주일과 부일의 대부분 시간 동안 벽들을 울렸다. 음악은 몽환적이거나 단조롭거나 지나치게 달콤하고 마음을 파고들었다. 둘은 이 조용한 시간 동안 잠을 잊고 서로에게 무관심하게 누워 있었다. 조시는 데이먼의 몽상에 간섭하지 않았고, 데이먼도 조시의 몽상을 방해하지 않았다. 둘 중 누구도 몽상의 중요성을 부정하지 않았다. 그들이 이곳에서 누릴 수 있는 최대 위안이었던 것이다.

둘 다 고려하지 않는 선택지가 하나 있다면, 그건 바로 자수하는 일이었다. 루커스의 얼굴이 바로 그들 앞에 있었던 것이다. 마지언이 자신의 꼭두각시들을 어떻게 다루는지 잘 보여 주는 상징적 해골이었다. 소문처럼 에밀리오 콘스탄틴이 아직 살아 있다면……. 조시는 이게 좋은 소식일까 나쁜 소식일까 남몰래 고민했다. 그러나 이 말 또한 입 밖으로 내지 않았다.

「마지언 함대의 일부가 뇌물을 챙길 기회만 노리는 것 같다는 말을 들었어요.」 마침내 데이먼이 말했다. 「그자들이 매수되면 물건 이상의 것도 해줄지 모르겠네요. 그자들의 새 시스템에 구멍이 있다면요.」

「말도 안 돼요. 그자들이 그러겠다고 할 리 없잖아요. 지금 당신은 밀가루 한 포대를 얘기하는 게 아니에요. 그런 질문을 하면 바로 덮칠걸요.」

「당신 말이 맞겠죠.」

조시는 그릇을 뒤로 밀고 그릇 가장자리를 응시했다. 시간이 점점 더 촉박해졌다. 그게 다였다. 화이트 구역이 밀폐됐다……. 조시와 데이먼도 밀폐되어 갇혔다. 이제 부두에서 혹은 그린 구역 1층에서부터 쓸어 내기 시작하면 그걸로 끝이었다. 자발적으로 항복하면 한 명씩 신원을 확인하고, 항복하지 않으면 쏴버리고.

그들이 화이트 구역의 질서를 잡으면……. 그런 일이 정말로 저쪽에서 시작되고 있었다. 이미 진행 중이었다.

「전 함대로 접근해 봐야겠어요.」조시가 마침내 말했다. 「군인들이 절 알아볼 가능성보단 당신을 알아볼 가능성이 더 크니까요. 〈노르웨이〉 군인들에게만 가까이 가지 않으면 돼요……..」

데이먼은 잠시 말이 없었다. 가능성을 따져 보는 것 같았다. 「제가 다른 쪽으로 시도해 볼게요. 생각할 시간을 줘요. 셔틀까지 갈 방법이 분명 있을 거예요. 제가 부두 작업원들을 확인해서 누가 거기서 일하는지 알아볼게요.」

될 리가 없었다. 이건 정신 나간 생각이었다.

2
상선 〈유한의 끝〉: 심우주, 2353년 1월 6일

상선이 한 척 더 들어왔다. 색다른 일은 아니었다. 엘렌은 보고를 듣고 소파에서 일어나 〈유한의 끝〉의 좁은 공간을 걸어갔다. 베스 나이하르트의 스캔에 뭐가 잡혔는지 보기 위해서였다.

「무슨 일입니까?」곧 가느다란 목소리가 물었다. 화물선은 이미 적당한 거리까지 도약해 왔고, 만전을 기하고 있었다. 화물선이 도약 범위를 나와 들어오려면 꽤 시간이 걸릴 것이었다. 엘렌은 손으로 더듬어 쿠션을 찾으며 스캔 앞의 두 번째 의자에 앉았다. 엘렌은 점차 불어나는 몸 때문에 은

근히 짜증이 났다. 성가시지만 이제는 감수하며 살아야 했다. 아기가 발로 차고 있었다. 몸속의 예측 불가능한 동반자였다. 〈조용히 해.〉 엘렌은 속으로 아기에게 말한 뒤, 얼굴을 찡그리며 스캔에 정신을 집중했다. 다른 나이하르트 가족들이 스캔을 보러 안으로 들어왔다.

「대답해 주실 분 안 계신가요?」 새로 온 우주선이 이제 훨씬 가까이 다가와서 물었다.

「신원을 밝히시죠.」 다른 우주선의 아까 그 목소리가 말했다. 「여기는 상선 〈작은 곰〉입니다. 그쪽은 누굽니까? 계속 오십시오. 그리고 신원을 밝히십시오.」

대답할 시간이 지났다. 우주선은 더욱 가까워지기만 했다. 다른 상선들은 이미 움직이고 있었다. 〈유한의 끝〉의 선교에 사람들이 잔뜩 모여서 보고 있었다.

「이거 맘에 안 드는데.」 누가 투덜거렸다.

「이쪽은 유니언 쪽 우주의 파곤에서 온 〈제너비브〉입니다. 소문을 듣자 하니, 여기에 무슨 일이 있다고 해서요. 무슨 상황입니까?」

「제가 맡지요.」 다른 목소리가 끼어들었다. 「〈제너비브〉, 여기는 〈픽시 II〉입니다. 선장과 좀 얘기할 수 있을까요, 젊은 친구?」

필요 이상으로 긴 침묵이 흘렀다. 엘렌은 심장이 지나치게 쿵쾅대기 시작해 몸을 빙글 돌려 나이하르트에게 어색하게 그리고 미친 듯이 손을 저어 보였다. 그러나 일반 경보가 벌써 발령되었고, 나이하르트는 콤프 앞의 조카에게 신호를 보냈다.

「저는 〈제너비브〉의 샘 덴턴입니다.」 목소리가 대답했다.

「샘, 제 이름이 뭐죠?」

「여기 군인들이.」 〈제너비브〉는 툭툭 소리를 내더니 그대로 끊겼다. 엘렌은 미친 듯이 콤으로 손을 뻗었다. 사방에서 통신들이 지지직거리며 정지하지 않으면 쏘겠다고 외치고 있었던 것이다.

「〈제너비브〉, 〈제너비브〉, 저는 〈에스텔〉의 켄입니다. 응답하세요.」

아무도 발포하지 않았다. 스캔상으론, 영점 영역 안에서 떠돌고 있는 우주선들, 수백 척의 우주선이 위치를 바꾸어 침입자를 포위하고 있었다.

「저는 유니언 대위인 마른 오보르스크입니다.」 마침내 누군가가 대답했다. 「〈제너비브〉에 타고 있습니다. 이 우주선을 생포하려 한다면 그전에 자폭하겠습니다. 덴턴 가족이 우주선에 타고 있습니다. 그쪽의 신원을 확실히 밝히시죠. 켄 가문은 모두 죽었습니다. 〈에스텔〉은 죽은 우주선입니다. 그쪽은 무슨 우주선이죠?」

「〈제너비브〉, 당신은 우리에게 뭔가 요구할 위치에 있지 않습니다. 덴턴 가족을 우주선에서 내려 주십시오.」

긴 침묵이 이어졌다. 「저는 제가 누구와 말하고 있는지 알고 싶군요.」

엘렌은 잠시 침묵이 고조되게 두었다. 엘렌 주위의 선교에서 사람들이 미친 듯이 움직였다. 사람들은 속도와 편차,

그리고 도킹 제트를 교활하게 사용해 그런 광란이 증가할 가능성에 따른 상대적 위치를 고려해서 포를 겨눴다. 「저는 퀸입니다. 우린 당신이 덴턴 가족을 우주선에서 내려 주시길 요구합니다. 확실히 말씀드리겠습니다. 만일 유니언이 또다시 상선에 손을 댄다면, 그날로 악마가 풀려나는 꼴을 보게 될 겁니다. 상선을 공격하거나 훔치는 우주선이 있으면, 그 우주선의 출발 항구는 우리 연맹의 전면적 제재를 받게 될 겁니다. 그게 바로 여기서 일어나는 일의 본질입니다. 주위를 둘러보시죠, 오보르스크 대위. 우린 이곳을 뒤덮고 있습니다. 우리 수가 당신네 전함들 수보다 훨씬 많습니다. 무역 상품을 1킬로그램이라도 어디로든 보내고 싶다면, 이제부턴 우리와 거래를 하시죠.」

「지금 말하는 게 어느 우주선입니까?」

상대는 대화 대신 총질부터 할 수도 있었다. 저들을 진정시키자. 자극하지 말자. 엘렌은 얼굴의 땀을 훔치고 나이하르트를 흘끗 보았다. 나이하르트는 고개를 끄덕였다. 그들은 콤프로 연락을 받았다. 「당신들이 알아야 할 건 퀸이란 게 전부입니다, 대위. 당신들은 수적으로 한참 밀립니다. 여긴 어떻게 찾아냈죠? 덴턴 가문 사람들에게서 알아냈나요? 아니면 그냥 엉뚱한 우주선이 당신들에게 연락했나요? 분명히 알아 두십시오. 상선 연합은 단일체로서 거래할 겁니다. 그리고 진짜 말썽을 원하신다면, 대위, 다른 상선에 한번 손대 보시죠. 당신과 마지언의 함대 둘이 서로에겐 무슨 짓을 해도 좋습니다. 하지만 우린 컴퍼니도 아니고 유니언도 아닙니

294

다. 우린 이 삼각관계의 제3자이고, 이제부터는 우리 이름으로 협상합니다.」

「여기서 무슨 일이 진행 중입니까?」

「당신에게 협상권이 있나요? 아님, 당신네 편에 메시지를 전할 수 있나요?」

긴 침묵이 이어졌다.

「대위.」엘렌은 다시 입을 열었다.「권한을 부여받은 협상자들이 기꺼이 우리에게 올 거라면, 우린 당신과 얘기할 준비가 완벽히 되어 있습니다. 그리고 그동안 덴턴 가문을 부디 풀어 주시죠. 당신이 합리적으로 이야기하겠다면, 우리도 우호적으로 굴겠습니다. 하지만…… 어느 상인이라도 해를 입게 된다면, 그에 대한 보복이 이루어질 겁니다. 이건 확실히 약속드립니다.」

당연한 침묵이 이어졌다.「저는 샘 덴턴입니다.」마침내 또 다른 목소리가 들렸다.「전 이 우주선이 침로를 바꿀 것이고, 폭발물이 우주선에 실려 있다고 당신에게 말하라는 지시를 받았습니다. 제 가족 모두가 여기 있습니다, 켄. 이 또한 정말입니다.」

갑자기 붕괴가 일어났다. 엘렌은 번개처럼 비디오와 원격 측정기를 보았고, 불꽃이 일렁이더니, 돌연 커지고, 확 퍼져 나갔다. 비디오로만 보아도 의심의 여지가 없었다. 엘렌의 배 속이 죄어들고 아기가 움직였다……. 엘렌은 배에 손을 대고 욕지기를 느끼며 잠시 스크린들을 응시했다. 계속 잡음이 지지직거리며 들어왔다.

누가 엘렌의 어깨에 손을 얹었다. 나이하르트였다.

「누가 쐈죠?」 엘렌이 물었다.

「여기는 〈픽시 II〉입니다.」 거칠고 탁한 목소리가 들렸다. 「제가 쐈습니다. 그자들이 틈새로 가기 위해 천정(天頂)으로 천천히 전진해 엔진을 점화했습니다. 그자들은 너무 많은 것을 실었습니다.」

「카피했습니다, 〈픽시〉.」

「들어갑니다.」 또 다른 우주선에서 말했다. 「그 지역을 수색합니다.」

최소한 캡슐이 있을 가능성이 있었다……. 유니언이 덴턴의 아이들만큼은 안전을 위해 피난하게 허락했을 수도 있었다. 그러나 캡슐이 폭발에서 살아남았을 가능성은 크지 않았다.

마리너에서의 〈에스텔〉처럼, 그렇게. 그들은 아무것도 찾지 못할 것이다.

또 다른 밝은 점이 나타났다. 볕이 들지 않는 암흑 속에 유령 같은 존재로, 스캔에 오직 밝은 점들로만 나타났다. 또는 가끔 비치는 야간 항행등의 탐조등 빛 혹은 비디오의 그림자 때문에 숨은 별들로 보였다. 아군이었다. 수백 척의 우주선이 수색 지역으로 이동했다. 「우린 이제 깊숙이 발을 담근 겁니다.」 나이하르트는 투덜거렸다. 「유니언은 쉬지 않을 겁니다.」 그러나 그들 모두 알았다. 말이 퍼져 나간 그 순간부터, 목적지와 호출자의 이름을 상선들끼리 전하기 시작한 그 순간부터……. 죽은 우주선이었고, 죽은 이름이었음을. 재난을 통해 그들 모두가 알게 되었다. 유니언이 냄새 맡는 일은 피할 수 없었다. 지금쯤 유니언은 분명 묘하게도 자기네 스테이션들에서 우주선들이 사라진 일을 눈치챘을 터이고, 상인들이 일정대로 들어오지 않는 점도 알게 됐을 것이다. 그들은. 마지언이 펠과 함께 묶어 둔 군사 영역이 아닌 곳에서 우주선이 사라졌다는 사실을 깨닫고 공황에 빠졌을 수도 있었다. 유니언은 우주선들을 뺏었다. 이미 몸소 그 점을 증명했다. 그리고 이 우주선은 여기 오기 전, 자신이 어디로 가는지 다른 우주선들에 알렸을 수도 있었다. 다음 단계는 전함이 이곳으로 보내지는 것이었다…… 유니언이 펠에서 한 척 빼내 올 수 있다면 말이다.

그 말은 유니언 우주로만 퍼진 게 아니었다. 솔로도 전해졌다. 〈위니프리드〉가 지구와의 관계를 기억하고 화물을 모두 버렸던 것이다. 몸을 가볍게 해서 최대한 멀리 도약하기 위해서였다…… 〈위니프리드〉는 무엇이 자신들을 맞을지도 모르면서 정말 길고 불확실한 항해를 시작했다. 「그 사람들에게 마리너에 대해 말해 줘요.」 엘렌은 그들에게 부탁했었다. 「그리고 러셀과 바이킹과 펠에 대해서도요. 모두가 알게 해요.」 그들은 엘렌의 부탁을 성실히 수행해 줬다. 한때 그들도 지구 편이었다. 그러나 건성으로 하는 의례적인 동작이 다였다. 대답은 돌아오지 않았다.

그들은 캡슐을 찾지 못했다. 오직 잔해와 파편뿐이었다.

3
다운빌로: 히사 성지, 2353년 1월 6일, 지역 밤

히사는 처음부터 계속 오고 갔다. 이미지들의 아래쪽에 모여 있는 사람들 속을 조용히 들고 났고, 소리 없이 침착하게 움직였으며, 혼자 혹은 둘씩 짝지어 다니며, 수천 명이나 모인 꿈꾸는 자들에 대한 경의에서 공손히 행동했다. 히사는 밤낮으로 와서 음식과 물을 날라 주고, 작지만 꼭 필요한 일들을 해줬다.

이제 인간들을 위한 돔들이 있었다. 다우너들이 애써 만들어 준 거처였다. 공기 압축기들은 생명의 박동을 쿵쿵거렸고, 거칠고 이리저리 기워 만든 돔들은 보기 흉했다…… 하지만 이 돔들이 노인들에게, 아이들에게, 그리고 나머지 모두에게 피난처를 제공했다. 짧은 여름이 끝나 가을이 왔고, 하늘은 구름으로 흐려졌으며, 햇살 가득한 낮과 별이 총총한 밤은 점점 더 줄어들었다.

우주선들이 머리 위를 날고, 셔틀들이 바삐 오갔다. 이제 그들은 이런 광경에 익숙해져 더는 이런 일로 겁을 먹지 않았다.

「땔감조차 모으면 안 됩니다.」밀리코는 통역을 통해 장로들에게 설명한 바 있었다. 「그자들의 눈은 따뜻한 것들을 볼 수 있어요. 나무까지도 통과해서 볼 수 있답니다. 히사는 땅속 깊은 곳에 숨을 수 있죠. 아, 아주 깊이요. 하지만 그자들은 태양이 빛나지 않을 때조차 볼 수 있습니다.」

그 말에 다우너들은 눈이 정말로 휘둥그레졌다. 다우너들은 자기들끼리 이야기를 나눴다. 「루커스들.」 다우너들은 속삭였다. 그러나 이해한 듯 보였다.

밀리코는 매일같이 장로들과 얘기했고, 자신은 목이 쉬고 통역자는 기진맥진할 때까지 말하면서 지금 그들이 어떤 상황에 직면했는지 이해시키려 애썼다. 밀리코가 지칠 때면, 히사의 이질적인 손들이 밀리코의 팔과 얼굴을 부드럽게 다독였고, 진심에서 우러난 친절함이 담긴 동그란 눈으로 바라보았다. 때로는 이게 히사가 할 수 있는 전부였다.

그리고 인간들……. 밀리코는 밤마다 인간들에게 갔다. 이토, 언스트, 그리고 다른 이들이 있었다. 이들은 점점 더 뚱해지고 있었다. 이토는 다른 장교들이 모두 에밀리오와 가버려 뚱해졌다. 언스트는 남자지만 몸집이 작아 선택받지 못해 우울했다. 그리고 캠프를 통틀어 가장 힘센 남자 중 한 명인 네드 콕스는 처음부터 자원을 하지 않았다……. 그래서 그 점을 부끄러워하기 시작했다. 중앙 기지에서 소식이 오자, 인간들 사이에 전염병이 퍼졌다. 수치심이었다. 기지에서 온 소식은 모두가 비참한 이야기뿐이었다. 1백여 명은 차가운 공기와 호흡기를 쓰는 불편을 택하며 돔 밖에 앉아 있었다. 안락함을 거부함으로써 마치 서로에게 그리고 자신에게 뭔가를 증명이라도 하려는 것 같았다. 사람들은 말이 없어졌고, 눈은 다우너들 말처럼, 반짝이고 차가웠다. 밤과 낮……이 성지에서, 이 히사 이미지의 장소에서…… 인간들은 다른 이들이 사는 돔 앞에 앉았다. 다른 이들도 모두 자기 차례가

오길 너무나 열망했다. 한꺼번에 모두가 나가 앉을 순 없었기 때문이다. 인간들은 어쩔 수 없어서 여기에 머물렀다. 여길 떠나면 하늘에서 알아차릴 것이었다. 그들은 이미 성지를 택했고, 가만히 앉아 다른 사람들을 생각하는 것 말고는 아무것도 할 일이 없었다. 생각하기. 자신을 평가하기.

〈꿈꾸기.〉 히사는 그렇게 불렀다. 그게 히사가 여기 와서 하려는 것이었다.

「감각을 사용해요.」 사람들이 가장 동요하며 조처를 취하자고 거칠게 말하던 처음 며칠 동안, 밀리코는 사람들에게 그렇게 말했다. 「우린 기다릴 거예요.」

「뭘 기다려요?」 콕스는 그렇게 물었다. 그 말이 이제 밀리코의 꿈에 자꾸 나오며 밀리코를 괴롭히기 시작했다.

밤이 되었을 때 히사가 비탈을 내려오고 있었다……. 며칠 전에 보낸 히사였다. 밀리코는 두 손을 무릎에 놓고 다른 사람들과 함께 앉아 그들이 오는 것을 지켜보았다. 멀리서 작은 이들이 별 없이 깜깜한 평원을 움직이고 있었다. 밀리코는 묘하게 배 속이 죄어 왔고, 목도 긴장되었다. 히사는…… 인간의 수를 채워 넣기 위해서 왔다. 하늘에서 캠프를 자세히 살펴도 인간의 수가 줄어든 걸 모르게 하기 위해서였다. 밀리코는 방수 주머니에 총을 넣어서 왔다. 옷도 따뜻하게 입었다. 그러나 상황의 불확실성 때문에 밀리코는 여전히 몸을 떨고 있었다. 히사를 돌보라고 밀리코는 여기에 남겨졌다. 「하지만 〈가라〉.」 히사는 밀리코에게 그렇게 말했다. 「당신 마음 다쳤다. 당신 눈도 그들처럼 차갑다.」

가지 않으면 밀리코는 자신이 지휘하는 사람들을 잃을 것이다. 밀리코는 다른 식으론 더 이상 그들을 붙잡아 둘 수 없었다.

「남겨져서 두려워요?」 밀리코는 남게 된 인간들에게 물은 적이 있었다. 말이 없는 은퇴자들, 노인들, 아이들. 밖에 앉아 있는 이들과는 다른 사람들이었다. 가족 그리고 사랑하는 사람이 있는 이들, 어쩌면 좀 더 제정신인 사람들. 밀리코는 그들에게 죄책감을 느꼈다. 그들을 보호해야 하는데 그럴 수가 없었다. 이들을 밖으로 이끄는 것조차 할 수 없었다. 밀리코는 그저 그들의 광기를 예감할 뿐이었다. 남겠다는 이들 중 많은 수가 Q, 즉 피난민이었고, 이들은 끔찍한 일들을 너무 많이 봐왔으며 너무 지쳤고, 한 번도 여기에 오겠다고 부탁한 적이 없었다. 밀리코는 그들이 분명 공포에 질려 있을 거라 생각했다. 히사 장로들이 고집스럽고 이상해 보일 수도 있었다. 펠 사람들은 히사에 익숙했지만, Q 사람들은 아직도 히사를 이질적으로 느꼈던 것이다. 「아니.」 어떤 나이 든 여자가 이런 말을 했다. 「마리너 이후 처음으로, 난 두렵지 않아요. 우린 여기서 안전해요. 총에서 안전한 게 아니라, 두려워하는 일에서 안전해요.」 다른 이들도 고개를 끄덕였고, 히사 이미지들의 인내심이 담긴 눈으로 밀리코를 바라보았다.

이제 히사는 인간들이 앉은 곳으로 가까이 왔다⋯⋯. 몇 명 안 되는 히사가 먼저 밀리코에게 왔다가 이토에게 가더니 이윽고 멈춰 서서, 기다리는 다른 인간들을 돌아보았다.

「잘 있어요.」 밀리코의 말에, 히사는 조용히 고개들을 끄덕였다.

몇 명이 더 뽑혔다. 히사는 가겠다는 이들을 데리고 갈 것이고, 그들은 어둠 속에서 천천히 길을 따라 비탈을 가로지르며 올라갈 것이다. 히사는 조금씩 나눠서 내려왔다. 오늘밤에 123명의 인간이 떠날 것이다. 그리고 같은 수의 히사가 캠프로 와서 그 자리를 채울 것이다. 밀리코는 히사가 이해했길 바랐다. 자신들을 내려다보며 감시하는 인간들에 대한 농담을 듣고, 히사는 마침내 즐겁게 눈을 반짝이는 듯 보였던 것이다.

인간들은 가장 빠른 길로 갔고, 내려오는 히사들을 지나쳤다. 히사들은 인간들을 보고 명랑하게 그들을 외쳐 불렀다……. 그리고 밀리코는 인간으로서 최선의 속도로 걸었고, 숨이 차고 어지러웠지만 쉬지 않기로 마음먹었다. 히사는 쉬지 않을 테니까. 다른 이들도 모두 그러기로 동의했다. 밀리코는 비틀거렸지만, 결국 그들 주위를 맴돌던 젊은 여자 히사들의 도움을 받아 마지막 오르막을 올라 숲으로 들어갔다……. 한 명은 〈그녀는-멀리-걷는다〉였고, 또 한 명은 〈나무-속의-바람〉이었으며, 밀리코가 짐작할 수 없거나 히사가 말해 줄 수 없는 이름을 가진 이들이 더 있었다. 밀리코는 한 명에겐 〈빠른 발〉, 다른 한 명에겐 〈속삭임〉이란 이름을 붙여 주었다. 히사는 인간의 이름을 중히 여겼던 것이다. 밀리코는 히사끼리 부르는 이름을 불러 보려 애썼다. 함께 걸으며 히사를 기쁘게 해주려는 것이었다. 그러나 아무리 애써도 혀가 자꾸 꼬였고, 히사는 코에 주름을 잡으며 폭발하듯 큰 소리로 웃어 댔다.

일행은 해가 뜰 때까지 나무들 사이와 고사리 숲에서, 그리고 바위 턱 아래에서 휴식을 취했다. 날이 밝자, 그들은 다시 길을 나섰다. 밀리코와 이토와 언스트, 그리고 길을 안내하는 히사였다. 어제 일행을 숲으로 이끌었던 히사는 이제 다른 곳에 있었다. 히사는 온 세상에 적이라곤 하나도 없는 듯 움직이고 못된 장난을 쳤으며, 한번은 매복하고 있다 놀래켜 다들 심장이 멎을 뻔했다…… 빠른 발의 장난이었다. 밀리코는 얼굴을 찡그렸고, 다른 인간들도 얼굴을 찡그렸다. 그러자 히사는 분위기를 알아채고 더욱 조용해졌다. 당황한 듯했다. 밀리코는 속삭임의 손을 잡고 다시 한번 속삭임에게 이해시키려 열심히 애썼다. 속삭임은 인간들이 이제까지 익숙하게 다뤄 온 히사들보다 인간의 말에 더 서툴렀다.

「봐요.」마침내 좌절한 밀리코는 막대기를 하나 집어 쭈그리고 앉은 뒤 고사리를 뜯어 땅을 골랐다. 밀리코는 막대기를 땅에 꽂았다. 「콘스탄틴-인간 캠프.」밀리코는 선을 하나 그었다. 「강.」좀 안다는 인간들은 그림으로 그린 상징을 히사가 상상력을 발휘해 이해할 수 없다고 말했다. 히사는 사물에 그런 식으로 접근하지 않았다. 선과 표시는 진짜 대상과 아무 관계가 없었다. 「우리는 원을 그려요, 그럼, 우리 눈이 인간 캠프를 봐요. 콘스탄틴을 봐요. 뛰는 자를 봐요.」

속삭임은 고개를 끄덕였다. 갑자기 열렬히 고개를 끄덕이더니, 웅크리고 앉은 몸 전체를 빠르게 간닥거렸다. 속삭임은 평원 쪽을 가리켰다. 「그들…… 그들…… 그들…….」속삭임이 막대기를 낚아채 하늘에 대고 흔들었다. 밀리코가 이제까지 히사에게서 본 것 중 가장 위협에 가까운 동작이었다. 「나쁘다 그들.」 속삭임은 말한 뒤 막대기를 하늘로 세게 던졌다. 몇 차례 제자리에서 뛰고 손뼉을 치고 양 손바닥으로 가슴을 쳤다. 「나 〈친구〉 뛰는 자.」

뛰는 자의 짝. 밀리코는 이 젊은 여자 히사의 상기된 표정을 바라보다가 갑자기 깨달았고, 속삭임은 밀리코의 손을 잡고 탁탁 쳤다. 빠른 발은 밀리코의 어깨를 쳤다. 모든 히사 간에 대화가 빠르게 투투거리며 오갔고, 갑자기 무슨 결정을 내린 듯하더니 둘씩 짝지어 흩어졌다. 히사 한 쌍이 인간 한 명씩을 맡아 손을 잡았다.

「밀리코.」 이토가 항의했다.

「히사를 믿어요. 히사가 하는 대로 내버려 둬요. 히사는 길을 잃지 않아요. 히사는 우리끼리 연락할 수 있게 해줄 거고, 필요하면 다시 모이게 해줄 거예요. 메시지를 보낼게요. 연락을 기다리세요.」

히사들은 걱정스럽게 어서 각자의 길로 떠나자고 재촉했다. 「몸조심해요.」 언스트가 돌아보며 말했다. 이윽고 언스트는 나무들 너머로 사라졌다. 밀리코, 언스트, 이토는 총을 가지고 있었고, 군인들의 총을 빼면 다운빌로 전체에 있는 총의 반이 그들 손에 있었다. 나머지 세 자루는 오고 있었다. 총 여섯 자루와 나무 그루터기를 치우기 위한 약간의 폭파 물질, 그게 그들이 지닌 무기 전부였다. 조용히 가라. 한 번에 셋 이상은 안 된다. 밀리코는 끊임없이 히사에게 그렇게 주장했고, 인간의 스캔상에 평범해 보이게 움직이려 애썼다. 그리고 히사는 자신들의 별난 논리에 따라 셋씩 묶어 인간들을 데려갔다. 밀리코와 속삭임과 빠른 발, 세 인간과 여섯 히사, 이들은 이제 셋씩 세 팀이 되어 서둘러 뿔뿔이 출발했다.

못된 장난은 더 이상 없었다. 빠른 발과 속삭임은 갑자기 아주 진지해졌고, 잡목림을 슬그머니 통과했으며, 히사의 예민한 귀에 밀리코가 과하게 소음을 낸다 싶으면 이쪽으로 몸을 돌려 주의를 주었다. 호흡기의 쉭쉭거리는 소리는 어쩔 수 없었지만, 밀리코는 나뭇가지를 부러뜨리지 않으려 조심했고, 히사 특유의 미끄러지는 듯한 발걸음을 흉내 내고, 히사처럼 재빠르게 멈추고 출발하려 애썼다. 마치…… 마치 히사가 자신을 가르치고 있는 것 같다는 생각이 마침내 밀리코의 머리를 스쳤다.

밀리코는 꼭 필요할 때만 쉬었다. 그런데 한번은 너무 오래 걸은 탓에 풀썩 쓰러졌다. 히사는 얼른 와서 밀리코를 일으켜 세우고 얼굴을 토닥여 주고 머리를 쓰다듬었다. 그들은 서로에게 하듯 밀리코를 안아 자신들의 따뜻한 몸 사이에 넣고 덥혀 주었다. 하늘에 구름이 덮이고 바람이 찼던 것이다. 비가 내리기 시작했다.

밀리코는 정신이 들자마자 바로 일어나 히사와 같은 속도로 걷겠다고 고집을 부렸다. 「좋다, 좋다.」 그들이 말했다. 「당신 좋다.」 오후 무렵, 그들은 더 많은 히사를 만났다. 더 많은 여자 히사와 두 남자 히사였다. 아무 낌새도 없었는데, 어느 순간 그들은 안개비 속에서 갈색 그림자처럼 움직이며 숲속 작은 언덕에서 나왔고, 나무들과 풀잎들 사이에서 나왔다. 그들의 털가죽에 물방울이 보석처럼 송알송알 맺혀 있었다. 속삭임과 빠른 발은 밀리코를 팔로 안은 채 그들에게 말했고, 답을 들었다.

「말한다…… 오래 걷는다. 그들의 장소. 듣는다. 온다. 많이 온다. 그들 눈 따뜻하게 당신 본다, 미한-티사르.」

총 열두 명이었다. 히사는 한 명씩 와서 밀리코의 두 손을 만지고 껴안았으며 정중하게 예의를 차려 몸을 깐닥거리고 고개를 숙였다. 속삭임은 오랫동안 말했고, 히사들은 차례로 길게 대답했다.

「그들 본다.」 빠른 발은 속삭임의 말에 귀 기울이며 말했다. 「그들 인간 장소를 본다. 거기 히사 다친다. 인간 다친다.」

「우린 거기로 가야 해요.」 밀리코는 심장을 만지며 말했다. 「모든 인간, 거기 가서, 언덕에 앉아, 지켜봐요. 제 말 알겠어요? 잘 들었어요?」

「듣는다.」 빠른 발은 말했고, 통역을 하는 듯했다.

나머지가 앞장서 걷기 시작했다. 모두가 거기에 도착하면 그다음엔 어찌해야 할지 밀리코도 몰랐다. 이토의 광기와 다른 겁에 질린 이들의 광기가 밀리코를 두렵게 했다. 권총 여섯 자루로는 셔틀을 뺏을 수 없었고, 나머지 일행이 다 와도 불가능했다……. 비무장인 이들이 방탄복을 입고 중무장한 군인들을 상대한다는 건 절대 불가능했다. 그들이 할 수 있는 건 그저 지켜보며 희망을 품는 거였다.

그들은 하루 종일 걸었다. 나뭇잎 사이로 차가운 비가 새어들었다. 비가 오지 않아도 바람 때문에 몸에 물방울이 날렸다. 저 앞에서 개울이 거품을 만들며 유유히 흘러갔다. 그들은 점점 더 험한 수풀 속으로 들어갔다.

「인간 장소.」 밀리코는 마침내 좌절하며 히사들에게 상기시켰다. 「우린 인간 캠프로 가야 해요.」

「인간 장소로 간다.」 속삭임이 확인해 주었다. 그런데 다음 순간 환각을 보는 듯한 속도로 잡목림 속으로 미끄러져 들어가더니 사라졌다.

「잘 달린다.」 빠른 발은 밀리코를 안심시켰다. 「뛰는 자를 멀리 걷게 한다, 잡는다 속삭임. 뛰는 자 많이 넘어진다, 속삭임 걷는다.」

밀리코는 당황하며 얼굴을 찡그렸다. 히사가 재잘대는 말 중 많은 부분이 이해하기 힘들었다. 그러나 속삭임은 차분하게 임무를 수행하러 떠났다. 그것만큼은 정말 같았다. 그래서 밀리코는 고군분투하며 계속 나아갔다.

마침내 밀리코는 나무 사이에서 공터를 보고, 마지막 남은 힘을 모두 모아 비틀거리며 그쪽으로 갔다. 연기가, 그것도 공장들의 연기가 있었던 것이다. 곧 밀리코는 황혼의 빛을 희미하게 반사하는 돔을 알아보았다. 밀리코는 숲 가장자리에서 털썩 무릎을 꿇었고, 잠시 시간이 흐른 뒤에야 이곳이 어딘지 깨달았다. 이제까지 언덕에 높이 올라 이런 각도에서 캠프를 본 적이 없었던 것이다. 밀리코는 그쪽으로 몸을 숙였고, 숨을 헐떡였다. 빠른 발이 어깨를 토닥였다. 시야가 계속 흐려졌다. 밀리코는 왼쪽 주머니를 더듬어 여분의 공기통 세 개를 찾았다. 마스크에 든 공기통이 망가지지 않았길 바랐다. 애초에 밀리코는 밖에서 몇 주는 버틸 수 있을 거라 생각했다. 공기통을 이런 식으로 마구 쓸 순 없었다.

해가 지고 있었다. 캠프에 불이 켜졌다. 밀리코는 쑥 튀어 나오고 침식된 암벽 가장자리로 올라가, 사람들이 불빛 속에서 움직이는 것을 보았다. 사람들이 짐을 지고 줄지어 공장과 도로 사이를 힘들게 오갔다.

「그녀 온다.」 빠른 발이 갑자기 말했다. 밀리코는 뒤돌아 보았다. 불현듯 다른 사람들이 그리워졌다. 다른 사람들은 아까까지만 해도 뒤쪽 숲속에 있었지만 지금은 어디에도 보이지 않았다. 다시 눈을 깜박이자, 수풀이 젖혀지며 속삭임이 나타나 무너지듯 몸을 웅크리며 헐떡였다.

「뛰는 자.」 속삭임이 숨 쉬느라 몸을 들썩이며 속삭였다. 「뛰는 자 다친다, 뛰는 자 다친다. 일 열심히 한다. 콘스탄틴-인간 다친다. 준다, 당신 준다.」

속삭임은 털이 나고 축축한 손에 종잇조각 하나를 꽉 쥐고 있었다. 밀리코는 종이를 받아 흠뻑 젖은 종이를 아주 조심스럽게 폈다. 종이는 이슬비에 다시 젖어 휴지처럼 찢어지기 쉬운 상태였다. 밀리코는 아주 가까이 몸을 숙이고, 종이를 황혼의 햇빛에 기울이고서야 글씨를 읽을 수 있었……. 글씨는 날려 써서 알아보기 힘들었다.

「여기 아주…… 안 좋아. 아닌 척하지 않겠어. 떨어져 있어. 오지 마. 제발. 내가 당신에게 해야 할 일을 말해 줬지. 흩어져서 그자들 손에서 피해 있어······ 두려워······ 그자들······은 어쩌면 일꾼을 더······ 위할······ 원할지도 몰라······. 난 괜찮아. 제발······ 돌아가······ 말썽에 휩싸이지 마.」

두 명의 히사는 밀리코를 보았다. 검은 눈이 혼란에 빠져 있었다. 종이 위의 표시들. 그게 그들을 혼란스럽게 했다. 「누가 당신을 봤어요?」 밀리코가 물었다. 「남자가 당신 봐요?」

속삭임은 입을 오므렸다. 「나 〈다우너〉.」 속삭임은 비웃으며 말했다. 「많은 다우너 여기 온다. 부대 나른다, 다우너. 공장에 가져간다, 다우너. 뛰는 자 거기 있다. 인간들 나를 본다, 못 본다. 나 누구? 나 〈다우너〉. 뛰는 자 말한다. 당신 친구 다친다. 일 열심히 한다. 인간들이 인간들을 죽인다. 그가 당신 사랑해 말한다.」

「저도 그 사람을 사랑해요.」 밀리코는 이 소중한 쪽지를 재킷에 넣고 잎들 사이에 쭈그리고 앉았다. 재킷의 모자를 당겨 쓰고 손을 주머니에 넣었다. 손에 권총 손잡이가 만져졌다.

그들이 할 수 있는 건 아무것도 없었다. 뭘 해도 상황은 악화되기 쉬웠다······. 저 아래 모두의 목숨이 걸려 있었다. 우주선 한 척을 탈취할 수 있다 해도······ 저 아래 있는 사람들이 보복을 받을 뿐이었다. 대대적인 공격이 가해질 터였다. 여기에 그리고 성지에. 그들은 목숨을 목숨으로 갚았다. 에밀리오가 저 아래에서 일하는 건 다운빌로를 구하기 위해서였다······. 가능한 것들을 구하기 위해서였다. 그리고 에밀리오가 가장 바라지 않는 것은 그들이 돈키호테처럼 몽상에 빠져 움직이는 것이었다.

「빠른 발.」밀리코가 말했다. 「당신은 달려가서 다우너들을 찾고, 제 편인 모든 인간을 찾아요, 알겠죠. 그 사람들에게 말해요……. 밀리코가 콘스탄틴-인간과 이야기한다고. 모두에게 기다리라고, 기다리라고, 말썽을 일으키면 안 된다고 말해요.」

빠른 발은 밀리코의 말을 따라 하려고 했으나, 모든 단어를 알지 못해 갈피를 잃었다. 조용히 그리고 참을성 있게 밀리코는 다시 말했다……. 마침내 빠른 발은 알겠다고 머리를 깐닥였다. 「그들에게 〈앉으라〉고 말한다.」빠른 발이 흥분해서 말했다. 「당신은 콘스탄틴-인간과 말한다.」

「맞아요.」밀리코가 말했다. 「맞아요.」빠른 발은 곧바로 떠났다.

다우너들은 오갈 수 있었다. 마지언의 부하들은, 〈속삭임〉의 말처럼, 다우너들을 전혀 분간하지 못했으며, 누가 누군지 알지 못했다. 그게 서로 연락을 계속 취하고, 저 아래 있는 사람들에게 당신들은 혼자가 아니라고 알릴 수 있는, 그들에게 남은 유일한 희망이었다. 에밀리오는 밀리코가 거기 있다는 걸 알았다. 어쩌면 밀리코를 다른 곳에 두고 싶어 하면서도, 에밀리오에겐 이 점이 약간 위로가 되는지 몰랐다.

제3장

펠: 그린 구역 9층, 2353년 1월 8일, 1800시

그린 구역 전체에 소문이 돌았지만, 폐쇄 기미는 없었고, 수색도 없었으며, 위기가 눈앞에 닥치지도 않았다. 군인들은 평소에 잘 가던 곳들로 계속 왔다. 부둣가 술집들에는 시끄러운 음악이 진동했고, 휴가 나온 군인들은 긴장을 풀고 술을 마셨으며, 심지어 일부는 대놓고 만취하기까지 했다. 조시는 은고네 술집의 문밖을 조심스레 살폈다. 그러나 좀더 군기가 서 보이는 군인들 한 분대가 복도에 들어서자 얼른 다시 안으로 몸을 숨겼다. 군인들은 방탄복을 입었고, 맑은 정신이었으며, 확실히 무슨 의도를 품고 있었다. 조시는 다소 긴장되었다. 데이먼이 보이지 않을 때 이런 움직임이 있으면 늘 그랬다. 조시는 남의 눈에 띄지 않게 숨어서 데이먼을 기다렸다. 오늘은 조시가 은고의 저장실에서 하루 종일 지루함을 참으며 기다릴 차례였다. 식사 때에만 홀에 나왔다……. 그러나 벌써 저녁 시간이 됐는데, 데이먼이 늦고 있었다. 조시는 매우 걱정되기 시작했다. 어제 그리고 오늘 데이먼은 나가겠다고 고집을 부렸다. 전에 접촉했던 사람들을 다시 만나 계약을 따오겠다고 했다. 사람들과 말하고 말썽의 위험을 감수한다는 뜻이었다.

조시는 서성거리며 안절부절못했고, 어느 순간 자신이 서성이고 있다는 것과 은고가 카운터에서 자신을 보며 얼굴을 찡그리고 있다는 것을 깨달았다. 조시는 진정하려 애썼다. 그리고 마침내 아무렇지 않게 구석으로 걸어가 주방에 머리를 밀어 넣고는 은고의 아들에게 저녁을 부탁했다.

「몇 명요?」 소년이 물었다.

「한 명.」 조시는 대답했다. 조시는 홀에 계속 나와 있을 구실이 필요했다. 데이먼이 돌아오면, 술 한 잔과 음식 한 그릇을 더 주문할 수 있겠다는 생각이 들었다. 조시와 데이먼은 신용이 좋았고, 이게 둘의 삶에서 한 가지 위안이었다. 은고의 아들이 나가라는 뜻으로 조시를 향해 숟가락을 저었다.

조시는 언제나 앉는 자리로 가서 앉아, 다시 문 쪽을 보았다. 두 남자가 막 들어왔으나 별 이상한 점은 없었다. 그런데 그들이 주위를 둘러보고 뒤쪽으로 다가오기 시작했다. 조시는 얼른 머리를 숙이고 그늘에 숨으려 애썼다. 어쩌면 암시장에 관련된 사람들일지도 몰랐다. 어쩌면…… 은고의 친구일 수도 있었다. 하지만 그들의 행동에 조시는 겁이 났다. 이윽고 그들은 조시의 탁자 옆에서 발걸음을 멈추고 의자 하나를 뒤로 당겼다. 조시는 불안해하며 고개를 들었다. 한 명은 의자에 앉고 다른 한 명은 그대로 섰다.

「탤리.」 의자에 앉은 남자가 말했다. 젊고 강인한 인상의 남자는 턱에 화상 자국이 있었다. 「탤리 맞지?」

「전 탤리란 사람을 전혀 모르는데요. 착각하셨나 봅니다.」

「잠시 밖으로 나가지. 문까지만 가면 돼.」

「누구시죠?」

「당신에게 총을 겨누고 있어. 일어나는 게 어떨까?」

오랫동안 두려워하던 악몽이 마침내 현실로 나타났다. 조시는 뭘 할 수 있을지, 어떻게 하면 총에 맞게 될지 생각했다. 그린 구역에서는 매일 사망자가 나왔고, 군인들이 유일한 법이었다. 그러나 조시는 어느 쪽도 원하지 않았다. 이들은 마지언 함대가 아니었다. 다른 무언가였다.

「움직여.」

조시는 일어나 탁자에서 물러났다. 두 번째 남자가 조시의 팔을 잡고 문밖의 훨씬 환한 빛으로 끌고 나갔다.

「저쪽을 봐.」 등 뒤의 남자가 말했다. 「복도 바로 건너의 문을 봐. 내가 사람을 잘못 봤는지 다시 말해 보라고.」

조시는 보았다. 전에도 본 적 있는 남자가 조시를 지켜보고 있었다. 눈앞이 흐려지면서 돌연 욕지기가 났다. 조건부 반사 작용이었다.

조시는 남자를 알았다. 이름은 기억나지 않지만, 그래도 남자를 알았다. 조시를 데려온 자는 조시의 팔꿈치를 잡고 그쪽을 향해 복도를 가로질러 갔다. 나머지 한 명도 안으로 들어갔고, 마스카리네 술집의 껌껌한 실내로 조시를 이끌었다. 공기 중에 술과 땀 냄새가 섞여 악취를 풍겼고, 음악이 실내를 쾅쾅 울렸다. 술집에 있던 사람들이 고개를 돌려 조시를 보았다. 술집에 있던 사람들은 어둠에 익숙해, 잠시 조시가 안의 사람들을 보는 것보단 안의 사람들이 조시를 더 잘 볼 수 있었다. 조시는 공황에 빠졌다. 누가 자기를 알아봐서뿐 아니라, 펠에서 아무것도 몰라야 마땅할 때, 이곳에 자신이 알아보는 뭔가가 있음을 알게 되어서였다. 이런 식이어서도 안 되고, 이미 건넌 그 심연을 넘어서도 안 되는 거였다.

조시는 방의 가장 왼쪽 모퉁이로 떠밀렸다. 가장 가까운 부스 중 하나였다. 두 남자는 거기에 섰다. 한 명은 비열한 중년 남자였고, 아무런 경계심이 들지 않았다…… 그리고 다른 한 명은…… 그는…….

속이 메슥거렸다. 이건 강렬한 조건 반사였다. 조시는 싸구려 플라스틱 의자의 등받이를 손으로 더듬어 찾은 뒤 몸을 기댔다.

「너일 줄 알았어.」 남자가 말했다. 「조시? 맞지, 그렇지?」

「게이브리얼.」 갇혀 있던 과거에서 갑자기 이름이 튀어나왔다. 모든 구조가 갑자기 무너져 내렸다. 조시는 의자에 앉은 채 흔들거리며 자신의 우주선을 다시 보고 있었다…… 조시의 우주선과 동료들…… 그리고 이 남자…… 동료들 사이의 이 남자…….

「제사드야.」 게이브리얼은 조시의 말을 정정해 주더니, 조시의 팔을 잡고 묘한 눈으로 보았다. 「조시, 어떻게 여기에 왔지?」

「마지언.」 조시는 커튼이 쳐진 골방 안으로 끌려 들어갔다. 남의 눈에 띄지 않는 곳이었고, 함정이었다. 조시는 반쯤 몸을 돌렸다. 다른 사람들이 나가는 길을 막고 있는 것을 보았다. 다시 고개를 돌리자 그늘 안이라 게이브리얼의 얼굴이 거의 보이지 않았다……. 그 우주선에서도 그랬다. 둘이 헤어질 때. 조시가 게이브리얼을 〈망치〉의 블래스에게 넘겼을 때. 마리너 근처였다. 게이브리얼의 손이 조시의 어깨를 부드럽게 잡더니 조그만 원형 탁자 앞의 의자로 조시를 밀었다. 게이브리얼은 맞은편에 앉아 몸을 앞으로 숙였다.

「여기서 내 이름은 제사드야. 이 신사분들은 콜리디 씨와 크레시치 씨이고. 크레시치 씨는 이 스테이션의 의회 의원이지. 의회가 있었을 땐 말이야. 잠시만 자리를 비켜 주시죠, 신사분들. 제 친구와 얘기를 좀 하고 싶군요. 밖에서 기다려요. 우리끼리만 조용히 얘기할 수 있게 해주시고.」

두 남자는 밖으로 물러나고, 갈 때가 다 되어 가는 전구의 침침한 빛 속에 조시와 게이브리얼/제사드만 남았다. 조시는 이 남자와 단둘이 있기 싫었다. 하지만 조시는 밖에 있는 콜리디의 총이 무서워서라기보다는 호기심 때문에 계속 앉아 있었다. 조시는 이 호기심 때문에 고통스러워질 거란 예감도 함께 들었다. 상처를 걱정하는 것과 비슷했다.

「조시?」 게이브리얼이 말했다. 「우린 파트너잖아, 안 그래?」

이건 속임수일 수도 있고 사실일 수도 있었다. 조시는 힘없이 고개를 저었다. 「정신 세척이야. 내 기억이…….」

게이브리얼은 고통스러운 듯 얼굴을 찡그렸고, 손을 뻗어 조시의 팔을 잡았다. 「조시…… 넌 들어왔어, 그렇지? 작전을 마친 동료를 데려가려 왔었지. 일이 잘못되자 〈망치〉가 날 빼내 줬어. 하지만 넌 그걸 몰랐지, 그렇지? 넌 〈연〉을 타고 들어왔고 그자들에게 잡혔어. 정신 세척…… 조시, 다른 사람들은 어딨지? 나머지는 어딨냐고? 키사와…….」

조시는 고개를 흔들었다. 마음이 싸늘하고 멍했다. 「죽었어. 명확히 기억나진 않지만. 기억이 사라졌어.」 조시는 잠시 속이 다시 울렁거리려 했다. 조시는 게이브리얼에게서 손을 빼 입을 가리며 탁자에 몸을 기댔고, 반사 작용을 누그러뜨리려 애썼다.

「복도에서 널 봤어.」 게이브리얼이 말했다. 「처음엔 내 눈을 의심했지. 하지만 난 자문하기 시작했어. 은고는 너와 함께 있는 게 누군지 말하지 않을 거야……. 하지만 그자 역시 쫓기는 자일 거야, 맞지? 넌 여기서 친구들을 사귀었어. 어떤 친구를. 안 그래? 우리 중 하나가 아니야……. 다른 누군가지. 내 말이 틀려?」

조시는 아무 생각도 할 수 없었다. 오랜 우정과 새로운 우정이 서로 다퉜다. 조시는 이 모순 때문에 배 속이 비비 꼬였다. 펠에 대한 극심한 걱정……. 그들은 이 걱정을 조시 안에 넣어 놓았다. 그리고 스테이션인들을 죽이는 것이 게이브리얼의 임무였다. 그런데 게이브리얼이 여기 있었다. 마리너에 있었듯이…….

엘렌과 〈에스텔〉. 〈에스텔〉은 마리너에서 폭발했다.

「안 그래?」

조시는 경련을 일으켰고, 눈을 깜박이며 게이브리얼을 보았다.

「난 네가 필요해.」 게이브리얼은 비난하듯 말했다. 「네 도움, 네 기술이…….」

「난 하찮은 사람이었어.」 조시가 말했다. 상대가 거짓말한다는 의심이 점점 강해졌다. 이 남자는 조시를 알았고, 사실이 아닌 일들, 절대 진실이 아닌 일들을 주장했다. 「난 당신이 무슨 말을 하는지 모르겠군.」

「우린 한 팀이었어, 조시.」

「난 암스콤퍼였어, 탐사 우주선에서…….」

「테이프로 주입된 기억이야.」 게이브리얼은 조시의 손목을 잡고 마구 흔들었다. 「넌 조슈아 탤리고, 특수부대원이야. 임무를 위해 아주 고난도 훈련을 받았어. 넌 사이틴의 출산실에서 태어났지.」

「내겐 어머니가, 아버지가 있었어. 난 이모와 함께 사이틴에서 살았어. 이모 이름은…….」

「〈출산실〉에서 태어났어, 조시. 그자들이 널 머리끝부터 발끝까지 훈련했어. 네게 거짓 테이프들, 소설, 가짜를 줬어……. 위장용으로 거짓말할 거리를 줬어. 필요하면 거짓말을 해서 저들을 설득할 수 있게 말이야. 그리고 그 위장을 쓸 때가 왔던 거야, 안 그래? 모든 걸 거짓말로 꾸며 냈지.」

「내겐 가족이 있었어. 난 가족을 〈사랑〉했고…….」

「넌 내 파트너야, 조시. 우린 같은 프로그램에서 나왔어.

우린 같은 일을 하도록 만들어졌어. 넌 내 후방 지원이었어. 우린 함께 일했어. 이 스테이션, 저 스테이션에서. 정찰하고 작전을 수행했지.」

조시는 게이브리얼의 손을 억지로 떼어 내고 눈을 깜박였다. 눈물이 왈칵 솟아 눈앞이 흐렸다. 돌이킬 수 없이 갈가리 찢어지기 시작했다. 농장, 햇빛이 화창한 풍경, 유년기……

「우린 출산실에서 태어났어.」 게이브리얼이 계속 말했다. 「우리 둘 다. 그 외에 모든 걸…… 모든 기억을…… 그자들이 테이프로 우리 기억을 주입했고, 다음번엔 또 다른 어떤 기억이라도 넣을 수 있어. 사이틴은 진짜야. 나도 진짜야…… 그자들이 기억 주입용 테이프를 변경하기 전까지는. 내가 다른 누군가가 되기 전까지는. 그자들이 네 정신을 엉망으로 휘저어 놨어, 조시. 유일하게 진짜이던 걸 깊이 묻어 버렸고. 넌 그자들에게 거짓말을 했고, 그 거짓말이 그대로 네 기억을 장악했어. 하지만 진실은 여기 있어. 넌 콤프를 알아. 넌 여기서 살아남았어. 그리고 넌 이 스테이션을 알아.」

조시는 가만히 앉아 손바닥으로 입술을 강하게 눌렀지만 눈물이 굴러떨어졌다. 하지만 소리 내어 울진 않았다. 조시는 멍한 상태에서 눈물만 자꾸 나왔다. 「내가 어쩌길 바라지?」

「네가 뭘 할 수 있는데? 네 연줄은 누구야? 마지언 함대는 아니겠지?」

「아냐.」

「누군데?」

조시는 잠시 꼼짝도 하지 않았다. 눈물이 그쳤고, 눈 안쪽 어딘가의 눈물샘이 말라붙었다. 모든 기억이 하얗게 변하고, 스테이션 구금과 어딘가 멀리 떨어진 곳이 기억 속에서 뒤죽박죽되었다. 하얀 감옥들, 그리고 유니폼을 입은 간호사들. 조시는 자신이 구금 상태에서 행복했다는 것을 마침내 깨달았다. 거기가 집이었고, 정치와 전쟁의 경계선 어느 쪽에서도 거의 비슷한 보편적 시설이었기 때문이다. 집. 「내 식으로 하는 게 어때.」 조시가 말했다. 「내 연줄에겐 내가 말할게. 괜찮지? 도움을 좀 받을 수 있을지도 몰라. 대신 네가 대가를 좀 치러야 해.」

「뭐, 대가?」

조시는 의자 등받이에 몸을 기대고, 콜리디와 크레시치가 기다리는 부스 바깥쪽을 고갯짓했다. 「네겐 너만의 연줄이 있지, 안 그래? 난 내 몫의 일을 하겠어. 네 건 뭐야? 난 이 스테이션에서 거의 모든 걸 얻어다 줄 수 있어……. 하지만 그걸 처리할 어깨들이 없어.」

「힘쓸 놈들이라면 내 쪽에 있지.」 게이브리얼이 말했다.

「나머지는 내게 있어. 단지 딱 하나, 내가 원하는 게 있는데, 이건 무력 없인 빼앗을 수가 없어. 셔틀이야. 그것만 성공하면, 다운빌로로 갈 거야.」

게이브리얼은 잠시 침묵을 지켰다. 「그런 출입 권한을 가지고 있다고?」

「내게 친구가 있다고 했잖아. 그리고 난 여길 뜨고 싶어.」

「너와 내가 그런 선택을 할 수도 있지.」

「그리고 내 친구도.」

「함께 시장에서 일하는 친구야?」

「원하는 대로 상상해. 네게 필요한 출입 권한은 뭐든 내가 구해 주겠어. 넌 우리를 이 스테이션에서 빼내 줄 계획을 짜.」

게이브리얼은 천천히 고개를 끄덕였다.

「난 돌아가야 해.」 조시가 말했다. 「어서 시작해. 시간이 많지 않아.」

「셔틀들은 지금 레드 구역에 도킹했어.」

「내가 널 거기로 데려다줄 수 있어. 어디든 원하는 곳으로 데려다줄 수 있어. 우리가 원하는 건, 우리가 거기까지 갔을 때 셔틀을 탈 수 있게 해줄 만큼의 무력이야.」

「그동안 마지언 놈들은 바쁠 테지?」

「그동안 마지언 놈들은 바쁠 거야. 다 방법이 있어.」 조시는 게이브리얼을 잠시 응시했다. 「넌 이곳을 날려 버릴 거지. 그게 언제야?」

게이브리얼은 아주 신중하게 대답을 고르는 듯했다. 「난 자살할 생각 따윈 추호도 없어. 여기 있는 그 누구 못지않게 이곳을 빠져나가고 싶어. 이번엔 〈망치〉가 우리에게 와줄 가능성이 전혀 없어. 셔틀, 캡슐, 뭐라도 궤도에서 오래 버텨 줄 가망성이 있는 건······.」

「좋아.」 조시가 말했다. 「날 찾으려면 어디로 와야 하는지 알지?」

「지금 거기에 도킹한 셔틀이 있어?」

「확인해 볼게.」 조시는 말하고 나서 일어나 더듬거리며 어두운 아치를 지나 밖의 시끄러운 소음 속으로 나갔다. 콜리디와 부하, 그리고 크레시치가 약간 우려하며 근처의 탁자 앞에서 일어났다. 그러나 게이브리얼이 뒤따라 나오자 그들은 조시를 보내 주었다. 조시는 탁자들 사이를 헤치며 나아갔고, 계속 식사와 음료 위로 머리를 숙이고 등을 돌리고 있는 사람들을 지나갔다.

바깥 공기는 마치 냉기와 빛이 뭉쳐진 벽 같았다. 조시는 숨을 들이마시고 머리를 맑게 하려고 애썼다. 그동안 바닥에는 계속 격자 모양 그림자들이 생겨나고 여기저기서 빛이 번쩍였다. 진실과 거짓이 번쩍였다.

사이틴은 거짓말이었다. 조시도 거짓말이었다. 조시의 일부는 자동인형처럼 작동했고, 조시는 자신이 그렇게 길러져서 그렇다고 생각했…… 한 번도 믿어 본 적 없는 본능도 인정했다. 왜 이런 본능이 자신에게 있는지는 알 수 없지만. 조시는 다시 숨을 들이쉬며 생각하려 애썼다. 그동안 조시는 복도를 가로질러 빠져나가며 숨을 곳을 찾았다.

조시는 은고네 술집의 탁자로 돌아와 차갑게 식어 버린 저녁 식사 앞에 다시 앉았고, 귀퉁이에 등을 돌리고 친숙한 장소에 앉아서야, 눈앞의 술집에서 펠의 현실이 오가는 걸 보고서야, 멍하던 머리가 맑아지기 시작했다. 조시는 데이먼을 생각했다. 한 생명, 어쩌면 자신에게 힘이 생겨 구할 수 있을지도 모르는 한 생명을 생각했다.

조시는 살인을 했다. 조시는 그러라고 만들어졌다. 그게 애초에 조시와 게이브리얼 같은 이들이 존재하는 이유였다.

조슈아와 게이브리얼, 조시는 그들의 이름에 들어 있는 비틀린 유머를 이해했고, 목구멍에 뭔가가 콱 걸린 듯한 느낌에 침을 꿀꺽 삼켰다. 출산실, 그곳이 조시가 살았던 하얀 허공, 꿈속에 나오던 온통 하얀 공간이었다. 인류에게서 신중하게 고립된 곳. 테이프로 기억을 주입시키고…… 기술을 주고, 남에게 말할 거짓말을 준다. 인간이라는 거짓말.

단지 거짓말에 홈이 하나 있었다……. 그들이 인간의 본능을 지니고 인간으로 자라났다는 것, 그리고 조시는 그 거짓말들을 사랑했다.

조시는 꿈속에서 그 거짓말대로 살았다.

조시는 저녁을 먹었다. 그러나 음식이 자꾸만 목구멍에 걸려 차가운 커피를 연신 마셨고, 보온 커피통에서 커피를 한 잔 더 뽑았다.

어쩌면 데이먼을 빼낼 수도 있었다. 나머지는 죽어야 했다. 데이먼을 빼내려면 침묵을 지켜야 했고, 게이브리얼은 나머지 모든 사람을 현혹해 자신을 따르게 하고, 살 수 있다고 약속하고, 절대 오지 않을 도움의 손길을 약속해야 했다. 모두가 죽을 것이었다. 조시와 게이브리얼, 그리고 데이먼만 빼고. 조시는 어떻게 해야 데이먼을 떠나게 설득할 수 있을까 생각했……. 과연 그게 가능할지 생각했다. 이유를 대야 한다면…… 무슨 이유를?

얼리샤 루커스-콘스탄틴. 조시는 데이먼을 도우면서 자신까지 도와준 얼리샤를 생각했다. 〈얼리샤〉는 절대로 스테이션을 떠날 수 없었다. 그리고 병원에서 조시에게 돈을 줬던 보초들이 있었다. 조시와 데이먼을 따라다니며 안전을 지켜 준 다우너도 있었다. 또한 그 지옥 같은 우주선과 Q에서 살아남은 사람들이 있었다. 남자, 여자, 아이들⋯⋯.

조시는 양손에 얼굴을 묻고 흐느꼈다. 마음속 깊이 어딘가에 있는 본능이 차가운 이성 안에서 작동했다. 펠 같은 곳을 어떻게 하면 죽일 수 있는지 알고, 그것만이 자신이 존재하는 유일한 이유임을 아는 차가운 이성 안에서.

조시는 데이먼 외에는 그 누구도 믿지 않았다.

조시는 눈물을 닦고 커피를 마시며 앉아서 기다렸다.

2
유니언 모함 〈통일〉: 심우주, 2353년 1월 8일

주사위 굴리기에서 2가 나오자 에어리스는 뚱하게 어깨를 으쓱했다. 데인 저코비는 또다시 점수를 기록했고, 아조프는 새로운 판을 준비했다. 언제나 하갑판 메인 룸의 이곳에 배치되는 두 명의 보초는 벽에 붙여 놓은 벤치에 앉아 이쪽을 지켜보고 있었다. 보초들의 젊고 완벽한 얼굴에서 열정이라곤 찾아볼 수 없었다. 에어리스와 저코비, 그리고 드물게 아조프는 주고받을 크레디트를 숫자로 적어 두며 게임을 했고, 적당한 문명사회에 도착하면 진짜 크레디트로 바꿔 주겠노라고 맹세했다. 그리고 에어리스 생각에 이는 주사위 굴리기만큼이나 불확실한 요소였다.

지금 유일한 적은 지루함이었다. 아조프는 사교적으로 바뀌어 시꺼먼 옷으로 온몸을 감싸고 험상궂은 얼굴로 탁자 앞에 앉아서 함께 게임을 했다. 자기 승무원들과 몸을 구부리고 앉아 내기를 하긴 싫었던 것이다. 어쩌면 저 마네킹들은 어딘가 다른 곳에서 즐거운 시간을 보내는지도 몰랐다. 에어리스는 그 광경이 상상이 안 됐다. 마네킹들은 어떤 것에도 감동받지 않았고, 어떤 것에도 눈빛이 달라지지 않았다. 언제나 무디고 증오에 찬 눈빛을 하고 있었다. 오직 아조프만이…… 때때로 여기에 왔다. 에어리스와 저코비는 이 메인 룸에 앉아 지겨운 하루 중 여남은 시간을 보냈다. 할 일이 없었고, 해야 할 운동도 없었다. 둘은 대개 자신들에게 자유롭게 허용된 하나뿐인 방에 앉아 이야기를 했다…… 마침내 이야기를 했다.

저코비는 전혀 거리낌 없이 말했다. 자기의 인생, 일, 태도의 내밀한 내용들을 마구 쏟아 냈다. 저코비와 아조프는 에어리스에게서 고향 세계에 관한 이야기를 끌어내려 시도했지만, 에어리스는 저항했다. 그런 이야기엔 위험성이 있었다. 그럼에도 에어리스는 이야기했다……. 이 우주선에서 받은 인상에 대해, 현재 상황에 대해, 자신이 무해하게 느끼는 어떤 것에 대해, 모든 것에 대해 이야기했다. 법과 경제 이론의 추상 개념들에 대해서도 얘기했다. 이때 에어리스와 저코비와 아조프는 약간의 전문 지식을 나눴고…… 내기 돈을 어느 통화로 지불해야 할 것인지에 대해 가벼운 농담을 했다. 아조프는 대놓고 껄껄대며 웃었다. 누군가 말할 상대가 있다는 점, 그리고 농담을 주고받을 사람이 있다는 점에 이루 말할 수 없이 위안을 받았다. 에어리스는 저코비와 긴밀한 유대감을 느꼈다…… 자신이 선택하지는 않았지만 달아날 수도 없는 혈연관계와 비슷했다. 둘은 서로 제정신을 지켜 주는 역할을 했다. 에어리스는 아조프가 자기와 마음도 맞고 유머 감각이 있음을 알고는 마침내 아조프에게도 그런 애착을 느끼기 시작했다. 이 부분은 위험한 구석이 있었지만, 에어리스도 그 점을 알았다.

저코비가 다음 판을 이겼다. 아조프는 참을성 있게 점수를 적고 마네킹들에게로 몸을 돌렸다. 「줄스, 여기 술 한 병 가져다주겠어?」

한 명이 일어나 심부름을 갔다. 「사실 이름이 숫자일 줄 알았습니다.」 에어리스는 작은 목소리로 말했다. 그들은 이미 술 한 병을 비운 뒤였다. 곧 에어리스는 솔직히 말한 것을 후회했다.

「〈통일〉에는 당신이 보지 못하는 게 많습니다.」 아조프가 말했다. 「하지만 볼 기회가 생길지도요.」

에어리스는 껄껄대며 웃었다. 갑자기 배 속이 서늘해졌다. 〈어떻게요?〉란 말이 목에 턱 걸렸다. 셋은 이미 함께 술을 너무 많이 마셨다. 아조프는 자기네 나라의 야심을 한 번도 인정한 적이 없었고, 펠 너머의 계획에 대해서도 그랬다. 에어리스의 표정이 아주 살짝 달라졌고, 아조프도 동시에 표정이 미묘하게 바뀌었다…… 양쪽 모두 당황해, 평생처럼 길게 느껴지는 1분이 흘렀다. 슬로 모션, 알코올의 독한 냄새, 자기

의지와 상관없이 제3의 관계자가 되어 버린 저코비.

에어리스는 또다시 껄껄대며 웃었다. 이번엔 죄책감을 드러내지 않으려 애쓴 노력이었다. 에어리스는 의자 등받이에 몸을 기대고 아조프를 바라보았다. 「음, 저 사람들도 내기를 하나요?」 에어리스는 뜻을 엉뚱한 쪽으로 이끌려고 애쓰며 물었다.

아조프는 입을 꾹 다물어 가늘게 일자를 그리며 은색 눈썹 아래로 에어리스를 보았고, 예의상 웃어 준다는 듯이 미소 지었다.

〈난 집에 못 가.〉 에어리스는 절망적으로 생각했다. 〈아무 경고도 없을 거야. 그게 저자의 말뜻이었어.〉

3
펠: 다우너 터널들, 2353년 1월 8일, 1830시

깜깜한 곳에서 여러 명이 바스락거렸다. 데이먼은 귀를 기울였다. 근처에서 한 명이 움직이는 소리가 들리자 출발했다. 그리고 다시 터널의 암흑 속에서 손 하나가 데이먼의 팔을 잡았다. 데이먼은 한기에 몸을 떨며 그쪽으로 램프를 기울였다.

「나 푸른 이빨.」 귀에 익은 목소리가 속삭였다. 「당신 와서 그녀 본다?」

데이먼은 오래 망설이다가 사다리들 쪽을 보았다. 사다리들은 데이먼이 든 램프의 불빛이 미치지 않는 곳까지 거미줄처럼 뻗어 나갔다. 「아니.」 데이먼은 슬프게 말했다. 「아니요, 그냥 통과해 갈 거예요. 이미 화이트 구역에 다녀왔어요. 그냥 통과해 지나치고 싶어요.」

「당신 오는지 그녀 묻는다. 묻는다. 항상 묻는다.」

「아뇨.」 데이먼은 쉰 목소리로 속삭이며 점점 더 기회가 줄다가 곧 아예 기회가 사라질 거라고 생각했다. 「아뇨, 푸른 이빨. 전 어머니를 사랑하고, 그러니 가지 않을 거예요. 내가 거기 가면, 어머니가 위험해질 거란 걸 모르겠어요? 총을─든─인간들이 밀어닥칠 거예요. 전 못 가요, 못 가요. 너무나 가고 싶지만 못 가요.」

다우너의 따뜻한 손이 데이먼의 손을 도닥이고 나서 잠시 쥐었다. 「당신 좋은 것 말한다.」

데이먼은 놀랐다. 다우너가 논리적 사고를 하다니. 알고는 있었지만, 그래도 인간 사고의 흐름과 같은 방식으로 생각한다는 걸 직접 확인하니 그저 놀라울 뿐이었다. 데이먼은 다우너의 손을 꽉 쥐었다. 다른 위안이 거의 없는 때 푸른 이빨이 같이 있어 주어 너무나 고마웠다. 데이먼은 금속 계단에 털썩 앉아 마스크로 조용히 숨을 들이쉬었다……. 이곳에서 느낄 수 있는 편안함을 만끽했다. 지금 데이먼은 불친절한 눈들을 잠시 피해 안전하게 앉아 있었고, 옆에는 모든 차이를 뛰어넘어 친구가 된 이가 함께 있었다. 이 히사는 데이먼 앞의 플랫폼에 쭈그리고 앉았고, 간접 조명 속에 까만 눈을 반짝이며 데이먼의 무릎을 다독였다. 좋은 동무였다.

「당신은 날 지켜봐요.」데이먼이 말했다. 「언제나요.」

푸른 이빨은 동의의 뜻으로 살짝 몸을 깐닥였다.

「희사는 아주 친절해요.」데이먼이 말했다. 「아주 좋아요.」

푸른 이빨은 머리를 갸웃하고 눈썹을 찡그렸다. 「당신 그녀 아기.」희사에게 가족은 아주 어려운 개념이었다. 「당신 얼리샤 아기.」

「맞아요, 네.」

「그녀 당신 어머니.」

「맞아요.」

「에밀리오 그녀 아기.」

「네.」

「나 그를 사랑해.」

데이먼은 고통스러운 마음으로 미소를 지었다. 「당신에게 중간은 없군요, 그렇죠, 푸른 이빨? 전부 아니면 아무것도 없어요. 당신은 좋은 친구예요. 희사가 얼마나 많이 알죠? 다른 인간들을 아나요…… 아니면 그냥 콘스탄틴 가문에 대해서만 아나요? 제 친구들은 모두 죽은 것 같아요, 푸른 이빨. 전 친구들을 찾으려 했어요. 친구들은 숨었거나 죽었거나 둘 중하나예요.」

「내 눈을 슬프게 한다, 데이먼-인간. 어쩌면 희사 알아낸다, 우리에게 그들 이름 말하라.」

「디 가문의 누구라도요. 아니면 어션트 가문요. 멀러 가문도요.」

「나 묻는다. 누군가 어쩌면 안다.」푸른 이빨은 자신의 납작한 코에 손가락을 댔다. 「그들을 찾는다.」

「코로요?」

푸른 이빨은 주저하며 손을 내밀어 데이먼 얼굴의 짧게 깎은 수염을 어루만졌다. 「당신 얼굴은 히사와 비슷하다, 당신은 인간과 같은 냄새 난다.」

데이먼은 좌절감에도 불구하고 즐거워하며 씩 웃었다. 「제 모습이 히사처럼 보이면 좋을 텐데요. 그럼 오갈 수 있잖아요. 그자들이 이번에도 하마터면 절 잡을 뻔했어요.」

「당신 여기 두려워하며 온다.」 푸른 이빨이 말했다.

「공포의 냄새를 맡을 수 있어요?」

「나 당신 눈을 본다. 많은 고통. 피 냄새를 맡는다, 빨리 달리는 냄새를 맡는다.」

데이먼은 팔꿈치를 빛 쪽으로 돌려 보았다. 옷까지 찢어지며 고통스러운 찰과상이 생긴 게 보였다. 피가 나 있었다. 「문에 부딪혔어요.」 데이먼이 말했다.

푸른 이빨은 조금씩 앞으로 나왔다. 「나 상처 멈춘다.」

데이먼은 히사가 자신들의 상처를 돌보던 모습을 떠올리고 고개를 흔들었다. 「아뇨, 하지만 제가 부탁한 이름들을 기억할 수 있어요?」

「디, 어션트, 멀러.」

「그 사람들을 찾을 거예요?」

「노력한다.」 푸른 이빨이 말했다. 「그들을 데려온다?」

「절 그 사람들에게 데려가요. 총을-든-인간들이 화이트 구역으로 들어가는 터널들을 막고 있어요. 그건 알죠?」

「안다. 우리 다우너들, 우리 밖의 큰 터널 안에서 걷는다. 누가 우릴 본다?」

데이먼은 마스크 속에서 숨을 깊이 들이쉬었고, 현기증을 느끼며 다시 일어나 히사를 한 팔로 꼭 안은 뒤 램프를 집어 들었다. 「사랑해요.」 데이먼은 속삭였다.

「사랑해.」 푸른 이빨은 말하고 나서 날쌔게 어둠 속으로 사라졌다. 아주 가볍게 움직였고, 금속 계단에 진동이 느껴졌다.

데이먼은 계속 손으로 더듬으며 앞으로 나아갔고, 몇 번이나 돌고 몇 층이나 지났는지 셌다. 무모한 행동은 용납될 수 없었다. 데이먼은 화이트에 들어가려 애쓰며 이미 충분히 가까이까지 왔다. 화이트에서 경보가 울리게 한 적도 있었다. 이러다 터널에 대한 조사가 시작되고, 다우너, 어머니, 그들 모두에게 문제가 생길지도 모른다는 생각에 토할 것 같은 공포감이 몰려들었다. 꼭 필요한 순간이 닥치자 망설임 없이 총을 쐈는데도, 아직 무릎이 떨렸다. 데이먼은 방탄복을 입지 않은 보초에게 총을 쐈었다. 보초는 죽었을지도 모른다. 데이먼은 죽이려고 총을 쐈다.

그 때문에 속이 울렁거렸다.

데이먼은 아직도 바랐다. 경보에 자기 이름이 끼어 있지 않길 바랐다. 목격자가 죽었길 바랐다.

데이먼은 은고네 술집 바깥의 복도로 통하는 출입구에 도착했지만, 아직도 몸을 떨었다. 데이먼은 좁은 에어로크로 들어가 마스크를 내리고 극도의 비상사태에만 쓰려고 아껴

둔, 보안 허가가 난 카드를 썼다. 문은 경보 없이 그냥 열렸다. 데이먼은 서둘러 좁고 사람 없는 복도를 걸어가서 손으로 정보를 입력해 뒷문을 열었다.

은고의 아내가 주방 카운터에서 몸을 돌리고 데이먼을 물끄러미 보다가 홀로 뛰어나갔다. 데이먼은 뒤에서 문이 저절로 닫히게 두었고, 저장실 문을 열고 호흡기를 그 안에 던져 넣었다. 공포 때문에 호흡기를 깜박하고 여기까지 가져왔던 것이다. 데이먼의 현재 정신 상태가 여실히 드러나는 부분이었다. 데이먼은 주방 싱크대로 가서 손과 얼굴을 씻으며 피 냄새와 공포, 기억을 지우려 애썼다.

「데이먼.」

「조시.」 데이먼은 홀의 문 쪽으로 슬쩍 눈길을 준 뒤, 싱크대에 걸린 수건에 얼굴을 닦았다. 「말썽이 있었어요.」 데이먼은 조시를 지나 홀로 들어간 뒤, 바 쪽으로 걸어가서 기댔다. 「한 병?」 데이먼은 은고에게 술을 부탁했다.

「한 번만 더 그 문으로 들어오면…….」 은고가 기분 상해하며 꾸짖었다.

「비상사태였어요.」 데이먼이 말했다. 조시가 옆에서 부드럽게 데이먼의 팔을 잡았다.

「술은 잠시 제쳐 둬요.」 조시가 말했다. 「데이먼, 이리 와요. 할 말이 있어요.」

데이먼은 둘의 영역인 골방으로 다시 들어갔다. 조시는 식사 중인 손님들 눈에 띄지 않도록, 데이먼을 구석으로 데려갔다. 은고의 아내가 아들과 함께 돌아간 주방에서 접시가 챙챙거리는 소리가 났다. 방에선 어쩔 수 없이 은고의 스튜 냄새가 났다. 「있잖아요.」둘 다 앉고 나자 조시가 입을 열었다. 「저랑 함께 복도 맞은편으로 건너갔으면 해요. 우릴 도와줄 수 있을 것 같은 사람을 찾았거든요.」

　데이먼은 조시의 말을 듣고도 잠시 시간이 지나서야 그게 무슨 말인지 이해했다. 「누구랑 얘기했는데요? 〈당신〉이 아는 사람인가요?」

　「제가 아녜요. 누가 당신을 알아봤어요. 당신의 도움을 원해요. 제가 이야기를 다 알진 못해요. 당신 친구 중 하나예요. 조직이 있어요……. Q 사람들과 펠 사이로 뻗어 나가 있는 조직이에요. 당신의 능력이 자신들에게 도움이 될 거라고 생각하는 사람들이 많이 있어요.」

　데이먼은 조시의 말을 이해하려 애썼다. 「당신은 우리가 Q 폭도와 손잡고 군인들에 대적할 수 있다고 생각해요? 그리고 왜 당신에게 갔을까요? 왜 당신인데요, 조시? 어쩌면 그 사람들은 제가 얼굴을 알아볼까 봐, 그리고 뭔가를 알까 봐 두려운 것일 수도 있어요. 맘에 안 드는군요.」

　「데이먼, 우리에게 시간이 얼마나 있죠? 이건 기회예요. 지금 이 시점에선 모든 게 위험해요. 저와 함께 가요. 제발 저와 함께 가요.」

　「그자들은 화이트 구역을 샅샅이 조사하고 있어요. 전 우연히 화이트 구역에서 경보 하나를 켜고 말았고요……. 어쩌면 누굴 죽인 것도 같아요. 그자들은 열 받을 거고, 출입 권한을 쓴 게 누군지 찾아다닐 거예요…….」

「그럼 우리에게 생각할 시간이 얼마나 있겠어요? 만일 우리가…….」 조시는 말을 멈추고 재빨리 은고의 아내를 돌아보았다. 그녀는 스튜를 그릇에 담아서 가져다 탁자 위에 놓았다. 「우린 어디 좀 다녀올 거예요. 돌아올 때까지 계속 따뜻하게 데워 주세요.」

은고의 아내는 까만 눈으로 둘을 물끄러미 보았다. 조용히, 늘 그러하듯 조용히 은고의 아내는 그릇을 챙겨 다른 탁자로 가져갔다.

「알아내는 데 오래 걸리지 않을 거예요.」 조시가 말했다. 「데이먼, 제발요.」

「그 사람들은 어쩔 거래요? 본부로 쳐들어간대요?」

「소동을 벌일 거예요. 그사이 셔틀로 가요. 다운빌로에서 저항 세력을 모아요…… 적으나마 우리끼리요. 데이먼, 모든 게 당신 지식에 달려 있어요. 당신의 콤프 기술, 그리고 통로에 대한 당신의 지식요.」

「그 사람들에게 조종사가 있어요?」

「제 생각엔 있는 것 같아요, 네.」

데이먼은 머리를 쥐어짰다. 그리고 고개를 흔들었다. 「아뇨.」

「아니라니, 무슨 말이에요? 셔틀 얘기를 한 건 〈당신〉이잖아요. 〈당신〉이 그 계획을 짰잖아요.」

「스테이션에 또다시 폭동이 일어나게 할 순 없어요. 되지도 않을 계획으로 사람들이 더 죽게 할 수도 없고요…….」

「같이 가서 그 사람들과 얘기해 봐요. 저랑 같이 가요. 아님, 절 못 믿는 거예요? 데이먼, 우리는 기회가 오기를 얼마나 기다릴 수 있죠? 당신은 이번 기회를 아직 끝까지 들어 보지도 않았어요.」

데이먼은 숨을 내쉬었다. 「갈게요.」 데이먼이 말했다. 「곧 그린에서 신분 확인이 시작될 것 같아요. 그 사람들과 얘기할게요. 어쩌면 제가 더 나은 방법을 알지도 모르죠. 더 조용한 방법들을요. 여기서 얼마나 멀죠?」

「마스카리네 술집이에요.」

「복도 건너서요?」

「맞아요, 이제 가요.」

데이먼은 탁자들 사이를 지나 바를 지나갔다.

「당신.」 둘이 지나가자 은고가 날카롭게 말했다. 데이먼은 발걸음을 멈췄다. 「말썽을 일으킬 거면 여기로 돌아오지 마. 알겠어? 난 당신을 도와줬어. 그런데 이런 식으로 보답하면 안 되지. 내 말 알겠어?」

「알겠습니다.」 데이먼은 대답했다. 은고를 다독일 시간이 없었다. 조시는 출입문 밖에서 기다렸다. 데이먼은 밖으로 나가 조시와 만났고, 좌우를 살핀 뒤 복도를 건너 더 시끄럽고 더 껌껌한 마스카리네 술집으로 들어갔다.

입구 왼쪽에 있던 남자가 일어나 그들을 맞았다. 「이쪽입니다.」 남자는 말했다. 조시가 아무 말 없이 따라갔기 때문에 데이먼은 항의의 말을 그대로 삼키고 조시를 따라 안쪽 깊숙한 곳으로 갔다. 너무나 어두워 의자를 피해 가기조차 힘들었다.

334

커튼이 쳐진 골방 안에서 침침한 불 하나가 타올랐다. 데이먼과 조시는 안으로 들어갔지만, 안내인은 사라졌다.

1분 정도 지나자 뒤에서 두 번째 남자가 들어왔다. 젊고 얼굴에 흉터가 있었다. 데이먼이 모르는 남자였다. 「그 사람들이 오고 있습니다.」 젊은 남자의 말이 끝나자 재빨리 커튼이 다시 움직이더니 두 명이 더 골방으로 들어왔다.

「크레시치.」 데이먼은 중얼거렸다. 그 외엔 모두 모르는 자들이었다.

「크레시치 씨를 압니까?」 새로 온 자가 물었다.

「본 적만 있습니다. 당신은 누구시죠?」

「제 이름은 제사드입니다……. 콘스탄틴 씨, 맞죠? 그 콘스탄틴 가문의 아들이 맞나요?」

그게 어떤 종류건 알아본다는 사실 자체에 데이먼은 신경이 곤두섰다. 데이먼은 조시의 말과 다른 상황에 당황하며 조시를 보았다. 조시는 그들이 데이먼을 안다고 했다. 그러니 이자가 이렇게 놀라선 안 되는 일이었다.

「데이먼.」 조시가 말했다. 「이분은 Q에서 왔어요. 이제 자세한 사항에 대해 얘기를 나누죠. 앉으세요.」

데이먼은 작은 탁자 앞 의자에 앉았다. 함께 앉은 다른 이들 때문에 불안하고 걱정되었다. 데이먼은 다시 한번 조시를 보았다. 데이먼은 조시를 믿었다. 자신의 목숨을 걸 만큼 믿었다. 데이먼은 조시가 부탁하면 자신의 목숨이라도 내줄 수 있었다. 그보다 더 보람차게 목숨을 쓸 순 없었다. 그런데 조시는 데이먼에게 거짓말을 했다. 데이먼이 지금까지 알아 온 조시의 모든 것으로부터 미루어 볼 때, 지금 조시는 거짓말을 하고 있었다.

〈우리는 지금 어떤 위험에 처해 있는 건가?〉 데이먼은 거칠게 생각하며 이 속임수의 이유가 뭘까 고민했다. 「우리가 무슨 제안을 놓고 얘기할 거죠?」 데이먼이 물었다. 데이먼이 원하는 건 오로지 자신이 여기서 빠져나가는 것, 조시를 빼내는 것, 그리고 모든 걸 바로잡는 것뿐이었다.

「조시가 자신에게 연줄이 있다고 했을 때, 전 그게 누구일지 짐작도 못했어요.」 제사드는 천천히 말했다. 「제가 누굴 바랐더라도 당신보다 나을 순 없습니다.」

「그런가요?」 데이먼은 조시 쪽을 다시 보고 싶은 유혹을 억눌렀다. 「당신이 바라는 게 정확히 뭡니까, Q에서 오신 제사드 씨?」

「조시가 말 않던가요?」

「조시는 제가 당신들과 얘기하고 싶을 거라고만 했습니다.」

「이 스테이션을 다시 당신 손에 넣을 방법에 대해서요?」

데이먼의 표정은 조금도 바뀌지 않았다. 「당신에게 그럴 방법이 있다고 생각하는군요.」

「제겐 부하들이 있습니다.」 크레시치가 불쑥 말했다. 「콜리디에게도 부하들이 있죠. 우린 5분 안에 수천 명의 사람을 봉기시킬 수 있습니다.」

「그럼 무슨 일이 생길지 아실 텐데요.」 데이먼이 말했다. 「우린 군인들 속에서 목이 베일 겁니다. 복도들엔 시체들이 구르겠지요. 그자들이 우리 모두를 우주로 방출하지 않는다면요.」

「스테이션 전체가 그자들 거라는 걸 아시지요?」제사드가 재빨리 말했다. 「그자들은 자기들 하고 싶은 대로 합니다. 당신만 빼면, 옛 펠을 대표할 권위자가 아무도 없습니다. 루커스……는 끝났습니다. 루커스는 마지언이 읽으라고 손에 쥐여 주는 것만 읽습니다. 어딜 가도 주위에 보초들이 붙습니다. 한 가지 선택안은 복도에 시체들이 가득 차는 거죠, 맞습니다. 또 다른 선택안은 루커스가 그자들에게 받은 대접 그대로 대접받는 겁니다, 안 그렇습니까? 그자들은 당신에게도 연설문을 읽으라고 쥐여 줄 겁니다. 당신을 루커스 대신해 쓰겠지요. 아니면 그냥 당신을 해치워 버리거나요. 결국 그자들은 루커스를 가지고, 루커스는 명령받은 대로 합니다……. 제 말이 틀립니까?」

「말씀 한번 잘하시는군요, 제사드 씨.」〈셔틀은 어쩌고요?〉데이먼은 의자 등받이에 몸을 기대며 생각했다. 데이먼이 조시를 바라보자 조시는 당황한 눈길로 데이먼을 보았다. 데이먼은 제사드에게 물었다. 「당신 제안은 뭡니까?」

「당신이 우리에게 본부까지 갈 수 있는 출입 권한을 주고, 나머지는 우리가 알아서 합니다.」

「그건 절대 성공 못 합니다.」데이먼이 말했다. 「저 밖에 전함들이 있습니다. 본부를 장악했다고 해서 그자들을 막을 수 있는 건 아닙니다. 그자들은 우리를 날려 버릴 겁니다. 그점은 생각 안 해보셨나요?」

「제게 확실히 일을 성사시킬 방법이 있습니다.」

「그럼 말씀해 보시죠. 당신의 제안을 말해 보십시오, 솔직하게요. 그럼 밤새 생각해 보겠습니다.」

「당신이 우리 이름과 얼굴을 모두 아는데 밖을 돌아다니게 두라고요?」

「당신도 제 이름과 얼굴을 알지 않습니까.」 데이먼은 제사드에게 이 점을 상기시켰다. 제사드의 눈빛이 살짝 흔들렸다.

「저 사람을 믿으세요.」 조시가 말했다. 「성공할 거예요.」

밖에서 뭔가 요란한 소리가 났다. 시끄러운 음악 소리도 누를 만큼 큰 소리였다. 커튼이 안으로 젖혀지고, 콜리디가 이마에 총알구멍이 난 채 탁자 위로 떨어졌다. 크레시치는 경악하며 벌떡 일어나 비명을 질렀다. 데이먼은 뒤로 몸을 날렸고, 조시와 함께 벽에 부딪혔다. 제사드는 손으로 주머니를 더듬었다. 밖의 음악 소리 중간중간에 비명 소리가 섞이고, 방탄복을 입은 군인들이 라이플을 겨누며 골방의 문간을 가득 채웠다.

「꼼짝 마!」 누가 명령했다.

제사드는 번개처럼 총을 꺼냈다. 라이플에서 불이 번쩍였고, 타는 냄새가 나더니 제사드가 경련을 하며 바닥에 쓰러졌다. 데이먼은 멍한 공포 속에서 군인들과 이쪽으로 겨눈 라이플들을 바라보았다. 조시는 옆에서 꼼짝하지 않았다.

군인 한 명이 누군가의 옷깃을 잡고 안으로 끌어당겼다. 은고였다. 은고는 데이먼의 눈길에 움찔했다. 당장이라도 토할 것처럼 보였다.

「이자들이야?」 군인이 물었다.

은고는 고개를 끄덕였다. 「억지로 자신들을 숨겨 주게 만들었어요. 절 협박했습니다. 제 가족을 협박했습니다. 우린 화이트 구역으로 넘어가고 싶습니다. 우리 모두요.」

「이자는 누구지?」 군인은 크레시치 쪽을 고갯짓했다.

「모릅니다.」 은고가 말했다. 「모르는 자입니다. 여기 있는 다른 사람들은 모릅니다.」

「다 끌어내.」 장교가 말했다. 「몸을 수색해. 죽은 놈들도.」

다 끝났다. 오만가지 생각이 데이먼의 머릿속을 스쳤다……. 주머니 속의 총을 잽싸게 꺼내, 총에 맞기 전까지 최대한 멀리 도망친다.

그리고 조시…… 그리고 어머니와 형…….

그들은 데이먼을 잡아 벽에 돌려 세우고 팔다리를 벌리게 했다. 데이먼 옆에 조시와 크레시치가 섰다. 군인들은 데이먼의 주머니를 뒤져 카드와 총을 꺼냈다. 이것만으로도 현장에서 총살감이었다.

그들은 데이먼을 돌려세워 벽을 등지게 한 뒤, 데이먼의 얼굴을 자세히 살펴보았다.

「당신이 콘스탄틴이야?」

데이먼은 대답하지 않았다. 한 명이 데이먼의 배를 쳤고, 데이먼은 새우처럼 몸을 구부렸다. 데이먼은 몸을 낮게 숙이고 남자에게로 달려들어 남자와 의자를 어깨 위에 진 채 탁자 아래로 돌진했다. 부츠 신은 누군가의 발이 등으로 날아왔고, 데이먼은 머리 위에서 터진 싸움에 짓밟혔다. 데이먼은 자신이 기절시킨 남자를 떨쳐 내고 기어가서 탁자 옆에서 일어나려 했다. 총알 하나가 뜨겁게 어깨를 스치며 날아가 크레시치의 배에 맞았다.

누가 라이플로 데이먼을 쳤다. 무릎이 풀리며 더는 서 있기가 힘들었다. 탁자에 뻗은 팔로 두 번째 일격이 날아왔다. 누가 부츠 신은 발로 데이먼을 난폭하게 찼고, 데이먼은 몸을 접으며 쓰러졌다. 계속 몸을 접은 채 두들겨 맞다가 마침내 반쯤 인사불성이 되었다. 이윽고 두 명이 데이먼을 양쪽에서 잡고 일으켜 세웠다. 「조시.」 데이먼은 멍한 채로 말했다. 「조시?」

그들은 푹 쓰러져 있던 조시도 일으켰고, 몸을 뒤흔들어 정신을 차리게 했다. 조시는 간신히 일어났다. 술에 취한 것처럼 머리가 흔들거렸다. 관자놀이에서 피가 흘렀다. 크레시치는 다그칠 필요도 없었다. 아직 움직이고 있었지만, 총에 맞았고, 빠르게 피를 흘리고 있었다. 그들은 크레시치를 두고 갈 것이었다.

데이먼은 홀 안으로 끌려 나가며 주위를 둘러보았다. 은고는 이미 도망쳤거나 그들에게 끌려간 듯했다. 손님들도 다 달아났다. 시체들이 여기저기 흩어져 있고, 군인 몇 명이 라이플을 들고 서 있었다.

군인들은 데이먼과 조시를 밖으로, 복도로 끌고 갔다. 은고네 술집에서 몇 사람이 밖으로 나와 서서, 그들이 끌려가는 것을 지켜보았다. 데이먼은 옆으로 얼굴을 돌렸다. 체포되어 공개적으로 끌려가는 것이 부끄러웠다.

데이먼은 자신과 조시가 부두들을 가로질러 우주선들로 끌려갈 거라 생각했다. 이윽고 그들은 부두들 쪽으로 모퉁이를 돌아 왼쪽으로 갔다. 그제야 데이먼은 추측이 틀렸음을 깨달았다. 지금 가는 쪽에는 군인들이 전용으로 점거한 술집이 하나 있었다. 군인들의 본부였다. 시민들은 이곳을 피해 다녔다.

음악, 약, 술, 민간인 구역에서 제공할 수 있는 것은 뭐든 다 있었다. 데이먼은 멍한 눈으로 응시하며 조시와 함께 안으로 끌려갔다. 연기가 내려앉고 음악이 꽝꽝 울렸다. 그곳에는 책상이 하나 있었다. 놀랄 만큼 크고, 뭔가 공식적인 용도 같았다. 군인들은 둘을 이 책상으로 데려갔다. 남자 한 명이 손에 술잔을 들고 책상 앞에 앉아 둘을 보았다. 「여기 뭘 좀 구해 왔습니다.」 데이먼과 조시를 이곳으로 데려온 무리의 대장이 말했다. 「함대는 이 둘을 찾고 있습니다. 콘스탄틴, 이자를요. 그리고 우린 여기 유니언인 하나를 손에 넣었습니다. 소문대로라면, 조정을 받은 자입니다……. 하지만 펠이 그 조정을 했다고 합니다.」

「유니언인이라.」 책상 앞에 앉은 하사관은 데이먼 너머를 보고, 조시를 향해 기분 나쁜 웃음을 지었다. 「어떻게 너 같은 놈들이 펠에 들어왔지? 이야기가 대단히 흥미롭겠어, 유니언인?」

조시는 아무 말도 하지 않았다.

「내가 알려 주지.」 벽을 뒤흔들듯 거친 목소리가 문 쪽에서 들렸다. 「그자는 〈노르웨이〉의 소유물이야.」

음악은 몰라도, 웃음소리와 대화 소리는 멈췄다. 여기 있는 대부분은 방탄복을 입지 않았지만, 새로 온 자들이 방탄복을 입고 무뚝뚝하게 들어와 나머지 사람들은 모두 깜짝 놀랐다. 「노르웨이.」 누군가 투덜거렸다. 「여기서 꺼져, 〈노르웨이〉 개새끼들아.」

「당신 이름이 뭐지?」 새로 온 자가 윽박질렀다.

「그럼 뭐, 우릴 모두 쏠 거야?」 다른 사람이 말했다.

키가 작고 목소리가 큰 남자는 어깨의 콤 버튼을 누르고 뭐라 말했다. 음악 소리에 묻혀 들리진 않았다. 남자가 몸을 돌려 함께 온 10여 명의 군인에게 손을 젓자, 군인들은 부채꼴로 퍼졌다. 남자는 이제 나머지를, 방의 느린 순환로를 보았다. 「뭐 하나 시키려 해도 성한 놈이 없군. 이 소굴을 바로 잡아 봐. 여기에 우리 군인이 하나라도 있으면 내가 그놈 껍데기를 모두 벗겨 버리겠다. 알겠나?」

「어디 와보시지.」 누군가가 외쳤다. 「여긴 〈오스트레일리아〉의 영역이다. 〈노르웨이〉는 우리를 규칙 위반으로 출두시키라고 명령받은 일이 없다.」

「죄수들을 넘겨.」 키 작은 남자가 말했다. 아무도 움직이지 않았다. 〈노르웨이〉 군인들은 라이플을 겨누었고, 〈오스트레일리아〉 군인들에게서 충격과 분노의 고함 소리가 났다. 데이먼이 흐릿해지는 눈으로 서 있는데, 10여 명 중 두 명이 데이먼과 조시에게 다가와 거칠게 데이먼의 오른팔을 잡더니, 먼저 데이먼을 잡고 있던 자의 손에서 데이먼을 떼어 낸 뒤, 문 쪽으로 끌고 갔다. 조시는 저항하지 않았다. 데이먼도 순순히 갔다. 끝까지 둘이 함께 있는 것…… 그게 둘에게 남은 최선이었다.

「끌어내.」키 작은 남자가 자신의 군인들에게 외쳤다. 데이먼과 조시는 황급히 밖으로 떠밀렸다. 군인 두 명이 장교와 함께 바에 남았다. 데이먼과 조시와 군인들이 부두 9층 진입로를 지날 때, 다른 군인들이 그들을 저지했다. 다른 〈노르웨이〉 군인들이었다.

「〈오스트레일리아〉 초소로 가.」한 명이 다른 사람들에게 외쳤다. 여자 목소리였다. 「매카시네 술집이야. 디가 라이플을 겨누어 모두를 붙들고 있다. 거기로 몇 명 더 가야 한다. 빨리 움직여.」

군인들은 구보로 그들을 지나쳐 갔다. 호송자 중 넷은 계속 가며 데이먼과 조시를 블루 부두 입구로 데려갔다. 문에는 보초들이 서 있었다.

「우릴 통과시켜.」데이먼과 조시를 호송하는 장교가 말했다. 「저쪽에 폭동 가능성이 있다.」

보초들은 〈오스트레일리아〉 소속이었다. 쓰인 글자와 기장이 분명 그러했다. 분대는 마지못해 비상문들을 열고 그들을 통과시켰다.

그 뒤로는 블루 부두였고, 〈노르웨이〉가 〈인도〉, 〈오스트레일리아〉, 〈유럽〉 옆에서 정박지 한자리를 차지하고 있었다. 데이먼은 걸으며 고통까진 아니어도 상처에서 아픔을 느끼기 시작했다. 이곳엔 군인들만 있었고, 군인들이 오갔으며,

피로에 지친 군함 승무원들이 군수품 꾸러미들을 날랐다.

〈노르웨이〉의 진입 튜브가 앞에서 입을 쩍 벌렸다. 데이먼과 조시는 이동 트랩을 올라 통로로 들어갔고, 한기 속에서 계속 걸어 에어로크로 들어갔다. 다른 사람들이 나타났다. 군인들은 모두 〈노르웨이〉 기장을 달고 있었다.

「탤리.」 누군가 놀란 미소를 지으며 말했다. 「돌아온 걸 환영해, 탤리.」

조시는 바로 도망쳤다. 그러나 진입 튜브의 중간까지 도망치다 그들에게 붙잡혔다.

4
펠: 〈노르웨이〉, 블루 부두, 2353년 1월 8일, 1930시

시그니는 책상에서 머리를 들었고, 잠시 콤의 소리를 줄였다. 부두들과 다른 곳들에서 시그니의 군인들이 올리는 보고였다. 시그니는 보초들과 탤리에게 야릇한 미소를 지었다. 조시는 초췌한 몰골이었……. 수염이 텁수룩하고, 더러웠으며, 피투성이였다. 턱은 부어 있었다.

「날 보러 왔나?」 시그니는 조시를 놀렸다. 「또다시 보고 싶다고 할 줄은 꿈에도 몰랐네.」

「데이먼 콘스탄틴…… 그자들이 데이먼을 우주선으로 데려왔어요. 군인들이 데이먼을 잡았어요. 당신이 데이먼과 얘기하고 싶어 할 것 같아서 말하는 거예요.」

시그니는 당황했다. 「데이먼을 밀고하려는 건가, 지금?」

「데이먼은 여기에 있어요. 우리 둘 다 여기 있어요. 데이먼을 꺼내 주세요.」

시그니는 등받이에 등을 기대고 호기심 어린 눈으로 조시를 보았다. 「말을 아주 잘하는군.」 시그니가 말했다. 「전엔 전혀 말을 안 했잖아.」

이제 조시는 할 말이 없었다.

「그자들은 당신 마음을 가지고 놀았어.」 시그니가 말했다. 「그리고 이제 당신은 콘스탄틴가의 사람과 친구다, 이건가?」

「부탁합니다.」 조시는 가냘픈 목소리로 말했다.

「무슨 이유로?」

「이성적으로 생각해요. 데이먼은 당신에게 유용합니다. 그리고 그 사람들은 데이먼을 죽일 거예요.」

시그니는 눈을 반쯤 감고 조시를 보았다. 「돌아와서 기뻐?」 통화 버튼이 깜박거렸다. 콤 소리는 줄일 수 있어도 이건 통제할 수 없었다.

시그니는 소리를 높이고 버튼을 눌렀다. 「매카시네 술집에서 싸움이 터졌습니다.」 누군가가 말했다.

「거기에 디가 있나?」 시그니가 물었다. 「디를 바꿔.」

「바쁩니다.」 대답이 돌아왔다. 시그니는 보초들에게 손을 저었다. 탤리와의 용무가 끝났다는 뜻이었다. 다른 불이 깜박거렸다.

「맬러리!」 탤리는 문밖으로 끌려 나가며 시그니에게 외쳤다.

「〈유럽〉에서 통화를 원합니다.」콤에서 말했다. 「마지언입니다.」

시그니는 버튼을 눌렀다. 그들이 이미 탤리를 끌어내 다른 곳에 가뒀길 시그니는 바랐다.

「맬러리입니다, 〈유럽〉.」

「거기서 무슨 일이 벌어지고 있는 건가?」

「부두에서 문제가 생겼습니다, 제독님. 실례지만, 잔츠가 지시를 요청합니다.」시그니는 버튼을 눌러 잔츠에게 연결했다. 「디가 〈쓰러졌습니다〉.」또 다른 채널에서 소리가 들렸다. 「함장님, 디가 〈총〉에 맞았습니다.」

시그니는 주먹을 쥐었고, 콤 통신기를 치지 않으려 애썼다. 「디를 거기서 빼내, 빼내라고. 지금 얘기하는 장교는 누군가?」

「저는 우섭입니다.」여자 목소리가 대답했다. 「〈오스트레일리아〉의 누군가가 디를 쐈습니다.」

시그니는 다른 버튼을 쳤다. 「에드거 연결해, 빨리!」

「문을 통과했습니다.」우섭의 말이 들렸다. 「디를 구했습니다.」

「〈노르웨이〉 보병들, 일반 경보다. 부두에 문제가 발생했다. 그쪽으로 출동하라!」

「에드거입니다.」소리가 들렸다. 「맬러리, 당신 사냥개들을 불러들이십시오.」

「당신 사냥개들이나 불러들이시죠, 에드거. 안 그러면 제가 보는 족족 쏴버릴 테니까. 당신 사냥개들이 디 잔츠를 쐈습니다.」

「제가 멈추지요.」에드거는 말하고 나서 급히 떠났다. 〈노르웨이〉의 복도들에서 경보가 울리고 있었다. 귀에 거슬리는 경적 소리가 나고 푸른 불빛이 번쩍였다. 우주선이 비상 대기 상태로 들어가자, 시그니 사무실의 계기반들과 스크린들이 한꺼번에 켜지며 바빠졌다.

「지금 들어갑니다.」우섭의 목소리가 다시 들렸다.「디는 아직 우리와 함께 있습니다, 함장님.」

「데려와, 우섭. 그자를 데려와.」

「그쪽으로 가는 중입니다, 함장님.」그래프였다. 그는 부두로 가고 있었다. 시그니는 버튼들을 누르기 시작했고, 영상을 찾으며 기술자들에게 욕을 했다. 벌써 누가 비디오에 영상을 찾아 놨어야 마땅했다. 마침내 시그니는 영상을 찾았다. 군인들이 데려오는 부상자는 한 명이 아니었다. 〈노르웨이〉군인들은 황급히 부두로 쏟아져 나와 공급선들과 입구 주위에 자리를 잡았다.「의료 팀을 콤으로 불러.」시그니는 명령했다.

「의료 팀 준비됐습니다.」대답이 들리자 시그니는 낯익은 이가 군인들에게 가서 환자를 넘겨받는 모습을 지켜보았다. 그래프가 거기에 있었다. 시그니는 짬을 내 좀 더 차분하게 숨을 쉬려고 애썼다.

「〈유럽〉이 아직 기다리고 있습니다.」콤에서 알렸다. 시그니는 그 채널의 버튼을 눌렀다.

「맬러리 함장, 거기서 무슨 전쟁을 치르고 있는 건가?」

「아직 모릅니다, 제독님. 제 병사들을 우주선에 태우는 즉시 알아보겠습니다.」

「자넨 〈오스트레일리아〉의 죄수들을 잡았어. 왜지?」

「그중 데이먼 콘스탄틴이 있었습니다, 제독님. 잔츠에게서 연락을 받는 대로 다시 연락드리겠습니다. 그럼 실례하겠습니다, 제독님.」

「맬러리.」

「네?」

「〈오스트레일리아〉에 사상자가 두 명 있다. 보고서를 제출해.」

「무슨 일인지 알게 되면 보고서를 드리겠습니다, 제독님. 그사이 저는 그곳의 민간인들과 무슨 문제가 생기지 않도록 병사들을 그린 부두로 급파하겠습니다.」

「〈인도〉가 그쪽으로 병력을 움직이고 있다. 그냥 그대로 둬, 맬러리. 그리고 자네 병사들을 거기서 빼내. 부두에서 떠나게 해. 모두 후퇴시켜. 최대한 빨리 내게 와, 알겠나?」

「보고서를 가져가겠습니다, 제독님. 그럼 실례하겠습니다.」

불빛이 꺼지고 연결이 끊겼다. 시그니는 주먹으로 콘솔을 쾅 치고 의자를 뒤로 민 다음, 상갑판에 있는 주 리프트에서 복도를 반쯤 가 있는 작은 수술실로 향했다.

생각했던 것만큼 심하진 않았다. 디는 군의관의 보살핌 덕분에 심장 박동도 안정적이고, 생명의 위협을 받는 것 같지도 않았다. 가슴에 상처가 나 있고, 몇 군데 화상을 입긴 했다. 출혈이 심했지만, 시그니는 훨씬 더 심한 경우도 본 적이 있었다. 총알은 다행히 방탄복 이음매에 맞았다. 시그니는 우섭이 서 있는 문으로 성큼성큼 걸어갔다. 우섭의 방탄복은 머리끝부터 발끝까지 피투성이였다. 「더러운 몸으로 저 안에 들어가면 안 돼.」 시그니는 부하들을 복도로 몰아내며 말했다. 「저 안은 무균 상태여야 해. 누가 먼저 쐈지?」

「〈오스트레일리아〉의 쌍년이요. 술에 취해 있고 기강이 문란했습니다.」

「〈함장님〉이라는 호칭은 어디로 도망쳤지?」

「함장님.」 우섭이 힘없이 말했다.

「자네도 맞았나, 우섭?」

「화상입니다, 함장님. 허락해 주신다면, 저는 소령님과 다른 이들의 치료가 끝난 뒤에 치료실로 들어가겠습니다.」

「그자들 영역에 들어가지 말라고 내가 말했을 텐데?」

「놈들이 콘스탄틴과 탤리를 잡을 거란 얘기를 콤에서 우연히 들었습니다, 함장님. 어떤 하사관이 책임자였고, 놈들은 그곳에서 스테이션 상인들만큼이나 술에 취해 있었습니다. 소령님이 안으로 들어가자, 놈들은 우리에게 출입 금지라고 말했습니다.」

「그만 됐어.」 시그니는 투덜거렸다. 「보고서를 제출해, 우섭 기병. 이번 일은 내가 자네를 뒷받침하겠어. 에드거의 개자식들 앞에서 꽁무니를 뺐다면, 내가 자네의 껍데기를 죄다 벗겨 버렸을 거야. 원하는 대목에서 내 말을 인용하도록.」 시그니는 복도의 군인들 사이를 헤치고 걸어갔다. 「괜찮아, 디는 멀쩡하다. 의료진이 일할 수 있게 다들 여기서 나가. 자기 숙소로 돌아가. 난 에드거와 할 말이 있다. 하지만 자네든 누구든 부두로 갔다간, 내 총에 먼저 맞을 줄 알아. 진심이다. 〈해산!〉」

군인들은 흩어졌다. 시그니는 함교로 걸어가 각자 위치로 돌아온 승무원들을 둘러보았다. 그래프가 거기 있었다. 역시 온몸이 피투성이였다.

「가서 씻어.」 시그니가 말했다. 「각자 맡은 일에 신경 쓰도록. 모리오, 다시 돌아가서 우섭 기병과 그 분견대에 있던 모두를 면담해. 그 〈오스트레일리아〉 분대들에 있던 이들의 이름과 신분도 알아내도록. 정식으로 항의할 거다. 당장 하도록.」

「네, 함장님.」 모리오가 알겠다고 대답했다.

모리오는 서둘러 떠났다. 시그니는 함교에 서서 주위를 보았다. 사람들은 각자 임무로 돌아갔다. 그래프는 몸을 씻으러 갔다. 시그니는 계속 통로를 서성이다가 자신이 뭘 하고 있는지 문득 깨닫고는 가만히 멈춰 섰다.

마지언의 갑판으로 가는 일이 남아 있었다. 시그니의 제복에 피가 묻어 있었다. 디의 피였다. 시그니는 씻지 않고 그냥 가기로 결심했다.

「그래프가 지휘하도록.」 시그니는 무뚝뚝하게 말했다. 「맥팔레인, 〈유럽〉으로 갈 호위병이 필요하다. 어서 준비해.」

시그니는 리프트로 걷기 시작했고, 명령이 복도에 울리는 소리가 들렸다. 군인들이 출구가 있는 복도에서 시그니에게 합류했다. 완전 군장을 한 열다섯 명이었다. 군인들은 부두에서 우주선 입구와 연결된 이동 트랩을 지켰고, 시그니는 군인들 사이로 걸어갔다. 시그니는 방탄복을 입지 않았다. 여긴 안전한 부두였고, 시그니한테 방탄복이 필요할 일은 없었다. 그러나 지금 이 순간 시그니는 발가벗고 그런 부두를 걷는 게 훨씬 안전하겠다는 생각이 들었다.

5
펠: 〈유럽〉, 블루 부두, 2353년 1월 8일, 2015시

마지언은 늦지 않게 나타났다. 이번만은 늦지 않았다. 시그니와 톰 에드거 두 사람의 의견을 듣는 자리였다. 에드거가 가장 먼저 왔다. 〈예상〉한 바였다.

「앉지.」 마지언이 시그니에게 말했다. 시그니는 회의용 탁자 앞의 의자에 에드거와 마주 보고 앉았다. 마지언도 상석에 앉아 팔짱을 낀 채 몸을 숙이며 시그니를 노려보았다. 「그래, 보고서는 어디 있지?」

「곧 드리겠습니다.」 시그니가 말했다. 「하나씩 면담하고 신원을 확실히 확인하는 데 시간이 걸립니다. 총에 맞기 전, 디가 그자들의 이름과 군번을 받았습니다.」

「디를 거기 보낸 게 자네 명령이었나?」

「제가 제 부하들에게 내린 복무 규정은 눈앞에 문제가 발생하면 물러나지 말라는 겁니다. 제독님, 제 부하들은 고포스 사건 이후 조직적으로 괴롭힘을 당하고 있습니다. 그 남자를 쏜 건 〈저〉인데, 제 부하들이 교묘하게 괴롭힘을 당하고 압력을 받고 있습니다. 그러다 누군가 술에 너무 취했고, 괴롭힘과 공공연한 하극상 간의 차이를 모르게 됐습니다. 군인 한 명이 군번을 요구받았지만, 대답하길 대놓고 거절했습니다. 그 여자는 체포되었고, 그러자 총을 뽑아 장교에게 쏘았습니다.」

마지언은 에드거를 보고 나서 다시 시그니를 보았다. 「난 다른 이야기를 들었어. 자네 군인들이 단결하라고 격려받았다는 얘기지. 말로는 단기 상륙 허가를 받았지만, 실제론 자네 명령하에 있었다고 들었어. 그 군인들은 분대를 이루어 장교의 명령 아래 부두로 가서 권력을 휘둘렀다고 했어. 〈노르웨이〉 소속 군인들의 작전 전체가 반항적이고 도발적이라고, 내 명령에 직접적으로 도전한다는 얘기를 들었어.」

「전 상륙 허가를 받은 군인들에게는 어떤 임무도 주지 않습니다. 제 군인들이 떼를 지어 다닌다면, 그건 자기 보호 차원일 겁니다. 제 부하들은 〈노르웨이〉 소속만 빼고 모두에게 개방된 술집들에서 도발을 받았습니다. 〈그런〉 식의 행동이 다른 탑승원들 간에 장려되고 있습니다. 이미 지난주에 제가 서면으로 그 문제에 대해 불만을 제기한 적이 있습니다.」

마지언은 자리에 앉아 잠시 응시하다가 앞의 탁자를 톡톡 쳤다. 느릿느릿하고 긴장된 손짓이었다. 마침내 마지언은 에드거 쪽으로 시선을 돌렸다.

「아직까진 항의하길 망설였습니다.」에드거가 말했다. 「하지만 저 밖에 좋지 않은 분위기가 형성되고 있습니다. 분명 전체로서의 함대가 어떤 식으로 명령받아야 하는가를 두고 의견 차이가 있습니다. 어떤 곳에서는 우주선에 대한 충성심, 즉 특정 함장들에 대한 충성심이 장려되고 있습니다. 전 그 이유를 추측하고 싶지 않습니다만, 어쩌면 특정 〈함장들이〉 그런 행동을 하고 있는 것 같습니다.」

시그니는 숨을 훅 들이쉰 뒤 양손을 거칠게 내려놓았다. 의자 바로 바깥의 차가운 느낌이 그녀의 예감을 확인시켜 주었다. 아주 차가운 느낌이. 에드거와 마지언은 늘 가까웠다……. 지금도 마찬가지였다. 시그니는 그 사이에 절대 끼어들 수 없었다. 시그니는 오랫동안 그렇게 의심해 왔다. 시그니는 숨을 고른 뒤, 몸을 뒤로 기대고 마지언을 바라보았다. 이건 전쟁이었다. 그리고 〈노르웨이〉가 지금껏 지나온 그 어떤 활송 장치 못지않게 좁은, 마지언과 에드거의 야망이라는 해협을 지나야 하는 상황이었다. 「우리가 서로 총을 쏘기 시작한다면, 뭔가 크게 잘못된 부분이 있는 겁니다.」시그니가 말했다. 「실례지만…… 우린 이 함대에서 가장 오래된 고참들이고, 가장 오래 살아남은 사람들입니다. 그리고 솔직히 말씀드리자면, 전 지금 무슨 계획이 진행 중인지 알고 있고, 제독님의 속임수에 장단을 맞췄으며, 일단 함대가 움직이면 전혀 무의미해질 이 스테이션 조직화도 계속 해왔습니다. 전 제독님이 사람들을 바쁘게 하려고 만든 불필요한 작전들을 수행해 왔고, 그것도 잘 해왔습니다. 제가 아는 것에 대해 제 군인들이나 승무원들에게 한마디도 한 적이 없습니다. 그리고 군인들이 이 스테이션에서 무슨 짓을 해도 허락되는 것 또한 이해합니다. 장기적으로 전혀 중요하지 않으니까요. 펠은 이미 중요하지 않아졌고, 이제 펠의 생존은 우리의 이익에 반하니까요. 우리는 이제 뭔가 다른 것을 겨냥하고 있습니다. 혹은 어쩌면 늘 그랬는지도 모르죠. 그리고 제독님은 서서히 우리를 그쪽으로 끌고 왔지요. 제독님이 정말로 마음에 품은 것, 우리에게 남겨 둔 유일한 선택안을 마침내 제안했을 때 우리가 지나치게 충격을 받는 일이 없게 하려고요. 솔, 안 그렇습니까? 〈지구.〉 우리가 지구에 가면, 엄청난 고난과 함께 장기적이고 위험한 상황이 우릴 맞을 겁니다. 함대는…… 컴퍼니를 접수하고요. 제독님이 맞을지도 모릅니다. 어쩌면 그게 우리에게 유일하게 남은 일인지도 모릅니다. 어쩌면 이게 말이 되는 거고, 이미 오래전에, 컴퍼니가 우릴 받치는 걸 그만둔 순간부터 말이 되기 시작했는지도 모릅니다. 하지만 수십 년 동안 함대가 지켜 온 규율들을 펠이 깬다면, 우린 거기에 가지 않습니다. 함대의 각 단위들이, 각자 작전을 수행할 수 없는 뭔가로 균질화된다면, 우린 거기에 가지 않습니다. 그리고 그게 바로 지금의 괴롭힘이 낳을 결과입니다. 이번 사태로 저는 〈노르웨이〉를 어떻게 이끌어야 할지 깨달았습니다. 만약 그런 일이 시작되면, 그때는 모든 게 무너집니다. 제독님이 군인들에게서 배지와 이름, 일체감, 기백을 빼앗으면, 모두 끝입니다. 모든 게 끝입니다…… 제독님이 그걸 뭐라 부르든, 그게 저 밖에서 지금 벌어지는 일입니다. 이제까지 알던 모든 규칙에 반하는 기준에 따르라고 우주선이 강요받고, 달리 적이 없으면 이 함대의 함장들이 교묘하게 자신의 군인들을 부추겨 제 군인들을 괴롭히게 하고, 저 군인들이 그렇게 하고 있는 지금 말입니다. 수십 년 동안, 하나로서의 함대는 존재한 적이 없지만, 그게 우리의 강점이었습니다…… 드넓은 우주 전반에 퍼져, 해야 할 일을 할 수 있는 행동의 폭이 있었습니다. 우리를 균질화하면, 우리는 예측 가능해집니다. 그리고 지금처럼 수가 적을 때는…… 그냥 끝장나는 겁니다.」

「대단해.」마지언은 부드럽게 말했다. 「〈자네〉가 탑승원들의 분리를 다 주장하고 말이야. 규율이 없다고 불평하는 바로 자네가 말이야. 그것 참 대단한 궤변이로군.」

「저는 행동을 같이하라는 명령을 받고 있고, 제 우주선에 존재하는 모든 방침과 명령을 바꾸라는 명령을 받고 있습니다. 제 군인들은 이를 〈노르웨이〉에 대한 모욕으로 받아들이고, 또 분개합니다. 그 밖에 뭘 더 기대하십니까, 제독님?」

「군인들의 태도는 지휘하는 장교들과 함장의 태도를 어느 정도 반영하지. 안 그런가? 어쩌면 자네가 그런 태도를 부추긴 것 같군.」

「그리고 어쩌면 그 술집에서 일어난 일도 부추김을 받았고요.」

「맬러리 함장!」

「모욕하려는 뜻은 없습니다, 에드거 함장.」

「자네 부하들이 들어가, 죄수들을 체포해 구금하던 군인들에게서 죄수를 빼앗았어. 이 행동은 공적을 가로채는 걸로 보이지 않나?」

「휴가 나와 술집에서 술에 취한 군인들에게서 죄수들을 데려온 겁니다.」

「부두의 본부였습니다.」 에드거는 투덜거렸다. 「말은 바로 하죠, 맬러리.」

「당신네 부두 본부의 군인들은 술에 취했고 기강이 문란했으며, 죄수 중 한 명은 〈노르웨이〉 소유물이었습니다. 이 부두 본부에 장교는 없었고요. 또한 나머지 한 명의 죄수는 높은 가치가 있는 자로, 부두들에서 〈제〉 노동 유인형 작전에 유용할 자였습니다. 문제는 이 죄수들이 도대체 왜 블루 부두 시설이나 가장 가까운 우주선인 〈아프리카〉가 아닌, 그 소위 본부로 끌려갔느냐는 것입니다.」

「죄수를 체포한 군인들은 자신들의 하사관에게 보고하고 있었습니다. 그 하사관은 당시 그 자리에 있었습니다. 당신네 군인 소령이 그곳에 난입했을 때 말이죠.」

「제가 말하고 싶은 건, 그런 태도가 일조해 만든 분위기 덕분에 잔츠 소령이 총에 맞았다는 겁니다. 〈그런 게〉 본부라면, 잔츠 소령은 거기에 들어가 그 상황의 통제권을 잡을 자격이 충분했습니다. 하지만 잔츠 소령은 그 소위 본부에 들어가자마자 그곳이 〈오스트레일리아〉의 영역이란 말부터 공공연히 들었습니다. 현장에 있던 〈오스트레일리아〉 하사관은 그 불순종에 이의를 제기하지 않았고요. 이래도 기병대 본부가 한 우주선의 사적인 영역이 아닙니까? 이래도 다른

356

함장들이 자신들의 승무원들에게 분리주의를 조장하고 있는 게 아닙니까?」

「맬러리.」 마지언이 맬러리에게 주의를 주었다.

「요지는, 제독님, 잔츠 소령이 죄수들을 자신의 감독하에 넘기라고 적절한 명령을 내렸지만, 그 〈오스트레일리아〉 하사관은 전혀 협조하지 않았고 문제를 일으키는 데만 기여했다는 겁니다.」

「그 넘기는 과정에서 제 군인 중 두 명이 살해당했습니다.」 에드거는 팽팽하게 긴장된 목소리로 말했다. 「그리고 그 상황이 어떻게 시작됐는지는 아직 조사 중입니다.」

「제 쪽에서도 조사 중입니다, 에드거 함장. 당장이라도 정보가 올 것을 기다리는 중이며, 정보가 들어오면 당신에게도 보내 드리겠습니다.」

「맬러리 함장.」 마지언이 말했다. 「자네는 그 보고서를 〈내게〉 올려. 최대한 빨리. 죄수들에 관해선, 자네가 그들을 어찌하든 난 상관 안 해. 죄수들이 이쪽에 있든 저쪽에 있든 문제가 안 돼. 불화가 문제지. 함대 각 함장들의…… 야망…… 또한 문제야. 좋든 싫든, 맬러리 함장, 자네는 명령에 따라야 해. 자네가 옳아, 우린 각자 작전을 펼쳐 왔어. 그리고 이제는 한 몸이 되어 움직여야 해. 우리 중 몇몇 자유로운 영혼들은 그 부분에 힘들어하겠지. 명령받는 걸 좋아하지 않을 거야. 자네는 내게 귀중한 존재야. 자네는 문제의 본질을 꿰뚫어 볼 줄 알지, 안 그런가? 맞아, 솔이야. 내게 그 말을 함으로써, 자네는 회의에서 내막을 아는 입장에 서고 싶어 해, 그

357

렇지? 자네는 내가 자네에게 의견을 구하길 바라지. 어쩌면 내 뒤를 잇고 싶은 것일 수도 있고. 그것도 괜찮지. 하지만 그러려면, 함장, 자네는 명령에 따르는 법부터 배워야 해.」

시그니는 가만히 앉은 채 마지언의 눈을 마주 보았다.「제가 어디로 가는지도 모르면서요?」

「우리가 어디로 가는지 알잖아. 자네 입으로 말해 놓고서.」

「좋습니다.」 시그니는 조용히 말했다.「전 명령을 받는 데 반대하지 않습니다.」 시그니는 신랄한 눈으로 톰 에드거를 보고 나서 다시 마지언을 향했다.「전 다른 사람들과 마찬가지로 명령을 받듭니다. 과거엔 한 팀으로 일하지 않았을지 몰라도, 이젠 기꺼이 그럴 겁니다.」

마지언은 고개를 끄덕였고, 배우처럼 잘생긴 마지언의 얼굴에 진한 애정이 묻어났다.「좋아, 그래. 이제 해결됐군.」 마지언은 일어나 찬장으로 가서 브랜디가 담긴 휴대용 병을 고정 꺾쇠에서 빼낸 뒤 캐비닛에서 잔들도 꺼내 술을 따랐다. 마지언은 잔을 들고 돌아와 자신 앞에 놓고, 에드거와 시그니의 손에도 하나씩 쥐여 주었다.「이걸로 문제가 완전히 해결됐길 바라.」 마지언은 말하며 술을 마셨다.「그리고 정말로 그래야 해. 더 이상 불만 있나?」

톰 에드거는 아직 불만이 있을 수도 있었다. 시그니는 에드거가 아직 부루퉁한 걸 보며 불 같은 브랜디를 마셨다. 시그니는 슬쩍 미소를 지었다. 에드거는 반응하지 않았다.

「자네가 제기한 또 다른 사안, 그러니까 스테이션을 버리는 일은…… 사실이야.」 마지언이 말했다.「맞아. 그리고 지금 우리 세 명 외에 밖으로 이 정보가 새어 나가는 일은 없을 거라 믿어.」

〈그래서 이 쇼를 하는 거지.〉 시그니는 생각했다. 「네, 제독님.」 시그니가 말했다.

「격식은 걷어치우지. 조만간 모든 함장이 각자 지시를 받게 될 거야. 자네는 전략가이고, 여러 면에서 최고의 전략가야. 자네는 일찌감치 내부 정보를 받게 됐을 사람이야. 자네도 알 거야. 고포스와의 불운한 사건과 암시장 작전 일만 없었더라면, 이미 그렇게 됐을 거야.」

시그니의 얼굴이 확 달아올랐다. 시그니는 술잔을 내려놓았다.

「성질이 문제야, 이 친구야.」 마지언이 부드럽게 말했다. 「나도 성질이 있지. 나도 내 결점들을 알아. 하지만 자네가 내게서 떨어져 나가게 둘 순 없어. 그걸 감당할 여력도 없고. 우린 움직일 준비를 갖추고 있어. 일주일 남았어. 짐 싣는 일이 거의 끝났어. 우린 유니언이 눈치채기 전에 움직일 거야……. 우리가 선수 쳐서 유니언을 골치 아프게 할 거야.」

「펠이군요.」

「바로 그거야.」 마지언은 남은 브랜디를 모두 들이켰다. 「자네에겐 콘스탄틴이 있어. 그자는 제자리로 돌아갈 수 없어. 우린 루커스도 제거해야 해. 현재 일하고 있는 기술자들과 구금 중인 기술자들도 모두. 콤프와 본부를 다룰 수 있고 펠의 질서를 바로잡을 수 있는 자는 모두 없애야 해. 자네는 뒤에서 조작해 펠을 무너지게 할 거고, 그걸 바로잡을 수 있는 자는 누구든 살려 둬선 안 돼. 특히 콘스탄틴은. 그자는 두 가지 면에서 위험해. 콤프와 명성. 그자를 우주로 방출해 버려.」

시그니는 긴장된 미소를 지었다. 「언제 말입니까?」

「그자는 벌써 짐이 됐어. 절대 대중에게 알려져선 안 돼. 밖으로 보이지도 마. 나머지 한 명, 에밀리오 콘스탄틴은 포리가 알아서 할 거야. 깨끗이 청소해, 시그니. 유니언에 도움이 될 것은 하나도 남기면 안 돼. 이곳에서 도망치는 자도 있어선 안 돼.」

「알겠습니다, 제가 처리하겠습니다.」

「자네와 톰은 서로 삐걱이긴 해도 이제까지 아주 잘 해왔어. 난 아직 콘스탄틴을 죽이지 못해 무척 걱정하고 있었어. 자네가 굉장한 일을 해낸 거야. 진심이야.」

「전 제독님의 속셈을 전부터 알았습니다.」 시그니는 차분하게 말했다. 「그래서 콤프를 이미 그런 방향으로 맞춰 놨습니다. 신호 하나만 입력하면 완전히 혼란에 빠뜨릴 수 있습니다. 콤프 기사 두 명 이상이 아직 실종 상태입니다. 내일은 그런 구역을 폐쇄할 예정입니다. 그자들이 항복하지 않으면 전 그 구역을 우주로 방출할 거고, 그러면 어느 쪽이건 일이 해결될 겁니다. 또한 제게는 사라진 콤프 기사들에 대한 정보가 있습니다. 밀고자인 은고와 그자의 패거리를 체포할 겁니다. 우리가 움직일 시간이 되기 전에, 심문해서 정확한 위치를 알아낼 겁니다. 만약 요원들이 그 콤프 기사들을 잡아낼 수 있다면, 그래서 모두 잡았음을 확신할 수 있게 된다면,

더더욱 좋은 일이 되겠지요.」

「제 부하들은 협조할 겁니다.」에드거가 말했다.

시그니는 고개를 끄덕였다.

「그래, 그거야.」마지언은 활기차게 말했다. 「그게 바로 내가 자네에게서 기대하는 거야, 시그니. 특권에 대한 싸움은 여기서 끝이야. 이제 둘 다 그만 자기 일에 힘을 쏟기로 하지.」

시그니는 잔을 비우고 일어났다. 에드거도 술을 마저 마시고 일어났다. 시그니는 마지언에게 웃음을 짓고 고개를 끄덕였지만, 에드거에겐 그렇게 하지 않았다. 그리고 일부러 경쾌하게 걸어 나갔다.

〈개새끼.〉시그니는 생각했다. 등 뒤에서 에드거의 발소리는 들리지 않았다. 시그니가 리프트에 타고 호위병이 있는 아래층으로 내려갈 때도, 에드거는 보이지 않았다. 에드거는 뒤에 남아 마지언과 더 얘기하는 듯했다. 〈씨발 놈.〉

리프트는 순식간에 출구가 있는 층까지 내려왔다. 시그니의 군인들은 헤어진 곳에 그대로 부동자세로 서서, 탈의실 안에서 왔다 갔다 하는 〈유럽〉 군인들과 언쟁하는 일이 없도록 조심하고 있었다. 〈유럽〉의 군인 세 명이 얼굴에 미소를 띠고 서 있다가, 시그니가 자신들 사이로 걸어 나가자 순식간에 얼굴에서 미소가 사라졌다.

시그니는 호위병들을 불러 모아 성큼성큼 에어로크를 나갔고, 부두로 통하는 진입로를 걸어갔다. 시그니의 군인들이 줄지어 서서 시그니를 기다리고 있었다.

6
펠: 〈노르웨이〉, 블루 부두, 2353년 1월 8일,
2300시, 주일, 1100시, 부일

시그니에게 휴식을 취하고, 목욕을 하고, 부두의 난장판을 해결하고 보고서를 쓸 기회가 있다면 훨씬 좋았으리라. 시그니는 디를 쏘고 살아 있는 〈오스트레일리아〉 군인에게 무슨 일이 생길 거란 환상은 눈곱만큼도 즐기지 않았다……. 적어도 표면적으론 아니었다. 하지만 그 여자는, 시그니가 살아 있는 한, 〈노르웨이〉 군인들이 도킹해 있는 곳에선 혼자 걷지 않는 편이 신상에 좋을 것이었다.

디는 상태가 좋았다. 수술을 마치고 나와 미친 듯이 화를 냈다. 건강한 반응이었다. 디는 갈빗대 하나에 접합 장치를 했고, 상당량의 수혈을 받았다. 하지만 디는 비디오를 보고 일관되게 욕을 했다. 그 모습에 시그니는 기운이 났다. 그래 프가 디와 함께 있고, 수많은 장교와 승무원들이 기꺼이 옆을 지키며 디를 조용하게 만들겠다고 자원했다. 걱정하는 티를 냈다가 디가 일의 심각성을 깨닫게 되면 무척 심란해할 터였기 때문이다.

평화. 내일까지, 그리고 그린에서 작전을 펼칠 때까지 몇 시간의 평화를 즐길 수 있었다. 시그니는 자신의 숙소에서 침대에 발을 올리고 책상 앞에 비스듬히 앉아, 한 손을 다른 손 위로 엇갈려 뻗어 두 잔째 술을 따랐다. 시그니가 술을 두 잔이나 마시는 일은 참으로 드물었다. 하지만 일단 두 잔까지 따르면, 금세 석 잔, 넉 잔, 다섯 잔까지 갔고, 디나 그래프가 여기 함께 앉아 얘기하면 좋겠다고 바라곤 했다. 시그니는 디와 그래프가 있는 곳에 가서 같이 앉아 있을까 생각했지만, 그러면 디가 제대로 폭주하며 시그니에게 그 얘기를 해주다가 혈압이 잔뜩 오를 것이었다. 디에겐 좋지 않은 일이었다.

다른 기분 전환 거리가 있었다. 시그니는 잠시 앉아 두 사람 사이에서 고민하다 마침내 버튼을 눌러 보초실을 호출했다.「콘스탄틴을 데려와.」

보초들은 알겠다고 대답했다. 시그니는 등받이에 등을 기대고 앉아 술을 홀짝거렸다. 그리고 보초실에 다시 연락해 작전들이 제대로 되어 가는지, 또 하갑판들의 분노가 잘 진화되었는지 확인하라고 말했다. 술은 신경 안정 기능을 제대로 발휘하지 못했다. 시그니는 아직도 서성이고 싶은 욕구를 느꼈다. 그러나 여기조차 서성일 공간이 그리 많지 않았다. 내일은…….

시그니는 억지로 그 생각을 접었다. 화이트 구역을 안정시키는 과정에서 민간인 128명이 죽었다. 그린 구역은 더 심할 터였다. 정말로 이유가 있어 신원 확인을 두려워하는 사람들이 모두 이곳으로 숨어들었기 때문이다. 콤프 기술이 있는 기술자 두 명이 제때 나타나지 않으면, 이곳을 우주로 날려 버릴 수도 있었다. 정말 그럴 수도 있었다. 그게 현명한 해법이었다. 무차별적이긴 해도, 빨리 죽게 해줄 기회였고, 모든 도망자를 잡았다고 확신할 수 있는 방법이었다……. 그리고 상황이 날로 악화될 스테이션에 남겨 두는 것보단 이게 훨씬 자비로웠다. 엄청난 규모의 〈한스퍼드〉. 이게 그들이 유니언에 남겨 줄 선물이었다. 썩어 가는 시체들과 악취, 그 엄청난 악취⋯⋯.

문이 열렸다. 시그니는 고개를 들어 군인 세 명을 보고 나서 데이먼 콘스탄틴을 바라보았다. 데이먼은 몸을 씻고 갈색 작업복을 입었고, 얼굴에는 반창고 몇 개가 붙어 있었다. 군의관이 붙여 준 것이었다. 시그니는 나쁘지 않다고 막연히 생각하며 한 팔에 체중을 싣고 몸을 앞으로 내밀었다. 「얘기하고 싶습니까?」 시그니는 데이먼에게 물었다. 「아니면 다른 거?」

데이먼은 대답하지 않았다. 그러나 싸우려는 기미도 없었다. 시그니는 손을 흔들어 군인들을 내보냈다. 문이 닫혔다. 데이먼은 여전히 서서 시그니가 아닌 뭔가를 계속 바라보았다.

「조시 탤리는 어디 있죠?」 마침내 데이먼이 물었다.

「우주선 어딘가에 있습니다. 저쪽 캐비닛에 유리잔이 있습니다. 술 한잔하겠습니까?」

「전 여기서 나가고 싶습니다.」 데이먼이 말했다. 「적법한 정부에 이 스테이션을 넘기고 싶습니다. 당신이 살해한 민간인들에 대해 자세한 보고를 받고 싶습니다.」

「아.」 시그니는 이렇게 말하고는 짧게 소리 내어 웃었고, 콘스탄틴 가문의 이 젊은 아들을 재평가했다. 시그니는 비뚤어진 웃음을 짓고 발로 침대를 밀어 의자를 살짝 뒤로 보냈다. 시그니는 침대 쪽을 가리켰다. 앉으라는 뜻이었다.「그러시군요.」시그니가 말했다.「앉으십시오. 앉아요, 콘스탄틴 씨.」

데이먼은 앉았다. 아버지처럼 격하고 어두운 눈으로 시그니를 바라보았다.

「사실 정말 그런 망상이 가능할 거라곤 전혀 생각 안 하죠.」시그니는 데이먼에게 물었다.「안 그렇습니까?」

「전혀요.」

시그니는 고개를 끄덕이며 데이먼에 대해 아쉬움을 느꼈다. 잘생기고 젊었다. 말씨도 세련되고 몸매도 균형이 잡혔다. 데이먼과 조시는 많이 비슷했다. 이 전쟁에서 헛되이 낭비되는 것들에 대한 생각이 시그니를 힘들게 했다. 이런 젊은이들이 시체가 되어 버렸다. 만약 이자가 다른 사람이었다면…… 하지만 이자의 이름은 하필 콘스탄틴이었고, 그래서 죽을 수밖에 없는 운명이었다. 펠은 콘스탄틴이란 이름에 반응할 것이다. 그래서 데이먼은 죽어야 했다.「술 한잔하겠습니까?」

데이먼은 거절하지 않았다. 시그니는 자기 잔을 데이먼에게 건넨 뒤 자신은 병째 마시기로 했다.

「존 루커스는 당신네 꼭두각시로 살고 있죠.」데이먼이 말했다.「안 그런가요?」

진실을 가지고 데이먼을 괴롭힐 이유가 없었다. 시그니는 고개를 끄덕였다.「그자는 명령을 잘 듣는답니다.」

「다음번엔 그린 구역 차례인가요?」

시그니는 고개를 끄덕였다.

「제가 콤으로 사람들에게 말하게 해주십시오. 그곳 사람들을 설득하게 해주십시오.」

「당신의 생명을 구하려고요? 아니면 루커스 자리를 대신하려고? 그건 성공하지 못합니다.」

「그 사람들의 생명을 구하려고요.」

시그니는 오랫동안 냉혹하게 데이먼을 뚫어져라 바라보았다.

「당신은 사람들 앞에 나타나지 않을 겁니다, 콘스탄틴 씨. 당신은 아주 조용히 사라질 겁니다. 당신도 그 점을 알 줄 알았는데요.」 시그니는 허리에 총을 차고 있었다. 시그니는 의자에 앉으며 총에 손을 댔다. 설마 데이먼이 어쩌진 않겠지만, 혹시나 해서였다. 「이건 어떻습니까? 만약 제가 찾는 두 명을 찾을 수만 있다면, 그런 구역을 우주로 방출하지 않겠습니다. 이름은 제임스 멀러와 주디스 크로얼입니다. 그 둘은 어디 있습니까? 당장 그 둘의 위치를 알아낼 수 있다면······ 사람들의 목숨을 살릴 수 있습니다.」

「모릅니다.」

「그 둘을 모른다고요?」

「그 둘이 어디 있는지 모른다고요. 그런 구역에 있다면, 아직 살아 있을 것 같지 않습니다. 전 그 구역을 아주 잘 알거든요. 만약 그 둘이 거기 있다면, 제가 찾았을 겁니다.」

「유감이군요.」 시그니가 말했다. 「합리적인 선 안에서 제가 할 수 있는 일은 하겠습니다. 그 점은 약속드리죠. 당신은 아주 교양 있는 사람입니다, 콘스탄틴 씨. 이제 당신 같은 사람은 찾기 힘들죠. 당신을 여기서 빼낼 길을 찾게 되면, 꼭 그렇게 하겠습니다. 하지만 전 모든 면에서 제약을 받고 있습니다.」

데이먼은 아무 말도 하지 않았다. 시그니는 계속 데이먼을 바라보며 병에 입을 대고 술을 한 모금 마셨다. 데이먼은 잔으로 술을 마셨다.

「제 가족들은 어떻게 됐습니까?」 데이먼이 마침내 물었다.

시그니의 입이 뒤틀렸다. 「아주 안전하게 있습니다. 아주 안전하게요, 콘스탄틴 씨. 당신 어머니는 우리가 부탁하는 모든 일을 하고 계시고, 당신 형은 지금 있는 곳에 안전하게 있어요. 물자들이 제시간에 도착하고 있으니, 우리가 저 아래 있는 당신 형의 안전을 위협할 이유가 없지요. 형도 교양 있는 분이더군요. 운 좋게도, 우리 우주선들이 도킹한 곳의 대규모 군중과 정교한 시스템들에 접근할 방법도 없으시고요.」

데이먼의 입술이 떨렸다. 데이먼은 잔에 남은 술을 모두 마셨다. 시그니는 앞으로 몸을 숙이고 술을 더 따라 주었다. 일부러 기회를 잡아 데이먼에게 가까이 몸을 숙였다. 이건 도박이었다. 이로써 저울이 평형을 이루었다. 이제 그만둘 때가 됐다. 내일이 지나도 살아남으면, 데이먼은 앞으로 일어날 일을 너무 많이 알게 될 것이고, 그건 너무 잔인했다. 브랜디로도 어쩔 수 없는 시큼한 맛이 입안에 감돌았다. 시그니는 술병을 데이먼 앞으로 밀었다. 「가져가십시오.」 시그니가 말했다. 「이제 당신 거처로 돌아가십시오. 여기서 작별

367

이군요, 콘스탄틴 씨.」

어떤 자들은 항의하고 울부짖고 간청했을 것이다. 어떤 자들은 시그니의 목을 노렸을 것이다. 일을 재촉하는 한 가지 방법이었다. 데이먼은 그냥 일어나 술병은 놓아둔 채 문으로 갔다. 그러나 문이 열리지 않자 뒤를 돌아보았다.

시그니는 버튼을 눌러 당직 장교를 불렀다. 「죄수를 데려가.」 알겠다는 대답이 돌아왔다. 그때 시그니는 다른 생각이 들었다. 「그 김에 조시 탤리를 여기로 데려와.」

그 말을 듣자, 데이먼의 눈에 공포의 빛이 깜박였다. 「조시가 절 죽일 심산인 거 압니다.」 시그니가 말했다. 「하지만 조시는 변화를 좀 겪었습니다. 그렇지 않습니까?」

「조시는 당신을 기억합니다.」

시그니는 입을 오므렸고, 이윽고 억지웃음을 지었다. 「살아 있으니 기억하는 거죠. 안 그렇습니까?」

「마지언과 얘기하게 해주십시오.」

「별로 현실적인 생각이 아니군요. 그리고 마지언은 당신 말을 듣겠다고 하지 않을 겁니다. 모르겠나요, 데이먼 콘스탄틴? 당신이 겪는 고초들이 모두 마지언 탓이란 걸요? 제 명령도 모두 마지언에게서 나오는 겁니다.」

「함대는 한때 컴퍼니 소속이었습니다. 우리의 것이었죠. 우린 당신을 믿었습니다. 스테이션들은…… 우리 모두는…… 당신을 믿었어요. 컴퍼니는 믿지 않아도 당신은 믿었습니다. 어떻게 된 겁니까?」

시그니는 자기도 모르게 시선을 떨어뜨렸다. 다시 시선을 들어 아무것도 모르는 데이먼의 눈을 보기가 힘들다는 것을 깨달았다.

「누군가가 미쳤군요.」데이먼이 말했다.

⟨그럴 가능성도 상당히 크죠.⟩시그니는 생각했다. 시그니는 의자에 등을 기댔다. 할 말이 전혀 없었다.

「펠엔 다른 스테이션들보다 복잡한 사정들이 더 많습니다.」데이먼이 말했다. 「펠은 언제나 달랐습니다. 적어도, 제 조언을 들어주십시오. 형이 다운빌로를 영구히 관리하게 두세요. 다우너들의 느릿느릿한 방식으로 일을 처리하면, 다우너들은 당신에게 더 많은 것을 안겨 줄 겁니다. 형이 다우너들을 관리하게 하십시오. 다우너들을 이해하긴 쉽지 않지만, 다우너들도 우릴 쉽게 이해하지 못합니다. 다우너들은 형을 위해서 일할 겁니다. 다우너들이 자기들 식으로 일하게 두면, 일을 열 배는 더 해낼 겁니다. 다우너들은 싸우지 않아요. 다우너들은 당신이 부탁하는 모든 것을 줄 겁니다. 뺏지 않고 부탁한다면요.」

「당신 형은 거기에 남겨질 겁니다.」시그니가 말했다.

문 옆의 불빛이 번쩍였다. 시그니는 버튼을 눌러 문을 열었다. 그들이 조시 탤리를 데려왔다. 시그니는 앉아서 지켜보았다……. 둘은 조용히 시선을 교환했다. 말 없는 물음이었다……. ⟨괜찮아요?⟩조시는 그렇게 물었다. 데이먼은 고개를 끄덕였다.

「콘스탄틴 씨는 떠날 거야.」시그니가 말했다. 「들어와, 조시. 어서 들어와.」

조시는 들어오며 데이먼을 걱정스레 돌아보았다. 둘 사이의 문이 닫혔다. 시그니는 다시 술병으로 손을 뻗어 데이먼이 책상 한쪽에 두고 간 잔을 채웠다.

조시도 한결 깨끗해져 훨씬 나아 보였다. 말랐다. 조시의 두 뺨이 무척 홀쭉해졌다. 그러나 눈은…… 살아 있었다.

「앉겠어?」 시그니는 물었다. 조시에게서 뭘 기대하는지는 시그니 자신도 몰랐다. 조시는 언제나, 모든 일에 묵묵히 따랐다. 이제 시그니는 조시가 스테이션에 있는 자신을 찾으러 와 문가에서 소리 지르던 때를 떠올렸다. 그리고 조시가 무슨 미친 짓을 하길 기대하며 지켜보았다. 조시는 언제나처럼 조용히 앉았다. 「옛날 식의 사람이더군.」 시그니는 말하고 나서 술을 마셨다. 「괜찮은 사람이야. 과연 데이먼 콘스탄틴이야.」

「네.」 조시가 말했다.

「아직도 날 죽이고 싶어?」

「당신보다 더 나쁜 일들이 있어요.」

시그니는 소름 끼치는 웃음을 지었고, 곧 웃음이 얼굴에서 사라졌다. 「멀러와 크로얼이란 자들을 알아? 그런 이름을 가진 사람을 누구라도 알아?」

「제겐 아무 의미 없는 이름들이네요.」

「스테이션 콤프를 다룰 수 있는 사람 중 펠에 아는 사람이 있어?」

「아뇨.」

「그게 유일한 공식적인 질문이었어. 모른다니 유감이네.」 시그니는 술을 마셨다. 「콘스탄틴의 안위를 생각하느라 착하게 구는군. 그렇지?」

대답이 없었다. 하지만 사실이었다. 시그니는 조시의 눈을 들여다보고는 분명 그렇다고 결론지었다.

「그걸 물어보고 싶었어.」 시그니가 말했다. 「그게 다야.」

「그 사람들은…… 당신이 원하는 그 사람들은 누구죠? 이유가 뭐죠? 그 사람들이 무슨 짓을 한 거죠?」

질문. 조시는 한 번도 질문을 한 적이 없었다. 「너한테 조정이 잘 맞나 봐.」 시그니가 말했다. 「〈오스트레일리아〉 군인들의 공격을 받았을 때 넌 뭘 하고 있었지?」

침묵.

「그 사람들은 죽었어, 조시. 그게 지금 문제가 되나?」

조시의 눈에서 초점이 사라졌다. 예전처럼 멍한 눈빛이었다…… 다시. 아름답다고 시그니는 생각했다. 전부터 조시를 보면서 몇천 번은 한 생각이었다. 그리고 조시 역시 살려 둘 수 없었다. 조시가 제정신이 아니었다면, 어쩌면 살려 줬을지도 모른다고 시그니는 생각했다. 콘스탄틴이 죽으면, 조시는 아주 위험한 자가 될 것이다. 내일이라고 시그니는 생각했다. 적어도 내일은 해내야 했다.

「전 유니언이에요.」 조시가 말했다. 「절대 정규군이 아닙니다……. 기록에 나온 그런 사람이 아니에요. 특수부대원이죠. 절 여기 데려온 건 바로 당신이에요. 그리고 우리 중 한 명이 더, 자기 힘으로 여기에 왔어요……. 마리너에 갔을 때와 같은 식으로요. 그자의 이름은 게이브리얼이에요. 게이브리얼이 펠을 망가뜨렸어요. 당신에게 적대적 행위를 한 건

〈게이브리얼〉이에요, 콘스탄틴 가문이 아니고. 게이브리얼이 작업해서 데이먼의 가족을 암살했고, 아내를 잃게 했어요……. 그 과정까진 몰라요. 제가 한 게 아니니까. 하지만 당신이 무슨 억측을 하든, 당신이 지금 스테이션을 통제하라고 앉혀 놓은 권력자는…… 살인하라고 게이브리얼에게 매수된 자예요. 그건 제가 알아요. 왜냐하면 전 전술을 아니까. 당신은 사람을 잘못 체포한 거예요, 맬러리. 당신네 사람인 루커스는 당신 사람이 되기 전에 게이브리얼의 사람이었어요.」

시그니는 갑자기 몸이 오싹해지며 취기가 싹 달아났다. 시그니는 손에 잔을 든 채 앉아 조시의 옅은 색 눈을 들여다보았고, 자신의 숨이 거칠어지는 것을 느꼈다. 「게이브리얼이란 자……는 지금 어디 있지?」

「죽었어요. 당신이 죽였어요, 벌써. 콜리다란 이름의 남자. 크레시치란 이름의 또 다른 남자. 게이브리얼. 스테이션에선 게이브리얼을 제사드란 이름으로 알았죠. 그 사람들 모두 우릴 데려온 군인들 손에 죽었어요. 데이먼은 몰랐어요……. 정말 아무것도 몰랐어요. 그자들이 자기 아버지를 죽인 걸 알았다면, 데이먼이 거기서 그자들과 만났겠어요?」

「하지만 넌 데이먼을 거기로 데려갔어.」

「제가 데려갔죠.」

「데이먼은 너에 대해 알았어?」

「아뇨.」

시그니는 숨을 깊이 들이쉬었다가 내뱉었다. 「루커스가 거기에 끼여 있었다는 게 우리에게 중요하다고 생각해? 이젠 우리 사람이야.」

「이젠 다 끝났다는 걸 알라고 말하는 거예요. 더는 쫓아다 닐 게 남지 않았다고요. 당신이 이겼어요. 더는 무엇도 죽일 필요가 없어요.」

「더는 추적할 게 없다는 유니언인의 말을 내가 믿어야 해?」

대답이 없었다. 조시는 알 수 없는 곳으로 다시 빠져들고 있지 않았다. 두 눈은 완전히 살아 있고, 고통이 가득했다.

「내게 하던 건 모두 연극이었군, 조시.」

「연극이 아니었어요. 전 제가 하는 일을 위해 태어났어요. 제 모든 과거는 테이프들이에요. 러셀에서 조정을 받은 뒤 제겐 아무것도 남지 않았어요. 원래 속이 텅 빈 그런 사람이 었으니까요, 맬러리. 진짜는 아무것도 없었죠. 내면엔 아무 것도 없었어요. 전 뇌가 그렇게 프로그램되어 있으니까 유니 언일 뿐이에요. 제겐 아무런 충성심도 없어요.」

「하지만 하나쯤엔 충성심을 느끼겠지.」

「데이먼요.」 조시가 말했다.

시그니는 생각에 잠겼다. 눈이 따가울 때까지 술을 들이 켰다. 「그럼 데이먼을 게이브리얼과 엮이게 만든 건 왜지?」

「우리가 펠에서 빠져나갈 방법을 찾았다고 생각했어요. 셔틀을 타고 다운빌로로 가려 했어요. 당신에게 제안할 게 있어요.」

「뭔지 알 거 같군.」

「당신 정도면 다운빌로 셔틀에 누구 한 사람쯤 태울 수 있잖아요……. 쉽게요. 다른 건 몰라도, 데이먼을 여기서 빼내 줘요.」

「뭐, 펠의 통제권을 다시 찾지 않고?」

「당신 입으로 그랬잖아요. 루커스의 입은 당신이 하라는 말만 한다고요. 그게 당신이 원하는 전부라고. 당신들이 이제까지 원한 전부라고. 데이먼을 여기서 빼내 주세요, 안전하게. 손해 볼 거 없잖아요?」

조시는 이제 어떻게 될지 알았다. 적어도 콘스탄틴의 기회에 관해선 그랬다. 시그니는 시선을 들어 조시를 보다가 다시 잔을 보았다. 「네가 데이먼에게 고마움을 느낀다는 이유로? 지금 내 안에 투미한 구석이 있다고 말하는 거야? 이거 굉장한 거래네. 심층 기술이 성공한 게 있었나 보지?」

「결국은 그런 것 같네요. 어쩔 생각이죠?」

시그니는 버튼을 눌렀다. 「조시를 도로 데려가.」

「맬러리…….」 조시가 말했다.

「네 제안은 생각해 보겠어.」 시그니가 말했다. 「생각해 보겠다고.」

「제가 데이먼과 얘기할 수 있을까요?」

시그니는 그 말에 대해 생각했다. 그리고 마침내 고개를 끄덕였다. 「그 정도야 별거 아니지. 상황이 어땠다고 데이먼에게 얘기하려는 건가?」

「아뇨.」 조시는 가느다란 목소리로 말했다. 「데이먼에게 그 무엇도 알리고 싶지 않아요. 작은 일들에서는, 맬러리, 전당신을 믿어요.」

「그리고 날 뼛속까지 미워하고.」

조시는 서서 고개를 저으며 시그니를 보았다. 문의 불빛이 번쩍였다.

「나가.」 시그니가 말했다. 그리고 군인이 문에 나타나자 다시 말했다. 「조시를 친구와 함께 넣어놔. 뭐든 부탁하면 합리적인 선에서 들어주고.」

조시는 보초와 함께 떠났다. 문이 닫힌 뒤 잠겼다. 시그니는 가만히 앉아 있다가 마침내 침대에 다시 발을 올렸다.

전쟁 후반에 콘스탄틴이 유용할 수도 있겠다는 생각은 이미 해봤다. 유니언이 미끼를 문다면, 유니언이 펠을 차지해 복구한다면, 그렇다면 그들 손에 콘스탄틴 가문의 사람을 남겨 두는 게 유용할 수도 있었다. 데이먼이 루커스 같다면 말이다. 하지만 데이먼은 루커스가 아니었다. 데이먼은 소용없었다. 마지언은 절대 찬성하지 않을 것이다. 셔틀이 그 딜레마에서 벗어나는 한 방법이었다. 밖으로 알려지지도 않을 것이다. 만약 함대가 곧 움직인다면 말이다. 유니언이 숲속에서 젊은 콘스탄틴을 찾아낼 때까지 오랜 시간이 걸릴 것이다. 계획의 나머지 부분이 성공할 때까진 충분한 시간이었다. 펠은 죽고, 유니언은 기지를 잃고, 혹은 펠이 살아서 유니언에게 조직적 문제를 안기고. 조시의 생각이 성공할 수도 있었다, 어쩌면. 시그니는 손을 뻗어 술을 한 잔 더 따랐고, 손의 관절이 하얘질 정도로 세게 술잔을 쥔 채 앉아 있었다.

유니언의 공작원. 시그니는 솔직히 당황했다. 분개했다. 묘하게 즐겁기도 했다. 시그니는 어느 정도 겸손할 아량이 있었다.

그리고 그건 바로 비욘드의 특징이었다. 변절한 함대와 조시 같은 자들을 낳은 세계.

조시가 하는 일을 할 수 있는 자. 게이브리얼/제사드가 하려고 했던 일.

그들이 준비한 일.

시그니는 팔짱을 끼고 책상을 노려보았다. 마침내 시그니는 술을 마시고 손을 뻗어 붙박이 콤프에 입력했다. 〈보병의 임무 배정표?〉

위치와 목록이 나타났다. 우주선의 입구를 지키는 열두 명 외엔 모두 우주선에 있었다. 시그니는 당직 장교를 불렀다.

「벤, 나가서 부두에 남겨 둔 열두 명을 안으로 데려와. 콤은 쓰지 마. 데려온 뒤 콤프로 내게 보고해.」

새로운 입력. 〈승무원의 임무 배정표?〉

승무원들의 위치와 목록도 곧장 나타났다. 부일 승무원들이 근무 중이었다. 그래프는 아직 디와 함께 있었다.

시그니는 콤을 눌러 그래프와 통화했다. 「함교로 와.」시그니가 말했다. 「디 옆에는 군의관을 하나 붙여 놓고. 디, 조용히 있어.」

시그니는 콤프를 통해 다른 이들을 호출하기 시작했다. 암스콤퍼 티호를 호출했을 때, 당직 장교가 임무를 완수했다고 알렸다. 암스콤퍼는 메시지를 받았다고 대답했다. 시그니는 술잔을 비우고 일어났다. 머릿속이 아주 또렷했다. 적어도 갑판이 흔들리지는 않았다.

시그니는 재킷을 입고 밖으로 나가 복도를 걸어 함교로 향하다 멈춰 서서 주위를 둘러보았다. 당황한 주일과 부일 승무원들이 몸을 돌려 시그니를 보고 있었던 것이다.

「선내 통신을 열어.」 시그니가 말했다. 「모든 부서와 숙소들, 모든 스피커를 열어.」

콤 기술자는 전체 통신 스위치를 눌렀다.

「그자들이 우리를 부두에서 내몰았다.」 시그니는 평소 가벼운 작전을 펼칠 때처럼 버튼 마이크를 옷깃에 달며 말했다. 시그니는 자신의 스테이션으로 갔다. 시그니의 지휘소는 그래프의 옆이면서 활 모양 통로의 중앙이었다. 「모두 승선하라. 승무원, 보병, 모두가 우주선에 탔다. 주일은 부서들로 가고, 부일은 대기한다. 전투 부서들에 연락해. 우린 여기를 떠난다.」

잠시 다들 충격에 빠지며 침묵이 흘렀다. 누구도 움직이지 않았다. 그러다 갑자기 모두가 움직이며 제어판과 콤에 손을 뻗었다. 기술자들은 도킹해 있는 동안 쓰지 않고 있던 측면 자리들로 서둘러 움직였다. 계기반들이 웅웅거리고, 사용하기 편하도록 기울어졌다. 머리 위에서 붉은 불빛이 번쩍이고 사이렌이 울렸다.

「도킹을 푸는 절차는 없다. 그냥 부두를 박차고 나간다.」 시그니는 자기 자리의 쿠션에 털썩 앉아 안전띠로 손을 뻗었다. 평소라면 직접 지휘했겠지만, 지금만큼은 자신의 반사작용을 믿지 않았다. 「그래프, 〈노르웨이〉를 펠에서 빼낸 뒤 방향을…….」 시그니는 숨을 훅 들이쉬었다. 「아니, 펠에서 출발시키기만 해. 방향은 내가 잡겠다.」

「지시 바랍니다.」그래프가 차분하게 말했다. 「공격받으면, 우리도 공격할까요?」

「어떤 수단을 써도 좋다, 그래프. 우주선을 빼내기만 하면된다.」

우주선의 콤을 통해 질문들이 들어왔다. 선내의 장교들은 비상사태인지 알고 싶어 했다. 라이더들은 순찰 중이었다. 그들을 들어오게 해서 의논하기는 불가능했다. 안으로 데려오는 것 자체가 불가능했다. 그래프는 마지막 확인 중이었고, 명령들의 순서를 정하고, 모든 것의 위치를 확인하고, 콤프에 모든 위치가 들어 있는지 확인했다. 스크린들에서 지명된 경로가 번쩍였다. 펠 위의 경로는 믿을 수 없을 정도로 대기와 가까웠고, 펠 너머로 채찍처럼 가늘게 이어지며 사라졌다.

「실행.」그래프가 말했다.

갑자기 요란한 소리가 났다. 에어로크의 기밀장치가 비상해제된 것이다. 급하게 덜컹 흔들리며 그들은 펠의 느린 회전에서 떨어져 나갔다. 우주선은 내팽개치다시피 하며 천정(天頂)을 향해 갔고, 주 연결 장치가 잘려 스테이션을 강타했다. 뭔가가 선체를 치고 미끄러졌다. 연결 장치가 길게 끌리고 있었다. 우주선은 계속 가속했고, 다운빌로의 어두운 쪽 면이 우주선 앞에 아련히 나타났다.

「맬러리!」우주선 간 통신으로 누군가가 외쳤다.

부일이어서 함장들은 잠자리에 들어 있었다. 승무원들과 군인들은 부두에 흩어져 있었고, 그들은 이미 공급선들을 끊었다…….

시그니는 이를 악물었다. 〈노르웨이〉는 펠의 먼 쪽 가장자리 위를 돌진했고, 불편을 감수하고 행성에 가까이 접근했다. 시그니는 숨을 죽이고, 콤에서 지지직거리며 들려오는 욕들에 귀를 기울였다.

〈태평양〉과 〈대서양〉은 〈노르웨이〉를 저지하라는 명령을 받았다. 저 우주선들이 제때 〈노르웨이〉의 항로에 끼어들 가능성은 거의 없었다. 함대 중 나머지는 오는 중이었다. 그리고 〈노르웨이〉는 다가오는 다운빌로를 엄호물로 삼았다. 〈오스트레일리아〉는 스테이션에서 벗어나는 중이었고, 〈오스트레일리아〉와 〈노르웨이〉 사이엔 아무런 방해물도 없었다. 바로 이게 위험한 부분이었다. 「암스콤프.」 시그니는 명령했다. 「선미 스크린들, 저건 에드거다, 에드거를 잡아.」

알았다는 대답이 돌아오지 않았다. 티호는 재빠르게 스위치들로 손을 뻗었다. 불들이 깜박이고 스크린들에 영상이 들어왔다.

선미를 엄호해 줄 라이더들이 없었다. 〈오스트레일리아〉는 기수를 보호해 줄 라이더가 없었다. 〈노르웨이〉의 전투원들이 출격했다. 실린더 싱크가 가능한 비행 자세들을 계산하면서 중력이 커지고 있었다. 〈노르웨이〉의 라이더들 중 하나가 콤으로 미친 듯이 질문을 던졌다. 지시를 요청하는 것이었다. 시그니는 대답하지 않았다.

다운빌로가 비디오에 불쑥 거대한 모습을 드러냈다. 그들은 아직도 가속 중이었다. 접근 경고가 깜박였다. 〈오스트레일리아〉가 〈노르웨이〉보다 더 컸다. 따라서 위험도 더 컸다.

스크린들과 불빛들이 번쩍였다. 노르웨이는 상대의 포탄에 맞았다.

7
펠: 〈유럽〉, 블루 부두, 2400시, 주일, 1200, 부일

「안 돼.」 마지언은 자기 자리 주위를 맴돌았다. 자신의 함교가 대혼란에 휩싸인 동안, 한 손으로 이어폰을 꾹 눌렀다. 「현재 위치를 지켜, 기다렸다가 부대를 데려와. 모든 기병대에 블루 부두가 파괴되었다고 경고해. 어느 우주선이든 그린 부두에 있는 군인은 모두 태워, 오버.」

지지직거리며 알겠다는 대답이 돌아왔다. 펠은 혼란에 빠졌고, 부두 전체가 파열되었으며, 공기는 공급선들을 통해 급격히 빠져나갔고, 압력은 떨어졌다. 가로세로 각각 2미터의 입구가 정박 설비들에서 경고 없이 뜯겨 나갈 때, 〈유럽〉과 〈인도〉 사이에 떠다니던 파편과 부두에 있다가 죽어서 둥둥 떠다니던 군인들도 우주로 빨려 나갔다. 부두는 텅 비었다. 모든 게 사라졌다. 감압되는 순간, 우주선들의 에어로크들은 이미 가장 안전한 것들마저 자동으로 닫혔다.

「큐.」 마지언이 말했다. 「보고해.」

「필요한 명령은 모두 내렸습니다.」 큐가 냉정한 목소리로 말했다. 「펠의 모든 군인은 그린 부두로 이동 중입니다.」

「도망치고 있지……. 포리, 포리, 아직 콤에 있나?」

「포리입니다, 오버.」

「명령을 전달해. 다운빌로 기지를 파괴하고 모든 일꾼을 처형해.」

「네, 제독님.」 포리가 말했다. 그의 목소리에 분노가 들끓었다. 「끝장내겠습니다.」

〈맬러리.〉 마지언은 생각했다. 이 단어는 이제 저주가, 욕이 되어 버렸다.

명령은 아직 퍼지지 않았고, 계획도 아직 확립되지 않았다. 그들은 이제 최악을 생각해야 했고, 그에 따라 행동해야 했다. 스테이션의 지휘소를 모두 붕괴시킨다. 군인들을 데리고 도망친다……. 그들에겐 군인들이 필요했다. 유용한 건 뭐든 다 파괴한다.

태양. 지구. 지금이어야 했다.

그리고 맬러리…… 잡기만 해봐라…….

8
펠 본부, 2400시, 주일, 1200, 부일

존 루커스는 대참사 장면이 떠 있는 스크린들에서 대혼란에 빠진 계기반들로 몸을 돌렸다. 기술자들이 미친 듯이 피해 통제반과 보안대로 통신을 중계하고 있었다.

「의원님.」 한 명이 물었다. 「의원님, 블루 구역에 갇힌 군인들이 있습니다. 밀폐된 격실이랍니다. 언제 와줄 수 있느냐고 합니다. 얼마나 걸릴지 알려 달랍니다.」

존은 얼어붙었다. 아까부터 대답이 오지 않고 있었다. 지시는 없었다. 곁에는 늘 존을 따라다니는 보초들, 그리고 밤이고 낮이고 늘 존과 함께 있는 헤일과 부하들뿐이었다. 존의 사적이고 흔들리지 않는 악몽이었다.

이제 그들은 기술자들에게 라이플들을 겨누고 있었다. 존은 몸을 돌려 헤일을 보았다. 헬멧의 콤을 쓰게 해달라고 부탁해 함대와 연락할 생각이었다. 그래서 함대 모함 한 대가 머리 위를 돌진하고, 다른 석 대는 그 뒤에 바싹 붙어 나간 것이 공격 때문인지, 기계 오작동 때문인지, 혹은 다른 이유가 있는 것인지 물어볼 생각이었다.

그런데 갑자기 헤일과 부하들이 동시에 동작을 멈췄고, 자기들 귀에만 들리는 뭔가에 귀를 기울였다. 그리고 모두 동시에 몸을 돌려 라이플을 겨눴다.

「안 돼!」 존은 외쳤다.

그들은 총을 쏘았다.

9

다운빌로: 중앙 기지, 2400시, 주일, 1200, 부일, 지역 밤

잠을 잘 짬이 거의 없었다. 그들, 즉 인간과 히사는 기회 있을 때마다 잠을 잤다. 한쪽은 Q 돔 안에서 몸을 웅크리고,

또 한쪽은 밖의 진흙에서 최선을 다해 갔다. 교대 시간이 되면 옷을 입은 채로, 똑같이 진흙이 덕지덕지 붙고 악취 나는 담요를 두르고, 가능한 순간마다 쪽잠을 잤다. 공장들은 절대 멈추지 않았다. 일은 밤낮으로 계속되었다.

얄팍한 에어로크들이 차례로 쾅쾅거리며 닫혔다. 에밀리오는 뻣뻣한 몸으로 죽은 듯 조용히 누워 있었다. 걱정했던 바가 사실로 드러났다. 에밀리오의 잠을 깨운 건 무슨 소리가 맞았다. 아직은 에밀리오를 깨울 시간이 아니었다. 분명히 아니었다. 자려고 누운 지 몇 분 되지 않은 것 같다고 에밀리오는 생각했다. 머리 위에서 빗방울이 후드득 떨어지는 소리가 들렸다. 부츠 신은 발 여러 개가 밖의 자갈을 저벅저벅 밟는 소리가 들렸다. 여기에 내려온 셔틀은 없었다. 두 교대조가 모두 깨워지는 건 짐을 실을 때뿐이었다.

「일어나서 나와.」 군인 한 명이 외쳤다.

에밀리오는 일어났다. 주위에서 신음이 들렸고, 다른 이들도 잠에서 깨어, 그들을 비추는 강한 불빛에 움찔했다. 에밀리오는 간이침대에서 몸을 굴리며 나왔다. 물에 젖어 뻣뻣해진 부츠를 끌고 다니느라 물집 잡힌 발과 근육통 때문에 얼굴을 찡그렸다. 갑자기 에밀리오의 마음속에 공포가 일었다. 뭔가 작은 부분들이 달랐다. 평소 밤시간에 깨울 때와는 뭔가 달랐다. 에밀리오는 옷을 잠그고 재킷을 걸치고 목을 더듬어 언제나 목에 걸어 두는 호흡기 마스크를 찾았다. 빛이 다시 에밀리오의 얼굴을 비췄다. 에밀리오는 남들처럼 괴로워하며 신음했다. 에밀리오는 다른 이들과 함께 문으로 걸어갔다. 그 문을 나와 두 번째 문을 지나 나무 계단을 올라 길로 나왔다. 에밀리오의 얼굴에 더 많은 불빛이 쏟아졌다. 에밀리오는 팔을 들어 눈을 가렸다.

「콘스탄틴, 다우너들을 모아.」

에밀리오는 불빛 너머를 보려고 애썼으나 눈에서 눈물이 났다……. 다시 한번 보려고 애쓰고서야 불빛 너머의 그림자들이 보였다. 다른 동료들이 공장에서 오고 있었다. 셔틀이 내려오고 있는 거였다. 분명했다. 공포에 젖을 필요가 없었다.

「다우너들을 모으라고.」

「모두 나가.」 누군가가 안에서 외쳤다. 문들이 열리더니 계속 닫히지 않고 열려 있었고, 공기가 빠지며 돔 꼭대기가 무너졌다. 군인들은 총구를 들이대며 남은 사람들을 모두 밖으로 몰았다.

누군가가 에밀리오의 손을 찾아 잡았다. 꼭 아이 같았다. 에밀리오는 아래를 보았다. 뛰는 자였다. 다우너들은 깨어 있었다. 다른 히사는 모두 한데 모여 있었고, 불빛과 자신들을 부르는 거친 목소리에 놀라고 있었다.

「이제 다 나왔나?」 군인 한 명이 다른 군인에게 물었다. 「다 끄집어냈어.」 다른 군인이 말했다.

말투가 이상했다. 불길했다. 세부적인 것들이 묘하게 분명해졌다. 마치 사고를 당해 오랫동안 추락할 때처럼. 시간이 길게 늘어났다……. 비와 불빛, 물에 젖어 번쩍이는 방탄복……. 에밀리오는 군인들이 움직이는 것을 보았다……. 라이플이 올라갔다…….

「공격해요!」에밀리오는 외치고, 줄지어 선 군인들에게로 몸을 날렸다. 총알 하나가 에밀리오의 다리에 박혔다. 에밀리오는 총열을 치고 옆으로 밀었고, 방탄복 입은 팔에 이어 방탄복 입은 몸까지 밀어냈다. 에밀리오는 남자를 거꾸러뜨렸고, 마스크를 빼앗으려 했다. 방탄복을 입은 남자는 두 주먹을 마구 휘둘러 에밀리오의 얼굴을 난타했다. 라이플들이 발사됐다. 에밀리오 주위의 사람들이 땅에 쓰러졌다. 에밀리오는 진흙을 한줌 퍼 손에 쥐었고, 다운빌로의 자체 무기인 이 진흙으로 방탄복의 보호 덮개와 호흡기 흡입구를 힘껏 쳤다. 그리고 방탄복 고리 아래의 목을 찾아 계속 공격했다. 빗속에 인간들의 고함과 다우너의 새된 외침이 울렸다.

총알이 머리 위로 날아가고, 에밀리오 아래에 깔린 남자는 싸움을 멈췄다. 에밀리오는 걸쭉한 진흙 속을 휘저으며 라이플을 찾아, 총을 쥐고 몸을 굴렸다. 시선을 들자, 총 하나가 에밀리오의 얼굴을 겨누고 있었다. 에밀리오는 방아쇠를 움켜쥐고, 조준도 하지 않고 일단 쐈다. 군인은 다른 쪽에서 날아온 포화에 비틀거리며, 온몸에 퍼지는 뜨거운 고통에 비명을 질렀다. 총알은 뒤의 돔 근처에서 날아왔다. 에밀리오는 방탄복 입은 것은 무엇에든 총을 쏘다가 다우너의 새된 비명을 들었다.

빛이 에밀리오를 비췄다. 모두가 빛에 노출됐다. 에밀리오는 다시 굴렀고, 불빛을 향해 총을 쐈다. 조준이 서툴렀음에도 불빛이 꺼졌다.

「달린다.」히사 하나가 에밀리오에게 새된 목소리로 외쳤다.「모두 달린다. 빨리, 빨리.」

에밀리오는 일어나려 애썼다. 히사 한 명이 에밀리오를 잡고 일으킨 뒤 끌고 갔고, 이윽고 다른 히사가 와서 도와주었다. 에밀리오는 돔 옆의 엄폐물로 몸을 피했다. 이미 다른 동료들도 와서 몸을 피하고 있었다. 언덕에서 다시 그들에게 포화가 쏟아졌다. 착륙장으로, 저들의 우주선으로 가는 길에서 총알이 날아왔다.

「저들을 막아요!」에밀리오는 누구든 같은 편에서 들어주길 바라며 외쳤다.「못 가게 잡아요!」에밀리오는 절뚝이며 약간 뛰어갔다. 총알이 날아와 주위의 웅덩이에 박혔다. 에밀리오는 속도를 늦췄지만, 다른 이들은 계속 나아갔다. 에밀리오도 계속 나아가려 애썼다.

「당신 따라온다.」히사 하나가 새된 소리로 말했다.「당신 나를 따라온다.」

에밀리오는 계속 온 힘을 모아 총을 쏘며 숲으로 후퇴하자는 히사의 말은 무시했다. 반격이 날아와 에밀리오 쪽의 한 사람이 쓰러졌다. 이제 측면의 숲에서 총알이 날아오기 시작하며 군인들을 맞췄다. 그러자 군인들은 다시 달아났다. 에밀리오는 다리를 절뚝이며 군인들을 쫓아갔다. 군인들은 언덕 꼭대기에 도착해 약간 아래쪽의 너머로 사라졌다. 분명 도움을, 지원을 요청하러 간 것이었다. 에밀리오와 부하들이 그 위로 돌격하는 순간, 저 길에 단련된 착륙선의 커다란 총들이 그들을 맞이할 것이다. 에밀리오는 울음 섞인 목소리로 욕을 하고 라이플을 목발 삼았다. 에밀리오의 부하 중 몇 명은 아직도 계속 나아가고 있었다. 「엎드려요.」 에밀리오는 이렇게 외치고는 버둥거리며 앞으로 나아갔다. 에밀리오는 높이 날아오르는 우주선을, 그리고 이미지들 옆에서 기다리는 무력한 수천 명을 생각했다. 군인들은 그들과 한참 멀어졌고, 방탄복으로 몸을 감쌌으며, 다시 한번 저 언덕을 올랐다……

그들은 언덕 위로 올라갔다. 포화가 어둠을 밝혔고, 에밀리오의 사람들 대부분은 재빨리 몸을 숙이고 꿈틀거리며 후퇴했다. 번쩍이는 광선들을 마주 볼 수 없었기에 피하려는 것이었다. 에밀리오는 몸을 웅크리고 최대한 다가간 뒤 배를 깔고 누워 언덕에서 중포의 포화를 내려다보았다. 땅은 내리받이 비탈로 증기를 뿜어내기 시작했다. 에밀리오는 군인들이 착륙선의 불 밝혀진 해치에서 다시 부대를 재편성하는 것을 보았다. 그 위로 군인들을 보호하려는 포화가 비탈을 수놓았다. 광선들이 빗속에서 증기를 뿜었고, 물뿐 아니라 땅까지도 끓어오르게 했다. 군인들은 안전한 피난처로 피할 수 있었다. 우주선은 날아올라 머리 위에서 그들을 칠 것이다……. 그들은 아무것도, 〈아무것도〉 할 수 없었다.

시꺼먼 그림자가 착륙장으로, 다시 모여 줄지어 선 군인들 뒤로 물밀듯 몰려갔다. 마치 환각을 보는 것 같았다. 검은 인파가 해치로 밀려들었다. 해치에서 빛을 등지고 윤곽만 보이는 군인들은 그 모습을 보았고, 총을 쏘았다. 도움 요청을 받은 게 분명했다. 그들이 몸을 돌리기 시작하자. 에밀리오는 그들의 등에 대고 총을 쏘았다. 저들의 정체가 뭔지, 저 또 다른 이들이 누구일지 갑작스레 깨달으며 가슴이 서늘해졌다. 에밀리오는 황급히 무릎을 꿇고, 언덕 중턱을 베어 내는 광선들에도 불구하고, 열린 해치에 있는 군인들에게 총을 쏘려 애썼다. 시꺼먼 인파는 쓰러진 동료들을 넘어 계속 해치까지 다가오더니 갑자기 포기하고 필사적으로 후퇴하기 시작했다.

해치에서 불길이 피어나 퍼져 나가더니 군인들과 공격자들을 휩쓸었다. 그 소리가 여기까지 전해져 충격파가 몸을 뼛속까지 뒤흔들었다. 에밀리오는 진흙 속에 큰대자로 누워 그대로 있었다. 총격이 멈추고 침묵이 흘렀다……. 더 이상 전쟁은 없었다. 오직 빗방울이 웅덩이를 후드득 때릴 뿐이었다.

다우너들은 에밀리오 뒤에서 떠듬거리고 재잘거리며 종종걸음 쳤다. 에밀리오는 일어나려고 애썼다. 자신의 사람들이 해치를 폭파하다 쓰러진 곳으로 갈 생각이었다.

이윽고 우주선의 불빛들이 다시 켜지고, 엔진들이 시끄러운 소리를 내며, 다시 불길을 뿜기 시작했다. 총들이 비탈을 쓸었다.

아직 살아 있었다. 에밀리오는 그 점에 분노했다. 누가 슬며시 두 팔과 옆구리를 잡아 들어 올리는데도 거의 느끼지 못했다……. 다우너들이었다. 재잘거리고 간청하면서 끈질기게 에밀리오를 도우려 했다.

이윽고 우주선에서 총격과 엔진 모두가 멈췄다. 휴지 상태였다. 빛들이 깜박거렸지만, 해치는 불길에 시꺼메진 깜깜한 입을 떡 벌리고 있었다.

다우너들은 에밀리오를 끌어냈다. 에밀리오가 일어나려

하자 다우너들은 팔로 에밀리오를 안았고, 에밀리오의 발이 몸 아래에서 미끄러지자 에밀리오를 당겨 주었다. 어느 히사의 야윈 손이 에밀리오의 뺨을 두드렸다. 「당신 괜찮다, 당신 괜찮다.」 어떤 목소리가 간절하게 말했다. 뛰는 자였다. 그들은 언덕 너머로 넘어갔고, 히사는 더 많은 사상자를 모았다. 갑자기 인간들이 숲에서 나와 히사에게로 왔다. 인간과 히사가 함께 있었다.

「에밀리오!」 에밀리오는 자신을 부르는 소리를 들었다. 밀리코의 목소리였다. 밀리코 뒤에서 다른 사람들이 에밀리오에게로 뛰어오고 있었다……. 뒤에 남겨졌던 남녀들이었다……. 에밀리오는 힘껏 몇 걸음 더 뛰어 밀리코에게 갔고 미친 듯이 밀리코를 안았다. 입에서 좌절의 맛이 느껴졌다.

「이토.」 밀리코가 말했다. 「언스트……. 그 사람들이 해냈어. 그 폭발로 놈들의 해치가 고장 났어.」

「놈들은 우릴 죽일 거야.」 에밀리오가 말했다. 「놈들은 더 큰 걸 불러올 거야.」

「아니. 숲속에서 콤 통신기를 찾았는데, 메시지가 하나 있어……. 모두가 모인 곳에 있는 2번 기지의 콤 유닛으로 급히 전하는 메시지야…… 그걸 받으면 다들 거기서 빠져나올 거야. 우리가 놈들을 〈잡았어〉.」

에밀리오는 정신이 가물거리게 두었다. 그래도 됐으니까. 정신이 흐릿해지기 시작했다……. 우주선을 돌아보았다. 언덕 너머에 있는 것처럼 보이지 않았다. 또다시 엔진들이 확 타올랐고 불길한 천둥이 들렸다. 우주선이 살아남으려고 필사적으로 몸부림치고 있었다.

「서둘러.」밀리코는 에밀리오가 걷는 걸 도우려 애쓰며 말했다. 에밀리오는 다시 정신을 차렸고, 히사는 주위를 맴돌았다.「서둘러.」히사는 모두의 주위에서 계속 반복하고 또 반복하며 말했다. 누구는 걸었고, 누구는 히사에게 조용히 실려 갔다. 언덕을 올라 넘어갔고, 비가 뚝뚝 떨어지는 나무들 속 깊은 곳을 지나 언덕을 올라갔다……. 그들은 계속 나아갔다. 마침내 감각이 흐릿해지다가 깜박 나가 버렸다. 에밀리오는 축축한 고사리 숲에 맥없이 주저앉았고, 힘센 손 열두 개가 다시 에밀리오를 끌어 올려 세우고, 마지막엔 거의 뛰다시피 했다. 언덕 중턱에 구멍이 하나 있었다. 바위들 사이에 난 구멍이었다.

「밀리코.」에밀리오는 깜깜하고 닫힌 터널을 터무니없이 두려워하며 말했다. 그들은 에밀리오를 그 안으로 데려가 내려놓은 뒤, 다시 에밀리오를 들어 올려 안고 부드럽게 흔들었다. 밀리코의 목소리가 귓가에서 속삭였다.「우린 다 괜찮아.」밀리코는 계속 말했다.「터널에 우리 모두 들어올 수 있어……. 깊은 겨울 굴들이야. 모든 언덕 깊숙이 있는……. 우린 괜찮아.」

제4장

1

〈노르웨이〉, 0045시, 주일, 1245시, 부일

그들은 후퇴하고 있었다. 〈오스트레일리아〉는 진로를 바꿨고, 〈태평양〉과 〈대서양〉은 다른 길로 빠졌다. 채널들에서 이제껏 그들을 뒤쫓던 재난 소식 대신 좋은 소식들이 들리자 함교에 안도의 한숨이 퍼졌고, 시그니는 그 소리에 귀 기울였다. 「정신 똑바로 차려.」 시그니는 딱 부러지게 말했다. 「피해 통제반, 착수해.」 시그니 눈에 함교가 흔들려 보였다. 알코올 때문일 수도 있었다. 그러나 시그니는 그 가능성을 의심했다. 방금 전까지 몇 분 동안 그들은 시그니의 술이 확 깨고도 남을 정도의 기동 작전을 펼쳤던 것이다.

〈노르웨이〉는 대체로 멀쩡했다. 그래프는 아직 명목상 키를 잡고 있었지만, 실제론 이미 부일의 터샤드에게 잠시 우주선 지휘를 넘겼다. 그래프는 원격 측정기를 흘끗 보았다. 얼굴은 땀으로 범벅이 되고, 집중하느라 오랫동안 찡그린 표정을 하고 있었다. 전투 모드에 맞춰졌던 중력은 다시 조절되었고, 그 덕분에 편안하고 안정되게 느껴질 정도의 무게가 생겼다.

시그니는 자리에서 일어나며 롱스캔의 보고에 귀를 기울이고 자신의 반사 작용을 시험했다. 차분하게 서 있을 수 있었다. 시그니는 주위를 둘러보았다. 사람들은 은밀히 시그니 쪽을 흘끗거리다 얼른 자기 일로 돌아갔다. 시그니는 목청을 가다듬은 뒤 전체 방송 버튼을 눌렀다. 「나는 맬러리다. 〈오스트레일리아〉 역시 당장은 우리 일에서 손 떼기로 결심한 것 같아 보인다. 다른 함선은 모두 기지로 돌아가서 마지언을 도울 것이다. 마지언은 펠을 산산조각 내려 한다. 그게 원래 계획이었다. 마지언은 솔 스테이션과 지구로 향할 것이다. 이 또한 원래 계획이었다. 그리고 거기서 전쟁을 치를 것이다. 하지만 나는 거기에 끼지 않는다. 일이 그렇게 되었다. 여러분은 각자 원하는 선택을 해도 좋다. 자신이 하고 싶은 대로 선택할 수 있다. 만약 여러분이 내 명령에 따른다면, 우리는 우리의 길을 가게 된다. 늘 해왔던 일로 돌아가게 된다. 만약 여러분이 마지언을 따르고 싶다면, 나를 마지언에게 넘겨라. 장담컨대, 아주 폼 나게 마지언에게 돌아갈 수 있을 것이다. 지금 이 순간, 마지언은 누구도 처단하지 못한다. 여러분 중 대다수가 원한다면, 가서 마지언과 협상하라. 하지만 난…… 아니다. 내가 인정하지 않는 한, 나 말고 누구도 〈노르웨이〉를 끌고 가지 못한다.」

콤으로 웅성거리는 소리가 들리기 시작했다. 채널들은 모두 열려 있었다. 웅성거리는 소리가 점차 분명해졌다……. 리듬을 띠었다.「시그니…… 시그니…… 시그-니…… 시그-니…….」함교도 이 소리를 열창하기 시작했다.「시그-니!」승무원들은 자기 자리에서 일어났다. 시그니는 턱을 악물고 주위를 둘러보며, 평정을 잃지 말자고 결심했다. 이들은 시그니의 것이었다.〈노르웨이〉는 시그니의 것이었다.

「앉아!」시그니는 승무원들에게 외쳤다.「오늘이 무슨 잔칫날인 줄 알아?」

〈노르웨이〉는 위험에 처해 있었다.〈오스트레일리아〉는 어쩌면 주의를 딴 데로 돌리기 위한 술책일 수도 있었다.〈노르웨이〉는 너무 빨리 움직이고 있어 확실한 스캔이 불가능했고,〈대서양〉의 위치와〈태평양〉의 위치를 추측하는 게 다였다. 롱스캔의 흐릿한 콤프 투영들에서 무엇이든 튀어나올 수 있었고, 라이더들이 밖에서 돌아다니고 있었다.

「도약 준비를 해.」시그니가 말했다.「58 심연으로 향해. 한동안 우리는 진로에서 벗어나 있는다.」시그니의 라이더들은 아직 펠에 있었다. 운이 좋으면 그 라이더들은 충분히 오래 몸을 피해 있을 수 있었다. 마지언은 너무 바빠 거기까지 신경 쓸 수 없을 것이었다. 분별력이 있다면, 라이더들은 조용히 숨어 있을 것이다. 상황상 가능해지면 시그니가 자신들을 데리러 돌아올 것을 믿고 납작 엎드려 있을 것이다. 시그니는 그럴 생각이었다. 그래야만 했다. 그들에겐 자신들을 보호해 줄 라이더들이 절대적으로 필요했다. 조금이라도 판단력이 있다면,〈노르웨이〉가 움직이는 걸 알자마자 라이더들은 사방으로 멀리 흩어졌을 것이다. 이제까지 시그니는 한 번도 그들을 실망시킨 적이 없었다. 그리고 마지언은 그 사실을 알았다.

시그니는 그 생각을 그만 접고 의료 부서로 통신을 연결했다. 「디는 어때?」

「괜찮습니다.」 귀에 익은 목소리가 직접 대답했다. 「거기로 올라가게 해주십시오.」

「절대 안 돼.」 시그니는 디와의 통신을 끊고 1번 경호실을 호출했다. 「우리 죄수들은 어디 뼈라도 부러진 것 아니겠지?」

「사지 멀쩡합니다.」

「죄수들을 이리 올려 보내.」

시그니는 의자에 앉아 쿠션을 대고 등받이에 등을 기댄 채 상황을 지켜보며, 마음속으로 펠 성계를 벗어난 그들의 현재 위치를 그려 보았다. 그들은 안전하게 도약하기 위해 광속의 절반 속도로 계속 나아가고 있었다. 피해 통제반의 보고가 들어왔다. 격실 하나가 텅 비었고, 〈노르웨이〉의 내부 장치 중 극히 일부가 우주로 흘러 나갔다고 했다. 그러나 인원 구역에 대한 보고는 없었다……. 심각한 문제는 없었다. 도약 능력을 해칠 만한 일은 전혀 없었다. 사망자도 없었다. 부상자도 없었다. 시그니는 한결 편안하게 숨을 내뱉었다.

나갈 때가 되었다. 거의 한 시간째, 펠에서 무슨 일들이 벌어졌는지를 알리는 신호가 우주선들에 전달되었고, 결국은 유니언도 그 신호를 탐지할 터였다. 이제 이 지역은 국외자들이 어슬렁거리기에 위험한 지역이 될 터였다.

시그니의 계기반에 불 하나가 켜졌다. 시그니는 의자를 돌려, 뒤쪽 문으로 들어온 죄수들을 마주 보았다. 죄수들은 두 손이 등 뒤로 잡혀 있었다. 함교의 비좁은 통로들에서는 이게 타당한 예방 조치였다. 외부인은 누구도 〈노르웨이〉의 함교에 오른 적이 없었다. 이 둘이 타기 전까지는. 조시 탤리 와 콘스탄틴은 특별한 경우였다……

「집행 유예입니다.」 시그니가 말했다. 「당신 둘 다 알고 싶어 할 것 같아서 말하는 겁니다.」

둘 다 시그니의 말을 이해하지 못한 듯했다. 시그니를 보는 둘의 표정엔 불안감이 가득했다.

「우린 방금 함대를 포기했습니다. 우린 우주로 갑니다, 영원히. 당신은 살게 됐습니다, 콘스탄틴.」

「저를 위해서 그런 건 아니죠.」

시그니는 소리 내어 웃었다. 「아니죠, 하지만 알다시피 당신은 거기서 득을 보고요.」

「펠에 무슨 일이 일어난 거죠?」

「거기 있던 스피커들도 잘 작동했잖습니까. 제 말을 들었을 텐데요. 〈그게〉 펠에 일어난 일이고, 이제 유니언은 선택권이 생겼습니다, 안 그래요? 펠을 구할 것이냐, 마지언을 맹렬히 추적할 것이냐. 그리고 우린 여길 벗어나고 있으니, 우리가 일을 더 복잡하게 만들 일은 없습니다.」

「펠을 도와주십시오.」 콘스탄틴이 말했다. 「제발요, 잠시만요. 잠시만 미루고 펠을 도와주십시오.」

시그니는 두 번째로 소리 내어 웃었다. 그러고는 심술궂은 눈으로 데이먼의 진지한 얼굴을 보았다. 「데이먼, 우리가 뭘 할 수 있는데요? 〈노르웨이〉는 피난민을 절대 싣지 않습니다. 실을 수 없습니다. 〈당신〉을 내려 줄까요? 마지언의 코앞이나 유니언의 코앞엔 말고요. 그랬다간 곧바로 우릴 완전히 가루로 만들어 버릴 테니까……」

하지만 가능한 일이기도 했다……. 라이더들을 데리러 돌아갈 때는 펠을 지나갈 테니…….

「맬러리.」 조시는 보초들이 허용하는 최대한 가까이까지 다가오며 말했다. 조시는 묶인 손을 흔들었다. 시그니는 보초들에게 놓아주라고 신호를 보냈다. 「맬러리…… 또 다른 방법이 있어요. 돌아가요. 우주선이 한 척 있어요, 제 말 알겠어요? 〈망치〉라는 우주선이에요. 당신은 결백을 입증할 수 있어요. 이 일을 멈출 수 있어요……. 그리고 사면을 받아요.」

뭔가가 데이먼의 머리를 스쳤다. 데이먼의 눈이 조시를 향했다가 시그니를 향했다. 감을 잡은 눈길이었다.

「이 친구가 알아?」 시그니가 조시에게 물었다.

「아뇨, 맬러리…… 제 말 들어요. 생각해 봐요, 지금 그게 어디로 가죠? 얼마나 멀리, 얼마나 오래 가죠?」

「그래프.」 시그니는 천천히 말했다. 「그래프, 우린 우리 라이더들에게로 돌아간다. 계속 도약 준비를 해둬. 마지언이 성계를 완전히 벗어나면, 우린 비스듬히 들어갈 거고, 어쩌면 유니언의 구조를 받을 수도 있는 곳에서 이 콘스탄틴이란 작자를 우주로 쏴버릴 수도 있다. 화물선이 이자를 구해 줄지도 모르지.」

데이먼 콘스탄틴은 눈에 띄게 침을 꿀꺽 삼키고는 가늘게 일자가 될 때까지 입술을 꽉 다물었다.

「당신 친구가 유니언인 건 당신도 압니다.」시그니가 말했다. 「예전에 그랬다가 아니라, 지금도 유니언이란 걸 말입니다. 유니언 요원입니다. 특수부대원이죠. 십중팔구는, 지금 상황에서 우리에게 도움이 될 정보들을 아주 많이 알고 있을 겁니다. 피해야 할 곳들, 적에게 알려져 있는 영점들……..」

「맬러리.」조시는 간청했다.

시그니는 눈을 감았다. 「그래프.」시그니가 말했다. 「이 유니언인이 하는 주장이 왠지 말이 된다고 들리는군. 내가 취한 거야, 아니면 정말로 말이 되는 거야?」

「그자들은 우릴 죽일 겁니다.」그래프가 말했다.

「마지언도 우릴 죽일 거야.」시그니가 말했다. 「마지언 일행은 여기서 출발할 거야. 솔로. 마지언이 부수입을 챙길 수 있고, 힘을 모을 수 있는 곳으로. 그건 더 이상 함대가 아니야. 마지언 일행은 약탈품을 찾고 있고, 자신들이 계속 존재하기 위해 필요한 물건들을 찾고 있어. 우리도 똑같아. 그리고 우리가 아는 영점들은 마지언도 다 알아. 지금 이 상황은 곤란해, 그래프.」

「맞습니다.」그래프는 인정했다.

시그니는 조시를 보고 나서, 다시 데이먼을 보았다. 데이먼의 진지한 얼굴에 희망이 어려 있었다. 필사적인 희망이었다. 시그니는 콧방귀를 뀐 뒤, 〈노르웨이〉를 지휘 중인 그래프를 보았다. 「그 유니언 정찰기, 항로를 그쪽으로 잡아. 우리가 오는 걸 눈치채면, 놈들은 도약해서 스캔에서 벗어날 거야. 연락해. 우린 유니언 함대인 척할 거야.」

「그러다 놈들과 정면충돌할 겁니다.」 그래프는 투덜댔다. 그건 사실이었다. 우주는 넓었지만, 그래도 충돌 위험이 있었다. 펠에서 벗어나는 특정 벡터에 가까이 갈수록, 교차하는 두 항로의 롱스캔 의존은 커졌다.

「운을 걸어 봐야지.」 시그니가 말했다. 「인사 코드를 써.」

이윽고 시그니는 조시 텔리를 보고 데이먼 콘스탄틴을 보았다. 그리고 아주 씁쓸하게 웃었다. 「결국 난 네 게임을 하는군.」 시그니는 조시에게 말했다. 「내 식으로. 그쪽의 인사 코드들을 알아?」

「제 기억은 온통 구멍투성이예요.」 조시가 말했다.

「하나만 생각해 내.」

「제 이름을 파세요.」 조시가 말했다. 「게이브리얼의 이름도요.」

시그니는 그렇게 하라고 명령한 뒤, 생각에 잠긴 눈으로 오랫동안 조시와 데이먼을 바라보았다. 「저 둘을 놓아줘.」 시그니는 둘을 지키는 군인들에게 마침내 말했다. 「풀어 줘.」

군인들은 둘을 놓아주었다. 시그니는 앉은 채 몸을 반쯤 돌려, 잠시 시선을 피해 스크린들을 보다가 다시 둘을 보았다. 여기 있다는 게 아직도 믿기지 않는 유니언과 스테이션 인이 자신의 갑판에 자유의 몸으로 서 있었다. 「알아서 안전한 장소를 찾으십시오.」 시그니가 말했다. 「우린 곧 급선회할 거고…… 아마 상황은 더욱 나빠질 테니.」

2

펠: 블루 구역 1층 0475,

0100시, 주일, 1300시, 부일

　가끔 그들은 날아가는 느낌을 받았다. 그들은 다 함께 모여 있었고, 밖의 복도에 있는 일부 히사는 두려워 신음했지만, 태양-그녀의-친구 주위의 히사들은 두려워하지 않았다. 그들은 태양-그녀의-친구가 떨어지지 않도록, 적어도 그녀만큼은 안전하도록 꼭 붙들었다. 위대한 태양마저 자신의 길을 가다 떨고 비틀거렸다. 하얀 침대와 꿈꾸는 자를 둘러싼 암흑 속의 별들도 몸을 떨었다.

　「두려워하지 마.」 나이 많은 릴리가 속삭이며 꿈꾸는 자의 이마를 쓰다듬었다. 「두려워하지 마. 우리가 안전한, 안전한 꿈을 꿔.」

　「소리를 키워, 릴리.」 꿈꾸는 자가 속삭였다. 눈은 언제나처럼 평온했다. 「새틴은 어디 있어?」

　「나 여기.」 새틴은 말하며 다른 이들을 헤치고 천천히 릴리에게 다가왔다. 소리가 커지고, 인간들이 새된 소리를 지르고 울부짖는 소리와 힘껏 명령을 외치는 소리가 콤에서 울렸다.

　「본부야.」 꿈꾸는 자가 말했다. 「새틴, 새틴, 당신들 모두…… 잘 들어. 그들은 존을 죽였어…… 본부에 해를 끼쳤어. 그들이 올 거야……. 유니언 인간들, 더 많은 총을-든-인간들. 알겠어?」

399

「여기 안 온다.」 릴리는 이제 다른 히사들 옆에서 고집스레 말했다.

「새틴.」 꿈꾸는 자는 떨리는 별들을 응시하며 말했다. 「이제 난 당신에게 그 길을 말해 줄 거야……. 모퉁이마다, 한 걸음 한 걸음마다. 그리고 당신은 기억해야 해……. 뭔가를 그렇게 오래 기억할 수 있겠어?」

「나 〈이야기꾼〉.」 새틴은 선언했다. 「나 기억 잘한다, 태양-그녀의-친구.」

꿈꾸는 자는 새틴에게 하나씩 하나씩 이야기했다. 그리고 그 자체가 새틴을 두려움에 떨게 했다. 그러나 새틴의 마음은 오롯이 기억하는 일에 집중했고, 동작 하나, 돌기 하나, 작은 지시 하나하나를 머리에 새겼다.

「가.」 꿈꾸는 자는 새틴에게 명령했다.

새틴은 일어나 서둘러 나갔고, 푸른 이빨을 부르고, 다른 이들을 부르고, 자신의 목소리를 들을 수 있는 모든 히사를 불렀다.

3
〈노르웨이〉, 0130시, 주일, 1330시, 부일

콤이 지지직거렸다. 텅 빈 롱스캔에 갑자기 분명한 밝은 점들이 생겨났다. 〈노르웨이〉는 급격하게 방향을 바꾸어 돌았다. 시그니는 콘솔과 의자를 꽉 붙들었다. 입안에 피맛이 돌았다. 빨간 불이 켜지고 스트레스 경보들이 울렸다. 조시와 콘스탄틴은 통로를 반쯤 내려가 있는 손잡이에 필사적으로 매달려 있다가 손을 놓치고 미끄러졌다. 「여기는 〈노르웨이〉, 〈노르웨이〉다, 유니언. 사격을 중지하라. 들어갈 길을 원하면, 내 말을 들어라.」

콤이 저쪽에 전해질 때까지 어쩔 수 없는 침묵이 흘렀다.

「계속 말하라.」

사격 대신 말로 대답이 돌아왔다.

「나는 〈노르웨이〉의 맬러리다. 나는 그쪽으로 넘어갈 생각이다. 내 말 들리는가? 나와 함께 우주를 달리면 정보를 모두 알려 주겠다. 마지언은 펠을 날려 버리고 솔로 가려고 한다. 이미 시작됐다. 나는 당신네 요원인 조슈아 탤리와 콘스탄틴 가문의 둘째 아들을 이 우주선에 데리고 있다. 당신들은 꾸물거리다간 스테이션 하나를 잃을 상황에 있다. 내 말을 듣지 않으면, 지구를 기지로 한 상대와 전쟁을 치르게 될 것이다.」

저쪽에서 쥐죽은 듯한 침묵이 흘렀다. 암스콤프 계기반에 불이 켜져 있었고 발포 대기 중이었다.

「나는 〈통일〉의 아조프다. 당신의 제안은 뭔가, 〈노르웨이〉? 그리고 우리가 당신을 어떻게 믿나?」

「우린 도망쳤다. 당신들은 이미 그 신호를 받아서 알고 있다. 다시 돌아가는 길은 내가 앞장서겠다. 당신들은 선미에서 우릴 지켜라, 〈통일〉, 당신들 모두가 뒤를 지켜라. 마지언은 여기서나 근처 어디에서는 싸우려 하지 않을 것이다. 그럴 여력이 없다. 내 말 알겠는가?」

이번엔 침묵이 좀 더 길게 이어졌다. 「그자들이 우릴 쫓아오고 있습니다.」스캔에서 알렸다.

「최대한 속력을 내, 그래프.」

〈노르웨이〉는 번쩍이는 빨간 번개 가장자리를 지나 참사를 가까스로 피했다. 전투 모드와 관성이 다툴 동안, 피부가 긴장하고, 심장이 쿵쾅거리고, 필요한 우주선 제어를 하는 손이 떨리며, 숙련된 승무원들은 번민 속에도 맡은 일을 계속했다. 〈노르웨이〉는 길고 긴 곡선 항로를 계속 나아갔고, 그들이 낼 수 있는 최고 속도를 유지하며 펠로 향했다……. 이제 그들은 확실히 선미 방어력을 갖췄다. 유니언이 바로 뒤에서 최고 속도로 따라오고 있었다……. 유니언은 여차하면 마지언뿐 아니라 그들도 날려 버릴 준비가 되어 있었다.

「침착해.」시그니는 그래프에게 속삭였다. 「늦추지 말고 계속해. 뭐 하나라도 잃을 수는 없어.」

「스캔을 봐주십시오.」누군가가 차분한 목소리로 시그니와 그래프에게 일렀다. 롱스캔에 흐릿한 초록색과 금색이 깜박거렸다……. 앞길에 방해물이 있다는 뜻이었다. 콤프의 메모리에 아직 남아 있는 이 방해물들은, 화물선의 속도가 느리다는 점을 감안하면, 지금도 콤프가 기억하는 바로 그곳에 있는 걸로 보였다. 단거리 수송 화물선들이었다. 〈노르웨이〉가 화물선들 사이를 지나자 화물선들은 공포로 가득한 통신들을 주고받았고, 공포심은 점점 고조되었다.

그래프는 그들 사이를 누비듯 지나갔다. 〈노르웨이〉는 컴퓨터가 계산한 직선 진로에서 화물선들의 틈새를 달려 집으로, 펠로 질주했다. 유니언인들이 뒤따라왔고, 지독하게 느린 화물선들에 탄 사람들의 심장이 멎을 만큼의 속도로 화물선들을 스쳐 지나갔다. 공포가 빚어내는 낮은 신음이 그들의 입에서 흘러나오다 다시 사라졌다.

〈노르웨이…… 노르웨이…… 노르웨이…….〉〈노르웨이〉의 콤프는 미친 듯이 신호를 보냈다. 〈노르웨이〉의 라이더들이 살아남았다면, 호출을 받고 달려올 터였다.

앞쪽에 밝은 점들이 빨간색으로 분명하게 번쩍였다. 화물선이라기엔 너무 빨랐다. 콤프는 경고를 울렸다. 마지언 함대가 밖에 나와 있었다. 〈유럽〉, 〈인도〉, 〈대서양〉, 〈아프리카〉, 〈태평양〉.

「〈오스트레일리아〉는 어디 있지?」시그니는 그래프에게 고함쳤다. 〈오스트레일리아〉의 인식 코드가 나타나지 않았다. 「조심해!」

그래프는 분명 시그니의 말을 들었을 터였다. 잡담할 시간이 없었다. 함대는 하나로 뭉쳐 있었고, 이대로 가면 〈노르웨이〉와 충돌할 게 빤했다. 그들의 라이더는 모두 모선으로 돌아가 몸을 고정했고, 도약 준비를 마친 상태였다. 시그니는 다행이라는 생각이 들었다.

「맬러리.」콤에서 마지언의 목소리가 들렸다. 그래프도 그 소리를 들었다. 그래프는 속이 울렁거릴 정도로 급격히 방향을 바꾸며 콤프를 암스콤프 상태로 바꾸었다. 그들은 〈유럽〉에 포화를 퍼부었고, 반격이 돌아오며 선체가 울렸다. 중력이 정반대에서 이들을 후려쳤다. 그리고 돌연 선미에서 포화가 시작되었다. 유니언이 〈노르웨이〉의 안전은 아랑곳하지 않고 교전을 시작한 것이었다. 유니언은 그들의 콤프 신호들을 알지 못했고, 그저 표적에 굶주려 있었다. 「벗어나!」 시그니는 조타수에게 명령했다. 이 싸움에서 이길 가망이 전혀 없는 〈노르웨이〉는 모든 가능한 각도로 움직이며 몸을 피했다. 경보가 울렸다. 펠과 다운빌로가 앞에 있었다. 아광속으로 몇 분도 떨어지지 않은 앞쪽에 있었다.

〈노르웨이〉는 계속 방향을 바꾸었고, 콤프는 공격을 피하며 운항할 수 있는 회피 항로를 계산하고 또 계산했다.

모함을 나타내는 밝은 점 하나가 아래쪽에서 폭발했다. 〈노르웨이〉는 가야 할 진로를 고수했다. 계기반들이 현란하게 빨간색으로 빛났으며, 경보들이 울리며 곧 한 세계와 충돌할 것이고, 현재 속도가 너무 빨라 적시에 속도를 떨어뜨릴 수 없다고 알렸다.

그리고 갑자기 다른 밝은 점들이 생겨났다. 이 작은 점들이 이들을 에워싸고 빠르게 다가왔다.

〈노르웨이…… 노르웨이…… 노르웨이…….〉 그들의 콤프가 번쩍였다.

〈노르웨이〉의 라이더들이었다.

「계속 가!」 함교에서 나는 환호성을 들으며 시그니는 그래프에게 외쳤다. 콤프는 우주선이 견딜 수 있는 최대한으로 급격히 우주선의 방향을 틀었다. 6초 동안, 인간들은 몸이 찢어지는 듯한 고통과 악몽을 겪었다. 〈노르웨이〉는 거칠게 속도를 떨어뜨리기 시작했고, 〈오스트레일리아〉는 〈노르웨이〉 라이더들 사이의 아주 작은 틈을 통해 바싹 다가왔다. 〈오스트레일리아〉 자체의 라이더는 없었다. 혹은 주위에 배치된 라이더들은 없었다.

「탄막 포격.」 시그니는 피맛이 나는 침을 꿀꺽 삼키며 말했다. 스크린들이 무시무시하게 번쩍였다. 곧이어 선수와 선미에 충돌이 일어났다. 아광속 우주선은 추격을 떨치기 위해 애쓰며 여전히 펠로부터의 탈출에 전념했다. 위, 아래 또는 직선 항로가 어떤 영향을 줄지, 그 확률은 반반이었다.

그래프는 아래쪽을 택했다. 상갑판에서 발포한 데다 전자 기장으로 인해 기기들이 혼란에 빠져 〈오스트레일리아〉는 충격을 받았다. 선체가 신음하고 우주선 전체가 덜컹거렸다.

회피 비행은 계속되었다. 갑자기 스캔에서 뭔가가 와해됐고, 먼지가 〈노르웨이〉의 선체를 덮쳤다. 「〈오스트레일리아〉는 어디로 갔지?」 그래프가 스캔 기술자들에게 소리 질렀다. 시그니는 입술을 깨물고 얼굴을 찡그리며 피를 빨았다. 〈오스트레일리아〉가 탐지를 방해하려고 금속편을 뿌린 것일 수도 있고, 폭발한 것일 수도 있었다. 시그니는 명령을 바꾸지 않았고, 〈노르웨이〉는 계속 속도를 떨어뜨렸다.

「……펠을 안전하게 벗어났습니다.」 어떤 라이더의 목소리가 들리고, 스캔에도 위험을 깨끗이 피했다는 표시가 나타났다. 「그리고 날개 하나를…… 에드거가 날개를 잃은 것 같습니다…….」

그들이 볼 방법은 없었다. 〈오스트레일리아〉가 롱스캔에 보였다. 결국 그건 금속편이었던 듯했다. 「정렬해.」 시그니는 라이더들에게 명령했다. 〈노르웨이〉 주위에 라이더들이 있으니, 마치 팔이 네 개는 더 생긴 듯 훨씬 든든했다. 이제 에드거는 더는 피해 입을 위험을 감수할 수 없었다. 날개 하나를 잃었다면 말이다. 복수 때문에 그럴 순 없었다.

「놈들이 도약하려 합니다.」 누군가의 목소리가 들렸다. 유니언 목소리였다. 시그니가 모르는 목소리였다. 그리고 이국적 억양이었다. 갑자기 배 속이 완전히 차갑게 얼어붙었고, 뼛속 깊이 새겨진 지식이 떠올랐다.

〈늘 철저하게 해.〉 마지언은 시그니에게 그렇게 가르쳤고, 시그니가 아는 대부분을 가르쳤다. 〈미봉책은 절대 안 돼.〉

시그니는 의자에 등을 기댔다. 〈노르웨이〉 전체에 침묵이 흘렀다.

4
펠: 블루 구역 1층, 0475

적어도 릴리는 남았다. 얼리샤 루커스-콘스탄틴은 눈알을 굴려 벽들을 둘러보았고, 마지막으로 작은 모듈을 보았다. 하얀색으로 만들어진 침대의 일부였다. 두 불빛, 하나는 켜지고, 하나는 꺼지고, 하나는 초록색, 하나는 빨간색이었다. 이젠 빨간색이었다. 그들은 내부 시스템에 있었다.

전력 공급이 위험에 처했다. 릴리는 아마도 모르는 듯했다. 릴리가 어찌어찌 기계들을 다루긴 했지만, 기계가 무슨 힘으로 돌아가는지는 분명 릴리에게 불가사의한 부분일 것이었다. 그리고 이 다우너의 눈은 여전히 차분했고, 얼리샤의 머리를 쓰다듬는 손길은 부드러웠다. 릴리의 손이 얼리샤에겐 살아 있는 이와의 마지막 접촉이었다.

앤절로의 선물, 즉 얼리샤의 주위를 둘러싼 이 구조물들은 얼리샤의 뇌만큼이나 불굴의 존재임이 증명되었다. 스크린들은 계속 변했고, 기계들은 계속 얼리샤의 혈관에 생명을 불어넣었으며, 릴리는 옆에 남았다.

중지 스위치가 있었다. 얼리샤가 부탁한다면, 아무것도 모르는 릴리는 스위치를 눌러 줄 것이다. 하지만 자신을 믿는 이에게 그건 너무 잔인했다.

얼리샤는 부탁하지 않았다.

5
〈노르웨이〉

데이먼은 조심스럽게 숙소를 나왔고, 현기증이 이는 가운데에서도 첩첩이 쌓인 장비들과 기술자들을 지나 맬러리에게 갔다. 데이먼은 다쳤다. 팔 한쪽에 찢긴 상처가 났고, 목 관절이 아팠다. 〈노르웨이〉에선 누구도 이런 불운을 피해 갈 수 없었다. 기술자들은 물론 맬러리조차 말이다. 주 계기반들 앞의 자기 자리에 앉아 있던 맬러리는 차가운 시선으로 데이먼을 흘끗 본 뒤, 의자를 돌려 데이먼을 마주하고 살짝 고개를 끄덕였다.

「당신 소원이 이뤄졌군요.」시그니가 말했다. 「유니언이 들어왔습니다. 유니언은 지금 마지언을 추적할 필요가 없어요. 마지언이 어디로 갔는지 확실히 아니까. 장담컨대, 유니언은 펠이 기지로서 아주 유용하단 걸 알게 될 겁니다. 유니언은 당신의 스테이션을 구할 겁니다, 콘스탄틴 씨. 질문은 사양합니다. 우리가 여기서 빠져나가려면 지금이 적기죠.」

「절 놓아준다고 하셨잖습니까.」데이먼은 조용히 상기시켰다.

시그니의 눈빛이 어두워졌다. 「자신의 운을 과신하지 마시죠. 그러다 제가 당신과 당신의 유니언인 친구를 화물선에 확 떨궈 버릴 수도 있으니까. 그럴 맘만 들면 언제라도 그럴 수 있습니다.」

「제 고향.」데이먼이 말했다. 데이먼은 이미 할 말을 생각해 두었다. 하지만 목소리가 떨리며 말이 갈피를 잃었다. 「제 스테이션…… 전 제 스테이션에 있어야 합니다.」

「이제 당신은 어디에도 속하지 않습니다, 콘스탄틴 씨.」

「유니언과 얘기하게 해주십시오. 유니언에게서 휴전 협정을 받아 펠 가까이 갈 수만 있다면……. 전 펠 시스템을 압니다. 제가 본부 시스템을 다룰 수 있습니다. 기술자들은…… 아마 죽었겠지요. 그 사람들은 죽었습니다, 그렇지 않나요?」

시그니는 얼굴을 돌리고 의자도 돌려 하던 일로 돌아갔다. 데이먼은 자신이 처한 위험한 상황을 감지했다. 그는 앞으로 몸을 숙이고 시그니 의자의 팔걸이를 잡아 그녀가 자신을 무시하지 못하게 했다. 군인 한 명이 움직였지만, 명령을 기다렸다. 「함장님, 이미 여기까지 왔잖습니까. 제발 부탁드립니다……. 당신은 컴퍼니 장교 아닙니까. 전에는 그랬잖습니까. 마지막으로 한 번만…… 딱 한 번만 부탁합니다, 함장님. 절 펠로 돌려보내 주십시오. 당신이 자유의 몸으로 다시 나갈 수 있게 제가 잘 설득하겠습니다. 맹세코 그렇게 하겠습니다.」

시그니는 아주 오랫동안 꼼짝도 하지 않았다.

「흠씬 두들겨 맞으며 여기서 도망칠 겁니까?」 데이먼은 시그니에게 물었다. 「아니면 여유롭게 떠날 겁니까?」

시그니는 몸을 돌렸다. 지금 시그니의 눈을 들여다보는 건 좋은 생각이 아니었다. 「우주에서 산책 좀 하고 싶은가 보죠?」

「절 돌려보내 주십시오.」 데이먼이 말했다. 「지금요. 아직 그게 의미 있을 때요. 지금이 아니면 아무 소용 없습니다. 나중에는 돌아가도 소용없습니다. 나중엔 제가 할 수 있는 일이 아무것도 없을 거고, 그러면 전 차라리 죽는 쪽을 택하겠습니다.」

시그니는 입술을 꼭 다물었다. 몇 분 동안 시그니는 꼼짝하지 않고 데이먼을 뚫어져라 보기만 했다. 「전 제가 할 수 있는 일을 할 겁니다. 한계에 다다를 때까지요. 만약 제 생각대로 유니언이 당신의 휴전을 이용해 먹는다면, 전…….」 시그니는 의자 팔걸이에 손을 내려놓았다. 「이건 제 겁니다. 이 우주선은요. 아시겠지요. 이 사람들은…… 전 컴퍼니였습니다. 우리 모두가요. 그리고 유니언은 절 풀어 주고 싶어 하지 않습니다. 당신은 당신의 소중한 스테이션 바로 옆에서 포격전이 벌어질 수도 있는 상황을 부탁하는 겁니다. 유니언은 〈노르웨이〉를 원합니다. 우릴 심하게 원하지요……. 우리가 어떻게 할지 유니언이 알기 때문이죠. 제가 살 수 있는 방법은 없습니다, 스테이션인. 왜냐하면 제가 감히 가볼 만한 항구도 전혀 없으니까요. 전 들어가지 않을 겁니다. 절대로요. 우리 중 누구도 그러지 않을 겁니다. 그래프, 발각되지 않고 펠로 갈 수 있게 항로를 잡아 줘.」

데이먼은 물러섰다. 당장은 이게 가장 현명한 행동이라 생각했다. 그리고 콤에 귀를 기울였다. 데이먼은 이쪽에서 나가는 통신만 들을 수 있었다. 〈노르웨이〉는 들어간다고 유니언 함대에 알렸다. 무슨 논쟁이 벌어진 듯했다. 〈노르웨이〉는 반박했다.

누군가의 손이 데이먼의 어깨를 만졌다. 돌아보니, 조시가 뒤에 있었다. 「미안해요.」 조시가 말했다. 데이먼은 고개를 끄덕였다. 그에겐 아무런 원한도 남아 있지 않았다. 조시……. 이제껏 조시에겐 선택권이 거의 없었다.

「그자들은 확실히 당신을 넘겨받고 싶어 해요.」 맬러리가 말했다.

「가겠습니다.」

「정말 아무것도 모르는군요.」 맬러리는 내뱉듯이 말했다. 「그자들은 당신에게 정신 세척을 할 겁니다. 그건 압니까?」

데이먼은 잠시 생각했다. 책상을 사이에 두고 마주 앉아

서류를 요구하던, 러셀이 시작한 일의 결과를 요구하던 조시를 떠올렸다. 사람들은 거기서 회복했다. 조시는 회복했다.

「가겠습니다.」 데이먼은 다시 말했다.

맬러리는 얼굴을 찡그렸다. 「당신 마음이죠.」 맬러리가 말했다. 「적어도 그자들이 당신 마음에 손대기 전까지는요.」 맬러리는 콤에 대고 말했다. 「나는 맬러리다. 우린 교착 상태에 이르렀다, 함장. 당신네 조건이 맘에 들지 않는다.」

오랫동안 답이 돌아오지 않았다. 상대는 침묵하고 있었다.

스캔에 펠이 보였다. 유니언 우주선들은 썩은 고기 위를 맴도는 새처럼 펠 주위에 떠 있었다. 한 척은 도킹한 듯이 보였다. 롱스캔을 보니, 광산들 옆에 붉은 점이 찍힌 금색들이 흩어져 있었다. 단거리 수송선들이었다. 그리고 또 다른 우주선 한 척이 범위 가장자리에서 명멸하며 외롭게 떠 있었다. 스캔 밖의 범위에 있지만, 콤프의 메모리에 저장되어 있었다. 아무것도 움직이지 않았다. 오직 〈노르웨이〉와 아주 가까이에서 점점 더 대형을 좁히며 가까워지는 밝은 점 네 개만 빼고는 그 무엇도 움직이지 않았다.

그들은 이미 멈추다시피 했고, 곧 시스템의 다른 것들과 함께 떠돌았다.

「〈통일〉의 아조프입니다.」 목소리 하나가 들렸다. 「맬러리 함장, 당신의 승객과 함께 도킹한 뒤 그자를 내려 주셔도 좋습니다. 당신이 펠로 접근하는 것을 수락하며, 당신의 헤아릴 수 없이 귀중한 도움에 대해 유니언인들의 감사를 전합니다. 우리는 당신을 지금 상태 그대로, 무장한 상태 그대로,

현재 승무원들과 함께 기꺼이 유니언 함대에 받아들일 것입니다, 오버.」

「맬러리입니다. 제 승객에겐 무슨 보증이 있습니까?」

그래프는 시그니에게로 몸을 숙였다. 한 손가락을 들어 올렸다. 뭔가가 〈노르웨이〉의 선체에 쨍그랑 하고 부딪혔고, 에어로크가 닫혔다. 데이먼은 어수선해하며 스캔을 보았다.

「전투기가 막 도킹했어요.」조시가 데이먼의 어깨 옆에서 말했다. 「라이더들을 불러들이고 있어요. 라이더들을 다 불러들이면 곧바로 도약할 수 있어요……」

「맬러리 함장.」아조프가 말했다. 「제 우주선에 컴퍼니 대표가 타고 있습니다. 그분이 어서 시작하라고 당신에게 명령할 겁니다……」

「에어리스 따위는 돼지라죠.」시그니가 말했다. 「제가 뭘 원하는지 말씀드리죠. 유니언 항구들에서 도킹할 수 있는 특권과 입출항 허가 서류입니다. 그게 안 된다면 저로선 제 귀중한 승객이 산책을 하게 둘 수도 있습니다.」

「이런 문제들은 나중에도 상세히 의논할 수 있습니다. 지금 펠이 위기에 놓여 있습니다. 사람들의 목숨이 위험합니다.」

「당신에겐 콤프 전문가들이 있습니다. 설마 시스템을 파악할 수 없으신가요?」

다시 침묵이 흘렀다. 「함장, 원하는 걸 드리겠습니다. 서류를 원하신다면, 부디 우리의 전시 안전 통행증을 지니고 도킹하시지요. 이 스테이션에 원주민 일꾼들에 관해 문제가 좀 생겼습니다. 그 일꾼들이 콘스탄틴을 요구합니다.」

「다우너들.」데이먼은 속삭였다. 유니언 군인들과 대치하고 있는 다우너들의 모습이 갑자기 생생하고도 끔찍하게 눈앞에 그려졌다.

「당신이야말로 그 스테이션에서 우주선들을 빼시지요, 아조프 함장. 〈통일〉은 계속 부두에 있어도 됩니다. 전 반대쪽으로 들어갈 거고, 당신네 우주선들이 멋대로 움직이지 않게 확실히 해두십시오. 제 우주선 뒤쪽을 가로지르는 게 있으면 무엇이든 질문 없이 바로 발포하겠습니다.」

「알겠습니다.」아조프는 대답했다.

「미쳤어요.」그래프가 말했다. 「이제 우리 이익은 어디서 챙기죠? 유니언은 약속처럼 허가 서류를 건네주지 않을 겁니다.」

맬러리는 아무 말도 하지 않았다.

제5장

1

펠: 화이트 부두, 2353년 1월 9일,

0400시, 주일, 1600시, 부일

부두 작업원들은 유니언 군인들이었고, 작업복을 걸쳤지만 옷이 초록색이었다. 펠에선 초현실적인 광경이었다. 데이먼은 방탄복을 입은 〈노르웨이〉 군인들의 등을 향해 이동 트랩을 걸어 내려갔다. 군인들은 가장자리를 둘러싸고 진입로를 지키고 있었다. 황량하게 버려진 부두를 가로질러 저 너머에 다른 군인들이 방탄복을 입고 서 있었……. 유니언인들이었다. 데이먼은 안전한 경계를 지나고, 〈노르웨이〉 군인들 사이를 지나, 파편이 가득 널린 넓은 부두의 호젓한 건널목으로 향했다. 등 뒤에서 소란한 소리가 들리고, 누군가 다가오는 소리가 났다. 데이먼은 뒤를 돌아보았다.

조시였다.

「맬러리가 절 보냈어요.」조시는 데이먼을 따라잡으며 말했다. 「괜찮죠?」

데이먼은 고개를 끄덕였다. 지금 가는 곳에 동행이 생겨 몹시 기뻤다. 조시는 주머니에 손을 넣더니 테이프 한 개를 건넸다. 「맬러리가 주는 거예요.」 조시가 말했다. 「〈맬러리〉가 콤프 키들을 설정했어요. 이게 도움이 될 거예요.」

데이먼은 테이프를 받아 입고 있는 갈색 컴퍼니 작업복 주머니에 넣었다. 군인들과 함께 그들을 기다리던 유니언 호위병은 검은 옷을 입고 은색 메달을 달고 있었다. 데이먼은 다시 걷기 시작했다. 모두가 똑같고 모두가 아름다운 군인들에게 가까워지자 오싹 소름이 끼쳤다. 완벽한 인간들이었고, 모두가 한 가지 체격에, 한 가지 유형이었다.

「저들은 누구죠?」 데이먼이 조시에게 물었다.

「저와 같은 부류예요.」 조시가 말했다. 「덜 특수화됐지만요.」

데이먼은 꿀꺽 침을 삼키고 나서 계속 걸었다. 유니언 군인들은 데이먼과 조시 주위로 몰려들어 정렬했고, 말없이 둘을 호위하며 부두를 걸었다. 펠 시민 여러 명이 여기저기에 서서 그들이 걸어가는 모습을 지켜보았다. 「콘스탄틴이야.」 데이먼은 웅성거리는 소리를 들었다. 「콘스탄틴이야.」 데이먼은 어떤 이들의 눈에서 희망을 보고 움찔했다. 저 희망들 중 실현될 수 있는 부분이 얼마나 적은지 알기 때문이었다. 지나가는 지역 중 어느 곳들은 아수라장이었고, 구역 전체가 불이 꺼지고 팬이 고장 나고 화재나 시체의 악취가 나기도 했다. 중력은 한계치까지 치솟았고, 살짝 불안정했다. 중심

핵에, 생명 유지 장치에 무슨 일이 생긴 건지 알 수가 없었다. 균형이 지나치게 깨지면, 시스템들이 회복 불가능한 수준까지 망가지기 시작했다. 본부가 무너져 의지의 주체를 잃은 펠은 지역별 신경 중추, 즉 서로 연결되지 않은 채 자신의 생명을 구하려 분투하는 자동 시스템들에 이미 기대고 있었다. 조절하고 균형을 잡아 주지 않으면, 그것들은 하나씩 삐걱거리다 사멸할 것이었다……. 죽어 가는 사람의 몸처럼 말이다.

그들은 역시 유니언 군대가 서 있는 블루 구역 9층을 걸어 비상 경사로로 들어갔다……. 이곳에도 죽은 사람들이 있었다. 데이먼과 조시와 호위병들은 줄지어 시체들을 지나 올라갔다. 9층에서 시작된 오르막은 오랫동안 계속되었고, 이윽고 방탄복을 입은 군인들이 지휘하는 지역이 나왔다. 데이먼 일행은 서로 어깨를 맞대고 위를 보며 섰다. 더는 올라갈 수 없었다. 호위대의 대장이 옆으로 돌더니 2층으로 통하는 문으로 들어갔다. 재정 사무소들이 줄지어 있는 복도가 나왔다. 또 한 무리의 군인들과 장교들이 그곳에 서 있었다. 회춘 요법으로 은발이 되고 가슴에 높은 계급장을 달고 있는 자가 이쪽으로 몸을 돌렸다. 둔한 충격과 함께, 데이먼은 이 은발 남자 뒤의 사람들을 곧바로 알아보았다. 지구에서 온 에어리스였다.

그리고 데인 저코비였다. 손에 총만 있으면 데이먼은 데인을 그냥 쏴버렸을 것이다. 하지만 총이 없었다. 데이먼은 멈춰 서서 데인을 뚫어져라 바라보았다. 데인 저코비의 얼굴이 시뻘게졌다.

「콘스탄틴 씨.」 장교가 말했다.

「아조프 함장님?」 데이먼은 계급 표시를 보고 상대를 추측했다.

아조프는 손을 내밀었다. 데이먼은 씁쓸한 마음으로 아조프와 악수했다. 「탤리 소령.」 아조프는 조시에게도 손을 내밀었다. 조시는 환영 인사를 받아들였다. 「자네가 돌아와 기쁘군.」

「함장님.」 조시는 웅얼거렸다.

「맬러리의 정보가 정확한가? 마지언은 솔로 떠났나?」

조시는 고개를 끄덕였다. 「속임수는 없습니다, 함장님. 저는 진짜라고 생각합니다.」

「게이브리얼은?」

「죽었습니다, 함장님. 마지언 병사들의 총에 맞았습니다.」

아조프는 얼굴을 찌푸리며 고개를 끄덕인 다음 다시 데이먼을 똑바로 보았다. 「당신에게 기회를 드리지요.」 아조프가 말했다. 「당신이 이 스테이션의 질서를 바로잡을 수 있을 것 같습니까?」

「해보겠습니다.」 데이먼이 말했다. 「저를 저 위로 올라가게 해주신다면요.」

「그게 당장 풀어야 할 문제입니다.」 아조프가 말했다. 「우린 저 위에 접근할 수가 없습니다. 원주민들이 문을 봉쇄했어요. 원주민들이 저 안에 무슨 해를 끼쳤는지, 얼마나 쏴댈지 아무도 모릅니다.」

데이먼은 천천히 고개를 끄덕였다. 그러고 나서 진입 경사로로 이어지는 문을 돌아보았다. 「조시와 함께 가겠습니다.」 데이먼이 말했다. 「다른 사람은 안 됩니다. 제가 당신을 위해 펠을 안정시키겠습니다. 당신네 군인들은 따라와도 좋습니다…… 일이 끝나 조용해지고 나면요. 만약 발포가 시작되면, 당신들은 스테이션을 잃을 수도 있고, 지금 단계에서는 당신도 그걸 바라지 않을 테지요. 안 그런가요?」

「맞습니다.」 아조프는 동의했다. 「우리도 그런 건 원하지 않습니다.」

데이먼은 고개를 끄덕이고 나서 문으로 향했다. 조시가 옆에서 함께 걸었다. 등 뒤에서 확성기가 군인들을 부르기 시작했다. 호출을 받은 군인들은 경사로에서 문으로 나와 데이먼과 조시를 지나쳤다. 둘은 문으로 들어가 위로 올라갔다. 꼭대기엔 아무도 없고, 블루 구역 1층으로 통하는 문은 잠겨 있었다. 데이먼은 버튼을 눌렀다. 문이 고장 나 수동 조작으로 문을 열었다.

문 뒤에는 다우너들이 한데 모여 앉아 있었다. 다우너들이 중앙 복도와 측면 복도들을 가득 메우고 있었다. 「콘스탄틴-인간.」 다우너 하나가 급히 일어나며 외쳤다. 다른 많은 다우너처럼 몸을 다쳤고, 화상을 입은 곳에서 피가 흘렀다. 데이먼이 안으로 들어가자 다우너들이 모두 물결치듯 일어나 손을 내밀어 데이먼의 손과 몸을 만지려 했다. 기쁨에 몸을 깐닥거리고, 다우너 언어로 외치고, 새된 소리를 질렀다.

데이먼은 계속 걸어갔다. 조시는 이 병적으로 흥분한 군중 사이를 헤치며 뒤에서 따라왔다. 지휘 본부에는 더 많은 다우너가 있었고, 창문 너머에, 바닥에, 카운터에, 몸이 들어가는 곳이 아무리 작더라도 다우너들이 있었다. 데이먼은 문 앞에 서서 창문을 똑똑 두드렸다. 히사들이 얼굴을 들고 뚫어져라 보았다. 눈이 엄숙하고 침착했다…… . 그리고 돌연 눈빛이 환해졌다. 다우너들이 벌떡 일어나 춤을 추고 깡충거렸다. 그리고 유리창 때문에 들리진 않았지만 새된 목소리로 거칠게 소리 질렀다.

「문 열어요.」 데이먼이 히사들에게 외쳤다. 저쪽까지 들릴 리 만무했지만, 데이먼은 스위치를 가리켰다. 저들이 안에서 문을 잠갔던 것이다.

누가 스위치를 눌렀다. 데이먼은 히사들이 있는 안으로 들어갔고, 히사들은 데이먼을 만지고 껴안았으며, 데이먼도 그들을 만졌다. 갑자기 누가 돌진하더니 데이먼의 손을 바이스처럼 꽉 잡고 털이 복슬복슬한 가슴에 꾹 눌렀다. 「나 새틴.」 히사가 싱긋 웃으며 데이먼에게 말했다. 「나 눈 따뜻하다, 따뜻하다, 콘스탄틴-인간.」

그리고 맞은편에 푸른 이빨이 있었다. 데이먼은 푸른 이빨의 커다란 웃음과 텁수룩한 털을 알아보고는 이 다우너를 꼭 안았다. 「당신 어머니가 보낸다.」 푸른 이빨이 말했다. 「당신 어머니는 괜찮다, 콘스탄틴-인간. 어머니는 문 잠그라고 말한다, 여기 서서 움직이지 말라고 말한다, 그들이 사람 보내 콘스탄틴-인간을 찾게 하라고 말한다, 업어보브를 괜찮게 만들라고 말한다.」

데이먼은 놀라 숨을 죽였고, 털북숭이 몸들을 만진 뒤 본

419

부 콘솔로 갔다. 조시가 뒤에서 따라왔다. 바닥에 인간들의 시체가 있었다. 그중에는 머리에 총을 맞은 존 루커스도 있었다. 데이먼은 주 계기반 앞에 앉아 키들을 누르며 스테이션을 재건하기 시작했다……. 데이먼은 테이프를 꺼낸 뒤 망설였다.

맬러리의 선물이었다. 펠에, 유니언에 보내는 선물이었다. 테이프에 뭐가 담겨 있을지 몰랐다. 유니언을 향한 함정일지도 모른다……. 최후의 파괴를 위한 방아쇠일 수도 있다…….

데이먼은 손으로 얼굴의 땀을 훔치고, 마침내 결정을 내린 뒤 테이프를 넣었다. 기계가 테이프를 빨아들였다. 이젠 되돌릴 수 없었다.

계기반들이 깨끗해지고 불들이 초록색으로 깜박이기 시작했다. 히사들이 술렁였다. 데이먼은 위를 보았다. 유리에 반사된 군인들의 모습이 보였다. 군인들은 라이플을 겨누고 문간에 서 있었다. 데이먼은 등 뒤의 조시를 보았다. 조시는 이미 몸을 돌려 군인들을 마주하고 있었다.

「거기서 기다려.」 조시가 모두에게 딱 잘라 말했다. 군인들은 조시의 말에 따라 라이플을 내렸다. 어쩌면 유니언의 출산실에서 태어난 그 얼굴, 그 표정 때문인지도 몰랐다. 혹은 어떤 이의도 거부하는 목소리 때문인지도 몰랐다. 조시는 군인들에게 등을 돌리고, 데이먼의 의자 등받이에 두 손을 올리고 섰다.

데이먼은 계속 일했고, 군인들의 모습이 반사된 유리에는 두 번 다시 눈길을 주지 않았다. 「콤 기술자가 필요해요.」 데이먼이 말했다. 「공공 채널들을 열고 말할 사람이 필요해요. 펠 억양으로 말하는 사람을 찾아 데려와요. 우린 괜찮아요. 그자들은 일부 창고들을 털었고, 기록들도 꽤 망가뜨렸어요…… 하지만 그런 거 없어도 우린 괜찮아요, 안 그래요?」

「그자들은 누가 누군지 알지 못하겠군요.」조시는 부드럽게 말했다. 「안 그래요?」

「그럼요.」데이먼이 말했다. 데이먼에게 지금까지 움직일 힘을 주던 아드레날린이 점차 떨어지고 있었다. 데이먼은 자기가 손을 떨고 있음을 깨달았다. 데이먼은 옆을 보았다. 유니언인 기술자가 콤 앞에 앉아 있었다. 「그럼요.」데이먼은 일어나서 항의하러 그쪽으로 향했다. 군인들이 총을 겨누었다. 「물러나.」조시의 말에 책임자인 장교는 머뭇거렸다. 이윽고 조시는 옆을 흘끗 보고 뒤로 물러났다. 문간에도 누가 와 있었다. 아조프와 측근들이었다.

「개인적인 메시지라도 있나요, 콘스탄틴 씨?」

「각자의 자리에서 일해 줄 사람들이 필요합니다.」데이먼이 말했다. 「다우너들은 자신들이 아는 목소리를 들으면 움직일 겁니다.」

「물론 그러리라 믿습니다, 콘스탄틴 씨. 하지만 안 됩니다. 콤에서 떨어지십시오. 우리 기술자들이 알아서 할 겁니다.」

「함장님.」조시가 조용히 말했다. 「제가 한마디 해도 되겠습니까?」

「이번엔 안 돼.」아조프가 말했다. 「대중에 노출되지 않는 일만 하십시오, 콘스탄틴 씨.」

데이먼은 조용히 숨을 들이쉬고, 아까 떠나온 콘솔로 돌아가 조심스레 앉았다. 군인들이 점점 더 많이 들어왔다. 히사는 다시 벽과 카운터로 밀려나 빽빽이 몰려, 놀라고 경계하며 자기들끼리 작은 소리로 재잘댔다.

「이것들을 밖으로 끌어내.」아조프가 말했다. 「당장.」

「시민들입니다.」데이먼은 의자를 돌려 아조프를 보며 말했다. 「펠 시민들입니다.」

「뭐든 간에요.」

「펠.」맬러리의 목소리가 콤에서 들렸다. 「도킹을 풀 테니 대기하십시오.」

「함장님?」유니언 콤 기술자가 물었다.

아조프는 조용히 하라고 신호를 보냈다.

데이먼은 몸을 숙이고 경보를 누르려 했다. 그러나 라이플들이 겨눠, 마음을 바꿨다. 아조프가 직접 콤으로 갔다. 「맬러리.」아조프가 말했다. 「가만있는 게 어떨까요.」

잠시 침묵이 흘렀다. 「아조프.」맬러리가 다시 부드럽게 말했다. 「어쨌거나 전 도둑들 간에 도의 따위가 어디 있느냐고 생각했었답니다.」

「맬러리 함장, 당신은 유니언 함대니 유니언 명령을 받습니다. 명령을 따르지 않으면, 반란이 되는 겁니다.」

다시 침묵이 흘렀다. 그리고 계속 이어졌다. 아조프는 입술을 잘근잘근 씹었다. 아조프는 콤 기술자 너머로 손을 뻗어 자기 숫자를 입력했다. 「마이어스 함장, 〈노르웨이〉가 명령을 거부했다. 우주선들을 움직여 밖으로 조금 나가.」

아조프는 맬러리의 채널에 대고 말했다. 「우리 제안을 받아들여요, 맬러리. 그러지 않으면 항구는 없습니다. 당신은 도망칠 수도 있지만, 그러면 유니언 우주에서 우리 우주선들의 제1 목표물이 될 겁니다. 아니면 마지언에게 도망쳐 갈수도 있겠지요. 우리와 손잡고 마지언에 맞서든가요.」

「당신 명령을 받으면서 말입니까?」

「당신이 선택하십시오, 맬러리. 특별 사면을 받든지……쫓김을 당하든지.」

마른 웃음소리가 돌아왔다. 「일단 유니언인들을 제 갑판으로 들이면, 제가 얼마나 오래 〈노르웨이〉 지휘관으로 남아있을 수 있을까요? 그리고 제 장교들이나 제 군인들은 얼마나 오래 살 수 있을까요?」

「사면입니다, 맬러리. 받아들이든지 떠나든지 선택해요.」

「당신의 다른 약속들처럼 말이죠.」

「펠 스테이션.」 새로운 목소리가 끼어들었다. 「여기는 〈망치〉입니다. 연락을 받았습니다. 펠 스테이션, 들립니까? 연락을 받았습니다.」

그리고 또 다른 목소리가 들렸다. 「펠 스테이션, 여기는 상선 함대입니다. 저는 〈에스텔〉의 퀜입니다. 우리가 들어갑니다.」

데이먼은 롱스캔을 보았다. 롱스캔은 두 시간 된 신호를 계산하며 빠르게 새로운 데이터를 추가하고 있었다. 〈엘렌〉이었다! 살아 있었고, 상인들과 함께 있었다. 데이먼은 방을 가로질러 콤으로 가서 라이플 총열을 잡아 배에 대고 비틀거리며 카운터에 기댔다. 데이먼은 일부러 총에 맞을 수 있었다. 그럴 수 있었다. 여기까지 와놓고서. 데이먼은 조시를 보았다. 네 시간 전, 펠은 문제가 생겼다는 전송을 보내기 시작했고, 두 시간 전 엘렌이 답을 보낸 것일 터였다. 이제 엘렌은 질문들을 할 것이다. 데이먼이 잘못된 대답을 준다면……, 엘렌이 아는 목소리로 대답을 듣지 못한다면……, 분명히, 분명히 엘렌은 들어오지 않고 밖에 남아 있을 것이다.

사람들의 눈이 스캔으로 향했다. 처음엔 한 명이 보았고, 그 표정을 본 다른 사람들이 또 스캔을 보았다. 이제 밝은 점은 하나가 아니라 여러 개였다. 다른 정보들이 도착하면서 점들도 늘어났다. 한 무리, 한 떼, 엄청난 수의 상선들이 이쪽으로 오고 있었다. 데이먼은 스캔을 보았고, 카운터에 기대 수없이 많은 상선이 오는 것을 지켜보았으며, 얼굴에 미소가 퍼져 나갔다.

「저 상선들은 무장했습니다.」 데이먼이 아조프에게 말했다. 「함장님, 저 상선들은 장거리 수송선들이고, 무장했을 겁니다.」

아조프의 얼굴이 굳어 있었다. 아조프는 마이크를 낚아채 말했다. 「저는 유니언의 기함 〈통일〉의 아조프이고, 함대의 사령관입니다. 펠은 이제 유니언의 군사 지역입니다. 당신의 안전을 위해 물러나 계십시오. 억지로 들어오는 우주선은 포화를 받게 될 겁니다.」

경고등이 깜박이기 시작했고, 계기반에서도 경고등이 번쩍이며 본부를 밝혔다. 불들을 보자 데이먼의 심장 박동이

빨라지기 시작했다. 화이트 부두에서 곧 도킹 해제가 있다고 경고하고 있었다. 〈노르웨이〉였다. 데이먼은 몸을 돌려 채널을 눌렀다. 군인들은 혼란에 빠져 멍하니 서 있었다. 「〈노르웨이〉, 멈춰요. 저는 콘스탄틴입니다. 그대로 가만히 있어요.」

「아, 우린 그냥 알려 주는 겁니다, 펠 본부. 전함들은 저 상선들이 무장했든 안 했든 완전히 엉망으로 만들 수 있어요. 하지만 원한다면 상선들에서 상업적 도움을 받을 수도 있겠죠.」

「반복합니다.」 거리 때문에 시간 지연을 겪으며, 엘렌의 목소리가 콤에서 들렸다. 「우린 도킹하러 들어갑니다. 우린 그쪽의 전송 신호들을 계속 확인하고 있었습니다. 상선 연합은 펠에 대해 권리를 주장하며, 우리는 펠을 중립 지역으로 지킬 겁니다. 우리는 당신들이 우리의 이 요구를 존중할 거라 생각합니다. 우린 당장 협상에 들어갈 것을 제안합니다……. 거부한다면, 이 함대의 모든 상선은 당연히 유니언 영토에서 완전히 철수할 겁니다. 지구 쪽으로 무역로를 틀겠습니다. 어떤 관계자라도 이 방법을 가장 선호할 것 같지는 않군요.」

침묵 속에 영원 같은 한순간이 흘렀다. 아조프는 스크린들을 보았다. 스크린에 밝은 점이 전염병처럼 퍼져 나갔다. 상선 〈망치〉는 더 이상 분명하게 보이지 않았고, 빨개지는 점들이 〈망치〉의 신호를 가렸다.

「서로 토론할 바탕이 마련됐군요.」 아조프가 말했다.

데이먼은 오랫동안, 천천히 숨을 들이쉬었다가 내뱉었다.

2
펠: 레드 부두, 2353년 1월 9일,
0530시, 주일, 1730시, 부일

엘렌은 무장한 상인들과 함께 부두로 들어왔다. 임신한 엘렌은 천천히 걸었고, 주위의 상인들은 넓은 부두의 위험으로부터 엘렌을 철저히 보호했다. 데이먼은 유니언 쪽에서 조시 옆에 서서 기다렸다. 두 쪽 중 어느 쪽도 데이먼을 엘렌에게 가게 둘 것 같지 않았지만, 인내심이 다해 위험을 무릅쓰고 직접 나가 보기로 했다. 상인들은 라이플로 데이먼을 겨눴고, 긴장한 채 원을 그리며 엘렌을 둘러싸고 위협했다. 데이먼은 발걸음을 멈추고, 텅 빈 공간에 혼자 서 있었다.

그때 데이먼을 본 엘렌의 얼굴이 밝아졌다. 상인들은 양옆으로 비키란 명령을 받고 길을 터준 뒤 다시 데이먼을 삼켰으며, 데이먼은 엘렌에게 다가갈 수 있었다.

상인, 엘렌의 귀환, 그리고 펠의 단단한 갑판 가장자리. 데이먼은 마음 한구석에 의심을 품었다. 변화에 대해 마음의 준비를 했다……. 그 모든 게 엘렌의 표정 하나에 사라졌다. 데이먼은 엘렌에게 키스했고, 서로 꼭 껴안았다. 엘렌이 자신을 너무 꼭 안아서 엘렌이 다칠까 봐 걱정될 정도였다. 무장한 상인들 한 무리에게 둘러싸인 데이먼은 눈물 때문에 앞이 탁하게 보이는 채로 엘렌의 냄새와 존재의 느낌을 들이마셨고 다시 엘렌에게 키스했지만, 이야기하거나 묻거나 그 무엇도 할 시간이 없음을 알았다.

「집으로 오는 데 참 멀리도 돌아서 왔지.」엘렌이 속삭였다.

데이먼은 미친 듯이 부드럽게 웃음을 터뜨렸다. 데이먼은 평정을 되찾은 뒤, 주위를 둘러보고 나서 뒤의 유니언 병사들을 돌아보았다. 「여기서 무슨 일이 있었는지 알아?」

「어느 정도는. 어쩌면 대부분 알걸. 우린 계속 저 밖에서 추이를 지켜봤어…… 오랫동안. 선택의 여지가 없어질 때까지 기다렸지.」엘렌은 몸을 떨었지만 데이먼을 안은 팔에 힘을 주었다. 「정말 그렇게 된 줄 알았어. 그런데 마지언이 펠을 나오는 거야. 우린 유니언에 문제가 생긴 순간부터 움직이기 시작했어, 데이먼. 유니언은 솔로 가야 하고, 그것도 우주선들이 모두 멀쩡한 상태에서 가야 하거든.」

「당신 생각이 정말 옳아.」데이먼이 말했다. 「하지만 이 부두를 떠나진 마. 무슨 얘기를 해야 하든, 그자들과 얘기할 일이 생기면, 여기서, 부두에서 해야 한다고 고집해. 당신과 당신네 우주선들 사이에 아조프의 군인이 낄 수 있는 작은 공간엔 절대 가지 마. 아조프를 믿지 마.」

엘렌은 고개를 끄덕였다. 「알겠어. 우리는 살짝 우세할 뿐이야, 데이먼. 난 상인들의 이익을 대변해서 말해. 상인들은 현재 상황에서 중립적인 항구를 원하고, 펠이 바로 그런 곳이지. 펠이 거기에 반대할 거라곤 생각하지 않아.」

「맞아.」데이먼이 말했다. 「펠은 반대 안 해. 펠은 대청소를 좀 해야 하거든.」데이먼은 몇 분 만에 처음으로 온전하게 숨을 쉬었다. 그리고 엘렌의 시선을 따라 부두 저쪽의 아조프를 보고, 유니언 군인들과 함께 서 있는 조시를 보았다. 데이먼은 조사가 다가오길 기대하고 있었다. 「열두 명을 함께 데려가고 나머지는 저 입구를 지키게 해. 아조프의 이성적 생각에 어떤 것들이 포함되는지 한번 보자고.」

「〈망치〉를 올빅 가족에게 돌려주십시오.」엘렌은 단호하면서도 부드럽게 말하며 한 팔로 탁자에 몸을 기댔다. 「〈백조의 눈〉도 정당한 주인에게 돌려주시고, 유니언이 군사 목적으로 몰수한 모든 상선을 돌려주십시오. 가장 비난받을 건은 〈제너비브〉를 몰수해 사용한 일입니다. 당신은 그 일을 허가할 권한이 없다고 항의하실지도 모르겠군요. 하지만 당신에게는…… 군사 결정권이 있습니다, 함장님. 거부하시면 통상을 금지하겠습니다.」

「우린 당신네 조직을 인정하지 않습니다.」

「그건 유니언 의회가 결정할 일입니다.」데이먼이 끼어들었다. 「펠은 상인 조직을 인정합니다. 그리고 펠은 독립체입니다, 함장님. 펠은 지금 이 순간 당신에게 항구를 제공할 의사가 있으나, 그걸 거부할 방법도 있습니다. 전 정말로 그런 결정을 내리고 싶지 않습니다. 우리에겐 공동의 적이 있습니다…… 당신은 오랫동안 불쾌함을 느끼며 여기 묶여 있어야 할 겁니다. 그리고 그런 일은 여기서 끝이 아닐 수도 있습니다.」

탁자 저편의 사람들이 얼굴을 찌푸렸다. 탁자는 탁 트인 부두에 놓여 있었고, 상인들과 군인들이 각자 반원을 그리며 양쪽에서 둘러싸고 있었다. 「이 스테이션이 마지언의 작전

기지가 되지 않게 하는 것은 우리에게 중요한 일입니다.」아조프는 인정했다.「그리고 당신을 보호하는 일에 우리가 협조하는 것도…… 우리가 돕지 않으면…… 말로는 그렇게 협박하셔도, 당신이 실제로 혼자 여길 방어할 가능성이 별로 없으니까요, 콘스탄틴 씨.」

「상호 필요죠.」데이먼은 침착하게 말했다.「마지언의 우주선들은 다신 펠에서 환영받지 못할 거라고 믿으셔도 좋습니다. 그자들은 범법자들입니다.」

「우린 이미 당신에게 도움을 주었습니다.」엘렌이 말했다.「상선들은 이미 마지언에 한참 앞서 솔로 출발했습니다. 한 척은 마지언보다 먼저 도착합니다. 많이는 아니고 약간 먼저요. 솔 스테이션은 마지언이 도착하기 전에 경고를 받을 겁니다.」

놀란 아조프의 얼굴에서 긴장이 풀어졌다. 아조프 옆에 앉은 남자, 즉 에어리스 대표의 얼굴이 굳어졌다가 갑자기 미소를 띠었다. 그러나 눈에 눈물이 반짝였다.「감사드립니다.」에어리스가 말했다.「……아조프 함장님, 전…… 긴밀한 협의와 빠른 조처를 제안하고 싶군요.」

「그럴 이유가 충분해 보이는군요.」아조프가 말했다. 아조프는 의자를 뒤로 밀었다.「스테이션은 안전합니다. 우리의 일은 끝났습니다. 시간은 귀중합니다. 솔이 이 범법자들을 환영하겠다면, 우리도 얼른 뒤따라가야 할 테니까요.」

「펠은 당신의 도킹 해제를 기꺼이 돕겠습니다.」데이먼은 조용히 말했다.「하지만 당신들이 몰수한 상선들은…… 여기

남을 겁니다.」

「그 우주선들에 제 승무원들이 있습니다. 그러니 함께 갑니다.」

「당신 승무원들은 데려가십시오. 그러나 그 우주선들은 상인들의 것이며, 여기에 남습니다. 조시 탤리도 여기에 남을 겁니다. 조시는 펠의 시민입니다.」

「아뇨.」 아조프가 말했다. 「당신이 부탁한다고 제 사람을 남겨 두진 않을 겁니다.」

「조시.」 데이먼은 비스듬히 뒤를 보며 말했다. 조시는 거기서 유니언 군인들과 서 있었다. 똑같이 완벽한 이들과 함께 있으니 그 속에 묻혀 눈길을 끌지 않았다. 「당신 생각은 어때요?」

조시의 눈길이 데이먼에게서 미끄러져 아조프를 향했다가 다시 앞을 보았다. 조시는 아무 말도 하지 않았다.

「당신네 군인들과 우주선들을 데려가십시오.」 데이먼은 아조프에게 말했다. 「조시가 남는다면, 그건 조시의 선택입니다. 유니언의 모든 흔적을 이 스테이션에서 가지고 가십시오. 지금부터는 요청을 하고 총감독관 사무실의 허가를 받아야 도킹이 받아들여질 겁니다. 승인은 날 겁니다. 하지만 시간이 귀하다면, 제 제안을 받아들이고 동의하시라고 말씀드리고 싶군요.」

아조프는 오만상을 썼다. 아조프는 자신의 기병대 장교에게 신호를 보냈고, 장교는 군인들에게 정렬하라고 명령했다. 병사들은 위로 휘어지는 지평선을 향해, 블루 부두를 향해 걸어갔다. 〈통일〉이 그곳에 정박해 있었다.

조시는 아직도 혼자 그대로 서 있었다. 엘렌이 일어나 어색하게 조시를 껴안았다. 데이먼은 조시의 어깨를 두드렸다. 「여기 가만히 있어.」 데이먼은 엘렌에게 말했다. 「난 유니언 우주선의 도킹을 풀어야 해. 조시, 같이 가요.」

「나이하르트 일가 여러분.」 엘렌은 가장 가까이 서 있는 이들에게 말했다. 「저들이 순조롭게 본부까지 가게 도와주세요.」

그들은 유니언 군대 뒤에서 걸었다. 그러다 유니언 군대가 자기네 우주선으로 향하자 상인들과 데이먼과 조시는 부두 9층 진입로로 들어가 달리기 시작했다. 복도들 안의 문들은 열려 있고, 펠 시민들이 서서 지켜보고 있었다. 누가 손을 흔들고, 마침내 상인들이 펠을 점유한 점에 환호하며 외치기 시작했다. 「저 사람들은 〈우리 편〉이야.」 누군가 외쳤다. 「〈우리 편〉이라고!」

그들은 비상 경사로로 들어간 뒤 위로 달려갔다. 다우너들이 그들을 맞아 함께 날쌔게 달리고 위아래로 뛰고 튀어오르고 환영한다고 재잘거렸다. 소식이 이 층에서 저 층으로 전해지는 동안, 다우너들의 새된 소리와 끽끽거림, 밖의 복도에서 나는 인간들의 외침이 나선형 경사로 전체에 울려 퍼졌다. 유니언인 몇 명이 아래로 내려가며 옆을 지나쳤고, 헬멧 콤에서 들리는 지시에 따라 떠났다. 지금 있는 곳에서는 자신들이 무척 눈에 띈다고 느낄 듯했다.

그들은 블루 구역 1층으로 나왔다. 다우너들은 다시 본부를 점령하고 있었고, 활짝 열린 문들 너머에서 그들을 보며 환영한다고 씩 웃었다.

「당신 친구들.」푸른 이빨이 말했다.「당신 친구들, 모두?」

「괜찮아요.」데이먼은 다우너들을 안심시켰고, 불안해하는 한 무리의 갈색 다우너들을 지나치며 계속 걸어가 주 계기반 앞에 앉았다. 데이먼은 등 뒤의 조시를, 상인들을 돌아보았다.「여기 있는 분 중에 혹시 이런 콤프에 대해 아는 분 없나요?」

조시는 데이먼 옆에 앉았다. 나이하르트 가족 중 한 명이 콤을 맡았고, 다른 한 명이 또 다른 콤프 앞에 앉았다. 데이먼은 콤을 연결했다.「노르웨이.」데이먼이 말했다.「그쪽이 가장 먼저 떠나게 됐습니다. 부디 도발 없이 떠나시리라 믿습니다. 일이 복잡해지는 건 원치 않습니다.」

「고맙습니다, 펠.」맬러리의 건조한 목소리가 들렸다.「저도 그편이 맘에 드는군요.」

「서둘러 주십시오. 그쪽 군인들을 써서 도킹을 푸십시오. 우리가 안정된 뒤에 다시 오셔서 군인들을 데려가셔도 좋습니다. 괜찮겠습니까? 여기 남은 군인들은 안전하게 지켜 드리겠습니다.」

「펠 스테이션.」또 다른 목소리가 끼어들었다. 아조프였다.「우리 협정에는 마지언 패거리를 환영하지 않는다고 명시되어 있습니다. 이자들은 우리 겁니다.」

데이먼은 웃음을 지었다.「아뇨, 아조프 함장님. 이 우주선은 우리 것입니다. 우린 한 세계이고 한 스테이션이며, 주권이 있는 사회이고, 여기 주민이 아닌 상인들과는 별개입니다. 우리에겐 시민군이 있습니다. 〈노르웨이〉는 다운빌로 함대를 구성하고요. 우리의 중립성을 존중해 주시면 감사하겠습니다.」

「콘스탄틴.」 맬러리는 화가 터지려는 것을 간신히 참으며 경고했다.

「도킹을 풀고 잠시 떨어져 계십시오, 맬러리 함장님. 유니언 함대가 우리 우주를 떠날 때까지 잠자코 계십시오. 당신은 우리 교통 패턴 안에 있으니, 우리 명령에 따라야 합니다.」

「알겠습니다.」 마침내 맬러리가 대답했다. 「대기합니다. 항구를 떠나 라이더들을 전개하겠습니다. 〈통일〉, 여기서 나갈 땐 꼭 직선 항로로 나가십시오. 그리고 마지언에게 안부 전해 주십시오.」

「당신네 상인들은 이번 결정의 대가를 혹독히 치르게 될 겁니다, 펠 스테이션.」 아조프가 말했다. 「당신들은 먹고살기 위해 남의 우주선을, 상선들을 약탈해야 하는 우주선을 품어 주고 있는 겁니다.」

「어서 꺼지시죠, 유니언.」 맬러리가 쏘아붙였다. 「적어도 마지언이 되돌아와 당신을 칠 수 없다는 건 믿으시고요. 제가 여기 있는 동안은 마지언이 펠에 도킹하지 않을 겁니다. 가서 당신 일이나 보시죠.」

「그만 하세요.」 데이먼이 말했다. 「함장님, 나가시죠.」

불빛들이 한꺼번에 깜박거렸다. 〈노르웨이〉는 항구를 떠났다.

3

펠 행성계

「당신도요?」블래스는 심술궂게 물었다.

비토리오는 빈약한 소지품이 든 자루를 쥔 손을 고쳐 쥐고 무중력의 좁은 진입로를 어색하게 더듬거리며 나아갔다. 〈망치〉를 장악한 나머지 승무원들과 함께 줄지어 가고 있었다. 이 아래는 춥고, 불빛도 침침했다. 진동이 느껴졌다. 셔틀 튜브가 에어로크에 고정되며 생긴 진동이었다. 「제게 선택권이 그리 많은 것 같진 않군요.」비토리오가 말했다. 「여기 남아 상인들과 얘기하진 않겠습니다, 선장님.」

블래스는 뒤틀린 미소를 짓고 에어로크로 향하기 시작했다. 에어로크가 열렸다. 그 뒤의 좁은 튜브를 지나면 그들을 기다리는 전함 속이었다. 암흑이 그들을 향해 입을 쩍 벌리고 있었다.

〈통일〉은 움직이며 꾸준히 가속했다. 에어리스는 〈통일〉의 상갑판 메인 룸의 푹신한 의자에 앉아 있었다. 방은 카펫이 깔렸고 과하다 싶을 정도로 모던풍이었다. 그리고 저코비가 옆에 있었다. 스크린들은 앞으로의 진로를 알려 주었고, 쭉 줄지어 선 스크린들에 숫자와 이미지들이 나타났다. 그들은 상선들이 열어 준 길을 확실하게 따라갔다. 상선들은 〈통일〉을 둘러싼 채 좁은 터널을 만들어 주었다. 마침내 아조프는 짬을 내 비디오 통신으로 그들을 들여다보았다. 스크린

하나에 아조프의 모습이 나타났다.「괜찮은가요?」아조프가
물었다.

「집으로 갑니다.」에어리스는 만족감에 젖어 부드럽게 말
했다.「제안드릴 게 있습니다, 함장님. 지금 이 순간, 솔과 유
니언은 서로 이질적인 점보다 공통점이 더 많습니다. 부득이
하게 사이틴으로 급사를 보내실 때, 제 제안 하나를 같이 보
내시지요. 전쟁 기간 중 협조에 관한 건입니다.」

「당신네 쪽은 비욘드에 아무 관심 없잖습니까.」아조프가
말했다.

「함장님, 전 그 관심이란 게 어쩌면 이제 막 생겨나고 있을
지 모른다는 말씀을 드리고 싶군요. 또한 지금 상황이 유니
언에 유리하다곤 전혀 말할 수 없다는 점도요…… 유니언은
지구에 보호를 제안하는 일에…… 상선 연합보다는 한 발 뒤
처질 테니 말입니다. 결국 상선 연합은 이미 지구에 사자를
보냈으니까요. 솔이 신중하게 선택할 수 있게 하려고 말입니
다, 안 그런가요? 상선 연합, 유니언, 혹은…… 마지언. 전 이
문제를 토론하길 제안합니다. 협상입니다. 우리 중 누구도
펠을 양도할 권한이 없는 것 같습니다. 그리고 전 저희 정부
에 당신들을 우호적으로 추천할 수 있기를 바랍니다.」

엘렌은 엄청난 수의 상인들을 데리고 와서 전쟁의 상처가
역력히 남아 있는 본부의 문간에 섰다. 다우너들은 살짝 놀
라며 옆으로 잽싸게 비켰다. 그러나 푸른 이빨과 새틴은 엘
렌을 알았기에 기뻐하며 춤추고 엘렌을 만졌다. 데이먼은 자

435

리에서 일어나 엘렌의 손을 잡고 자신과 조시 옆에 앉을 자리를 만들이 주었다. 「오랫동안 걸어 올라오는 건 정말 안 당기네.」엘렌은 심하게 헐떡이며 말했다. 「어서 리프트 시스템을 다시 작동하게 만들어야겠어.」데이먼은 오로지 엘렌을 보려고 애써 짬을 냈다. 그리고 자신의 콘솔 옆 스크린을 다시 보았다. 하얀 시트 위에 옆으로 누운 이의 얼굴을, 평온함과 생생한 까만 눈동자를 보았다. 얼리샤 루커스가 웃음 지었다. 너무나 어렴풋한 웃음이었다.

「막 통화가 연결됐어.」데이먼이 엘렌에게 말했다. 「다운빌로와도 연락이 됐어. 못 쓰게 된 착륙선 대원들이 자기들을 중앙 기지에서 구해 달라고 맬러리에게 호소하고 있어…… 그리고 기지에서 멀리 떨어진 어딘가에 있는 어느 기사 말이, 에밀리오와 밀리코는 안전하게 잘 있대. 확인할 수는 없지만……. 저 아래는 상황이 심하게 엉망진창이거든. 그기사의 기지는 언덕 어디에 있대. 하지만 분명 모두들 안전한 곳에 숨어 있고, 상태도 좋대. 우리 우주선 한 척을 저 아래로 보내야 해. 의료진도 분명 필요할 거고.」

「나이하르트.」엘렌은 고개를 들어 일행을 보며 말했다. 몸집 큰 상인 하나가 고개를 끄덕였다. 「뭐든 필요한 게 있으면, 우리가 저 아래로 가져다 드리겠습니다.」남자가 말했다.

제6장

1

펠: 그린 구역 1층, 2353년 1월 29일, 2200시, 주일, 1000시, 부일

펠에서조차 이는 기묘한 모임이었다. 모임 장소는 중앙 광장의 맨 뒤쪽 구역이었고, 이 뒤쪽에는 눈속임 칸막이들이 이들에게 약간의 사생활을 보장했다. 데이먼은 엘렌의 손을 꽉 잡고 앉아 있었고, 탁자 한가운데에 휴대용 카메라의 빨간 눈이 있었다. 이 자체가 참석자였다. 데이먼은 오늘 밤 〈그녀〉가 그들 사이에 있길 바랐던 것이다. 어머니는 가족 행사 때마다 늘 아버지와 함께였고, 그들 모두와 함께였다. 에밀리오는 데이먼 옆에 있었다. 그리고 밀리코가 있었다. 왼쪽에는 조시가 있었고, 밀리코와 에밀리오 옆에서는 다우너 10여 명이 몹시 불편해하면서도 의자에 앉아 볼 기회가 생겨 기뻐하고 있었다. 또한 동시에 특별한 진수성찬과 제철이 아닌 과일을 먹어 볼 수 있게 되어 좋아했다. 탁자 저쪽

437

끝에는 상인 나이하르트와 시그니 맬러리가 있었다. 무장한 호위병을 데려온 시그니는 그늘 속에서 긴장을 풀고 사교적으로 굴었다.

주위에 음악이 흐르고, 벽에서는 별들과 우주선들이 느릿느릿 춤을 추었다. 중앙 광장은 완전히 똑같진 않지만 이미 다소 일상으로 돌아갔다…… 어딜 가도 전과 완전히 같은 곳은 없었다.

「전 다시 떠날 겁니다.」 맬러리가 말했다. 「오늘 밤에요. 그동안 머무른 건…… 예의상 그랬던 겁니다.」

「어디로 갑니까?」 나이하르트가 무뚝뚝하게 물었다.

「제가 당신들에게 조언한 대로 합니다. 상선 연합이 아직 닿지 못하는 곳으로 갈 겁니다. 게다가 전 당분간 물자가 한가득 있습니다.」

「멀리까지 가지 마십시오.」 데이먼은 간절히 부탁했다. 「솔직히 전 유니언이 아무 짓도 하지 않을 거라고 생각하진 않습니다. 전 차라리 당신이 근방에 있다고 아는 쪽이 좋습니다.」

시그니는 웃음기 없이 큰 소리로 웃었다. 「표결에 붙이죠. 전 호위병 없이는 펠의 복도들을 걷지 않습니다.」

「그렇다 해도, 우린 당신이 가까이 있으면 좋겠습니다.」 데이먼이 말했다.

「어디로 갈 건지 묻지 마십시오.」 시그니가 말했다. 「그건 제가 알아서 할 일입니다. 갈 곳이 있습니다. 이제까지 충분히 오래 가만히 앉아 기다렸습니다.」

「우린 바이킹으로 가보려 합니다.」 나이하르트가 말했다. 「그리고…… 대충 한 달 뒤면, 어떤 대접을 받게 될지 알게 되겠군요.」

「재밌겠군요.」 맬러리가 말했다.

「우리 모두에게 행운이 따르길 빕니다.」 데이먼이 말했다.

2
펠: 블루 부두, 2353년 1월 30일,
0130시, 주일, 1330시, 부일

부일이 깊어지고, 상업 활동이 없는 이 지역에서 부두들은 거의 버려져 있다시피 했다. 조시는 빠르게 움직였다. 펠에서 누군가의 보호를 받지 않고 있을 때면 조시는 언제나 신경이 곤두섰고, 부둣가를 어슬렁거리는 얼마 안 되는 사람들이 자신을 알지도 모른다는 불안한 느낌에 늘 이처럼 빠르게 움직이곤 했다. 히사가 조시를 엄숙한 눈으로 바라보았다. 4번 정박지 옆의 펠 부두 작업원은 확실히 조시를 알아보았고, 거기서 보초를 서던 군인들도 조시를 알아보았다. 라이플들이 조시를 겨누었다.

「맬러리와 얘기하러 왔습니다.」 조시가 말했다. 조시는 이 장교를 알았다. 디 잔츠였다. 잔츠는 명령을 내렸고, 군인들 중 한 명이 라이플을 어깨총 자세로 놓고 조시에게 앞장서 진입 이동 트랩을 올라가라고 몸짓했다. 군인은 뒤따라오며 튜브를 통과해 에어로크로 들어간 다음, 소란한 복도와 탈의실을 빠르게 이리저리 오가는 군인들을 지났다. 조시와 군인은 리프트를 타고 올라가 중앙 복도로 들어갔다. 승무원들이 막판 업무를 서두르고 있었다. 친숙한 소리. 친숙한 냄새. 모든 게 친숙했다.

시그니는 함교에 있었다. 조시가 함교로 들어가자 함교 안의 보초가 조시를 멈춰 세웠다. 그러나 시그니는 지휘대 쪽의 자기 자리에서 조시 쪽을 보고, 호기심 어린 눈으로 두 보초에게 조시를 들여보내라고 신호했다.

「데이먼이 보내서 왔나?」 조시가 시그니 앞에 서자, 시그니가 물었다.

조시는 고개를 흔들었다.

시그니는 얼굴을 찡그렸다. 그러더니 의식적인지 무의식적인지 옆에 둔 총에 손을 댔다. 「그럼 왜 왔지?」

「당신에게 콤프 기술자가 필요할지도 모르겠다 싶어서요. 유니언 쪽을…… 안팎으로 아는 누군가가 필요할 것 같아서요.」

시그니는 큰 소리로 웃었다. 「또는 내가 안 볼 때 총이라도 쏘려고?」

「전 유니언과 함께 가지 않았어요.」 조시가 말했다. 「그랬으면 그자들이 제 테이프를 고쳐 썼겠지요……. 제게 새로운 과거를 줬겠지요. 그리고 절 보냈겠지요……. 아마도 솔 스테이션으로요. 알 수 없어요. 하지만 지금 이 순간, 펠에 남는 건……. 전 그렇게 못해요. 스테이션인들은 저를 알아요. 그리고 전 스테이션에서 살 수 없어요. 편안하게 살 수 없어요.」

「다시 한번 정신 세척을 하면 돼.」

「전 〈기억〉하고 싶어요. 전 뭔가를 얻었어요. 유일하게 진짜인 것을요. 제게 있어 소중한 건 그것뿐이에요.」

「그래서 여길 떠나겠다고?」

「한동안요.」 조시가 말했다.

「데이먼과 얘기해 봤어?」

「여기 내려오기 전에요. 데이먼은 알아요, 엘렌도 알고요.」

시그니는 카운터에 등을 기대고 팔짱을 낀 채 생각에 잠겨 조시를 위아래로 훑어보았다. 「어째서 〈노르웨이〉지?」

조시는 어깨를 으쓱했다. 「스테이션에 들리지 않을 테니까요. 그렇죠? 여기만 빼고요.」

「맞아.」 시그니는 가늘게 미소를 지었다. 「여기에만 들릴 거야, 가끔씩.」

「우주선 간다.」 릴리는 웅얼거리며 스크린들을 응시했고, 꿈꾸는 자의 머리를 매만졌다. 우주선은 업어보브에서 빠져나와, 이곳을 오가는 대부분의 우주선들과 확연히 다르게 움직이며 옆질한 뒤, 쏜살같이 날아갔다.

「노르웨이.」 꿈꾸는 자는 우주선의 이름을 불렀다.

「언젠가.」 그 커다란 복도에서 이야기를 가득 안고 돌아온 이야기꾼이 말했다. 「언젠가 우리는 간다. 콘스탄틴들이 우리에게 우주선들을 준다. 우리는 간다, 우리 눈에 태양을 담

441

는다, 어둠을 두려워하지 않는다, 우리는 두려워하지 않는다. 우리는 많은, 많은 것을 본다. 베넷, 그는 우리에게 여기 오게 해준다. 콘스탄틴, 그들은 우리에게 멀리, 멀리, 멀리 걷게 해준다. 내 봄 다시 온다. 나 멀리 걷고 싶다. 그곳에 둥지 만든다……. 나 별들을 찾고 간다.」

꿈꾸는 자는 소리 내어 웃었다. 따뜻한 웃음소리였다.

그리고 광활한 어둠을 내다보았다. 어둠 속에서 태양이 걸었고 웃음을 지었다.

옮긴이의 말

다운빌로 스테이션 또는: 나는 어떻게 어려움을 떨치고 (이) 책을 사랑하는 법을 배우게 되었는가?

이 책을 번역하기 몇 년 전, 친구들과 지금까지 읽은 SF 중에 가장 읽기 어려웠던 작품이 뭐였는가에 관해 토론한 적이 있다. 그리고 나를 포함해 대부분은 이 책 『다운빌로 스테이션』을 가장 읽기 어려웠던 SF로 뽑았다. 그리고 그 자리에 있던 몇 명만 그런 의견은 아닌 듯한 것이, 인터넷에 리뷰를 올린 많은 독자들 역시 이 책이 재미는 있지만 읽기 어렵다는 심정을 토로하고, 유명한 판타지 소설 『타인들 속에서』의 저자이자 리뷰 잘 쓰기로도 유명한 조 월턴은 『다운빌로 스테이션』의 리뷰에서 자신은 이 책을 읽을 때마다 어렵다고 느끼지만 워낙 설정이 좋기 때문에 마치 〈배우자의 짜증 나는 친척들을 참는 느낌으로〉 재독을 반복한다고 했다.

이쯤 되면 이 글을 읽는 독자들은 그렇다면 왜 읽기 어렵다고 투덜거리는 이 책을 번역하려 했는가라는 질문을 함과 동시에 그 답을 짐작할 수 있을 것이다. 무엇보다도, 조 월턴이 말한 바와 같이, 우선 매력적인 설정과 배경을 그 이유로

443

들 수 있다. 이 책『다운빌로 스테이션』은 댄 시먼스의『히페리온의 노래』와 함께 내가 꼽는 최고로 멋진 설정과 배경을 가지고 있다. 이 책의 처음 15쪽을 차지하는 소설의 배경에는 350년간 인류의 발전과 번영과 반목이 밀도 높게 담겨 있다. 15쪽에 350년의 역사를 담기란 쉽지 않으며, 더구나 실제가 아닌 상상의 역사를 읽는 이가 그럴듯하게 여기게끔 쓰기란 더욱더 쉽지 않다. 하지만 C. J. 체리는 그 일을 훌륭히 해냈으며, 덕분에 독자들은 작가가 제공해 준 배경 지식으로 든든히 무장하고 본 사건을 맞이하게 된다. 놀랍게도 작가는 처음 15쪽에서 보여 준 내용의 밀도를 책이 끝날 때까지 일관되게 유지한다. 그러나 역설적이게도, 바로 그 때문에 이 책이 어렵게 다가오는 것이라고 생각한다(일설에는, 체리가 이 책을 탈고했을 때 누군가 말하길, 모든 장면에는 그게 뭐가 되었든 세 가지가 담겨 있어야 한다는 조언을 했고, 그 말을 들은 체리는 원고를 다시 보며 한 가지 또는 두 가지만 담긴 부분들이 있으면 그 내용을 보충하는 대신 그냥 제거했다고 한다. 작가가 실제로 그렇게 했을 것 같지는 않지만, 이 책의 높은 밀도 그리고 등장인물들이 다음에 무슨 일이 일어날지에 대해 독자들이 알아야 할 최소한의 정보만 준다는 점이 그런 설을 낳았을 것이다).

하지만 무릇 좋은 책이 다 그러하듯, 이 책 역시 단지 설정과 배경만으로 좋은 책이 된 것은 아니다. 이 책의 등장인물들은 낭비되는 법이 없으며 묘사 역시 입체적이다. 등장인물들은 모두 자신의 행동에 대해 뚜렷한 동기와 확신이 있으며 그 덕분에 독자들은 단순한 흑백 논리로 등장인물의 선악을 가르기가 어렵다. 가령 이 책에서 등장하는 순간부터 악역이라는 걸 알 수 있는 존 루커스는 이기적이고 열등감에 사로잡혀 있으며 사람들을 오로지 도구로만 본다. 하지만 또한 작가는 그가 아주 능력이 있으며, 비록 앤절로에게 적대감을 보이지만, 그것은 앤절로가 존을 무시하고 동시에 견제하며, 존의 지위에도 불구하고 중요한 결정을 내릴 때 그를 배제하기 때문인 것으로 묘사한다. 즉 존의 적대감은 어느 정도 앤절로 자신이 초래한 것이다. 이는 또한 총감독관인 앤절로가 선하기만 한 인물이 아니며, 존의 그릇된 행동은 사실 어느 정도는 앤절로의 책임이기도 하다는 것을 의미한다. 그리고 이렇게 복잡한 등장인물들의 동기와 행동은 이 책이 좀 더 현실적으로 다가오게 한다. 이 책은 특히 여성 등장인물들이 아주 매력적인데, 강직하고 단호하면서도 또한 부드러운 엘렌 퀸, 잔인하고 권모술수에 능하고 필요하다면 배반도 서슴지 않지만 자신이 속한 집단을 위해 최선을 다하고 부하들을 챙기는 시그니 맬러리, 남성인 푸른 이빨을 주도하며 히사 이야기의 한 축을 담당하는 새틴, 다운빌로에서 인간과 히사들을 이끌며 그들을 보호하기 위해 최선을 다하는 밀리코까지 모두가 기존의 SF, 특히 스페이스 오페라에서는 흔하게 찾아보기 어려운 능동적인 여성상이다. 특히 시그니 맬러리라는 매력 넘치는 캐릭터는 내가 이 책을 소개하고 싶었던 가장 큰 이유이기도 하다. 나는 「에일리언」의 리플리와 함께 맬러리 함장을 SF 최고의 강골로 꼽는다.

매력적인 등장인물들과 함께, 이 책에서 펼쳐지는 권력 투쟁 역시 놓치기 아까운 부분이다. 앤절로와 존이 벌이는 펠 내부의 권력 투쟁, 유니언과 지구 컴퍼니와 (책 후반부에 결성되는) 상인 동맹의 대립, 마지언과 맬러리의 협력과 갈등, 펠과 맬러리의 갈등과 상호 이익에 기반한 협력 등 여러 세력들 간의 복잡한 역학 관계와 정치 상황에 따른 협력과 배신들은 현실 정치에 뒤지지 않을 정도로 잘 구현되어 있다고 할 수 있다.

물론 장점만 있는 것은 아니다. 작가는 인간들은 선과 악을 적절히 섞어 굉장히 현실적으로 묘사한 반면 다운빌로의 원주민인 히사들은 인간에 대한 무조건적인 신뢰를 보이는, 어찌 보면 거의 어버이나 신을 맹목적으로 따르는 듯한 존재로 묘사했다. 히사들을 너무 평면적으로 그려 놓은 점, 그리고 아무리 인간의 발전된 기술에 압도되었다고 하더라도 지나치게 일방향적인 히사 대 인간의 관계는 모든 것이 복잡 미묘하게 그려지는 이 책에서 굉장히 거슬리는 부분이 아닐 수 없다.

또한 이 책이 처음 출간된 때가 1981년이니 마그네틱 테이프를 통한 기억 이식이나 중앙 관제식 통신 시설 등 이후의 과학 발전과 맞지 않는 부분들도 있다. 하지만 그러한 부분이 이 책의 약점이 되지는 않는다고 생각한다. 훌륭한 SF들이 세월을 이기며 계속 읽히는 것은 그 작품들이 미래의 과학 발전을 정확히 예언했기 때문이 아니라, 과학적 외삽(外揷)을 통해 인간들의 삶을 치밀하게 묘사했기 때문이다. 이 책에서도, 물자와 공간의 가치가 지구에서만 살 때와는 크게 달라지는 우주 및 우주 스테이션에서 인간들이 어떻게 적응을 해가고, 지구와 마지언과 유니언과 상인 동맹 등의 세력들이 어떻게 제한된 물자와 공간을 두고 권력 다툼을 하며, 펠처럼 자체 방어 시스템이 없는 스테이션들은 어떤 식으로 그 틈바구니에서 생존을 해나가는지와 같은 이야기들이 마치 우리가 실제로 우주에 살 때 겪게 될 일들처럼 실감나게 펼쳐지고 있다. 그러한 면에서 이 책은 훌륭한 SF의 좋은 예로 앞으로도 오랫동안 읽힐 것이다.

C. J. 체리

캐럴라인 재니스 체리는 1942년 미주리주 세인트루이스에서 태어났다. 1964년에 오클라호마 대학에서 라틴어 전공으로 학부를 졸업했고, 1965년에는 존스 홉킨스 대학에서 고전문학 석사 학위를 받았다. 졸업 후 교편을 잡으며 틈틈이 미래를 배경으로 한 소설을 썼다. 한 가지 특이한 점은, 당시에 일반적으로 과학 소설 작가들은 처음에는 단편들을 잡지들에 싣고 점차 장편소설을 쓰는 식이었지만, 체리는 처음부터 장편을 썼고, 이후 몇 권의 장편을 발표한 뒤에야 단편소설을 쓰기 시작했다는 것이다. 처음에는 별다른 관심을 끌지 못했고, 또한 출판사들에 보낸 원고가 분실되는 경우도 잦았다(이 책의 작가 서문에서 원고가 분실되는 악몽을 꿨다는 내용이 괜히 나온 것이 아니다). 하지만 1975년 DAW에 보낸 원고 『이브렐의 문*Gate of Ivrel*』과 『지구의 형제들*Brothers of Earth*』을 돈 월하임이 사면서 체리는 빛을 발하기 시작했다. 특히 1976년에 발표한 『이브렐의 문』이 이듬해에 최고의 신인에게 주는 존 캠벨 기념상을 받으며 체리는 SF계의 주목을 받았다(그리고 이때 이름이 로맨스 작가처럼 보인다는 DAW의 편집자 돈 월하임의 조언을 받아들여, 필명에는 이름에 h를 붙여 Cherryh로 썼다. 또한 SF 작가들 대부분이 남성이던 그 시절, 자신이 여성인 것을 숨기기 위해 캐럴라인 재니스 체리 대신 C. J. 체리로 표기했다). 1979년에는 단편 「카산드라*Cassandra*」로 휴고상 단편 부분을 수상했고, 이후 교직을 관두고 전업 작가로 나섰다. 체리는 이 책 『다운빌로 스테이션』으로 1982년에, 그리고 같은 세계관을 배경으로 한 『사이틴*Cyteen*』으로 1989년에 휴고상 장편 부분을 수상했다. 또한 2001년에는 소행성에 그의 이름을 딴 77185-Cherryh 라는 이름이 붙기도 했으며, 2016년에는 평생 공로상인 〈데 먼 나이트 기념 그랜드마스터상〉을 수상했다. 체리는 현재까지 80권이 넘는 책을 썼으며, 그 가운데 27권의 장편과 7편의 단편으로 구성된 〈유니언-동맹 우주〉 소설들, 특히 이 책 『다운빌로 스테이션』과 1988년에 발표한 『사이틴』은 그의 대표작이라 할 수 있다.

C. J. 체리는 워싱턴주 스포캔에서 역시 SF/판타지 소설가인 아내 제인 팬처와 함께 살고 있다.

2018년

최용준

옮긴이 **최용준** 대전에서 태어나 서울대학교 천문학과를 졸업했으며, 미국 미시간 대학에서 이온 추진 엔진에 대한 연구로 항공 우주 공학 박사 학위를 받았다. 플라스마를 연구한다. 옮긴 책으로 데이비드 브린의 『스타타이드 라이징』(전2권), 아이작 아시모프의 『아자젤』, 세라 워터스의 『핑거스미스』, 마이클 프레인의 『곤두박질』, 마이크 레스닉의 『키리냐가』, 루이스 캐럴의 『이상한 나라의 앨리스』, 『어슐러 K. 르 귄 걸작선』 등이 있다. 헨리 페트로스키의 『이 세상을 다시 만들자』로 제17회 과학 기술 도서상 번역 부문을 수상했다. 시공사의 〈그리폰 북스〉, 열린책들의 〈경계 소설선〉, 샘터사의 〈외국 소설선〉을 기획했다.

다운빌로 스테이션 2

발행일 **2018년 6월 30일 초판 1쇄**

지은이 **C. J. 체리**
옮긴이 **최용준**
발행인 **홍지웅 · 홍예빈**
발행처 **주식회사 열린책들**

경기도 파주시 문발로 253 파주출판도시
전화 031-955-4000 팩스 031-955-4004
www.openbooks.co.kr

Copyright (C) 주식회사 열린책들, 2018, *Printed in Korea.*
ISBN 978-89-329-1834-1 04840
ISBN 978-89-329-1832-7 세트

이 도서의 국립중앙도서관 출판예정도서목록(CIP)은 서지정보유통지원시스템 홈페이지(http://seoji.nl.go.kr)와 국가자료공동목록시스템(http://www.nl.go.kr/kolisnet)에서 이용하실 수 있습니다.(CIP제어번호:CIP2018015845)

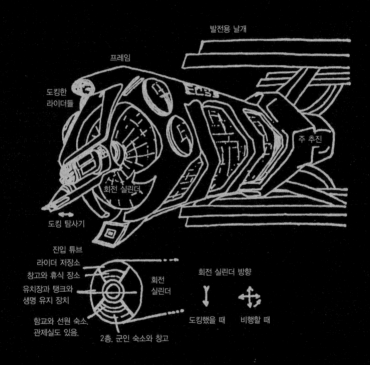

ESC5 노르웨이

발전용 날개

프레임

도킹한
라이더들

주 추진

회전 실린더

도킹 탐사기

진입 튜브
라이더 저장소
창고와 휴식 장소   회전   회전 실린더 방향
유치장과 탱크와   실린더
생명 유지 장치

함교와 선원 숙소.   도킹했을 때   비행할 때
관제실도 있음.   2층. 군인 숙소와 창고